宋孝武时代与
南朝文学新变研究

Research on Emperor Xiaowu's Reign of Liu Song Dynasty
and New Variations in Southern Dynasties Literature

赫兆丰 著

图书在版编目（CIP）数据

宋孝武时代与南朝文学新变研究 / 赫兆丰著. -- 武汉：湖北人民出版社，2024.12. -- ISBN 978-7-216-10886-7

Ⅰ. I206.2

中国国家版本馆CIP数据核字第20247W3H33号

责任编辑：晏佳利
封面制作：董　昀
责任校对：范承勇
责任印制：蔡　琦

宋孝武时代与南朝文学新变研究
SONG XIAOWU SHIDAI YU NANCHAO WENXUE XINBIAN YANJIU

出版发行：湖北人民出版社	地址：武汉市雄楚大道268号
印刷：武汉市籍缘印刷厂	邮编：430070
开本：787毫米×1092毫米　1/16	印张：16.25
字数：281千字	插页：3
版次：2024年12月第1版	印次：2024年12月第1次印刷
书号：ISBN 978-7-216-10886-7	定价：65.00元

本社网址：http://www.hbpp.com.cn
本社旗舰店：http://hbrmcbs.tmall.com
读者服务部电话：027-87679656
投诉举报电话：027-87679757
（图书如出现印装质量问题，由本社负责调换）

国家社科基金后期资助项目
出版说明

　　后期资助项目是国家社科基金设立的一类重要项目，旨在鼓励广大社科研究者潜心治学，支持基础研究多出优秀成果。它是经过严格评审，从接近完成的科研成果中遴选立项的。为扩大后期资助项目的影响，更好地推动学术发展，促进成果转化，全国哲学社会科学工作办公室按照"统一设计、统一标识、统一版式、形成系列"的总体要求，组织出版国家社科基金后期资助项目成果。

全国哲学社会科学工作办公室

序

2012年9月，兆丰从武汉大学古籍所考入南京大学，随我攻读文学博士学位，并选择以"从孝建到大明——刘宋孝武帝朝的政治、文化与文学"为题，撰写博士论文。2016年6月，他顺利毕业，并留校任教。前不久，他送来一包校样，说这篇论文即将正式出版，请我在书前说几句话。我对这个题目是有浓厚兴趣的，也了解本书的诞生经过，就欣然应允了。

差不多二十年前，我写过两篇小文章，分别题为《贵妃之死·462年的爱情》和《贵妃之死·哀荣背后的都城政治》，刊登在凤凰出版社主办的《古典文学知识》2005年第3期和第4期，后来收入拙著《旧时燕：一座城市的传奇》（凤凰出版社，2006年）。这两篇小文所谈的，就是刘宋孝武帝和他所宠爱的殷贵妃的故事。隐藏在这一段风流韵事背后，让我特别关切的，就是宋孝武帝时代的政治与文学这个话题。我的这两篇小文章，合起来还不到一万字，显然只能浅尝辄止。现在，兆丰以二十多万字的一部专著，对这一话题进行深入的探析，其细密专精之程度，自然不是我那两篇有意"八卦"历史的小文章所能企及的。我饶有兴致地读完了这部书稿，多有收获，也有几点感想，愿意在这里与大家分享。

这本书关注的两个焦点，一个是南朝宋孝武帝时代，一个是南朝文学的新变，对读者都是很有吸引力的。南朝文学是魏晋文学向隋唐文学的过渡阶段，南朝文学的新变，攸关魏晋文学向隋唐文学的转型，有着重要的文学史意义，这是毋庸多言的。而宋孝武帝时代为什么值得特别关注，就不是那么不言而喻了。文学史上说到南朝文学，经常提到的，大概是宋文帝元嘉时代（424—453）、齐武帝永明时代（483—493）以及梁武帝时代（502—549），相对而言，宋孝武帝朝及其大明诗坛或者大明文学所引发的关注度，实在不能与此同日而语。但实际上，借用兆丰在本书开宗明义所说的那句话，宋孝武帝是一个充满话题的历史人物，可惜，一般人，包括一些魏晋南北朝研究的圈内人，对这个皇帝也未必有很多了解。正因为如此，他与他的时代也就具有了多方面的不确定性和可说道性。这不仅因为他与殷贵妃之间演出过那样一段爱情传奇,也不仅因为他有突出的才华和鲜明的个性,也不仅因为他在位期间实行的大量改革,使宋孝武朝成为南朝历史的转折点和南朝文学新变的孕育期,也不仅因为他身后的毁誉不一。他在位时长并不长,从453年到464年,总共十一年,不过却是刘宋诸帝中在位时间第二长的,仅次于宋文帝。他先后使用过"孝建"和"大明"这两个年号,都有深长的意味。如果说"孝建"强调的是对正统的继承,体现的是他对正统的焦虑,"大明"则意味着对这一正统的发扬光大,体现的是他确立政权之后的自信。史家对宋孝武帝其人如何界定,对其时代如何评价,还存在不少争议,尚无确定之论。有人对宋孝武帝时代评价很高,认为这是刘宋王朝的中兴之世,当时有一些文人,以鲍照和韩兰英为代表,都异口同声地称颂宋孝武帝是刘宋的中兴之主,可见这代表了当时社会上流行的一种声音。也有人认为,这是一个极为糟糕的时代,比如《宋书·孝武帝纪》史臣论中就说,大明之世是一个"尽民命以自养"的桀纣时代,这等于骂宋孝武帝是桀纣之君,其贬损力度之大,可谓无以复加。当代或后代的史书,迫不及待地给宋孝武帝贴上昏君或暴君标签的,也比比皆是,不过,也有史家承认宋孝武帝是个文武双全的皇帝,比如,《南史》和《资治通鉴》就说他武则"长于骑射""机警勇决",文则"学问博洽,文章华敏"。而《文心雕龙》《诗品》等经典的诗文评著作,也都肯定他是一个诗才出众的文人。两种评价几乎迥然相反。宋孝武帝病死的那一年才35岁,如果天假以年,让他享有与其祖父宋武帝一样的年寿(60岁),或者享有其死于非命的父亲宋文帝的年寿(47岁),他会如何引导南朝历史和文学的走向,那就是一个更大的未知数。正因为有了上述诸端不确定性,宋孝武帝这个话题人物才更加引人注目,宋孝武朝这个话题时代才更加值得仔细研讨,而本书各章中围绕宋孝武帝及其时代展开的各种论题,涉及政治权力与制度变革,涉及政治与经学、文学及文化的互动等等,也才有了更大的阅读吸引力。凡此种种,都体现了本书选题的趣味性和重要性。

在研究方法上,本书有三个特点:首先是采用微观史学的研究方法,其次是在研究中把握"了解之同情"与历史想象之间的平衡,第三是注意文献学与文艺学相结合,考据与批评相结合。对以上三点,兆丰在本书"绪论"第三节中已经作了较为详细的阐发与总结,不必逐一重述。窃以为,在这三个特点中,第一点最为重要。一方面,相对于推重长时段理论的宏观史学,微观史学更关注微小时段,更关注个别的、具体的人物和事件。很显然,历时只有十一年的宋孝武帝时代,是不适用长时段理论的,而只能适用微观史学。本书采用微观史学的研究方法,能够发挥其优势,因小而见大,见微而知著,既可以说是不得已而为之,也可以说是因地制宜。另一方面,俗话说,巧妇难为无米之炊。史料充足,才比较方便展开微观史学的一系列考证辨析的细密操作。所以,一般来说,微观史学比较适用于文献史料遗存比较充足的时段,比如明清时代以及近现代,除了正史、档案之外,还有大量书札、日记、方志、石刻等史料,可以彼此联系,相互印证。至于魏晋南北朝时代,其传世文献的数量与质量,非但远远不及明清时代,也明显不如隋唐两宋时代。本书将微观史学方法运用于研究南朝早期的宋孝武帝时代,需要面对两个严峻的挑战,一个是史料不足,一个是阐释确证不易。为此,兆丰非常注意爬梳散落于各种文献中的细碎材料,细心寻绎史料断片之间的联系,"从众多纠葛缠绕的史实中,梳理出历史发展的脉络和重要节点,同时也可以更深入历史的肌理,贴近生活在那个时代的各阶层人物,玩味他们的心理,体会他们的感情"(第14页)。他所说的"众多纠葛缠绕的史实"究竟指的是什么呢?不妨举两个例子为证:一个是第二章第二节"刘宋中前期出镇皇子府佐考——以孝武帝朝及子勋之乱为中心"中所考辨的史实;一个是本书所附两个附录,"《宋书·宣贵妃传》流传及佚文考——兼及今本《宋书·刘子鸾传》的错页"以及"《宋书》校考"。这两个例子都涉及"纠葛缠绕的史实",兆丰从中甄辨考析,理清历史脉络,突出重要节点,颇见史学功底。全书论述引人入胜,可以说,其对微观史学研究方法的使用是成功的。兆丰在准备这篇博士论文期间,为了借石他山,曾申请并获得国家留学基金资助,到日本广岛大学访学一年。众所周知,日本学界的魏晋南北朝史研究有着相当深厚的学术基础,硕果累累,而广岛大学正是日本六朝文学研究的重镇,其中不乏擅长微观史学研究的学者,也不乏可资借鉴的研究个案。在广岛大学访学期间,兆丰搜集、阅读了大量日本同行的研究论著,开阔了学术视野。书中对这些文献颇多参考、征引,留下了这一段访学经历的印迹。

这部书稿是兆丰在其博士论文的基础上修改、充实而成的,相较原作增幅约三分之一。八年前,兆丰以这篇优秀的论文提交答辩之时,就获得答辩委员会的好评。毕业之后,他又持续对论文进行修订、润饰和提高,并且以这篇论文成功申请到国家社科基金的后期资助。论文中的若干篇章已经在《文学遗产》《学术研究》等核心刊物上发表,提前与广大读者见面,并在圈内产生了很好的影响。作为这篇论文的最早的读者之一,同时也作为魏晋南北朝文学研究界的同行之一,我见证了这项专题研究从框架构建到论文成篇,从书稿定型到正式出版的全过程,也目睹了兆丰在学术研究道路上一步一个脚印向前迈进的足迹,既为兆丰的成长感到欣慰,也为魏晋南北朝文学研究增添新成果而感到欣喜。兆丰是80后学人的一员,当下,他与他的同辈人精力饱满，学识日新，正处在你追我赶、蒸蒸日上的阶段。在他们手中，魏晋南北朝文学研究将焕发新的生机，开拓新的世界，收获新的成果，是无疑的，我对此充满期待。

程章灿

2024 年 9 月 28 日

目 录

绪 论 …………………………………………………………… 1
- 第一节 充满话题的宋孝武帝 …………………………………… 1
- 第二节 刘宋孝武帝朝研究现状 ………………………………… 3
- 第三节 研究旨趣与目标 ………………………………………… 13

第一章 权力之巩固与强化——孝武帝与三王关系考论 ……… 17
- 第一节 孝武帝与竟陵王刘诞关系考论 ………………………… 17
- 第二节 孝武帝与江夏王刘义恭关系考论 ……………………… 31
- 第三节 孝武帝与南郡王刘义宣关系考论 ……………………… 47

第二章 走向"大明"——孝武帝朝政治改革新探 …………… 62
- 第一节 大明二年的转折
  ——孝武帝朝初期政治平衡的构建、瓦解与寒人上位 …… 62
- 第二节 刘宋中前期出镇皇子府佐考
  ——以孝武帝朝及子勋之乱为中心 ……………………… 80
- 第三节 孝武帝对蛮族政策的调整 ……………………………… 101
- 第四节 孝武帝对北魏政策的调整 ……………………………… 109
- 第五节 孝武帝的治国方略与性格特点 ………………………… 115

第三章 孝武帝朝政治与经学的互动 …………………………… 119
- 第一节 正统的诉求与建构——对文帝"太祖"庙号的考察 … 119
- 第二节 殷贵妃丧葬礼仪规格考 ………………………………… 133

第四章 孝武帝朝政治与文学的互动 …………………………… 146
- 第一节 文学与历史书写下的孝武帝悼亡形象 ………………… 146

第二节　刘宋文人的魏晋名士记忆
　　　　——以王僧达塑造的颜延之形象为中心 …………………160

第五章　宋孝武时代及其后文学、文化新变 …………………177
　第一节　谢庄文学创作新论
　　　　——兼论大明泰始诗风的特点与过渡性 …………………177
　第二节　知识下移与六朝才女书写标准的演变 …………………189

附录一　《宋书·宣贵妃传》流传及佚文考
　　　　——兼考今本《宋书·刘子鸾传》的错页 …………………207

附录二　《宋书》校考 …………………220

参考文献 …………………231

后　记 …………………245

全书表格目录

表2-1	武帝时期出镇皇子重要府佐就任者一览表	81
表2-2	文帝时期出镇皇子重要府佐就任者一览表	84
表2-3	孝武帝时期出镇皇子重要府佐就任者一览表	90
表2-4	孝武帝时期刘宋与北魏通使一览表	113
表3-1	西汉至宋孝武帝朝高等级葬仪使用情况简表	137
表4-1	《汉书·李夫人传》与《南史·宣贵妃传》结构对照表	156
表5-1	六朝才女书写标准统计表	190
表5-2	魏晋女性作家身份统计表	199
表5-3	南朝女性作家身份统计表	199
表附1-1	皇子传生母语境分类表	213
表附1-2	《宋书》《南史》中《宣贵妃传》内容对照表	214

绪　论

第一节　充满话题的宋孝武帝

刘宋孝武帝刘骏，字休龙，为宋文帝第三子，生于元嘉七年（430）八月庚午（十六日），卒于大明八年（464）闰五月庚申（二十三日）。刘骏是刘宋朝第四任皇帝，454年至464年在位，前后十一年，使用过孝建、大明这两个年号。他由地方藩王到皇帝的身份转变，以及在位期间以强化皇权为核心展开的一系列政治改革，都牵动着他与刘宋宗室成员、各阶层官僚之间的关系，使之发生了微妙、广泛且动态持续的变化。这些人物关系变化又推动了一系列政治事件的发生，决定了刘宋历史发展的走向，对当时的士人心态，南朝后期的文学、文化也产生了深刻影响。

孝武帝即位时，正值刘宋王朝经历了文帝元嘉盛世、由盛转衰之际。元嘉二十七年（450）和二十九年（452），文帝接连两次举倾国之兵北伐，意图恢复中原，结果不仅损耗了巨大的人力、财力，还招致北魏兵临城下，一路杀伐无数，江北数州惨遭涂炭，刘宋国力大为削弱。对外战事连连失利，也引发了国内政局的激烈动荡。二十九年七月，太子刘劭巫蛊事发，文帝当断不断，未能及时另立太子，致使自己于次年二月惨遭刘劭和次子刘濬的杀害。至此，刘宋王朝的统治面临着崩溃的危险，若不能及时回归正轨，极有可能就此迅速走向倾覆。此时的刘骏偏居江州，作为最不被文帝看好的皇子，他原本也并无争夺皇位之心，在部将的拥护下，他才下定决心起兵讨逆，途中于新亭登基，最终竟然成功攻破建康，在擒获并处死两位兄长之后真正继承大统，这恐怕是其始料未及的。从这一点来看，刘骏即位的过程充满了历史偶然性和戏剧性。

然而，严峻且混乱的政治局势，容不得刘骏有丝毫感慨幸运的空闲，如何整顿元嘉末年的乱局，挽回王朝的颓势，是他要迫切解决的首要问题。于是以强化皇权为核心议题，孝武帝大刀阔斧地推行了一系列改革措施。在中央层面，为预防权臣专政，孝武帝省录尚书事，增吏部尚书为两人，即使是重用寒人,也是将他们当作自己的手足一般指使。在地方层面,为杜绝藩王割据,孝武帝大力削弱荆州和扬州两个强藩的势力。在军事上,孝武帝接受了文帝被杀的教训,更加认识到掌控军队的必要性。他裁抑东宫武力,并组建了一支体现皇帝意志、作战能力出众的中央军。不仅如此,刘骏还通过改革礼制,逐步确立自己皇位的正统性,推动政权的江南化。总而言之,孝武帝有着强烈的中兴意愿和励精图治的抱负。虽然他的改革破坏了官僚机构的正常运行,但以绝对独裁者姿态示人的孝武帝,通过高度集权和强硬的管理手腕,仍然成功镇压了国内的几次叛乱,使国家恢复了正常的统治秩序,并对外与北魏修好,其在位期间南北政权之间基本保持相安无事。

总体来看,在孝武帝统治的大部分时期内,刘宋政权逐渐从元嘉末年的混乱局势中摆脱出来,并伴随着孝武帝强烈的集权倾向,开始呈现出迅速向皇权政治过渡的趋势。在当时的历史舞台上,没有一个刘宋宗室成员或北方政权君主,在政治和军事才能上可与孝武帝相匹敌。如果历史能沿着这个轨迹发展,至少刘宋政权可以继续平稳地维持下去。但是历史的转折点往往就隐藏在一些细微的偶然事件中。

大明六年(462)四月初,在孝武帝统治这个国家的第九年,他最宠爱的殷贵妃突然去世了。这件事给孝武帝带来了难以平复的心理创伤。贵妃死后,刘骏渐渐变得喜怒无常,他主动放弃了皇帝职能,越来越不关心政事,几乎天天酗饮大醉,恸哭不已,神情恍惚,当年"机警勇决"[1]的皇帝形象也逐渐远去。更糟糕的是,刘骏有意用殷贵妃之子刘子鸾取代太子刘子业,引发了两位皇子之间的皇位争夺,刘宋政权再次变得动荡不安。两年之后,郁郁寡欢的孝武帝崩逝,在他强力独裁掌控下才得以勉力维持运转的国家机器迅速瓦解。前废帝刘子业和嗣后即位的明帝刘彧大规模残杀宗室成员,对北魏战争也连连失利。文帝末期刘宋朝溃败的势头,在被孝武帝短暂缓解后终于变得不可挽回。

刘骏获取皇位的过程是突然的,他的去世也是突然的,两者都充满了偶然因素。我们无法想象弑父自立的刘劭会如何管理国家,更无法想象如果刘骏寿命再长一些的话,他会建立怎样更引人注目的功绩,只知道历史将刘骏安排在了刘宋王朝的转折点上,他的许多政策都深刻影响了刘宋后半期甚至整个南朝的历史。对于这样一个重要的封建帝王,前代史家出于特定

---

[1] [宋]司马光编著,[元]胡三省音注:《资治通鉴》卷一百二十九,中华书局,2012年,第4134页。为避免繁琐,本书注释中的书籍版本信息,均只在首次引用时标明。

的著史动机,虽然也提到了刘骏"雄决爱武,长于骑射"[①],"机警勇决,学问博洽,文章华敏"[②]的一面,但更多的是批评刘骏残暴、多疑、淫乱、奢侈,在史论中给刘骏贴上了昏君、暴君的标签,使孝武帝的政治品格变得复杂起来。可如果我们抛弃单纯的政治眼光,可以发现刘骏其实还是一个感情细腻、诗才出众的文人。他对待殷贵妃用情专深,《文心雕龙》《诗品》《采菽堂古诗选》《诗镜总论》等选本和诗文评著作都肯定了他的文学才能和对同时代文学的引导作用。实际上,刘骏不仅有多重身份,也有多重性格,日本学者越智重明甚至直接用"双重人格"来形容他。[③]政治上的毁誉参半、君王与才子身份的混合交织,加之位于刘宋朝转折点的历史背景,凡此种种,都为他带来了众多争议,也为后人认识孝武帝增加了困难。有鉴于此,笔者拟以刘宋孝武帝为切入点,借助微观史学,在人物关系变动和文史互动的视域中,首先考察孝武帝在位十一年的政局变动与人物关系,进而重点分析孝武帝朝政治与经学、文学的互动,以及在这一时期出现的对南朝文学文化产生重要影响的新变化。

第二节 刘宋孝武帝朝研究现状

20世纪至今,对刘宋孝武帝一朝的关注和研究,呈现出由史学界向文学界转移,但仍以史学界为主的趋势和特点。

1922年,日本学者内藤湖南发表《概括的唐宋时代观》(《歴史と地理》9—5,1922年)一文,将六朝至唐中期的中国中世定性为贵族政治的时代。此后贵族制以及对贵族制的反思,成为日本史学界观看六朝历史的最主要视角。与刘宋孝武帝相关的研究,就是融入在贵族制社会研究的体系和脉络当中的。从20世纪30年代起,日本学者便开始关注刘宋孝武帝。冈崎文夫在《魏晋南北朝通史》(弘文堂书房,1932年)中,认为孝武帝的政策让中央财政富裕起来,甚至称孝武一代是刘宋的全盛期,同时又指出孝武帝集中皇权和打压世族的举动,也造就了倾覆刘宋政权的机缘。以此为起点,之后的日本史学界始终保持着对孝武帝的持续性兴趣。但基于对六朝时期贵族制和国家性质的不同理解,日本学者在研究孝武帝朝的历史与政治时,又主要

---

① [唐]李延寿撰:《南史》卷二,中华书局,1975年,第55页。
② 《资治通鉴》卷一百二十九,第4134页。
③ [日]越智重明著:《魏晋南朝の人と社会》,研文出版,1985年,第175页。

分化出两条路线。①

矢野主税和越智重明以国家权力为背景考察贵族制,将贵族制看作秦汉以降、直至清代的中央集权的专制国家体制的一个形态而已,因此他们对刘宋孝武帝的关注点主要在孝武帝集中皇权、加强皇帝权威这一方面。矢野主税提出,从孝武帝开始的专制制度严重打击了门阀社会的特权意识,孝武帝频繁听讼、控制吏部尚书权力,都是天子亲政的体现。在他统治时期,他选择的吏部尚书如颜竣、谢庄、颜师伯、顾觊之等人都只是忠实奉行天子旨意的循吏,吏部尚书在选举方面没有独立性。②越智重明在《劉宋の官界における皇親》(《史淵》74,1957年)中,认为孝武帝的亲政带有浓厚的皇帝个人专制政治的性格,是对官僚机构的破坏,与武帝和文帝时期相比,在孝武帝的特殊专制下,皇亲作为官僚活跃的现象基本上消失了。在中央机构中,孝武帝严守血缘回避制度,彻底实现了亲政,但在地方官界,皇权的渗透较弱,他不得不依赖血缘主义,这说明刘宋政权有着以建康为中心的地方政权的特征。在《魏晋南朝の政治と社会》(吉川弘文館,1963年)中,越智重明又讨论了孝武帝的户籍制度改革,认为这是孝武帝为适应富裕的庶民层强势抬头而采取的对应措施,也是他以独裁者的姿态对原先维护世袭政治身份的户籍制度的否定,孝武帝强化皇权的诸政策,其实和武帝、文帝时代的北伐一样,是确保王朝权力正统性的尝试。在《魏晋南朝の貴族制》(研文出版,1982年)一书中,越智重明考察了孝武帝在大明五年(461)如何通过禁止士庶通婚追求统治层的纯粹性,并以支配者的姿态介入士人层。在《魏晋南朝の人と社会》(研文出版,1985年)第四章《宋の孝武帝とその時代》中,越智重明在之前成果的基础上,仍然以皇权的强化为中心,对孝武帝时代的政治做了非常全面、细致的分析。越智重明首先重新评价了孝武帝的形象,认为他虽然称不上明君,但也不像沈约所说的那样不堪,刘骏尽了自己的努力,力图挽回国力衰退的颓势。这个评价无疑更加客观。随后作者从孝武帝的皇亲对策、官僚机构的改革、亲族回避和地缘回避、国家财政的贫乏与州镇的自律性及民间财力、税制、台使、干僮这七个方面,考察了孝武帝如何巩固自己的独裁者地位。这是日本学者第一次在著作中专门以一章的篇幅研究孝武帝朝,也反映出日本史学界对这一时段政治、历史的关注度越来越高。

---

① 关于日本学界在内藤湖南后,于贵族制研究方面的两个主要流派的介绍,可参看(日)葭森健介:《中国史における貴族制研究に関する覚書》,《名古屋大学東洋史研究報告》7,1981年。

② (日)矢野主税著:《門閥社会史》,長崎大学史学会,1965年。

与矢野主税和越智重明观察视角相同的,还有川合安和小尾孝夫。前者在《『宋書』と劉宋政治史》(《東洋史研究》61-2,2002年)①中指出孝武帝整顿礼制意在削弱官僚势力,同时在皇帝与官僚之间树立绝对的上下之别,以此达到强化皇权的目的,进而确立皇权正统性。后者在《劉宋孝武帝の対州鎮政策と中央軍改革》(《集刊東洋学》91,2004年)中,认为孝武帝通过分化州镇和改革中央军体制,不仅强化了中央军的实力,还大大增强了对中央军的掌控,在加强皇帝权威性方面取得了实际效果。

不同于矢野主税等人采取国家权力的角度,安田二郎注重从基层社会考察贵族制。他在《いわゆる王玄謨の大明土断について》(《東北大学東洋史論集》2,1986年)②中,指出在孝武帝授意下、由王玄谟主导的雍州实土化土断,是国家意志在侨民意向和力量强烈作用下的妥协性产物,体现了侨民的乡族集团建立在地缘和血缘基础上的强大结合力。

户川贵行的研究相对独特,他的着眼点在孝武帝对南朝政权的本土化、江南化方面。在《魏晋南朝の民爵賜与について》(《九州大学東洋史論集》30,2002年)中,户川贵行发现孝武帝时期赏赐民爵的频率较汉代大大提高,认为这与后汉以来兵户制衰退及因与北朝战争而引起的财政困难,密切相关。在此基础上,《东晋宋初的五等爵——以五等爵与民爵的关系为中心》(《中国中古史研究》第一号,中华书局,2011年)一文,从强化皇权、扩大兵源、推动政权体制江南化的角度,考察了孝武帝时期赏赐民爵的行为。在《劉宋孝武帝の戸籍制度改革について》(《古代文化》59,2007年)中,作者提出孝武帝的户籍改革意味着此时承担军事功能的主体由侨民变为"新"黄籍户,政权的性质也由此前军事主要依靠侨民的流寓政权,开始向在江南立足的王朝转变。通过《東晋南朝の建康における華林園について:「詔獄」を中心としてみた》(《東洋文化研究》15,2013年)一文,户川贵行考察了从东晋后半期到宋孝武帝时期,皇帝于华林园、阅武堂、中堂"诏狱"——皇帝自行断狱——的政治内涵,认为其中体现了孝武帝动员江南土著参与军事活动及强化皇权的努力。

除了研究孝武帝最直接的政治改革外,日本学者还率先关注了孝武帝的礼制活动与皇帝权力的关系,且同样是将六朝皇帝权力置于秦汉到隋唐

---

① 该文后又收入氏著《南朝貴族制研究》,汲古書院,2015年。
② 该文后又以《王玄謨の大明土断について》为题,收入氏著《六朝政治史の研究》,京都大学学術出版会,2003年。夏日新将该文译出,以《刘宋大明年间的襄阳土断》为题,收入李锦章主编:《湖北历史文化论集(二)》,中国地质大学出版社,2000年。

的继承发展(包括衰退)轨迹上进行的学术考察。越智重明在《六朝における喪服制上の二問題》(《史淵》88,1962年)中,指出孝武帝实施的厌降制度,与皇帝提高其作为独裁者的尊严有关,孝武帝借此提高了自己对皇子、皇亲的绝对权威。石井仁在《虎賁班劍考:漢六朝の恩賜・殊禮と故事》(《東洋史研究》59—4,2001年)中,认为孝武帝时期,对虎贲班剑的限制开始日益明显,这是孝武帝在礼制上削弱诸侯王权力的表现。金子修一统计出孝武帝在位期间每两年进行一次南郊祭天,且都是亲自祭祀,这是刘骏以皇帝之名宣示正统性的表现。①户川贵行《劉宋孝武帝の礼制改革について:建康中心の天下観との関連からみた》(《九州大学東洋史論集》36,2008年)认为大明三年(459),孝武帝将扬州所统的六个郡设立为王畿,代表了两晋时以洛阳为中心的天下观向以建康为中心的天下观的转变,而以建康为中心的天下观后来也被齐、梁、陈三代继承。这种转变是孝武帝在无力收复北方失地的情况下,确立自己正统地位的礼制改革。与此相关联的措施还有大明三年造五辂、大明五年(461)建明堂、大明七年(463)南巡奠祭霍山。户川氏后又在《東晉南朝における傳統の創造について—樂曲編成を中心としてみた—》(《東方學》122,2011年)和《東晋南朝における雅樂について:郊廟儀礼との関連からみた》(《九州大学東洋史論集》42,2014年)两篇文章中,考察了孝武帝在雅乐制度方面的改革,认为孝武帝改革宗庙、南郊乐曲,开创了一个不同于以往雅乐制度的新传统,并影响了齐梁陈乃至隋唐的乐制,体现了江南政权的独特性。

与日本史学界考察刘宋孝武帝时,皇权强化措施和礼制改革两方面研究齐头并进的情况不同,中国学界对孝武帝朝政治局势和制度的研究起步非常晚,而礼制改革方面,更是直到近七年才逐渐引起学者重视。

20世纪中国史学界诞生了几部重要的中国通史或魏晋南北朝断代史,如钱穆写于30年代的《国史大纲》,吕思勉写于40年代的《两晋南北朝史》,50年代有劳榦和王仲荦的《魏晋南北朝史》各一部,以及范文澜《中国通史》第二编魏晋南北朝部分,七八十年代则有何兹全参与白寿彝主编《中国通史》项目时编写的《三国两晋南北朝史》,直至90年代陈长琦的《两晋南朝政治史稿》。这些经典的史学著作,都没有对孝武帝朝的历史给予些许特殊的关注。在这期间,虽然陈启云在1959年发表的《刘宋时代尚书省地位及职

---

① (日)金子修一著:《中国古代皇帝祭祀の研究》第五章《魏晉南朝における郊祀・宗廟の運用》,岩波書店,2006年。

权之演变》(《新亚学报》第四卷第一期,1959年)①一文中,提及孝武帝通过省录尚书官、变更尚书分曹组织、重用中书舍人等措施,破坏尚书省职权,但总体看来孝武帝朝的政治历史在相当长一段时期内都处在被忽视的状态。

中国史学界真正最早关注孝武帝的是严耀中,他在《评宋孝武帝及其政策》(《上海师范大学学报》,1987年第1期)②中,首先总结了刘骏在任期间的新政策,其次从文治、武功两个角度分析刘骏力图中兴的意愿,认为孝武帝并非像史书中记载的那样劣迹斑斑,而是具备出众的才能,也有励精图治的抱负,对当时大族势力与君权在政治结构中的此消彼长起着关键作用。陈琳国的《魏晋南北朝政治制度研究》(北京师范大学博士学位论文,1989年),也在南朝中枢制度演变的背景下,论及孝武帝对中书省、门下省和尚书省权限的控制。自此之后,出现了大量研究孝武帝朝各方面政治制度的单篇论文,以及在某个大课题下谈及孝武帝的学术著作,现择其要者加以简单评述。

陈勇、张金龙、汪奎和吴明训主要关注孝武帝在中央军政体制方面的改革。如陈勇《刘宋时期的皇权与禁卫军》(《北京大学学报》哲学社会科学版,1988年第3期)认为,孝武帝时期的禁卫军以襄阳武装为主。张金龙在《刘宋孝武帝朝政治与禁卫军权》(《浙江学刊》,2003年第4期)中指出,刘骏任命其故吏僚佐担任领军将军及左右卫将军,控制禁卫军权,而当时的护军将军已很少拥有实际权力;后又在《魏晋南北朝禁卫武官制度研究》(中华书局,2004年)一书中,补充说孝武朝的禁卫兵也应来自其旧部,刘骏复置一些禁卫武官是为了加强对禁卫军的控制。汪奎在《中外军体制与南朝刘宋政局》(华东师范大学硕士学位论文,2004年)和《南朝中外军研究》(华东师范大学博士学位论文,2008年)中分析了孝武帝朝中军的来源和特点,认为相比于中军的庞大有力,外军长期处于被压抑的状态,得不到应有发展,中、外军之间更没有形成互动的关系,孝武帝朝的中、外军日益剥离,最终走向对立的局面。吴明训的《刘宋中书省研究》(花木兰文化出版社,2012年)考察了孝武帝时期中书监令、中书侍郎沦为毫无职任的清显之官,中书舍人开始操纵政局的过程。

孝武帝裁抑地方强藩以及不同地域集团的实力变化,也是研究的焦点之一。薛军力《刘宋初期对强藩的分割》(《天津师范大学学报》社会科学版,

---

① 该文后又收入氏著《汉晋六朝文化·社会·制度——中华中古前期史研究》,新文丰出版公司,1997年。
② 该文后又收入氏著《魏晋南北朝史考论》,上海人民出版社,2010年。

1995年第5期)、吴成国《刘宋分荆置郢与夏口地位的跃升》(《湖北大学学报》哲学社会科学版,2004年第6期)、鲁力《宗王出镇与刘宋政局》(《河南师范大学学报》哲学社会科学版,2011年第6期),主要讨论了孝武帝分割荆州、设立郢州的政策及其后续效果。张琳《东晋南朝时期襄宛地方社会的变迁与雍州侨置始末》(《魏晋南北朝隋唐史资料》第15辑,1997年)、陈春雷《京口集团与刘宋政治》(《苏州大学学报》哲学社会科学版,2001年第2期)、章义和《地域集团与南朝政治》(华东师范大学出版社,2002年)、陈金凤《从"荆扬之争"到"雍荆之争"——东晋南朝政治军事形势演变略论》(《史学月刊》,2005年第3期),则将关注点聚集在孝武帝朝雍州势力的强势崛起上,认为雍州集团已成为刘宋政权的支撑力量。鲁力《孝武帝诛竟陵王事件与刘宋宗王镇边问题》(《武汉大学学报》人文社会科学版,2000年第5期)更认为孝武帝诛杀竟陵王刘诞,就是因为后者与自己一样有雍州背景,所以顾虑重重。李磊在《扬州"一州两格"与宋明帝的上台——孝武帝置王畿的政治影响》(《北京社会科学》,2021年第5期)中提出,孝武帝将浙江东五郡划出扬州暨王畿范围,造成了"一州两格"的格局,导致大明年间建康与吴会地区关系紧张,进而影响到前废帝、宋明帝时期的政治混乱。

孝武帝在中央和地方上重用寒人,致使寒人在政治上兴起的现象,也是现代学者重点关注的问题。周兆望《南朝典签制度剖析》(《江西大学学报》哲学社会科学版,1987年第3期)就认为典签制度正式形成于孝武帝大明元年。何德章《宋孝武帝上台与南朝寒人之得势》(《西南师范大学学报》哲学社会科学版,1990年第3期)[1]认为在孝武帝朝寒人成为政治生活中的支配性力量,出现了寒人操纵政权的局面。左华明《寒人地域与东扬州的设置》(《江西财经大学学报》,2007年第2期)指出孝武帝设立东扬州,除了分扬州之势、拉拢浙东五郡土著士人之外,还与三吴地区寒人势力崛起密切相关。不同于传统意见,王铿在《论南朝宋齐时期的"寒人典掌机要"》(《北京大学学报》哲学社会科学版,1995年第1期)中强调,孝武大权独揽,并未委政寒人,戴法兴、戴明宝不过是秉承皇帝旨意行事,他们的权力是不能夸大的,与矢野主税、越智重明观点相似。但这种观点,实质上是强调孝武帝利用了寒人在政治上相比士人更易于操纵、掌控的优势,最终在客观上仍然造成了寒人掌机要的局面。

孝武帝对文化的管控和干涉,是近年来学界关注的一个新增长点。卞梁、唐燮军《从徐爰〈宋书〉到沈约"新史"的转变》(《史学史研究》,2015年第4期),提出徐爰《宋书》是积极配合孝武帝实施文化管控的产物。王尔阳《六

---

[1] 该文后又收入氏著《魏晋南北朝史丛稿》,商务印书馆,2010年。

朝至初唐"国史限断"书写体例的形成》(《古典文献研究》第20辑上,凤凰出版社,2017年),认为徐爰试图在本时期纪传体王朝史中,建立一种开国群雄传的模式,这一设想得到了孝武帝明确支持,其目的是重申刘裕当年的武功,来强调本朝获得政权的合理与正当。日本学者镰田茂雄《中国佛教通史》第三卷、严耀中《中国东南佛教史》已注意到孝武帝即位过程中的佛教因素。在此基础上,徐海波《东晋南朝佛教与政治关系研究》(南京师范大学硕士学位论文,2021年)讨论了孝武帝的正统诉求与崇佛政策。朱寒青《东晋南朝时期的佛教与会稽社会》(华东师范大学硕士学位论文,2021年),认为孝武帝从地方大量征召僧人,不仅是为了实现对佛教的现实控制,更是要通过集中高僧的方法加强建康的佛教力量,大幅度提高建康的神圣性,垄断神圣资源。刘骏在地方州郡设置僧主,是使用皇帝权力建立僧团秩序的一大推进。

除了上述专论外,还有一些论文对孝武帝各方面的政治改革都做了综合性论述,如杨恩玉《宋孝武帝改制与元嘉之治局面的衰败》(《东岳论丛》,2007年第6期)、左华明《整合与破裂——晋末宋初政治及政治格局研究》(武汉大学博士学位论文,2010年)、王明前《论刘宋孝武帝政治经济改革的努力及其失败》(《扬州职业大学学报》,2011年第2期)、王坤《刘骏年谱》(上海师范大学硕士学位论文,2013年)、史江《宋孝武帝时期的政治和经济政策研究》(湖南大学硕士学位论文,2014年)等。

通过梳理以上学术成果,可以发现中国史学界对刘宋孝武帝的研究主要有以下三个特点。

一是起步虽然较晚,但是发展较快,研究对象基本上涵盖了孝武帝在政治、经济方面的各项新政,注意到孝武帝在刘宋乃至南朝历史上的特殊性和承上启下的作用,并由此生出对孝武帝的三种评价态度:严耀中、孔毅[1]和章义和认为孝武帝才能出众,算得上是一位较有作为的皇帝,完成了抑制士族、伸张皇权、恢复皇权政治常态的历史使命;杨恩玉认为刘骏的改革大多祸国殃民,加速了刘宋王朝的灭亡;王明前、王坤则持中立态度,既肯定孝武帝力求开启全新政治时代的积极作为,也不否认刘骏未能挽回刘宋王朝颓势的事实。

二是与日本学界相比,中国学者对孝武帝在礼制方面的改革,长时间缺乏普遍关注。李湛在《制度与记忆:南朝宋宫廷音乐的重建》(西南大学硕士学位论文,2013年)中,梳理了孝武帝推进宫廷音乐恢复的措施,但主要还停

---

[1] 孔毅:《南朝刘宋时期门阀士族从中心到边缘的历程》,《江海学刊》,1999年第5期。

留在单纯的史料描述层面;杨英《刘宋郊礼简考》[①]、程章灿《象阙与萧梁政权始建期的正统焦虑——读陆倕〈石阙铭〉》(《文史》,2013年第2辑)虽然提到孝武帝大明三年建郊坛、大明七年欲立石阙的举动,与他意图重振皇权、标示正统的心态有关,但也是将孝武帝作为各自研究对象的附庸,而非研究的主要对象。李晓红《"以数立言"与九言诗之兴——谢庄〈宋明堂歌〉文体新变考论》(《中山大学学报》社会科学版,2012年第4期),考察了谢庄创作的《宋明堂歌》与孝武帝朝"复古与创新"的制礼风尚的关系。自2017年以来,中古学界越来越多地注意到孝武帝在孝建、大明年间转向内部进行大规模的礼仪制度建设。徐冲《冯熙墓志与北魏后期墓志文化的创生》(《唐研究》第二十三卷,北京大学出版社,2017年),指出具备铭辞这一纪念装置的墓志,在孝武帝时被纳入了包括皇族在内的整体精英文化之中。李磊在《"肇构神京"与"缔我宋宇":刘宋的王畿设置与疆域界定》(《社会科学》,2018年第9期)中,提出大明三年是孝武帝朝政治的转折点。这一年前后孝武帝以受命于天来论证其统治合法性,故而重星变、设王畿、移郊坛、造五辂、立明堂。孝武帝的合法性诉求使其更在意北魏对其统治的认可。张学锋《南朝建康的都城空间与葬地》(《中华文史论丛》,2019年第3期)谈到孝武帝时期的礼制改革与天下中心的重建,指出宋孝武帝的礼制改革至少涉及设立王畿、建设礼制建筑、制造五辂、祭祀山川、南巡等多个方面,其中与建康都城空间密切相关的是明堂、南北郊坛、驰道等设施的建设。耿朔《"于襄阳致之":中古陵墓石刻传播路线之一瞥》(《美术研究》,2019年第1期)和《宋孝武帝礼仪改革与南朝陵墓新制的形成》(贺西林编《汉唐陵墓视觉文化研究》,高等教育出版社,2021年),指出至5世纪中期,宋孝武帝扩建长宁陵时吸纳了源于魏晋洛阳的碑、柱、兽三种石刻,并将其纳入制度范畴,提升为帝王陵墓的标配组合,成为孝武朝政治和文化建设的重要内容。这既是孝武帝作为人子的孝行,很可能也是他确立建康中心天下观的举措。刘骏在位期间进行的丧葬礼仪改革,从墓葬形制、墓内石制品、墓志、神道石刻、墓室壁面装饰几个方面直接推动了新型陵墓制度的创立。这些改革顺应了晋末以来侨民心态的普遍性变化,奠定了此后齐梁陈三代陵墓制度的基本内容。李研《再论刘宋大明年间的王畿设置》(《魏晋南北朝隋唐史资料》第44辑,2021年)认为孝武帝置王畿的真正目的是强化对京畿的控制。

三是从研究的广度上来说,目前国内学者在研究时广泛涉及孝武帝朝

[①] 中国魏晋南北朝史学会、武汉大学中国三至九世纪研究所编:《魏晋南北朝史研究:回顾与探索——中国魏晋南北朝史学会第九届年会论文集》,湖北教育出版社,2009年。

的中央军政改革、地方州镇制度、士庶升降、经济制度、礼制措施、南北通使、民族关系等众多方面,但是并不像日本学界那样有一个核心主题,即通过孝武帝朝这个个案,考察六朝贵族制与皇权的关系以及南朝国家的性质,因此众多成果就显得分散、孤立,就事论事而不成体系。这三个特点也显示出国内史学界对孝武帝朝的关注,在深度和系统性方面都不如日本史学界,还有待进一步的补充和完善。

然而在日本学者多从历史、政治的角度研究孝武帝的同时,他们对这一时期的文学发展状况却显得关注不够。中国学者则较早地发现孝武帝对刘宋及南朝文学发展的重要作用。王运熙在20世纪40年代末到50年代初期,写作了《吴声西曲的产生时代》一文(最早收录在氏著《六朝乐府与民歌》,古典文学出版社,1957年),文中提出刘宋是吴声、西曲的黄金时代,正是在孝武帝个人爱好的推动下,吴声、西曲在宫廷和统治阶层中的地位得到提高。[①]这一说法被学界广泛接受,聂石樵《魏晋南北朝文学史》、陈桥生《刘宋诗歌研究》、王志清《晋宋乐府诗研究》、吴怀东《民歌升降与刘宋后期诗风》、宗伟《南朝诸王幕府与文学》等专著和论文都承袭了这一观点。这是研究孝武帝朝文学的第一个关注点,即孝武帝对俗文学发展的作用。

进入21世纪后,学界对孝武帝朝文学的研究出现了新的关注点。原本孝武帝朝被夹在元嘉和永明两大诗歌重要发展高潮期之间,并不受到重视。对重要作家鲍照、谢庄的研究,关注点也并不在孝武帝时代。关于孝武帝与文人,孝武帝朝政治与文学、文化的互动研究是割裂的。但以陈庆元《大明泰始诗论》(《文学遗产》,2003年第1期)的发表为标志,学界开始留意这一时期文学的承上启下作用,孝武帝本人的文学创作以及他在俗文学之外对雅文学发展的作用。陈庆元从文风特别是诗风嬗变的角度,将大明泰始文学界定为宋文帝去世至齐武帝登基的永明之前约三十年的文学,继而认为大明泰始时期的诗歌是从元嘉古体发展到永明新体的重要中间环节。刁丽丽《宋孝武帝与大明诗坛》(河北师范大学硕士学位论文,2009年)分析了孝武帝朝士风与文风的转变,梳理了孝武帝组织文学创作活动和在制度上倡导诗歌发展的材料,并指出刘骏大明时期创作的诗歌前承元嘉、后启永明,具有由绮靡雕镂到疏淡而余味绵长的特征,分析较细致。林华鹏《宋孝武帝

[①] 后王运熙又在《刘宋王室与吴声西曲的发展》一文中重申此说,并考证除了《丁督护歌》和《自君之出矣》之外,《子夜四时歌》七十五首和《神弦歌》十八曲中也可能有孝武帝的作品。文章原载《文史》第60辑,2002年。后收入氏著《乐府诗述论》(增补本),上海古籍出版社,2006年。

刘骏文学研究》（厦门大学硕士学位论文，2009年）分类对刘骏的诗、赋、赞、颂、铭、诏令做了文学分析，但并不深入。罗建伦《宋孝武帝刘骏文学雅集述略》（《中国韵文学刊》，2012年第4期）细数了刘骏组织的五次文学集会，肯定孝武帝引导了刘宋一朝文学的发展，促进了刘宋文学的繁荣。张亚军《刘骏〈七夕诗〉二首赏析》（《古典文学知识》，2014年第1期）精细地赏析了孝武帝的两首《七夕诗》，认为刘骏自身的文学创作反映了诗歌由元嘉典雅富丽向大明浅切清丽风格的演化趋势。这些成果的出现，表明孝武帝个人在刘宋及南朝文学发展历程上扮演的特殊角色，越来越受到文学研究者的重视。

综上所述，20世纪以来日本和国内学者在史学和文学两个领域，均对孝武帝朝历史、文学、文化做了广泛且深入的研究，这些成果都为笔者研究提供了重要参考，但是总体来看，目前仍存在一些薄弱环节。

首先，中、日两国史学家将绝大部分注意力都集中在孝武帝在位时推行的各项政治改革举措上，即使谈及孝武帝时期的重大历史事件，也是将这些事件看作政治改革的背景，往往忽略了事件背后隐藏的纷繁复杂的人物关系。然而，历史毕竟是人参与其中的历史，"人物关系之变化，为历史发展隐面之重要线索"[①]。刘骏由皇子到皇帝的身份改变，牵动他与刘宋宗室成员、各阶层官僚之间的关系产生了微妙、广泛且动态持续的变化，由此推动了一系列政治事件的发生，决定了刘宋历史发展的走向。因此梳理孝武帝与当时重要人物之间的关系就显得十分必要。但在这方面，仅有程章灿《贵妃之死》[②]一文，通过考察孝武帝与殷贵妃及新安王刘子鸾的关系、细腻揣摩皇族重要成员及士人的心态，勾连出了当时政坛的人事变动、文人创作与政治的关系。可见，以人物关系为线索，探寻孝武帝朝政治现象背后的深层原因，考辨重要的历史细节，此类研究在目前的文史学界最为欠缺。

其次，《左传》云"国之大事，在祀与戎"，礼仪制度在中国古代社会中始终发挥着区别身份阶层，强化权力与分配利益的重要功能。作为统治阶层的行为规范，礼制虽然在许多场合都显得细密繁琐又华而不实，但严格的等级性和包含在仪式中的神圣性，决定了历代帝王都会通过礼制维护皇权的绝对地位并宣示正统性与合法性。因此，每一次礼制改革也就不仅仅是外在器物、行为的单纯改易，而是蕴含着深刻的政治动机。孝武帝也不例外，他在位期间推行的一些礼制措施同样来源于政治意图的驱动。虽然近年来已有学者开始将目光转向这方面的研究，但探讨孝武帝的礼制措施与当时

---

① 王尔敏著：《清季军事史论集》，广西师范大学出版社，2008年，第182页。
② 程章灿著：《旧时燕：一座城市的传奇》，凤凰出版社，2006年。

政治文化、历史事件之间的深层联系,仍有较大的操作空间。

再次,对于这一时期的一些文学文本,尚有与政治事件结合进行重新解读的可能。孙明君在《谢庄〈与江夏王义恭笺〉释证》(《北京大学学报》哲学社会科学版,2012年第5期)中,由谢庄的一篇很少被关注的文章入手,文史结合,从字里行间读出作者的隐微之意,认为这篇文章凸显出谢庄"顺人而不失己"的处世态度。这种挖掘十分有必要,有利于我们更感性、深入地触摸到当时的政治生态与文学生态,但目前仍然非常缺乏。

又次,宋孝武帝朝不仅在政治史上是南朝历史的转折点,在文学、文化方面也孕育了一些新变。如大明泰始诗风的特点与过渡性、六朝才女书写模式的变化等。这些新变涉及文学技巧、文风、思想观念与历史书写等,是文人在新的政治环境、文坛生态和社会风气下寻求的主动调整。目前的相关研究也比较薄弱。

最后,从现有学术成果来看,研究刘宋孝武帝的成果仍以单篇论文为主。学位论文方面,虽有几篇硕士论文,但现象描述的情况比较明显,未能深入,很多史实考证也存在疏漏和错误。就笔者所见,目前尚未有专门以宋孝武帝为研究对象的专著。

第三节 研究旨趣与目标

刘宋孝武帝朝虽然只有短暂的十一年时间,却在制度改革、士庶升降、皇权重塑和南北关系方面,深刻影响着南朝历史的走向,成为刘宋和南朝历史上重要的转折期。如何从历史本身脉络出发,探寻政治与社会文化变动背后的草蛇灰线,是笔者研究这段历史的出发点。

在本书的研究方法上,笔者主要遵循三个理路。

首先是采用了微观史学的研究方法。20世纪中期,法国年鉴学派代表学者布罗代尔提出历史研究中的长时段理论,认为相比于注重政治事件的短时段历史学,长时段现象才构成历史的深层结构,是整个历史发展的基础,对历史进程起着决定性和根本性的作用。这一新史学的研究范式的意义在于,将政治现象放在地理自然环境、文化结构、经济结构等长时段框架中加以把握,在总体史的研究方面成绩突出。但如陈启能所说,长时段研究存在两个无法回避的弊端:

> 一是过分强调超个人的自然——地理结构和经济结构对历史发展趋势的决定作用,而完全忽视了历史中的人;二是过分强调表示上述结

构变动的长时段和表示节奏稍慢的历史趋势的中时段,而忽略了表示历史突发事件的短时段。这些弊端的一个集中表现是,历史学的特点变得模糊起来。可以设想,"没有人和事件的历史"如何体现历史学的特性?[1]

有鉴于长时段理论的缺陷,20世纪八九十年代,史学研究出现了新的转向,即更加强调研究个人(个性)、独特性和突发事件,于是微观史学顺势兴起。后者往往更关注微小时段,以及个别的、具体的事实和人物。通过微观研究可以折射出整体结构的其他方面,为深入研究整体结构提供帮助和参考。即微观史学研究并不排斥、更不能代替宏观研究,微观研究要以小见大,将个案分析与宏观过程、大题要旨相结合。

本书的整体构想和理论支撑便是建立在微观史学研究的基础上的。孝武帝在位十一年,在刘宋历史上并非最久,在整个南朝历史上更是转瞬即逝。但他充满偶然性的即位过程、统治时期大刀阔斧的体制改革以及意料之外的突然去世,都改变了刘宋历史的发展进程,也深刻影响了齐梁的政治体制和南北朝关系。加之刘骏具备多重性格和身份,后世对其评判又争论不断,种种独特性因素都使得刘骏有条件成为微观史学研究的典型对象。在微观研究的同时,本书也尝试注重点面结合,见微知著,将微观的史实考订与中观、宏观的时代把握相结合。比如第一章第三节通过分析刘义宣之乱的成因,透视当时寒门势力的崛起及其对政治格局的影响;第四章第二节借王僧达和颜延之的诗文赠答,体会刘宋中前期皇权与士族的政治角力。借助微观史学的视角考察孝武帝时代,一方面可以帮助我们从众多纠葛缠绕的史实中,梳理出历史发展的脉络和重要节点,同时也可以更深入历史的肌理,贴近生活在那个时代的各阶层人物,玩味他们的心理,体会他们的感情。

其次,在研究中注意把握"了解之同情"与历史想象之间的平衡。陈寅恪在《冯友兰中国哲学史上册审查报告》中提出:"凡著中国古代哲学史者,其对于古人之学说,应具了解之同情,方可下笔。"[2]此言虽为哲学著作而发,无疑也适用于治史。"了解"是"同情"的前提,必须熟知研究对象"所处之环境,所受之背景"[3]。前者指研究对象"直接生长和活动的具体环境",后者

---

[1] 陈启能:《略论微观史学》,《史学理论研究》,2002年第1期。
[2] 陈寅恪著:《金明馆丛稿二编》,生活·读书·新知三联书店,2009年,第279页。
[3] 《金明馆丛稿二编》,第279页。

"指特定历史时期的社会与文化的发展状况"①。这就需要全方面占有史料，并进行精细的史料考据和史实辨析。在此基础上，方有可能重回历史情境当中，努力走进研究对象的内心世界，设身处地地考虑古人做出行动时的心境与意图，实现对古人的"同情"。钱锺书所谓"史家追叙真人实事，每须遥体人情，悬想事势，设身局中，潜心腔内，忖之度之，以揣以摩，庶几入情合理"②，便是对"了解之同情"的精妙注解。本书前两章内容便尝试通过考辨、排比史实，包括各种容易被忽略的琐碎事件，考察孝武帝朝的人事关系与政治改革，体会孝武帝在不同历史情境下如何调整与刘宋皇室成员的关系、与士族的关系和对外关系，以实现巩固统治地位、加强皇权的终极目的。但是陈寅恪还强调"同情之态度，最易流于穿凿傅会之恶习"③，故而在追求深度发掘古人内心世界的同时，还应坚持治史的客观态度，既不能过度拔高研究对象，也不可局限于传统史论对孝武帝的评价。

第三，注意文献学与文艺学相结合，考据与批评相结合。程千帆主张，要"把对作者生平与思想的探索，对作品写作的时间、地点，作者所生活的时代背景等史实和材料的考辨，与文学的批评结合起来。文学批评的结论，应当来自通过史学实证所得到的材料之中，而不是纯主观的判断或从理论到理论的推导"④。本书第四章、第五章主要运用了这种方法。

本书的研究建立在广泛收集相关史料，并进行详细考订、编年的基础上，从而试图系统阐释孝武帝朝在政治史、文学史、文化史上的独特地位。现简要说明各章节的内容与研究目标如下：

第一章以权力的巩固与强化为核心议题，考察孝武帝刘骏与竟陵王刘诞、江夏王刘义恭和南郡王刘义宣的关系。首先探究了刘诞在刘骏夺取皇位以及即位后平定刘义宣之乱的两次战争中起到的作用，以及他与刘骏的关系由合作到破裂的过程。其次，对刘义恭在孝武帝即位及政治改革中的作用和角色加以考证、阐释。第三，从寒门、寒人层在元嘉末年、孝建初年的境遇出发，对刘义宣之乱的形成过程以及刘骏提拔"寒人掌机要"的目的提出了新的解释。

---

① 刘梦溪：《"了解之同情"——陈寅恪〈冯友兰中国哲学史上册审查报告〉简释》，《江西社会科学》，2004年第4期。
② 钱锺书著：《管锥编·左传正义·杜预序》，生活·读书·新知三联书店，2008年，第272—273页。
③ 《金明馆丛稿二编》，第279页。
④ 巩本栋：《文艺学与文献学的完美结合——程千帆先生的古代文学研究》，《文学遗产》，2002年第2期。

第二章则是对学界尚未关注到的孝武帝朝政治改革的研究。首先讨论了孝武帝朝初期的中央权力构架，分析了"寒人掌机要"现象出现的必然性和偶然性。其次，通过统计分析孝武帝为出镇皇子选拔的府吏身份，从另一个侧面探究其高度集权的统治方式。再次，从王朝实力和南北关系变化的角度，解释孝武帝对蛮族和对北魏政策的调整。最后在前两章研究基础上，总结孝武帝的治国方略与性格特点。

第三章揭示了孝武帝朝政治与经学的互动。首先解释刘骏为何不惜违背礼制和史实，改尊文帝为太祖。这一举动，包括后来采纳郑玄经解使文帝于明堂配飨五帝、选择"孝建"年号等，都是孝武帝消解焦虑、建构正统地位的重要手段。其次，殷贵妃死后的葬礼越制也是后世史家经常诟病孝武帝的一件事。笔者认为这次葬礼，是刘骏借前朝礼仪故事，暗示自己对皇位继承人的选择。

第四章期望从文学的角度出发，通过文本细读，揭开刘骏在帝王之外作为文人、普通人的一面，并以王僧达与颜延之的诗文酬唱为个案，探讨孝武帝裁抑士族对文人创作心态的影响，以实现文史互证的研究。

第五章致力于立足孝武帝朝，将研究视角向下延伸，发掘这一时期对南朝文学、文化发展新动态的深刻影响。首先讨论了大明泰始诗风代表作家谢庄诗文中的典故使用特点，在此基础上评价其在元嘉体向永明体过渡过程中的地位。其次，通过排比正史、杂传中的南朝才女书写材料，分析东晋、南朝史家对女性之"才"的观念的改变，指出六朝才女书写实际上是一个动态、复杂的过程。

两篇附录分别是对《宋书》的文本流传研究和史料考证。

第一章　权力之巩固与强化
——孝武帝与三王关系考论

　　南宋词人辛弃疾在《永遇乐·京口北固亭怀古》中写道："斜阳草树,寻常巷陌,人道寄奴曾住。想当年,金戈铁马,气吞万里如虎。元嘉草草,封狼居胥,赢得仓皇北顾。"东晋末年,刘裕统兵北伐收复大片失地,凭借其威猛豪迈的气势,书写了南朝历史上无比光辉的一页。然而短短三十年之后,陶醉于元嘉盛世的宋文帝刘义隆,错误估计了己方实力,盲目追慕父辈足迹,贸然北伐,结果却只换来北魏兵临瓜步,狼狈不堪。两年后,文帝又被太子刘劭杀害,刘宋王朝的前景被蒙上了浓厚的阴影。此时,历史毫无预兆地将远在江州的文帝第三子刘骏突然推至政治舞台的中心。如何在统治期间巩固自身地位、强化皇权、消除可能的危险因素,成了刘骏亟待解决的重要问题。在本章,笔者将借助竟陵王刘诞、江夏王刘义恭和南郡王刘义宣这三个案例,从孝武帝与刘宋宗室的横向人事关系的角度,探讨孝武帝在位期间怎样消除诸侯王可能给皇位带来的潜在威胁,并对刘义宣之乱的起因提出新的见解。

第一节　孝武帝与竟陵王刘诞关系考论

　　竟陵王刘诞(433—459)[①],字休文,为宋文帝第六子,《宋书》卷七十九有传。元嘉二十一年(444)任南兖州刺史,寻迁南徐州刺史。二十六年任雍州刺史,二十七年参与北伐,负责西部战线,指挥柳元景、薛安都、庞法起等人接连取得胜利,一度占领弘农、陕城、潼关,但因受制于东线王玄谟军的溃

[①]《宋书》卷七十九刘诞本传记载："元嘉二十年,年十一"。见[梁]沈约撰:《宋书》,中华书局,1974年,第2025页。按:元嘉二十年为公元443年,古人年龄以虚岁计,向前逆推十年为元嘉十年,即公元433年。

败,最终不得不撤出关中。元嘉三十年,刘劭弑父,刘诞与时为武陵王的刘骏共同讨伐刘劭,并辅佐刘骏登基。孝武帝时期,刘诞历任扬州刺史、南徐州刺史、南兖州刺史。大明三年(459),对刘诞猜忌已久的孝武帝派沈庆之攻打广陵,自四月至七月,广陵城陷,刘诞也惨遭杀害。

在宋文帝的十九子中,排行第三的刘骏和排行第六的刘诞,是年龄较长且政治和军事能力都较强的两个。二人曾在刘劭之乱和刘义宣之乱中两度联手,为刘宋王朝的中兴和帝业的巩固立下大功,可以说深刻影响了刘宋历史的走向。随后二人关系逐渐紧张直至兵戎相见,其中牵涉到刘宋统治阶级内部矛盾、刘骏与刘诞的个人性格及采取的不同策略等众多因素,有必要详细梳理。然而古今学者论及两人关系时,往往只是将焦点集中在孝武帝诛刘诞之事上,且习惯于以孝武帝残暴猜忌、迫害大臣为由,对二人之间的关系一笔带过。如王夫之说:"诸王拥方州以自大……诞反于广陵……乘之以动而不可止,于是而孝武之疑忌深矣。削之制之,不遗余力,而终莫能戢。"①赵翼在《廿二史札记》中提到:"竟陵王诞,为孝武所忌,使沈庆之攻杀之。……孝武、明帝又继以凶忍残毒,诛夷骨肉,惟恐不尽。"②周一良也认为:"孝武帝刘骏……性亦多猜忌疑惮,竟陵王诞之反即其后果。"③鲁力对孝武帝杀刘诞的原因做了进一步的详细探讨,认为二人都"与雍州地方势力有着密切的联系,孝武帝依靠雍州势力上台后,竟陵王无疑对孝武帝的统治构成了威胁"④。但就总体来看,二人之间的关系仍有一些需要考辨之处,如刘诞在配合刘骏讨伐刘劭、刘义宣的两次战争中具体发挥了怎样的作用,孝武帝即位后如何逐步削减刘诞的权力,刘诞如何应对孝武帝的猜忌等。本节将尝试考察和解答上述问题。

一、刘诞与东方战场

元嘉三十年(453)二月,太子刘劭伙同始兴王刘濬杀害文帝篡位。即位后,为稳定局势,刘劭对境内几处重镇的长官做了调动:

---

① [清]王夫之著:《读通鉴论》卷十五,中华书局,1975年,第511—512页。
② [清]赵翼著,王树民校证:《廿二史札记校证》卷十一"宋子孙屠戮之惨"条,中华书局,1984年,第240—241页。
③ 周一良著:《魏晋南北朝史札记·〈宋书〉札记》"刘宋统治阶级内部矛盾之变化"条,中华书局,1985年,第201页。
④ 鲁力:《孝武帝诛竟陵王事与刘宋宗王镇边问题》,《武汉大学学报(人文社会科学版)》,2000年第5期。

三月,遣大使分行四方,分浙以东五郡为会州,省扬州立司隶校尉,以殷冲补之。以大将军江夏王义恭为太保,司徒南谯王义宣为太尉,卫将军、荆州刺史始兴王濬进号骠骑将军。……以雍州刺史臧质为丹阳尹,进世祖号征南将军,加散骑常侍,抚军将军南平王铄中军将军,会稽太守随王诞会州刺史。(《二凶传》)①

此次调动,除刘骏依然任江州刺史②不变外,扬州、荆州、雍州三大军事强镇的长官都将被调换。元嘉二十九年,文帝"以上流之重,宜有至亲"③,将荆州刺史一职授予始兴王濬,三十年正月调原荆州刺史刘义宣入京,担任扬州刺史④,刘濬也准备赴荆州接替义宣⑤。然而二月甲子(二十一日),文帝突然被杀,此事便暂时搁置下来。荆州"跨南楚之富"⑥,又"居上流之重,地广兵强,资实兵甲,居朝廷之半"⑦,刘劭弑立后自然希望牢牢控制住这一要地,故重申前议,又加刘义宣为太尉,想尽快调其入京,而以死党始兴王濬接管荆州,稳定上游局势。此举与当年徐羡之等人废少帝、立文帝后,任谢晦为荆州刺史以为外援之事,如出一辙。同时刘劭又将扬州分为东部的会州和直接由司隶校尉负责的京师周围两部分,分别由刘诞和殷冲任长官。殷冲"在东宫为劭所知遇"⑧,刘劭弑立时为其"草立符文,又妃叔父"⑨,正是刘劭的心腹。这样一来原本被文帝调任为扬州刺史的刘义宣则只能在朝担任位高权轻、有名无实的京官。加之当时刘义恭也已主动放弃兵权,"凡府内兵仗,并送还台"⑩。此二人自是不足为虑。雍州兵在二十七年的北伐中已展现出了不俗的战斗力,与此形成鲜明对比的则是南徐京口北府兵实力的日

---

① 《宋书》卷九十九,第2428页。
② 刘骏任江州刺史在元嘉二十八年。《宋书》卷五《文帝纪》:"六月壬戌,以北中郎将武陵王骏为江州刺史。"又卷六《孝武帝纪》:"寻迁都督江州,荆州之江夏豫州之西阳晋熙新蔡四郡诸军事,南中郎将,江州刺史。"分别见《宋书》,第100页、第110页。
③ 《宋书》卷九十九,第2437页。
④ 《宋书·文帝纪》:"三十年春正月戊寅,以司空、荆州刺史南谯王义宣为司徒、中军将军、扬州刺史。"见《宋书》卷五,第102页。
⑤ 《宋书》卷九十九:"明年正月,荆州事方行。"见《宋书》,第2437页。
⑥ 《宋书》卷五十四,第1540页。
⑦ 《宋书》卷五十一,第1476页。
⑧ 《宋书》卷五十九,第1598页。
⑨ 《宋书》卷九十九,第2439页。
⑩ 《宋书》卷六十一,第1645页。

益衰退①,刘劭自然也希望将这支新近崛起的军事力量收归己有。虽然刘劭此时并没有指派新的雍州刺史,但将已在任两年且能征惯战的臧质②由襄阳调至京畿,很可能也是担心臧质不受己命,打算另行安排亲信。如果刘劭设计的这次人事调动可以顺利实现,那么他将一举控制扬、雍、荆三大军事重镇,这对于他篡位之后迅速稳定天下局势无疑是极其重要的。即使是身在江州的刘骏有意起兵入讨,恐怕也难以有所作为,不会对刘劭形成致命威胁。

然而事与愿违,雍州刺史臧质在得知刘劭弑父之后,第一时间表示反对,并立即告知尚在荆州的刘义宣,二人又联合刘骏和司州刺史鲁爽共同起兵讨逆,于是构成了上游、中游联合压迫下游建康的局面。而刘劭能实际控制的范围则仅限于司隶校尉负责的京师周围地区及新立的会州两部分,亦即原先的扬州。荆扬之争原本即是东晋南朝政治上之常态,在面对上游势力逼迫时,以扬州为中心的下游并非没有抵抗甚至反击的可能。晋明帝太宁二年(324)七月,手握荆、江二州重兵的权臣王敦派王含、钱凤兵临建康,意图篡位。明帝在王导、温峤、郗鉴等人的支持下,借助苏峻、刘遐等流民帅的力量扭转了战局,平定了王敦之乱。东晋末年,尚为晋臣的刘裕先后讨伐桓玄、刘毅、司马休之,也是从建康出兵向上游进军。因此,如果刘劭能稳守扬州,抵挡住上游的几次进攻,似还有回旋的余地。如前文所言,司隶校尉殷冲是刘劭亲信,无疑可以信任。这时,唯一不确定且有可能左右整个战局的因素,便是被刘劭任命为会州刺史的刘诞,他的态度和动向显得异常关键。

按前文所引《二凶传》,会州管辖"浙以东五郡"。《宋书》中另有三处言及会州境域。一见刘诞本传:"元凶弑立,以扬州浙江西属司隶校尉,浙江东五郡立会州,以诞为刺史"③;一见《顾琛传》:"元凶弑立,分会稽五郡置会州,以诞为刺史,即以琛为会稽太守"④;一见沈约《自序》:"元凶弑立,分江东为会州,以诞为刺史"⑤。但都未明确道出浙东五郡具体所指。据《宋书·州郡志》

---

① 田余庆在《北府兵始末》一文中指出:"北府兵力日衰,荆雍兵力日盛,是同一个历史过程的两个方面。"见氏著《秦汉魏晋史探微》(重订本),中华书局,2004年,第374页。
② 臧质任雍州刺史在元嘉二十八年三月。二十七年,臧质参加北伐,曾率兵援救汝南,并大破汝南西境的山蛮,获万余口。二十八年正月,拓跋焘率军力攻盱眙,臧质又与沈璞顽强抵抗,力保城池不失。参见《宋书》卷五《文帝纪》、卷七十四《臧质传》。
③ 《宋书》卷七十九,第2026页。
④ 《宋书》卷八十一,第2077页。
⑤ 《宋书》卷一百,第2446页。

"孝建元年,分扬州之会稽、东阳、新安、永嘉、临海五郡为东扬州"①,《资治通鉴》"(孝建元年六月)癸未,分扬州浙东五郡置东扬州,治会稽"②,对比可知,会州管辖的范围与东扬州正同,即为《州郡志》所言五郡,且治所在会稽。而刘诞自元嘉二十八年(451)五月起至元凶弑立,一直都督五郡诸军事,且担任会稽太守,③自然也就成了会州刺史的最佳选择。

  刘诞对当时交战双方的重要性,其实正是建立在会州之于江左政权重要性的基础之上。这是因为"三吴开发潜力最大的地方,首推会稽,是三吴的腹心所在"④。首先,这里是东晋南朝重要的产粮地。晋元帝称"今之会稽,昔之关中,足食足兵,在于良守"⑤;刘宋之时,这里的农业经济更为发达,史称"会土带海傍湖,良畴亦数十万顷,膏腴上地,亩直一金,鄠、杜之间,不能比也"⑥,充足的粮食供给可以为长江下游两岸军队作战提供坚实的物质基础。其次,据《宋书·州郡志》记载,会州五郡当时共有编户九万五百一十九户,五十五万三千五百三十六口,两项数据分别占未分前扬州总户数和总人口数的63%和38%。巨大的户口数量,加之当地发达的手工业和商品经济,使这里成为政府财赋收入的重心和兵源所在。⑦第三,会稽既有优越的经济条件,又有秀丽的自然山水。东晋以来,王、谢、郗、蔡等侨姓士族便争相在山阴、始宁等地置办田产,经营山居。除此之外,此地还有孔氏、贺氏这样的土著大族。在面对上游进攻时,刘劭当然也希望能够争取到居于会稽的这两类士族的政治支持。因此,从经济、政治、军事的角度看,会州都可以说是建康的战略后方。若能控制会州,建康的财政、军粮、兵源便可以得到充足的保证;反之,若会州对建康采取对抗姿态,于刘劭而言则又多了东面战场的威胁。

  刘劭"好读史传,尤爱弓马","素习武事",⑧对于会州的战略重要性不会意识不到。实际上,刘诞与刘劭的关系并不和睦。刘诞妃为徐湛之女。元嘉二十七年,文帝意图北伐,徐湛之和江湛大力支持,太子刘劭与萧思话、沈

---

① 《宋书》卷三十五,第1029页。
② 《资治通鉴》卷一百二十八,第4088页。
③ 《宋书》卷七十九:"征诞还京师,迁都督广交二州诸军事、安南将军、广州刺史,当镇始兴,未行,改授都督会稽、东阳、新安、临海、永嘉五郡诸军事,安东将军,会稽太守,给鼓吹一部。"见《宋书》,第2026页。
④ 田余庆著:《东晋门阀政治》,北京大学出版社,2012年,第74页。
⑤ [唐]房玄龄等撰:《晋书》卷七十七,中华书局,1974年,第2042页
⑥ 《宋书》卷五十四,第1540页。
⑦ 《宋书》卷七十四:"元嘉二十七年,索虏南寇,发三吴民丁。"见《宋书》,第1927页。
⑧ 《宋书》卷九十九,第2423页、第2431页。

庆之则竭力劝阻。后北魏太武帝拓跋焘兵至瓜步,建康危急,刘劭劝文帝杀徐湛之和江湛,二人赖文帝保全才得以幸免。二十九年七月,巫蛊事发,文帝有意废刘劭另立太子,徐湛之又将刘诞作为太子候选人推荐给文帝。①刘劭弑父之夜,徐湛之也一同被杀。在二人关系有隙的情况下,刘劭选定刘诞作为会州刺史,一方面是考虑到刘诞曾在元嘉北伐中展现出了出众的军事指挥能力,且已有两年治理会稽的经验,另一方面也是为了显示自己公私有别、赏罚分明,希望以此笼络刘诞,收买人心,得到更多朝中大臣和居于会稽的侨姓士族、土著大族的支持。②特别是刘诞在元嘉二十六年至二十八年任雍州刺史之时,沈庆之、柳元景、宗悫、薛安都、宗越等将领都曾在其帐下参与伐蛮或北伐的战争。这些人尤其是沈庆之和柳元景,当时又都是上游讨逆军队的主将。刘诞若能接受朝廷指令,对这些雍州将领多少也会产生一些心理上的影响。③

　　面对突如其来的政治乱局和上下游的对立,刘诞本身也在小心地权衡利弊。在接到刘劭的任命后,他犹豫不决,甚至一度想接受会州刺史之职,选择与刘劭站在一起。此时,司马顾琛和参军沈正进谏力陈大义,帮助刘诞分析局势,才使刘诞没有接受此职。④顾琛字洪玮,吴郡吴人,曾祖顾和深得王导赏识,晋明帝、成帝时,历任尚书吏部、御史中丞等职,死后被追赠为司空。沈正字元直,吴兴武康人,叔父沈田子从武帝刘裕北伐南燕、后秦有功。吴郡顾氏和吴兴沈氏自三国以来便是江东大族,前者为文化士族,后者为地方武力强宗。两人劝刘诞起兵讨伐刘劭,也代表了江东大族在刘劭弑立一事上的态度和选择。而刘骏也十分配合地"遣沈庆之兄子僧荣间报诞,又遣

---

① 《宋书》卷七十七:"太祖将北伐……庆之又固陈不可。丹阳尹徐湛之、吏部尚书江湛并在坐,上使湛之等难庆之。"卷九十九:"二十七年,上将北伐,劭与萧思话固谏,不从。索虏至瓜步,京邑震骇,劭出镇石头,总统水军,善于抚御。上登石头城,有忧色,劭曰:'不斩江湛、徐湛之,无以谢天下。'上曰:'北伐自我意,不关二人也。'"卷七十一:"湛之欲立随王诞……诞妃即湛之女。"分别见《宋书》,第1998—1999页、第2424页、第1851页。
② 类似的例子还表现在刘劭对臧质诸子和鲁秀的态度上。臧质诸子闻臧质起兵,并皆逃亡,刘劭只是象征性地对他们"行训杖三十",后又"厚给赐之"。鲁秀为鲁爽之弟,刘劭封他为右军将军,配精兵五千,使攻新亭垒。参见《宋书》卷七十四《臧质传》《鲁爽传》。
③ 据《宋书》卷七十二,刘诞生母为文帝殷修华,很有可能属于陈郡殷氏,而刘劭之妃又是陈郡殷淳之女。刘劭将会州交予刘诞,很可能也考虑到了这一层关系。但史书并未记载殷修华姓名、郡望,她与殷淳的关系更无从考证,故仅将猜测附于此处。
④ 《宋书》卷一百:"元凶弑立,分江东为会州,以诞为刺史,诞将受命。……琛乃与正俱入说诞,诞犹预未决。"见《宋书》,第2446页。《资治通鉴》卷一百二十七:"随王诞将受劭命……琛乃与正入说诞,诞从之。"见《资治通鉴》,第4062页。

宁朔将军顾彬之自鲁显东入,受诞节度"①。于是江东大族以地方长官刘诞为代表,与上游势力结成联盟,东方战场正式形成。刘骏向京师发出的檄文中写道:"传檄三吴,驰军京邑,远近俱发,扬旍万里。"②其中虽难免有夸大之嫌,但翻检史书,确有不少三吴人士响应刘诞或在刘诞手下听命,如丘珍孙、孔觊、何子平、沈怀文、全景文、沈攸之等③。

东方战场的成立对刘劭无疑是个沉重的打击,建康非但失去了来自会州的人力、物力补给,更危险的是将要面临上下游两个方向的夹击。而对刘骏来说,刘诞的投靠不仅大大增强了己方实力,还如同在刘劭的后方安插了一枚尖锐的钉子,在战略上起到了牵制建康兵力的作用。为防御东军进攻,刘劭马上采取措施,于元嘉三十年三月"加三吴太守军号,置佐领兵"④,希望不耗费建康兵力、仅用三吴地方军队就能牵制甚至抵挡刘诞。四月,上游军队节节逼近,并在新亭取得了对刘劭的关键胜利,刘骏也于己巳(二十七日)在新亭即位。东线方面,之前被刘骏派往会稽接应刘诞的顾彬之,也与刘季之所领的刘诞前军合兵一处,向建康进发。此时刘劭已无力调动三吴军队,不得不分建康兵力,派殿中将军华钦等东讨。双方于曲阿之奔牛塘相遇,刘劭军大败而归,只得毁坏柏岗、方山埭来阻挡东路军。⑤五月丙子(四日),诸

---

① 《宋书》卷七十九,第2026页。
② 《宋书》卷九十九,第2430页。
③ 《宋书》卷八十二:"(周峤)元嘉末,为吴兴太守。贼劭弑立,随王诞举义于会稽,劭加峤冠军将军,诞檄又至。峤素惧怯,回惑不知所从,为府司马丘珍孙所杀。"见《宋书》,第2089页。丘珍孙为吴兴人。《宋书》卷八十四记载孔觊任"随王诞安东谘议参军",见《宋书》,第2154页。孔觊为会稽山阴人。《宋书》卷九十一:"元凶弑逆,安东将军随王诞入讨,以(何子平)为行参军。子平以凶逆灭理,普天同奋,故废己受职。"见《宋书》,第2258页。何子平虽是庐江灊人,但世居会稽。《宋书》卷八十二:"世祖入讨,劭呼之(沈怀文)使作符檄,怀文固辞,劭大怒……值殷冲在坐,申救得免。托疾落马,间行奔新亭。以为竟陵王诞卫军记室参军、新兴太守。"见《宋书》,第2102页。沈怀文为吴兴武康人。据《孝武帝纪》,刘诞转卫军将军在元嘉三十年四月庚午。《南齐书》卷二十九:"吴郡全景文……与沈攸之同载出都,到奔牛埭。"见[梁]萧子显撰:《南齐书》,中华书局,1972年,第539页。沈攸之亦为吴兴武康人。当然,也有站在刘劭一方的江东人士,如沈怀文的从父兄沈昙庆。《宋书》卷五十四:"世祖入讨,劭遣昙庆还东募人,安东将军随王诞收付永兴县狱。"见《宋书》,第1539页。沈昙庆帮助刘劭招募人马,或许是因为他当时正担任始兴王濬卫军长史之职。
④ 《宋书》卷九十九,第2429页。
⑤ 《宋书》卷九十九:"(刘劭)先遣太保参军庾道、员外散骑侍郎朱和之,又遣殿中将军燕钦东拒诞。五月,世祖所遣参军顾彬之及诞前军,并至曲阿,与道相遇,与战,大破之。劭遣人焚烧都水西装及左尚方,决破柏岗、方山埭以绝东军。"见《宋书》,第2433—2434页。"庾道""燕钦",《宋书》卷七十九作"庾導""華钦"。

军攻克台城,元凶刘劭和始兴王濬被擒伏诛。①

闰六月,孝武帝封刘诞为扬州刺史。②刘劭既诛,此时扬州已恢复了刘劭分割扬州之前的境域,管辖范围包括了整个三吴地区。扬州刺史之于刘宋王朝的重要性更远非会州刺史一职可比,这也决定了他在不久之后的刘义宣之乱中必将发挥举足轻重的作用。

孝建元年(454)二月,时任丞相的荆州刺史刘义宣协同江州刺史臧质、豫州刺史鲁爽和兖州刺史徐遗宝一同叛变,"率众十万发自江津,舳舻数百里"③。此时刘骏面临的危机和形势与之前刘劭面对上游讨逆时,竟是惊人的相似,仿佛历史的重演。而对比当初尚能沉着任命官员、调度军队的刘劭,刘骏首先想到的竟是投降。但对刘骏来说幸运的是,此番刘诞没有犹豫,立即选择了与他联合,并极力打消他让位的想法。此事史书中有多处记载。如《宋书》刘诞本传:"明年,义宣举兵反,有荆、江、兖、豫四州之力,势震天下。上即位日浅,朝野大惧,上欲奉乘舆法物,以迎义宣,诞固执不可,然后处分。帝加诞节,仗士五十人,出入六门。"④《魏书》也称:"由是骏知爽反,惶惧,欲遣迎义宣,其竟陵王诞执议不许。"⑤《南史》说:"上欲奉乘舆法物以迎义宣,诞固执不可,曰:'奈何持此座与人。'"⑥《资治通鉴》记载与《南史》类似。南北双方政权和后世史家的记载相同,可知此事不虚。在义宣之乱中,东方战场虽然没有实际出现,但刘诞坚定的政治立场和身为扬州刺史的重要政治地位,无疑使孝武帝和建康城得到了坚实的政治支持和可靠的战略后方,不仅打消了孝武帝投降的想法,还使建康避免了上下游的夹击。⑦不难想象,若没有刘诞的全力支持,刘宋江山必然再度易手。

二、君臣兄弟矛盾由隐至显的变化

义宣之乱被平定后,孝武帝的统治基础得到巩固,全国形势渐渐稳定下

---

① 《宋书》卷六:"丙子,克定京邑。劭及始兴王濬诸同逆并伏诛。"见《宋书》,第111页。
② 《宋书》卷六:"甲午,丞相南郡王义宣改为荆、湘二州刺史,骠骑大将军、荆州刺史竟陵王诞改为扬州刺史。"见《宋书》,第112页。
③ 《宋书》卷六十八,第1803页。
④ 《宋书》卷七十九,第2026页。
⑤ [北齐]魏收撰:《魏书》卷九十七,中华书局,1974年,第2142—2143页。
⑥ 《南史》卷十四,第397页。
⑦ 《宋书》卷六十八《刘义宣传》载有王玄谟写给刘义宣的书信,其中说道:"太傅(刘义恭)、骠骑(刘诞)嗣董元戎。"卷七十四《臧质传》载柳元景发布的檄文,也说:"骠骑竟陵王懿亲令誉,问望攸归,大司马江夏王道略明远,徽猷茂世,并旄钺临涂,云驱齐引。"见《宋书》,第1805页、第1919页。说明刘诞在平定义宣之乱的过程中,确实参与了指挥作战。

来,孝武帝与刘诞的关系也发生了微妙的变化,由战时的通力合作打天下变成了和平时期的暗中博弈。前期战事紧迫,两人尚能暂时抛开君臣之分,相互配合,保证军事第一;而到了局势相对安定的时候,君臣名分的重要性就格外突显出来。于孝武帝而言,就是要强化君主集权;于刘诞而言,则必须重新对自己进行身份定位,调整策略以适应新时期的君臣关系。事实上,在应对刘义宣之乱时,孝武帝就已经考虑到刘诞扬州刺史之职的高度重要性,一旦有变,势必引发三吴地区的动乱,于是暗中做了防范。《刘延孙传》记载:"臧质反叛,上深以东土为忧,出为冠军将军、吴兴太守,置佐史。"①刘延孙是前雍州刺史刘道产之子,自元嘉末年起便先后在刘骏镇军府、北中郎府、南中郎府中担任参军,刘骏入讨元凶时,又被任命为"寻阳太守,行留府事"②,正是孝武帝的心腹。义宣之乱被平定后,孝武帝对刘诞的疑心和忌惮进一步加重,史称:"上流平定,诞之力也。初讨元凶,与上同举兵,有奔牛之捷,至是又有殊勋,上性多猜,颇相疑惮。而诞造立第舍,穷极工巧,园池之美,冠于一时。多聚才力之士,实之第内,精甲利器,莫非上品,上意愈不平。"③此时,刘诞如何处理和孝武帝的关系就显得尤为关键,稍有差错,都会危及自身性命。

孝建二年(455),雍州刺史武昌王浑"与左右人作文檄,自号楚王,号年为永光元年,备置百官"④,八月,孝武帝废刘浑为庶人,徙始安郡,又派戴明宝诘责刘浑,逼令其自杀。面对即位之后镇边诸侯王的屡次发难,性格多疑、好猜忌的孝武帝深感诸侯王"强盛,欲加减削"⑤。此时,刘诞及时且十分明智地采取了主动削减权力以示臣服的策略。十月己未(一日),刘诞与大司马江夏王刘义恭一同上书"奏裁王、侯车服、器用、乐舞制度,凡九事;上因讽有司奏增广为二十四条"⑥。义宣死后,刘义恭成了武帝七子中唯一还在世的,而刘诞则是除孝武帝外,同辈兄弟中当时排行最靠前的,由这两人代表众诸侯王上书是再合适不过的了。刘诞与刘义恭上书请裁只有九条,孝武帝趁机扩充为二十四条,正透露出他渴望抓住一切机会削弱宗室势力的心态。在这些针对诸侯王的礼仪规范中,有一条需要格外注意,即"郡县内史相及封内官长,于其封君,既非在三,罢官则不复追敬,不合称臣,正宜上

---

① 《宋书》卷七十八,第2019页。
② 《宋书》卷七十八,第2019页。
③ 《宋书》卷七十九,第2026—2027页。
④ 《宋书》卷七十九,第2042页。
⑤ 《宋书》卷十八,第521页。
⑥ 《资治通鉴》卷一百二十八,第4091页。

下官敬而已"①。这一条规定是为了瓦解外镇的诸侯王与其属下之间过于紧密的关系。在当时,出任诸侯王僚佐的人员往往会与其长官在恩义的基础上,建立起类似君臣的关系。即使僚佐离任,这种"君臣关系"也不会因此断绝。这一现象可以看作先秦以来任侠风气的延续,它无形中强化了州镇的独立性,增强了诸侯王的威望与实力,同时却损害了天子的尊严。孝武帝禁止郡县内史相及封内官长对自己的封君称臣,正是为了否定这种不正常的"君臣关系",树立天子至高无上的威严与支配权。然而主动示弱并没有打消孝武帝的戒心,车舆服饰方面的限制也终究只是局限在礼制场合,时任扬州刺史、骠骑大将军的刘诞依然手握兵权、职位显赫。十月壬午(二十四日),孝武帝迁刘诞为"使持节、都督南徐兖二州诸军事、太子太傅、南徐州刺史"②,而将关键的扬州刺史之职交给了对自己曲意逢迎只求保身远祸的江夏王刘义恭。虽然孝武帝又加刘诞司空之职,但在魏晋南北朝时期,三公只是"尊养之官,不负行政责任,故位尊而无职权"③,因此此番调职实际上是孝武帝对刘诞权力的第一次削弱。

被调离建康后,刘诞依然奉行降低姿态、宣表忠诚的方针,希冀能够打消孝武帝对自己的猜忌。《宋书·符瑞志》"神鼎"条下记载:"孝建三年四月甲辰,晋陵、延陵得古钟六口,徐州刺史竟陵王诞以献。"④"神鼎者,质文之精也。知吉知凶,能重能轻,不炊而沸,五味自生,王者盛德则出。"⑤刘诞正是通过献古钟以赞美孝武帝的方式,来表现自己对朝廷的忠诚。但此举似乎并未奏效,因为南徐州治所在京口,距离建康水路只有二百四十里,陆路只有二百里。⑥虽然京口的北府兵在元嘉北伐之后实力已大不如前,但在距离建康如此近的地方一旦发生叛变,孝武帝仍然很难有充足的时间进行应对和军事部署。于是孝武帝开始计划对刘诞进行第二次削权。也许是为了避免过度刺激刘诞,此次行动并未马上实施,而是先通过天谴灾异来造势。《宋书·天文志》记载:"大明元年三月癸亥,太白在奎南,犯岁星。占曰:'有灭诸侯。'三年,司空竟陵王诞反诛。大明元年六月丙申,月在东壁,掩荧惑。占

---

① 《宋书》卷十八,第522页。
② 《宋书》卷七十九,第2027页。
③ 严耕望撰:《中国政治制度史纲》,上海古籍出版社,2013年,第106页。
④ 《宋书》卷二十九,第869页。按:当时刘诞是南徐州刺史,晋陵、延陵也在南徐州境内,"徐州刺史"当为"南徐州刺史"之误。
⑤ 《宋书》卷二十九,第867页。
⑥ 《宋书》卷三十五《州郡志》"南徐州刺史"条。

曰:'将军有忧,期不出三年。'至三年,司空竟陵王诞反。"①这些看似荒诞不经的谶纬之说,实际上在魏晋南北朝时期的政治话语和历史书写中具有相当的普遍性,并能对社会心理产生强大的影响力。"夫天道虽无声无臭,然而应若影响,天人之验,理不可诬。"②可见,在当时特殊的政治历史语境中,谶纬灾变之说仍然担负着汉儒藉天谴灾异说论政的道德重任。③也正是因为这种特殊的天人感应论说已深深根植于政治家和史家的思维范式中,所以当半年之内两次天象示警都指向竟陵王刘诞时,孝武帝再对刘诞进行黜陟就显得更具备正义性。大明元年(457)八月甲辰,"上以京口去都密迩"④,将"司空、南徐州刺史竟陵王诞改为南兖州刺史"⑤,由京口调往广陵。这是刘骏对刘诞权力的第二次削弱。而接替刘诞统领南徐州的恰恰又是曾经在义宣之乱中,暗中替孝武帝防范刘诞的刘延孙。"京口要地,去都邑密迩",武帝曾有遗诏:"自非宗室近戚,不得居之。"⑥刘延孙虽也是彭城刘氏,但与皇室并不同宗。孝武帝考虑到"广陵与京口对岸,欲使腹心为徐州,据京口以防诞,故以南徐授延孙,而与之合族,使诸王序亲"⑦。

南兖州治所广陵虽然是南朝防御北方势力入侵的江北军事重镇,但此地自东晋末年起便在战争中受到严重破坏。晋安帝隆安五年(401)六月,孙恩"别将攻陷广陵,杀三千人"⑧;刘诞最早的封号是广陵王,元嘉二十六年(449),文帝还因为"广陵彫弊,改封随郡王"⑨,可见此地非佳所。元嘉二十八年,北魏太武帝率大军南侵,宋"太祖闻虏寇逆,焚烧广陵城府船乘,使广陵、南沛二郡太守刘怀之率人民一时渡江"⑩。北魏军自瓜步退归时,"俘广陵居人万余家以北,徐、豫、青、冀、二兖六州杀略不可胜算,所过州郡,赤地无余"⑪,刘义恭的胆小怯战又使北魏"尽杀所驱广陵民"⑫。广陵城屡遭劫

---

① 《宋书》卷二十六,第749页。
② 《宋书》卷三十《五行志序》,第879页。
③ 参看吕宗力《谶纬与魏晋南北朝史观》一文,见李凭、梁满仓、叶植主编:《中国三国历史文化国际学术讨论会论文集》,湖北人民出版社,2012年,第153页。
④ 《宋书》卷七十九,第2027页。
⑤ 《宋书》卷六,第120页。
⑥ 《宋书》卷七十八,第2019页。
⑦ 《宋书》卷七十八,第2020页。
⑧ 《资治通鉴》卷一百一十二,第3581页。
⑨ 《宋书》卷七十九,第2025页。
⑩ 《宋书》卷九十五,第2352页。
⑪ 《南史》卷二,第52页。
⑫ 《宋书》卷六十一,第1644页。

难,其破败由此可见一斑。而纵观孝武帝登基后刘诞的职位变迁,可以发现,刘诞由扬州刺史到南徐州刺史再到南兖州刺史,一步步越来越远离京师,所在地方由建康到京口再到广陵,由政治权力中心滑向经济荒贫之地,政治地位相对而言也是越来越不重要。

经过接连两次的职位调动,加之孝武帝对自己的防范逐渐严密且明显,刘诞也开始警觉起来。一方面,刘诞仍然借助流行的符谶機祥,向孝武帝表示忠心。《宋书·符瑞志》记载,"大明二年三月己巳,白雉雌雄各一见海陵,南兖州刺史竟陵王诞以献"①,"大明二年五月甲子,白燕二产山阳县舍,南兖州刺史竟陵王诞以献"②,示弱以自保。另一方面,刘诞也在暗中开始加强军事防备:"诞既见猜,亦潜为之备,至广陵,因索虏寇边,修治城隍,聚粮治仗。"③虽然刘诞的行为在很大程度上是出于被动和无奈,但孝武帝既然对刘诞猜忌已久,刘诞此时加强军备的举动,无异于授人以柄,恰恰给了孝武帝军事镇压的借口,史称"嫌隙既著,道路常云诞反"④。

大明三年四月,建康民陈文绍、吴郡民刘成、豫章民陈谈之三人先后上书,举报刘诞有谋反之心,其中最严重的罪名莫过于刘诞"在石头城内,修乘舆法物,习倡警跸"⑤,以及"常疏陛下年纪姓讳,往巫郑师怜家祝诅"⑥。紧接着,孝武帝又指使有司弹劾刘诞⑦,并下诏贬刘诞爵为侯。诏书未下,他就派新委任的兖州刺史垣阆带领羽林禁兵,"以之镇为名,与给事中戴明宝袭诞"⑧。举报之事,胡三省认为是刘成之子道龙、陈谈之之弟咏之"先皆为诞所杀,其父兄希指诬告以报子弟之仇耳"⑨。加之有司的弹劾也是出于孝武帝的授意,而孝武帝贬斥刘诞的诏书,在出兵之前甚至不敢公之于众,从征广陵之前的这些舆论准备和军事部署可以看出,整个过程无一不是出自刘骏的一手策划,同时这些并不光彩的安排,也体现了他在处理与刘诞关系时的心虚。

在这里强调孝武帝讨伐刘诞是出自一己之意,并不意味着刘诞在整个

---

① 《宋书》卷二十九,第864页。
② 《宋书》卷二十九,第840页。
③ 《宋书》卷七十九,第2027页。
④ 《宋书》卷七十九,第2027页。
⑤ 《宋书》卷七十九,第2027页。
⑥ 《宋书》卷七十九,第2028页。
⑦ 《宋书》卷七十九:"其年四月,上乃使有司奏曰。"见《宋书》,第2028页。
⑧ 《资治通鉴》卷一百二十九,第4111页。
⑨ 《资治通鉴》卷一百二十九,第4111页。

事件中完全无辜,事实上刘诞的一些举动也着实给孝武帝留下了弹劾自己的把柄。有司在细数刘诞罪状的文章中,首先提到元凶弑立时,刘诞"进不能泣血提戈,忘身徇节;退不能闭关拒险,焚符斩使。遂至拜受伪爵,欣承荣宠,沉沦奸逆,肆于昏放。……及神锋首路,櫹枪东指,风卷四岳,电扫三江。诞犹持疑两端,阴规进退。陛下频遣书檄,告譬殷勤,方改奸图,末乃奉顺。分遣弱旅,永塞符文,宴安所荫,身不越境"①,指责刘诞没有在第一时间起兵讨逆,决定支持孝武帝后,仍然长时间消极应战。上文已指出,刘诞在元凶弑立之初确实犹豫不决,甚至想过接受会州刺史之职,经过顾琛和沈正的劝说才决定投靠刘骏,此时为元嘉三十年三月。自此之后,刘诞便在西陵按兵不动。四月丙辰(十四日),西路军前锋薛安都率兵至朱雀航,甲子(二十二日)柳元景等人在新亭大败刘劭,己巳(二十七日)刘骏于新亭即位。五月癸酉朔,臧质率雍州兵二万至新亭,豫州刺史刘遵考遣部将夏侯献之率步骑五千驻扎在瓜步,可以说此时西路军已经兵临城下,占据了压倒性优势,形势绝对有利于刘骏一方。从刘诞表明政治立场之后近两个月按兵不动的表现来看,他很可能始终在观望战局,权衡刘骏与刘劭两方势力的强弱,直至看到西路军胜利在望,方出兵在奔牛塘与刘劭交战。这一战虽然也打击了刘劭集团的兵力和士气,但对整个战局已不具有决定性作用,刘诞此举难免有投机之嫌。有司又指责刘诞"悖礼忘情,不顾物议,弯弧跃马,务是畋游"②,应当是说刘诞在为文帝服丧期间有不守礼法的行为。刘诞耽于畋猎之事,史书不载,但《宋书·沈怀文传》记载:"时国哀未释,诞欲起内斋,怀文以为不可,乃止。"③可见刘诞确有越礼之举。除以上两条外,奏文中列举的其他罪状,如暗中考稽图纬、欺侮宗室、勾结高阇谋反等,因缺乏史料,实难分辨是否确有其事。只是欲加之罪,何患无辞,孝武既已有平藩之意,广陵之战终究无法避免。

广陵之战自大明三年四月,一直持续至七月,除《沈庆之传》所云"时夏雨,不得攻城"④外,主要还与刘诞善于抚民、得到士庶支持有关。史称:"诞宽而有礼,又诛太子劭、丞相义宣,皆有大功,人心窃向之"⑤;"诞性恭和,得

---

① 《宋书》卷七十九,第2028—2029页。
② 《宋书》卷七十九,第2029页。
③ 《宋书》卷八十二,第2102页。此时沈怀文在刘诞府中担任骠骑录事参军,刘诞进号骠骑将军在元嘉三十年四月,正是国丧期间。
④ 《宋书》卷七十七,第2002页。
⑤ 《资治通鉴》卷一百二十八,第4099页。

士庶之心,颇有勇略"①。面对刘诞在广陵长时间的成功抵抗,孝武帝恼羞成怒,且越发坚定地认为,刘诞对自己的统治是一个严重威胁,甚至一度打算御驾亲征。城陷之后,孝武帝又以屠城的方式发泄心中的愤怒,且贬刘诞为留氏。他将曾经为自己的帝业立下大功的手足兄弟,彻底定性为挑衅自己权威、谋反不成的反面案例,可谓狠辣之至。但《南史》记载的一个细节却暴露了孝武帝强硬外表下更复杂的心态。明僧暠"宋大明中再使魏,于时新诛司空刘诞。孝武谓曰:'若问广陵之事,何以答之?'对曰:'周之管、蔡,汉之淮南。'帝大悦。"②孝武帝既已对刘诞事件定性,按理没有必要特意重复询问,除非当时朝廷内部或民间对孝武帝处置刘诞的方法存在疑问和不满。孝武帝在大臣出使北朝之时,借垂询表达自己对此事的关切,婉转示发己意,可见其高度重视此事在国内外的政治影响。南北对峙期间一方使臣出使对方政权时,维护己方政权形象是首要任务,因此如果北魏问及诛广陵之事,使臣的回答容不得半点疑问。正是怀着这种心态,孝武帝才特意考验明僧暠。明僧暠将刘诞与周代的管叔、蔡叔及西汉的淮南王刘安相提并论,后三者在当时看来均是历史上早已公认的国家叛臣,没有丝毫回旋的余地,③这也正符合孝武帝在公开场合对刘诞的定性。同时,这个回答具有外交辞令的性质,因此也能一定程度上代表在刘诞之事上,朝廷和民间舆论与孝武帝的期望达成了一致,故而孝武帝听到明僧暠的回答才会"大悦"。

三、结论

通过梳理孝武帝与竟陵王刘诞的关系可以发现,刘诞在刘骏夺取皇位及即位初巩固皇位的两次战争中,都发挥了极其重要的作用,这种作用又集中表现在刘诞与东方战场的关系上。元凶弑立时刘诞任会稽刺史,会稽为三吴腹心所在,也是建康的战略后方,刘劭曾想封刘诞为会州刺史,但遭到拒绝。刘诞在江东大族的拥护下投靠了刘骏,东方战场形成。这一方面意味着建康失去了财政、军粮、兵源方面的保证,另一方面也使刘劭不得不面对上下游夹击的不利局面。加之三吴地区较上游而言距建康更近,因此,虽然刘诞真正出兵的时间较晚,但东方战场的战略牵制作用仍然不可忽视。同理,面对刘义宣之乱时,刘诞阻止孝武帝让位,并以统领三吴的扬州刺史

---

① 《南史》卷十四,第397页。
② 《南史》卷五十,第1242页。
③ 嵇康曾作《管蔡论》,为管叔、蔡叔辩白。但嵇康在曹魏后期自称"非汤武而薄周孔",这篇辩论文也并非严格的史论,而是借古喻今,指斥专权的司马氏,虽然观点新颖,但并未改变对管叔、蔡叔二人的主流定性。

的身份支持孝武帝,也为刘骏平乱增添了重要砝码。

然而事实上,两人的关系自最初合作起就并不十分牢固。讨伐元凶时,刘诞在表明政治立场后按兵不动,始终在观望战局和双方势力的消长,在看到西路军必胜无疑后才出兵与刘劭作战。平定刘义宣时,孝武帝还不忘派刘延孙监视三吴地区。皇位巩固后,孝武帝又接连将刘诞从扬州刺史迁为南徐州刺史、南兖州刺史,削弱权力的同时也逐渐加紧了对刘诞的监视。作为回应,刘诞一方面通过献符瑞的方式表示忠心,同时又在暗中进行军事防备。大明三年的广陵之战是两人矛盾无法调和的必然结果。胜者为王,败者为寇,孝武帝的胜利意味着刘诞之前所有的功绩都将被一笔抹消,刘诞只能以国家叛臣的身份,成为孝武帝平藩、加强皇权的牺牲品。

第二节　孝武帝与江夏王刘义恭关系考论

江夏王刘义恭(413—465)[①],为宋武帝第五子,《宋书》卷六十一有传。景平二年(424)任南豫州刺史,代庐陵王义真镇历阳,此为义恭政治生涯的开端。元嘉元年(424),封江夏王。此后历任徐州刺史、荆州刺史、兖州刺史。十七年,彭城王义康被贬出藩,文帝征义恭入京主持政务。二十七年参加北伐,出镇彭城,"为众军节度"[②]。面对北魏大军,义恭一度想弃城出逃,赖张畅等人力谏方止。北魏军自瓜步撤退,"俘广陵居人万余家以北"[③],经过彭城时,义恭又错过战机,使北魏"尽杀所驱广陵民"[④]。文帝降义恭号骠骑将军以示惩罚,不久便官复原职。三十年,刘劭弑父自立,义恭投奔时为武陵王的刘骏,并上表劝刘骏即位。孝武帝时期,义恭依旧官职显赫,先后出任录尚书六条事、太傅、大司马、扬州刺史、中书监等要职。永光元年(465)八月,因图谋废立,刘义恭与柳元景、颜师伯、刘德愿一同被前废帝杀害。

虽然从政治功绩的角度看,刘义恭并不算是一个出色的政治家,但其一

---

① 《宋书》刘义恭本传记载:"永光元年八月,废帝率羽林兵于第害之,并其四子,时年五十三。"见《宋书》卷六十一,第1651页。按:永光元年为公元465年,古人年龄以虚岁计,向前逆推五十二年为晋安帝义熙九年,即公元413年。本传又言义恭景平二年(424)时年十二,据此所得生年亦为413年。

② 《宋书》卷九十五,第2349页。

③ 《南史》卷二,第52页。

④ 《宋书》卷六十一,第1644页。

生侍奉刘宋三代皇帝,亲身经历了"元嘉之治"的盛世和宗室残杀的乱局,可以说见证了刘宋王朝的由盛转衰,正可以作为考察刘宋政局变化和宗室关系的典型案例。目前学界对刘义恭的关注还较少,且主要集中在文学领域。白崇考察了聚集在义恭周围的文人以及义恭组织的文人雅集活动,但并未对具体诗文加以分析。①鹿群、于欧洋则从文献来源、风格特点、当时的文学风尚等角度,对刘义恭的诗文进行了比较细致的专题研究,并认为义恭一些作品中表现出的阿谀逢迎之态与当时严酷的政治局势密切相关。②但这些研究关注的重点仍然在文本层面,即使论及作品风格与时局的关系也多简单一笔带过,未做深入分析。至于孝武帝与刘义恭的关系,沈约在《宋书》中已指出义恭对孝武曲意逢迎只是为了自保:"屈体降情,槃辟于轩槛之上,明其为卑约亦已至矣。得使虐朝暴主,顾无猜色,历载逾十,以尊戚自保。"③《南史》沿袭沈说。王夫之《读通鉴论》亦言:"孝武以疑忌行独制,义恭等畏祸以苟全。"④前人所言固然属实,但略显笼统,两人之间的关系仍有需要考辨之处。本节探讨刘义恭在刘骏入讨及即位的过程中具体起到了怎样的作用,孝武帝即位后二人关系如何顺应政局变化而调整,以此管窥宗室关系对刘宋中后期政治的影响。

一、刘义恭对刘骏讨逆的帮助

元嘉三十年(453)二月甲子(二十一日),刘劭弑文帝后篡位自立。当时刘义恭的官职为大将军、都督扬南徐二州诸军事、南徐州刺史,持节、录尚书、太子太傅,还镇东府。⑤据张敦颐《六朝事迹编类》记载:"(东府)盖宰相之所居也。"⑥王鸣盛《十七史商榷》更明确指出:"宰相居此,非寻常宰相,乃秉权最重者。……凡此皆亲王也,而即为宰辅,是以皆居东府耳。"⑦因此,为控制朝中局势以防有变,刘劭当夜即召义恭及尚书令何尚之入宫,并将二人拘于台内。义恭出于自

---

① 白崇:《元嘉文学研究》,浙江大学博士学位论文,2006年。
② 鹿群:《刘义恭及其诗文研究》,安徽大学硕士学位论文,2013年。于欧洋:《南朝皇族文学研究》,东北师范大学博士学位论文,2013年。
③ 《宋书》卷六十一,第1656页。
④ 《读通鉴论》卷十五,第510页。
⑤ 《宋书》卷六十一:"(元嘉二十九年)改授大将军、都督扬南徐二州诸军事、南徐州刺史,持节、侍中、录尚书、太子太傅如故,还镇东府。辞侍中未拜。"见《宋书》,第1645页。
⑥ [宋]张敦颐撰,张忱石点校:《六朝事迹编类》卷一"六朝宫殿"条,中华书局,2012年,第25页。
⑦ [清]王鸣盛撰,黄曙辉点校:《十七史商榷》卷六十四"东府"条,上海古籍出版社,2013年,第858—859页。

保,主动"请罢兵,凡府内兵仗,并送还台"①。义恭的举动除形势所迫外,显然也是考虑到了文帝在世时,自己与刘劭的关系就并不融洽这一因素。刘劭为太子时,在与始兴王濬的往来书信中称刘义恭为"佞人"②,即是明证。在刘劭篡位后大肆残杀大臣、宗室之际③,义恭对刘劭的积极迎合,正是希望可以消除刘劭对自己的警惕。同时义恭既是当朝宰辅,又是宗室之长,如此显贵的身份事实上也为刘劭提供了很高的利用价值,若能将义恭完全拉拢过来,对于稳定人心无疑会有很大帮助。于是刘劭将义恭"进位太保,进督会州诸军事,服侍中服,又领大宗师"④。据《宋书·百官志》,太保虽然与大将军同为一品官,且"位从公"⑤,但职责只是"训护人主,导以德义"⑥而已,实权自然无法和掌管征伐的大将军相比。由此可知,刘劭是将义恭定位为一个尊贵的政治象征,同时仍然没有放弃对他的戒备。

三月,雍州刺史臧质得知文帝被杀的消息后,立即告知荆州刺史刘义宣,二人联合江州刺史刘骏和司州刺史鲁爽共同起兵讨伐刘劭。此时的刘义恭虽然身处刘劭阵营,但在看待刘劭弑父这一大是大非问题上仍然坚持了正确的立场,只是苦于刘劭防备甚严,无法脱身:"世祖入讨,劭疑义恭有异志,使入住尚书下省,分诸子并住神虎门外侍中下省。"⑦刘劭不仅将义恭安排在尚书下省以便于监视,更将义恭诸子作为人质,可见刘劭在处置义恭

---

① 《宋书》卷六十一,第1645页。卷九十九《二凶传》作:"先给诸王及诸处兵仗,悉收还武库。"见《宋书》,第2427页。《资治通鉴》作:"乙丑(二十二日),悉收先给诸处兵还武库。"见《资治通鉴》卷一百二十七,第4058页。这两处记载与义恭本传有微小的差异,或许是因为义恭先主动选择放弃兵权,随后刘劭为稳妥起见,又将其他在京诸侯王的武装全部剥夺。

② 《宋书》卷九十九《二凶传》:"凡劭、濬相与书疏类,所言皆为名号,谓上为'彼人',或以为'其人',以太尉江夏王义恭为'佞人'。"二凶将义恭称为"佞人",可能是因为义恭总理朝政时对文帝言听计从,史称义恭"虽为总录,奉行文书而已"。且元嘉二十九年七月巫蛊事发之后,义恭还朝,文帝向其倾诉道:"常见典籍有此,谓之书传空言,不意遂所亲睹。劭虽所行失道,未必便亡社稷,南面之日,非复我及汝事。汝儿子多,将来遇此不幸尔。"文帝对义恭的亲密态度及以心腹之言相告的举动,无疑也会使二凶认为是义恭谗佞文帝的结果。以上材料分别见《宋书》,第2425页、第1644页、第2425—2426页。

③ 据《二凶传》记载,刘劭杀害的大臣及宗室有尚书仆射徐湛之、吏部尚书江湛、始兴内史荀赤松、尚书左丞臧凝之、山阴令傅僧祐、吴令江徽、前征北行参军诸葛诩、右卫司马江文纲、吏部尚书王僧绰、长沙王瑾、瑾弟楷、临川王烨、桂阳侯觊、新渝侯玠。见《宋书》,第2427—2428页。

④ 《宋书》卷六十一,第1645页。

⑤ 《宋书》卷四十,第1260页。

⑥ 《宋书》卷三十九,第1218页。

⑦ 《宋书》卷六十一,第1645页。

时的矛盾心态:既不能对义恭完全放心,又投鼠忌器,碍于义恭尊贵的身份,无法采用更彻底的手段,如像对待长沙王瑾等人一样将其下狱甚至处死,同时还意图利用义恭的地位起到收拢人心的作用。刘劭对义恭这种摇摆不定的处置态度,恰恰使义恭可以在一定权限范围内自主行动,并借助讨好刘劭的假象,利用自己的身份对刘劭的决策施加影响,从而暗中协助刘骏。翻检《宋书》可以发现,此时的义恭也的确在力所能及的情况下为刘骏讨逆提供了重大帮助。

  义恭在职权范围内协助刘骏,主要表现在默许会州刺史刘诞投靠刘骏一事上。此事看似是刘诞个人的决定,实际上若没有刘义恭的默许和配合,东方战场也难以成立。因为当时义恭都督会州诸军事,对于会州刺史所统领的军队具有指挥权、军队财政方面的支配权,甚至是对刺史、将领的处罚权。①然而自三月初刘诞弃元凶投刘骏,至四月丁卯(二十五日)义恭南奔投刘骏于新林浦,在近两个月的时间里,都督会州军事的义恭对刘诞没有进行任何处置或军事打击。代表刘诞率领前军前来接应的参军刘季之,也没有遭遇任何抵抗便与刘骏的军队在西陵顺利会合。这只能解释为刘义恭有意为之,可以说刘义恭在促使东方战场形成的过程中也暗中发挥了重要作用。

  义恭通过迎合刘劭对其决策施加影响,首先表现为保护三镇士庶家口。刘劭得知雍、荆、江三州兴兵入讨后,原打算将三镇士庶住在京邑的家口全部杀害,以儆效尤。义恭与何尚之进言:"凡举大事者,不顾家口。且多是驱逼,今忽诛其余累,正足坚彼意耳。"②促使刘劭打消此念。此事《通鉴》系在四月庚戌(八日)之后。三镇士庶家口留在建康者应该不在少数,其中具体有史料可考的包括荆州刺史刘义宣诸子,雍州刺史臧质诸子,江州刺史刘骏长子刘子业、亦即后来的前废帝。义宣本传:"义宣起义,劭收(义宣子)恢及弟恺、悰、憬、㥄系于外,散骑郎沈焕防守之。"③《二凶传》则明确交代拘禁地点为"太仓空屋"④。三月辛卯(十八日),臧质诸子闻听臧质起兵,并皆逃亡,刘劭只是象征性地对他们"训杖三十",后又"厚给赐之"。可见臧质诸子其时确在建康,且并未被囚禁,⑤到了四月,随着战事升级,刘劭

---

① 关于州都督的职权及与属州刺史的关系,可参看(日)越智重明著:《中国古代の政治と社会》上编第一章《南朝の国家と社会》,中国書店,2000年;(日)小尾孟夫著:《六朝都督制研究》第四章《劉宋における州都督と軍事》,溪水社,2001年。
② 《宋书》卷九十九,第2431页。
③ 《宋书》卷六十八,第1807页。
④ 《宋书》卷九十九,第2431页。
⑤ 参见《宋书》卷七十四《臧质传》及《资治通鉴》卷一百二十七。

又生杀心。子业则是在元嘉二十七年六月刘骏出任江州刺史时，即被留在京邑，刘劭将其安置在侍中下省，①与义恭诸子住在一起。《前废帝纪》记载子业"将见害者数矣，卒得无恙"②，《建康实录》则称是多亏了"江夏王义恭保护之"③。

义恭影响刘劭决策还体现在扰乱刘劭作战计划上。面对上游进攻，始兴王濬及萧斌建议刘劭率水军逆江而上，主动迎战，如若不然可退守梁山。"义恭虑世祖船乘陋小，劭豕突中流，容能为患，乃进说曰：'割弃南岸，栅断石头，此先朝旧法，以逸待劳，不忧不破也。'劭从之。"④此番讨论，对于两军作战局势影响重大。首先，如义恭所言，西路军船只简陋狭小，《柳元景传》便记载："时义军船率小陋，（元景）虑水战不敌，至芜湖，元景大喜，倍道兼行。"⑤史书并未记载建康水军的情况，但义熙六年（410），刘裕曾"大治水军，皆大舰重楼，高者十余丈"⑥，据此可以想象建康水军装备之精良。两军若直接交战，西路军难免处于下风。其次，即使西路军侥幸取胜，刘劭退守梁山也会给三镇军队带来很大麻烦。据顾祖禹考证，此处的"梁山"实际上由东西两座山组成，"东梁山一名博望山，在太平府西南三十里；西梁山在和州南六十里，夹江对峙，如门之辟，亦曰天门山"，并引《元和郡县志》指出"两山岸江，相望数里，为大江之关要"，李白《梁山铭》曰："梁山、博望，关扃楚滨，夹据洪流，实为要津。天险之地，无德匪亲，守建康者，西偏津要。"⑦可见此处地势险要，易守难攻，又是由水路从上游入建康的西部门户。若刘劭屯重兵坚守梁山，短时间内刘骏军队恐难以攻破，若再遇上士气低落、粮草补给的困难，西路军则有溃败的危险。事实上，在孝建元年（454）刘义宣之乱时，孝

---

① 《宋书》卷七《前废帝纪》："世祖镇寻阳，子业留京邑。三十年，世祖入伐元凶，被囚侍中下省。"见《宋书》，第141页。
② 《宋书》卷七，第141页。
③ ［唐］许嵩撰，张忱石点校：《建康实录》卷十三，中华书局，1986年，第486页。按：刘劭弑父时，刘骏除子业外，尚有次子子尚。据《宋书》卷八十《豫章王子尚传》"孝建三年，年六岁"，可知元嘉三十年时子尚虚岁三岁。子尚生母为孝武文穆王皇后，本传称："世祖在藩，后甚有宠。上入伐凶逆，后留寻阳。"且《二凶传》所载始兴王濬替刘劭所作《与孝武书》中称"主上圣恩，每厚法师（子业小名），今在殿内住，想弟欲知消息，故及"，也未提及子尚。故此时子尚很可能与王皇后一同留在寻阳，并不在建康。以上材料分别见《宋书》，第2058页、第1289页、第2431页。
④ 《宋书》卷六十一，第1645页。
⑤ 《宋书》卷七十七，第1987页。
⑥ 《宋书》卷一，第21页。
⑦ ［清］顾祖禹撰，贺次君、施和金点校：《读史方舆纪要》卷十九，中华书局，2005年，第879—880页。

武帝也是派王玄谟等人在梁山屯兵，一举击败臧质和义宣，平定了叛乱。可见梁山对于屏藩建康的重要性。再次，义恭称"割弃南岸，栅断石头"是"先朝旧法"，对此胡三省解释为"晋明帝拒王含及武帝拒卢循时用兵之法"①。南岸指秦淮南岸，石头即石头城。在这两次战争中，"栅断石头"固然不假，但"割弃南岸"之说并不属实，特别是刘裕拒卢循时，南岸更是双方争夺的重点。在战争开始之前，刘裕部署军队时便说："贼若于新亭直进，其锋不可当，宜且回避，胜负之事，未可量也。若回泊西岸，此成擒耳。"②新亭即在秦淮南岸，西岸即指石头城外。③虽然徐道覆建议卢循自新亭、白石而上，但卢循并未采纳。随后刘裕又在南岸"筑查浦、药园、廷尉三垒，皆守以实众"④。卢循攻打石头栅未果，于是转而强攻南岸。刘裕部将徐赤特战败，南岸失守，形势危急。刘裕派褚叔度、朱龄石从北岸渡河，二人凭借手下强悍的鲜卑兵才击败卢循、夺回南岸。卢循只得引兵退回寻阳。可见秦淮南岸对于藩卫台城具有极其重要的战略意义。四月下旬，刘骏军队也正是在新亭大败刘劭之后不久，便攻陷台城，擒获二凶，以实际行动验证其祖父刘裕战略眼光之敏锐。至于晋明帝太元二年(324)，温峤烧朱雀桁以阻王含，是因为当时王含已率水陆五万大军抵达秦淮南岸，而此时台城"宿卫寡弱，征兵未至"⑤，只得暂时阻止叛军渡河。军心稳定后，温峤还是需要派兵渡河作战，最终在秦淮南岸的越城大破叛军。通过上述分析可知，在抵挡西路军的战略安排上，始兴王濬与萧斌的意见对刘劭而言实为上策。义恭以东方战场为由对刘劭假意劝说，⑥使刘劭决定放弃梁山和秦淮南岸两道重要防线。于是四月壬子(十日)，刘劭下令"焚淮南岸室屋、淮内船舫，悉驱民家渡水北"⑦。可以说义恭成功扰乱了刘劭的作战计划，为刘骏讨逆取得最终胜利创造了有利条件。

四月癸亥(二十一日)，刘骏前锋柳元景到达新亭并修建营垒。甲子(二十二日)，刘劭亲自率兵攻打柳元景，大败而归。交战时刘劭"挟义恭出战，

---

① 《资治通鉴》卷一百二十七，第4064页。
② 《宋书》卷一，第19页。
③ 《资治通鉴》卷一百一十五："裕登石头城望循军，初见引向新亭，顾左右失色；继而回泊蔡洲，乃悦。"胡三省注："蔡洲在石头西岸，今建康府上元县西二十五里有蔡洲。"见《资治通鉴》，第3692页。
④ 《宋书》卷一，第20页。
⑤ 《晋书》卷六十七，第1788页。
⑥ 《宋书·二凶传》："今远出梁山，则京都空弱，东军乘虚，容能为患。"见《宋书》卷九十九，第2431—2432页。
⑦ 《资治通鉴》卷一百二十七，第4065页。

恒录在左右,故不能自拔"①。刘劭败归后,义恭又意图趁乱"谋据石头",从内部接应义军,"会劭已令濬及萧斌备守"②,故并未成功,只得于丁卯(二十五日)单骑南奔。这对刘劭而言无疑又是一个沉重的打击。如果说刘诞所在的东方战场的形成代表了刘劭势力在军事上陷入绝对被动的话,那么义恭投奔刘骏则意味着朝中秩序的彻底崩溃。这种轰动效应也是由义恭的身份地位所决定的。史称义恭"幼而明颖,姿颜美丽",虽只是第五子,但"高祖特所钟爱,诸子莫及也。饮食寝卧,常不离于侧。高祖为性俭约,诸子食不过五盏盘,而义恭爱宠异常,求须果食,日中无算……庐陵诸王未尝敢求,求亦不得。"③可见刘裕对义恭宠爱有加。这也必然会被大臣们看在眼中。于是,少帝被废后,甚至有大臣建议立义恭继承皇位,④说明武帝对义恭的宠爱已使义恭在大臣中具备了很高的声誉和广泛的影响力。文帝即位后依然重用义恭,元嘉六年(429)义恭出镇荆州,文帝作书诫之,其中写道"至于尔时安危,天下决汝二人耳,勿忘吾言"⑤,将国家安危托付给义康⑥与义恭。元嘉十七年(440),义康被贬出藩,义恭便入朝成为首辅。二十八年(451)正月,义康被杀,义恭又成了宗室之长。这样的政治地位决定了他在刘劭和刘骏之间的选择,必然也会极大地影响到人心所向,史称"义恭佐史义故二千余人,随从南奔"。虽然这些人"多为追兵所杀"⑦,但从义恭一人即可带动两千余人投靠刘骏,仍然可以想见义恭在京师广泛的人脉关系以及巨大的号召力。也正因如此,刘劭才震怒异常,派始兴王濬尽杀义恭十二子,并在朝内形势崩溃、城外四面楚歌的情况下,做出了迎蒋侯、苏侯神主入宫,并诅咒刘骏的荒唐行为。⑧

投奔刘骏后,义恭立即奏上《劝进表》,建议刘骏尽快即位。此表由义恭奏上再合适不过,也最能代表皇室和群臣的意见。表文一方面痛斥二凶弑

---

① 《宋书》卷六十一,第1645页。
② 《宋书》卷九十九,第2433页。
③ 《宋书》卷六十一,第1640页。
④ 《宋书·徐羡之传》:"侍中程道惠劝立第五皇弟义恭,羡之不许。"见《宋书》卷四十三,第1332页。
⑤ 《宋书》卷六十一,第1641页。
⑥ 此年义康被征为侍中、都督扬南徐兖三州诸军事、司徒、录尚书事,领平北将军、南徐州刺史,持节如故。名义上是与王弘共辅朝政,实际上"内外众务,一断之义康"。见《宋书》卷六十八,第1790页。
⑦ 《宋书》卷九十九,第2433页。
⑧ 《宋书》卷九十九:"以辇迎蒋侯神像于宫内,启颡乞恩,拜为大司马,封钟山郡王,食邑万户,加节钺。苏侯为骠骑将军。使南平王铄为祝文,罪状世祖。"见《宋书》,第2433页。

父、滥杀群臣的罪行,称:"乾灵降祸,二凶极逆,深酷巨痛,终古未有。……况今罪逆无亲,恶盈衅满,阻兵安忍,戮善崇奸,履地戴天,毕命俄顷。"①另一方面又对刘骏顺应天命起兵讨逆的忠孝之举大加赞扬:"陛下忠孝自天,赫然电发,投袂泣血,四海顺轨,是以诸侯云赴,数均八百,义奋之旅,其会如林。"②如此一来,既表明了自己在刘劭弑立之后虽未能第一时间投奔刘骏,但始终是站在刘骏一方批判刘劭的暴行,同时又着重渲染了刘骏继承皇位的正义性。奏文最后又说:"臣负衅婴罚,偷生人壤,幸及宽政,待罪有司。"③这虽是臣子上奏时写在文章结尾以表自谦的套话,但联系义恭在刘劭之乱中的行为则有了另一层含义,即义恭为求自保,一时接受了刘劭所封官职,此时再来投靠刘骏,自然要以待罪之身,听候刘骏处置发落。但他在刘劭阵营时所做的一切有利于讨逆军的事,都是在为之后的投奔做铺垫,有戴罪立功甚至忍辱负重的性质,这样无疑有助于洗刷自己的罪名并博得刘骏的好感。《劝进文》奏上两日后,即四月己巳(二十七日)④,义恭便主持仪式并率领百官拥护刘骏在新亭即位。⑤以当时形势看,刘骏即位已是必然,但义恭仍然起了重要的推动作用。

考察了义恭在刘劭之乱中的行动后,还有必要对义恭上述行动的动机加以辨析,即义恭究竟是西路军的"卧底",还是迫于形势才对刘骏无奈迎合?文帝被害在二月二十一日,三月初刘诞便在义恭的暗中帮助下,开辟了对刘劭作战的东方战场,但刘诞真正出兵却迟至五月初,并没有在第一时间对西路军形成支援;四月初,义恭解救三镇士庶家口和扰乱刘劭作战计划时,西路军也只是刚刚出发而已,⑥还未曾和刘劭军队交战。可以说,此时刘

---

① 《宋书》卷六十一,第1645—1646页。
② 《宋书》卷六十一,第1646页。
③ 《宋书》卷六十一,第1646页。
④ 《宋书·孝武帝纪》云:"丁卯,大将军江夏王义恭来奔,奉表上尊号。戊辰(二十六日),上至于新亭。己巳,即皇帝位。"见《宋书》,第110页。《南史》卷二同《宋书》。《资治通鉴》卷一百二十七则记载:"戊辰,武陵王军于新亭,大将军义恭上表劝进。……己巳,王即皇帝位。"见《资治通鉴》,第4068页。两条文献关于义恭上表时间的记载相差一天。此处采用《宋书》的说法。
⑤ 《建康实录》卷十三:"己巳,百寮奉玺绂,帝泣下固辞,江夏王再拜,三辞,因设坛,即帝位于营所。"见《建康实录》,第470页。
⑥ 《资治通鉴》卷一百二十七记载:"(三月)乙未(二十二日),武陵王发西阳;丁酉(二十四日),至寻阳。庚子(二十七日),王命颜竣移檄四方,使共讨劭。州郡承檄,翕然响应。南谯王义宣遣臧质引兵诣寻阳,与骏同下,留鲁爽于江陵。……(四月)丁未(五日),武陵王发寻阳,沈庆之总中军以从。"见《资治通鉴》,第4061—4063页。

骏与刘劭双方在战争局势上还并未显现出明显的优劣之分,反而是义恭对刘劭作战计划的扰乱,才使得西路军在军事上占了先机。因此,不能说义恭在刘劭之乱中有观望局势、伺机投机之嫌,相反可以说他始终是否定刘劭、有心投奔刘骏的。只因刘劭对自己防备甚严,义恭一时不得出奔,故只能先保全自身,伺机而动,暗中做有利于西路军的事。而从另一个角度看,义恭在身陷敌营近两月的时间里,不但实现自保,还两次巧妙劝说刘劭放弃原有想法,也说明义恭处事谨慎周密,心计深远,擅于揣摩君主心思。

二、孝武帝与刘义恭的默契配合

即位之初,孝武帝为了表彰劝进有功的刘义恭,并借义恭树立自己的权威,延续了文帝重用义恭的策略,封义恭为"使持节、侍中、都督扬南徐二州诸军事、太尉、录尚书六条事、南徐徐二州刺史[①],给鼓吹一部,班剑二十人,又假黄钺。事宁,进位太傅,领大司马,增班剑为三十人。以在藩所服玉环大绶赐之。增封二千户",太子"东宫文案,使先经义恭",[②]实权授予与礼节推崇并行。义宣之乱中,义恭又"加黄钺,白直百人入六门"[③]。六门"乃宫廷及中央宫廨集中所在之台城之门也。……宋时大臣官位高者,尤其当有战争戒备时,得率护卫甲仗入六门,是为特殊优遇"[④],可见其时孝武帝对义恭的信任和倚仗。但这种状况并未持续太久,义宣之乱使孝武帝意识到诸侯强盛的威胁,二人之间的关系也开始以此为契机有了重新调整的必要。

对孝武帝来说,一方面义恭尊贵的地位可以为自己所用,使其成为一个高贵的政治象征,笼络宗族和大臣,起到稳定朝中局势的作用,但同时也不能排除义恭步义宣后尘谋反,或被他人利用的危险。《臧质传》记载讨伐元凶时,臧质有意推义宣称帝,但被义宣拒绝,"质每虑事泄,及至新亭,又拜江夏王义恭"[⑤],也说明义恭的威望确实有可能成为谋反叛军的一面旗帜。对义恭来说,在刘劭弑立时投奔刘骏,于道义和政治上固然是正确的选择,但刘

---

① "南徐徐二州刺史",《宋书·孝武帝纪》、《南史》卷二、《资治通鉴》卷一百二十七均作"南徐州刺史",下"徐二"两字恐涉上而衍。
② 《宋书》卷六十一,第1646页。
③ 《宋书》卷六十一,第1646页。
④ 周一良《魏晋南北朝史札记·〈宋书〉札记》"六门"条,第187页。
⑤ 《宋书》卷七十四,第1915页。

骏即位后大肆屠杀宗亲的行为也让义恭深感忧惧。[1]加之义恭精通史传,[2]深知高处不胜寒之意,故而在面对孝武帝的封赏时,往往只接受官品甚高但无实权的官职,多次辞让要职和兵权,同时察言观色,积极迎合孝武帝的意愿,适时上书。作为回应,孝武帝除了赐予义恭高官厚禄,在礼节和形式上对义恭推崇、尊敬至极外,还通过为义恭子赐名、过继子嗣给义恭为孙、为义恭作传等方式拉拢义恭,将他树立为粉饰太平的象征和群臣的政治标杆。所谓政治标杆是指,义恭处理与孝武帝关系的方法可以成为大臣们,特别是皇室成员和世家大族的榜样和准则。通过对比义恭事奉君主的态度,群臣可以针对自身不足之处,或者说容易引起孝武帝不满之处做出改善,对义恭进行效仿和学习。同时,因得到孝武帝高度认可,义恭在名位和物质上均收获了丰厚的赏赐,这对群臣来说,无疑也是一个明显的信号,可以刺激他们通过调整自身行为来争取孝武帝的关注与宠信。以下结合史料,从义恭和孝武帝两个角度分别予以考察。

义宣之乱平定后,孝武帝有意"削弱王侯,义恭希旨,乃上表省录尚书"[3]。《宋书·百官志》称:"录尚书职无不总。"[4]《晋书·职官志》也指出录尚书之职"自魏晋以后,亦公卿权重者为之"[5]。文帝时,彭城王义康曾任录尚书事,"既专总朝权,事决自己,生杀大事,以录命断之。凡所陈奏,入无不可,方伯以下,并委义康授用,由是朝野辐凑,势倾天下"[6]。可见录尚书一职权势之重。此时朝中录尚书事者仅有义恭一人,并无他人参录。虽然义恭在义康被贬后曾接任录尚书之职,"既小心恭慎,且戒义康之失,虽为总录,奉行文书而已"[7],但职位本身所代表的权力和地位,仍然让孝武帝无法放心,而身当其任的义恭也只有通过主动上书才可以免除孝武帝对自己的猜忌。孝建二年(455)十月己未(一日),义恭与扬州刺史竟陵王诞一同上书,"奏裁

---

[1] 刘骏义军攻破台城后,杀刘劭及其四子、始兴王濬及其三子。元嘉三十年七月,刘骏因南平王铄不推事自己,且曾得到刘劭信任重用,于是"以药内食中毒杀之"。义宣之乱平定后,孝武帝又杀义宣及其十六子。参看《宋书》卷九十九《二凶传》、卷七十二《南平穆王铄传》、卷六十八《南郡王义宣传》。

[2] 《宋书》卷六十一:"义恭撰《要记》五卷,起前汉讫晋太元,表上之,诏付秘阁。"见《宋书》,第1649页

[3] 《宋书》卷六十一,第1647页。

[4] 《宋书》卷三十九,第1234页。

[5] 《晋书》卷二十四,第730页。

[6] 《宋书》六十八,第1790页。

[7] 《宋书》卷六十一,第1644页。

王、侯车服、器用、乐舞制度，凡九事；上因讽有司奏增广为二十四条"①。此事的起因在于雍州刺史武昌王浑"与左右人作文檄，自号楚王，号年为永光元年，备置百官"②。八月，孝武帝废刘浑为庶人，徙始安郡，又派戴明宝诘责刘浑，逼令其自杀。大明五年(461)四月，雍州刺史海陵王休茂反，③事平之后，义恭"探得密旨，先发议端"④，上《条制诸王府镇表》，建议禁止诸王出镇、即使出镇也应取消开府和军事指挥权、禁止诸王私下养士等。通过以上三个事例可以发现，义恭每一次上书的时间点，都恰恰在一个重大政治事件发生之后，孝武帝将有所举动之前，而上书的内容又都恰到好处地正中孝武帝下怀，先孝武帝一步道出了他想说但又未说的想法。凡此诸事，皆可证明刘义恭为人机巧，工于迎合。

除了孝建元年辞录尚书外，之后义恭还有几次辞官也体现了他的戒惕矜慎，他不接受实权之位，时刻注意不僭越礼制。孝建二年春，义恭"进督东南兖二州。其冬，征为扬州刺史，余如故。加入朝不趋，赞拜不名，剑履上殿，固辞殊礼。又解持节、都督并侍中"⑤。第一个获准剑履上殿、入朝不趋的大臣是西汉萧何，胡三省解释这两项礼节时说："秦法：群臣上殿，不得持尺寸之兵。……屦、履所以从军，军容不入国，故皆不许以上殿。君前必趋，崇敬也。今赐何剑履上殿，入朝不趋，殊礼也。"⑥东汉梁冀在这两项之上又被获准谒赞不名。此二人一为开国功臣，一为炙手可热的外戚权臣。此后接受这三项殊礼之人又多怀篡逆之心，如董卓、曹操、司马师、王敦、桓玄、刘裕等。这显然只是孝武帝为尊崇义恭而做的表面文章，不能真正接受。如果接受，便意味着倨傲，甚至让人怀疑有不臣之心。"节"和"都督"是刘宋州都督制中代表身份阶层和权力大小的称谓，是所统领地方军权和财政权的象征，其中又可分为不同等级："晋世则都督诸军为上，监诸军次之，督诸军为下。使持节为上，持节次之，假节为下。使持节得杀二千石以下；持节杀无官位人，若军事得与使持节同；假节唯军事得杀犯军令者。"⑦中央

---

① 《资治通鉴》卷一百二十八，第4091页。
② 《宋书》卷七十九，第2042页。
③ 此事《孝武帝纪》系在大明五年。据《海陵王休茂传》，休茂孝建二年年十一，死时年十七，可以推算也在大明五年无疑。但义恭本传将这件事放在孝建三年和大明元年之间叙述，似有悖史笔。
④ 《宋书》卷八十二，第2104页。
⑤ 《宋书》卷六十一，第1648页。
⑥ 《资治通鉴》卷十一，第373页。
⑦ 《宋书》卷三十九，第1225页。

官员若无地方势力支持,不都督数州或兼领京畿地区,则几乎没有任何实权可言。若要统领地方,则必须有"节"和"都督"的称号。义恭解持节和都督,正是主动向孝武帝表明自己无意掌管兵权,安于做一个位高权低的京官。至于孝建二年冬,义恭接替刘诞被征为扬州刺史一事,本是孝武帝为削弱竟陵王刘诞的权力而采取的手段。扬州不仅是都城所在,更关键的是还包括了户口众多、经济发达的三吴地区。刘诞功高震主,刘骏早有防范之心,故将刘诞调为南徐州刺史,而将扬州刺史暂时交给对自己曲意逢迎、只求保身远祸的义恭。孝建三年(456)七月,义恭因"西阳王子尚有盛宠",故"解扬州以避之"①。如此一来,孝武帝就借义恭之手顺利将扬州收归己有。

虽然义恭主动辞掉了一些兵权和要职,但孝武帝依然不放心,也有主动剥夺义恭兵权的事例。大明三年(459),省义恭兵佐,大明六年,解司徒府。《宋书·百官志》记载:"江左以来,诸公置长史、仓曹掾、户曹属、东西阁祭酒各一人,主簿、舍人二人,御属二人,令史无定员。"②两晋以来,开府为当朝执政者所必需,更有甚者,有些权臣公府成为国家行政中心。如《北堂书钞》引徐广《晋纪》曰:"王述不拜中书监,患脚,就拜尚书令,于府摄事也"③;彭城王义康曾将"凡朝士有才用者,皆引入己府,无施及忤旨,即度为台官"④。孝武帝在义恭兵权被削弱殆尽的时候,又剥夺司徒府的开府辟掾权力,可以看作对义恭行政权力的进一步裁减。这样一来,孝武帝之前授予义恭的太尉、太傅、大司马等一品高官,就只是有名无实的虚衔,彻底成为一种单纯表示政治地位优崇的标志。

为了更好地利用义恭的声望,孝武帝在加封义恭高官之外,还采取了一些特殊手段。首先,孝建三年,义恭子伯禽出生,孝武帝宠臣颜竣恰巧此时

---

① 《宋书》卷六十一,第1649页。
② 《宋书》卷三十九,第1222页。
③ [唐]虞世南辑:《北堂书钞》卷五十九,《中华再造善本》丛书,国家图书馆出版社,2013年,第8a页。
④ 《宋书》卷六十八,第1790页。

也获一子。于是孝武帝给两个孩子赐名,^①"名义恭子为伯禽,以比鲁公伯禽,周公旦之子也;名竣子为辟强,以比汉侍中张良之子"^②。通过赐名,孝武帝将义恭比为对王朝忠心耿耿、始终全力辅佐周成王的周公旦,可以说将义恭的政治形象抬高到了无以复加的程度。其次,大明二年四月甲申(十一日),孝武帝立第四皇子子绥为安陆王,过继给义恭次子刘叡为后,^③刘叡在元嘉三十年已被刘劭杀害。通过出继子绥,孝武帝与义恭之间的关系,在原有叔侄关系的基础上无疑又加深了一层。但这并不是孝武帝唯一的目的。大明四年三月丁卯(五日),子绥被任命为都督郢州诸军事、冠军将军、郢州刺史,后进号后军将军,加持节。^④郢州是孝武帝在孝建元年六月,"分荆州之江夏、竟陵、随、武陵、天门,湘州之巴陵,江州之武昌,豫州之西阳,又以南郡之州陵、监利二县度属巴陵"^⑤而立,是义宣之乱平定后孝武帝吸取教训,为削弱荆州实力而采取的手段。郢州八郡中有五郡是由荆州划出,据《州郡志三》,江夏、竟陵、武陵、天门四郡总户数为17448,口数为121715,分别占郢州总户数、口数的53.4%和69.7%,加上随郡户口数,所占比重会更大。^⑥

---

① 据《刘义恭传附伯禽传》称:"伯禽,孝建三年生。"《颜竣传》记载此事时说:"南郡王义宣、臧质等反,以竣兼领军。义宣、质诸子藏匿建康、秣陵、湖熟、江宁县界,世祖大怒,免丹阳尹褚湛之官,收四县官长,以竣为丹阳尹,加散骑常侍。先是,竣未有子,而大司马江夏王义恭诸子为元凶所杀,至是并各产男,上自为制名。"按上下文,很容易误解为刘义恭之子和颜竣之子生于孝建元年。事实上,孝建三年时颜竣也曾任丹阳尹。《南史》记载:"(颜竣)丁父忧,裁逾月,起为右将军,丹阳尹如故。竣固辞,表十上不许。遣中书舍人戴明宝抱竣登车,载之郡舍。"据《宋书·颜延之传》,颜竣父颜延之即卒于孝建三年。因此,伯禽与辟强出生之年还应以《伯禽传》为准,在孝建三年。以上材料分别见《宋书》第1653页、第1960页,《南史》第884页。
② 《宋书》卷七十五,第1960页。
③ 《宋书》卷六:"(大明二年)夏四月甲申,立皇子子绥为安陆王。"《宋书》卷六十一:"大明二年,追封(刘叡)安陆王。以第四皇子子绥字宝孙继封。"分别见《宋书》,第121页、第1652页。
④ 《宋书》卷六:"(大明四年三月)丁卯,以安陆王子绥为郢州刺史。"《宋书》卷六十一:"以子绥为都督郢州诸军事、冠军将军、郢州刺史。进号后军将军,加持节。"分别见《宋书》,第125页、第1652页。
⑤ 《宋书》卷三十七《州郡志三》,第1124页。《州郡志》只言郢州立于孝建元年,《孝武帝纪》记载:"(孝建元年六月)癸未,分扬州立东扬州。分荆、湘、江、豫州立郢州。"见《宋书》,第115页。
⑥ 《宋书·州郡志》"郢州"条未记载随郡户数、口数,故此处无法加入统计。孝武帝一朝天门郡属郢州,泰始三年明帝将天门复归荆州,故"郢州"条下未收天门郡,而是仍列在"荆州"条下。天门郡共有3195户,人口数未载,以一户五口算,大约是15975口。此处统计郢州户口时,在"郢州"条的基础上也加入天门郡的户口。

因此郢州虽分四州而设,实际上最主要还是分割荆州。东晋时,江州是荆、扬之间的军事要冲,起着平衡上下游势力的作用。①郢州位于荆、江之间,不仅分割了荆州大量人口,更在上下游之间与江州一起形成了两道屏障。郢州治所夏口"在荆、江之中,正对沔口,通接雍、梁,实为津要"②,也是兵家必争之地。因此孝武帝对郢州刺史的选择也就显得格外谨慎和关键。在子绥之前,任郢州刺史者有萧思话、刘秀之、孔灵符和王玄谟,其中只有孔灵符任期较长,约两年七个月,其他三人均在一年左右。而子绥自大明四年三月上任后,直至孝武帝去世,任期长达五年之久。③孝武帝通过出继子绥,不仅从宗族亲缘上拉近了与义恭的关系,让名义上已是义恭之孙的子绥长期镇守重镇郢州,也是对义恭的尊崇,同时还不必担心郢州权势旁落,可谓一箭三雕。第三,义恭本传称:"大明中撰国史,世祖自为义恭作传。"④沈约在《宋书·自序》中介绍《宋书》编纂过程时说:"至于臧质、鲁爽、王僧达诸传,又皆孝武所造。"⑤今本《宋书》中以上诸人的传记究竟多大程度上保留了孝武帝最初作传时的样子,已无法考证。仅以有限材料看,上述四人可以很清楚地分为两类。臧质、鲁爽、王僧达或因权欲熏心成为国家叛臣,或为不与皇室合作、对抗皇帝权威的世家大族代表,均难以逃脱被孝武帝处死的下场。反观义恭,则因主动放弃权力、迎合孝武帝,甘于成为冠冕堂皇的政治象征而位极人臣,这无疑与前三人形成了鲜明对比。孝武帝选择为这四人作传,很有可能是将前三者作为大臣们的反面教材,义恭则扮演正面教材和政治标杆的角色,向宗室和大臣(主要是世家大族)传递孝武帝对臣属的期待和加强君主集权的渴望。

三、刘义恭其人评价

通过考察孝武帝与刘义恭的关系可以发现,义恭在孝武帝的心目中,始终是一个政治象征意义大于实际才干的人。无论是元凶之乱时刘劭与刘骏双方对义恭的争夺,还是孝武帝即位后对义恭的任用,义恭被看重的始终是其宗室之长和名义上当朝首辅的身份与地位。这样的身份和地位对于笼络

---

① 关于江州在荆扬之争中的地位和作用,可参看田余庆《东晋门阀政治》"庾氏之兴和庾、王江州之争"一章。
② 《宋书》卷六十六,第1737页。
③ 前废帝时期子绥依旧任郢州刺史。明帝即位后,晋安王子勋反,子绥在郢州一同起兵,泰始二年八月子勋败,九月子绥被赐死。
④ 《宋书》卷六十一,第1651页。
⑤ 《宋书》卷一百,第2467页。

人心、稳定朝中形势会起到很大作用,至于义恭本身有多大才干,反倒并不那么重要。因此孝武帝在位时,对刘义恭在礼节和形式上还是推崇至极的,甚至将其暗比为周公。面对孝武帝给的高官厚禄,义恭并没有忘乎所以,而是很清楚自己政治傀儡的实际身份,在《条制诸王府镇表》中,他自称"年衰意塞,无所知解,忝皇族耆长,惭愧内深"①,也是有意放低姿态。因此,在处理与孝武帝的关系时,他能够主动迎合孝武帝的意愿,放弃实权,甘于做孝武帝的政治工具,以此求得自保。

义恭虽然擅用韬晦之计,常以懦弱畏祸之态示人,但这并不意味着他在政治和军事上毫无才能和谋略,义恭扰乱刘劭作战计划,使西路军在战略上占据优势即是一例。义宣之乱时,义恭又作《与南郡王义宣书》,借用殷仲堪借兵给桓玄、王恭重用刘牢之,但殷、王最终被桓、刘反噬的前朝事例,一针见血地指出义宣是受了臧质的蒙蔽,臧质是意图"藉西楚强力,图济其私。凶谋若果,恐非复池中物"②,随后又逐一分析了鲁爽和徐遗宝反叛的动机,眼光不可谓不敏锐。大明三年竟陵王刘诞反,被孝武帝派去征讨广陵的沈庆之攻城七十余日仍未取胜,孝武帝一怒之下打算亲自渡江督战。此时义恭上表极力劝阻,认为在战争僵持之时皇帝贸然亲征,会使京城臣民震恐不安,甚至产生不利于朝廷的流言,宽广多险的长江和危机四伏的前线,对于象征国家权力的皇帝而言也太过冒险。义恭的意见相比头脑发热的孝武帝来说,无疑更具大局观。这些事例都可以说明义恭具备较高的政治头脑和军事谋略。至于义恭软弱畏祸的性格,实际上也并不是他的本性。元嘉六年(429),义恭出任荆州刺史,文帝以义恭"骄奢不节"③,故作书诫之,其中批评义恭"进德修业,未有可称,吾所以恨之而不能已已者也。汝性褊急,袁太妃(义恭生母)亦说如此。性之所滞,其欲必行,意所不在,从物回改,此最弊事。宜应慨然立志,念自裁抑"④。由文帝和袁太妃的评价可知,义恭本性张扬不羁且性情急躁,此后之所以转变为胆小怕事,完全是慑于文帝和孝武帝对皇室成员的猜忌。这一转变始于元嘉十七年义康被贬。到了孝武帝时,刘骏猜忌的性格较其父更是有过之而无不及。加之刘骏本身对其皇位正统性充满焦虑和不自信,更加剧了刘骏对皇室成员的打击力度,义恭在孝武帝朝的行事也就更显得卑微懦弱,史称:"时世祖严暴,义恭虑不见容,乃卑辞

---

① 《宋书》卷六十一,第1649页。
② 《宋书》卷六十八《南郡王义宣传》,第1803页。
③ 《宋书》卷六十一,第1640页。
④ 《宋书》卷六十一,第1641页。

曲意,尽礼祗奉,且便辩善附会,俯仰承接,皆有容仪。每有符瑞,辄献上赋颂,陈咏美德。"[1]要言之,义恭在历史上留下的庸碌无为、奉迎媚主的形象,并非是因为其生性如此,也不是因为才华不够,完全是慑于帝王猜忌,为在严酷的皇权下求得生存,不得不卑身屈下、谄媚迎合。

　　义恭的才性及处理君臣关系的方法也可以与竟陵王刘诞做一番对比。刘诞在刘劭之乱中投靠刘骏,成立了东方战场,与上游一起对建康形成夹击。然而刘诞真正出兵却是在五月初,距离投靠刘骏已有两个月时间,此时战局已绝对有利于刘骏一方,因此刘诞是存在投机心理和行为的。义恭则不同,虽然他没能在第一时间投奔义军,但身在刘劭阵营的他依然凭借自己的特殊身份,在权限范围内为刘骏讨逆取得最后胜利立下了大功。义宣之乱时,两人也各司其职,在平乱过程中起到了重要作用。可以说义恭参与了刘诞建立功绩的所有事件,特别是在平定刘劭之乱中立下的功劳比刘诞更大。两人都具备一定的政治和军事才能,但相比而言,刘诞的军事指挥和作战能力明显要高于义恭。元嘉二十七年北伐,刘诞负责的西方战线节节胜利,而出镇彭城、节度众军的义恭却一度打算弃城出逃,此后又错失解救被俘百姓的战机;沈庆之率重兵伐广陵,刘诞可以坚守七十余日,这些都可以作为例证。若论政治头脑,刘诞则远逊义恭,也正是这一点决定了两人在处理与孝武帝关系时采取了不同的方法,并最终导致两人的结局截然不同。刘诞的做法更像是武将,他采取的是一种以功绩向孝武帝表忠诚,为他尽职尽责的方式,想以此打消孝武帝对他的顾虑。然而适得其反,刘诞表现出的能力越大、建立的功勋越高,反而越容易引起孝武帝的怀疑。更关键的是,无论刘诞在扬州刺史任上,还是南徐州刺史和南兖州刺史任上,始终在京师或京师附近,且手握兵权,自然难以避免孝武帝的猜忌,最终如同所有功高震主的武将一样被杀害,也就不足为奇了。义恭则是一个圆滑的政客,为人机巧,尤其擅于揣摩君主的心理,可以及时调整自己的行动,以适应新的政局和君主的心理期待。因此在孝武帝朝,义恭虽然功劳很高,也始终居于高位,却能够在把握孝武帝心理的基础上认清自己的定位,主动放弃兵权,很少实际参政,总是与权力核心保持一定距离,且一直身居建康,便于孝武帝监视,最终得以成功自保。

---

[1]《宋书》卷六十一,第1650页。

第三节　孝武帝与南郡王刘义宣关系考论

南郡王刘义宣(415—454)[①],为宋武帝第六子,《宋书》卷六十八有传。元嘉元年(424),封竟陵王,十年改封为南谯王。自元嘉元年至十二年,官职虽屡有变迁,但始终在京,领石头戍事。十三年,出为江州刺史。十六年,转南徐州刺史。二十一年,任都督荆、雍、益、梁、宁、南北秦七州诸军事,车骑将军,荆州刺史,"在镇十年,兵强财富"[②]。三十年,刘劭弑父自立,雍州刺史臧质第一时间告知义宣,二人又联合时任江州刺史的刘骏共同起兵讨逆,并帮助刘骏登上皇位。孝武帝即位后,改封义宣为南郡王,又以义宣为中书监,都督扬、豫二州,丞相,录尚书六条事,扬州刺史。义宣拒绝内调,于是孝武帝又改义宣为都督荆、湘、雍、益、梁、宁、南北秦八州诸军事,荆、湘二州刺史。孝建元年(454),义宣在臧质的唆使下,协同豫州刺史鲁爽、兖州刺史徐遗宝举兵反叛,孝武帝派遣以王玄谟为首的青徐集团和以柳元景为首的雍州集团兵力镇压了叛乱,义宣及其子嗣均被处死。

关于义宣之乱,历代学者习惯于从孝武帝翦刈诸王、残害亲族的角度予以定性。王夫之在《读通鉴论》中评论道:"孝武以藩王起兵,而受臣民之推戴,德望素为诸王所轻,不自安也;于是杀铄,诛义宣,忍削本支,以快其志。"[③]认为其原因是孝武帝的猜忌。赵翼《廿二史札记》说:"帝又与南郡王义宣诸女淫乱,义宣因此发怒,遂举兵反。"[④]认为孝武帝"闺庭无礼,与义宣诸女淫乱"[⑤]是事件的导火索。王仲荦认为孝武帝不愿义宣久任荆州刺史,欲将其内调,义宣不受命故而起兵。[⑥]诚然,义宣功高震主,荆州兵强财富,这些都容易引起孝武帝的猜忌,同时,臧质在教唆义宣时也确实利用了孝武

---

① 《宋书》刘义宣本传记载,义宣去世时,"时年四十",见《宋书》卷六十八,第1807页。按:孝建元年为公元454年,古人年龄以虚岁计,向前逆推三十九年为晋安帝义熙十一年,即公元415年。但本传又言义宣元嘉元年(424)时年十二,若依此推算则为413年。许福谦在《〈宋书〉纪传疑年录》一文中,据义宣小于刘义恭,长于刘义季,且文帝赐义宣诏中有"汝与师护(义季小字)年时一辈"一语,推断义宣生年当以415年为准。文载《首都师范大学学报(社会科学版)》,1993年第4期。

② 《宋书》卷六十八,第1800页。

③ 《读通鉴论》卷十五,第507页。

④ 《廿二史札记校证》卷十一"宋世闺门无礼"条,第238页。

⑤ 《宋书》卷六十八,第1800页。

⑥ 王仲荦著:《魏晋南北朝史》,上海人民出版社,1979年,第394页。

帝与义宣女淫乱之事。但臧质发动兵变是出于什么目的？追随义宣叛变的主要是哪些人，亦即支持叛乱的社会基础是什么？解答这两个问题，对于重新认识这场战争至关重要。事实上，通过考察义宣阵营中的主要成员，可以发现这些人几乎都来自寒门、寒人阶层。这场以臧质为主谋，以寒门、寒人阶层为主要参与者的叛乱，实际上暗含着寒门、寒人势力的抬头，并且可以向前追溯到义康事件，而义宣本人的意愿和孝武帝的削藩政策，在这场战争中反而是相对次要的因素。本节试图通过分析臧质的动机、孝武帝即位后对义宣和臧质的态度，并借用身份阶层分析的方法，对义宣之乱重新定性。

一、臧质的动机

在分析义宣之乱前，首先有必要回顾一下发生在文帝时期的义康事件。彭城王刘义康(409—451)，为宋武帝第四子。元嘉六年(429)，征为司徒、录尚书事、南徐州刺史，与王弘共辅朝政。王弘以谦退之旨处身，于是朝权集中在义康一人手中。史称义康"专总朝权，事决自己，生杀大事，以录命断之。凡所陈奏，入无不可，方伯以下，并委义康授用，由是朝野辐凑，势倾天下"[1]。期间，以刘湛为中心的义康朋党又企图趁文帝重病之时拥立义康登基。元嘉十七年十月，文帝诛刘湛一党，又将义康废黜为江州刺史，"实幽于豫章"[2]。但事情并未结束，此后发生于元嘉二十二年的范晔、孔熙先之乱和元嘉二十四年的胡诞世、袁恽之乱，均以推戴义康为目的。出于维护王朝稳定的需要，文帝于元嘉二十八年正月将义康杀害。关于这一事件，日本学者安田二郎认为："义康以'才用'为中心的官吏登用原则，对于当时因门阀体制进一步固定化而深深感到被排挤在政治之外的寒门层甚至寒人层来说，无疑是向他们开放了就官和亲任的机会，因此得到了这些人的广泛支持，这些人也大量聚集在义康身边。……皇弟（皇族）本身便具有即位的资格，因此也可以被称作皇帝的预备军。在政治上受到压制，无法直接进入中央官界的寒门、寒人层，转而以府僚的身份聚集在皇弟（皇族）身边，并策划推戴府主、反对皇帝的运动。这正是皇弟（皇族）的性质由王朝的藩屏向敌对物转变的最根本原因。"[3]安田氏的观点为我们理解义康事件提供了一个新的视角，同样，我们也可以顺着这条思路去考察义宣之乱，而将间隔了十三年

---

[1]《宋书》卷六十八，第1790页。
[2]《建康实录》卷十二，第433页。
[3] 安田二郎《六朝政治史の研究》，第256—257页。在该书中，作者详细考察了义康当权的背景、专权的基础、复辟的动向、废黜义康的影响和政治史意义，参见第五章《元嘉时代政治史試論》第一节《彭城王劉義康の廃黜事件について》。

的两个事件联系在一起的,正是臧质。

臧质父熹,东晋末年便追随刘裕,参与了灭桓玄、征南燕、讨刘毅、伐蜀等战役,为刘宋开国功臣,同时又是刘裕武敬臧皇后之弟,可以说臧质既是功臣之后,又是皇室外戚。《宋书》本传记载,臧质"年未二十,高祖以为世子中军行参军"①。南齐末年,萧衍在上奏的表文中写道:"甲族以二十登仕,后门以过立试吏。"②臧氏出自东莞莒县,魏晋以来绝对算不上世家大族,③但臧质未满二十便起家,可以说是非常的遭遇。其次,南朝时,"行参军屡被作为起家官。当时,非常出名的大族子弟也由此起家"④,而且臧质的府主是刘裕世子刘义符,其职自然又非其他军府的参军可比。从这两方面来看,可以说臧质是凭借着功臣之后和皇亲的身份,在起家阶段享受了与士族同等的优待。在义康掌权期间,臧质先后出任建平太守、历阳太守、竟陵江夏内史、巴东建平二郡太守,并获得了"甚得蛮楚心""称为良守""吏民便之""尺牍便敏""有气干"⑤的赞誉,这无疑是对他吏治才能的高度肯定,也符合义康"性好吏职"⑥,以"才用",亦即政治实务能力为人才评判基准的官吏录用原则。且《宋书》又称"方伯以下,并委义康授用"⑦,徐湛之也提到臧质"受大将军(刘义康)眷遇"⑧,因此笔者推测,臧质"年始出三十,屡居名郡"⑨的早期仕宦经历,很有可能是出于义康的安排与器重。

元嘉十七年,义康失势,文帝重掌政权之后不久,便改任臧质为徐、兖二州刺史,表面看来较之前各郡太守之职品级有所提高,但在元嘉初年,臧质

---

① 《宋书》卷七十四,第1910页。
② [唐]姚思廉撰:《梁书》卷一《武帝纪》,中华书局,1973年,第23页。
③ 矢野主税通过考察东莞臧氏的谱系,发现臧氏不过是地方上的士大夫家族。臧氏与刘裕的联姻发生在东晋末年,仅仅是地方士大夫家族间的相互通婚。而臧质本人与南郡王义宣的联姻则是宗室与勋门的通婚。参看(日)矢野主税:《南朝における婚姻関係》,《長崎大学教育学部社会科学論叢》22,1973年。
④ (日)宫崎市定著,韩昇、刘建英译:《九品官人法研究——科举前史》,中华书局,2008年,第139页。作者所举士族子弟以行参军起家者有谢庄、王融和谢朓。
⑤ 《宋书》卷七十四,第1910页。臧质本传记载"出为建平太守,甚得蛮楚心。南蛮校尉刘湛还朝,称为良守"。检《宋书》卷六十九《刘湛传》,刘湛于元嘉八年由南蛮校尉召为太子詹事,可知臧质任建平太守约在元嘉七年(430)前后。《宋书·文帝纪》又载"(元嘉十八年)冬十月辛亥,以巴东、建平二郡太守臧质为徐、兖二州刺史"。故而可以判断臧质从为建平太守到转任徐、兖二州刺史之前,这十年左右的仕宦经历与义康的执政时期是基本吻合的。
⑥ 《宋书》卷六十八,第1790页。
⑦ 《宋书》卷六十九,第1790页。
⑧ 《宋书》卷六十九,第1822页。
⑨ 《宋书》卷七十四,第1910页。

便"以轻薄无检,为文帝所嫌"①,在徐、兖二州刺史任上,又因"在镇奢费,爵命无章,为有司所纠"②,凭借着外戚身份才侥幸被文帝赦免。事实上,文帝"颇爱文义,游玄玩采"③,他主动模仿、汲取士族文化,礼敬文人名士,推进刘宋皇族士族化的政策,④注定了将门出身、文化素养不高⑤的臧质无法获得重用。⑥从这一点来看,虽然身兼功臣之后和外戚的双重身份,但臧质并没有成功进入中央官界、转变为上层贵族,一定程度上也可以说是受到了门阀制度的打压。更值得注意的是,臧质很有可能也参与了以重新拥戴义康为目标的范晔、孔熙先之乱。

《宋书·范晔传》记载义康曾对道人法略、女尼法静有旧恩,二人对义康心存感激,并与孔熙先有往来。后义康命法略还俗,并将他安排为臧质的宁远参军。⑦义康将欲提拔的心腹安排在臧质的将军府中,由此不难看出臧质与义康的密切关系。臧质本传称他"与范晔、徐湛之等厚善。晔谋反,量质必与之同"⑧,范晔有这样的自信,多半也是建立在臧质与义康关系不同寻常的基础上。策划谋反时,徐湛之还对范晔说,自己已告知臧质,让他年内回京时带上所有的门生义故,臧质应当明白此举的意味;而且臧质和萧思话关系甚密,应当依仗此二人,他们深受义康厚待,必定没有异心。⑨可见在范晔和徐湛之看来,臧质还是反叛计划的重要武力保证。范晔等人

---

① 《南史》卷十八第514页。《宋书·臧质传》"嫌"作"知",中华书局校勘记认为:"古人言'知',犹言赏识,疑作'嫌',文义较长。"见《宋书》卷七十四,第1943页。
② 《宋书》卷七十四,第1910页。
③ 《宋书》卷九十五,第2341页。
④ 参见王永平:《刘宋文帝一门文化素养之提升及其表现考论》,《黑龙江社会科学》,2008年第4期。
⑤ 本传记载臧质"少好鹰犬,善蒲博意钱之戏"。见《宋书》卷七十四,第1910页。
⑥ 小尾孝夫认为,在整个文帝时期,因被文帝厌恶,臧质与其他外戚相比始终处在一种"不遇"的状态中,这促使他在讨伐元凶时就表现出了反孝武帝的动向,也使他成为了义宣之乱的主谋。参看小尾孝夫《劉宋前期における政治構造と皇帝家の姻族・婚姻關係》注16,文载《歷史》100,2003年。在突出臧质之于义宣之乱的重要性方面,笔者认同小尾氏的观点。但小尾氏认为臧质不遇仅仅是被文帝厌恶,而未从臧质的身份阶层和当时门阀贵族社会制度的角度考虑。且臧质在文帝朝也并非始终不被重用,义康执政的十一年间臧质就颇受器重。
⑦ 据臧质本传,臧质共两次出任宁远将军。第一次是在义康掌权期间迁宁远将军、历阳太守。第二次是在义康失势后,文帝命臧质带宁远将军号任徐、兖二州刺史。法略入臧质府当在臧质第一次任宁远将军时。
⑧ 《宋书》卷七十四,第1910页。
⑨ 《宋书》卷六十九,第1822页。

还对政变成功后的人事做了预先安排,其中臧质被选拟为护军将军。①《宋书·百官志》记载:"护军将军,一人。掌外军。……主武官选。"②越智重明通过考辨史料,认为东晋宋齐时期的护军将军不仅职掌外军,还有权调动所有地方长官统领的军队,③加之又掌管武官人事,可谓权力极大,由此也可以证明臧质在支持义康的集团中,地位非比寻常。史书中并没有记载臧质在范晔之乱中的具体行动,但是,在他的宁远将军府中有一名叫胡遵世的参军,是刘宋开国功臣胡藩之子,当时"去职还家,与孔熙先同逆谋"④。安田二郎推测臧质与孔熙先、范晔之间应该是有联络的,胡遵世还乡很可能正是出于臧质的授意。⑤笔者同意这一推测。后来,刘义宣反叛,柳元景在《讨臧质等檄》中历数臧质的罪行,其中就有:"孔、范之变,显于逆辞。"⑥这里所谓的"逆辞",很可能就是指前文所提及的徐湛之与范晔策划谋反时,涉及臧质的谈话内容。种种迹象均表明臧质是支持义康、有意参加范晔之乱的,至少可以说是持肯定和向往的态度的。臧质之所以支持义康,固然有报答义康提拔之恩的因素,但更重要的还是在于认可义康以才用为中心的官吏录用原则,希望借助义康改变自己在门阀制度下的不遇境况。在这一点上,臧质与范晔、孔熙先的动机是一样的。范晔之乱被平定后,同为外戚的臧质与徐湛之⑦均未受到太大牵连,但与徐湛之不久便转中书令,领太子詹事,之后又历任南兖州刺史、丹阳尹⑧不同,臧质被宋文帝降为义兴太守,以示惩罚,并在此后近五年的时间里,始终没有再得到改迁。直到元嘉二十七年(450)北伐以及二十八年抵御北魏的战争,臧质才得到了重新向文帝展示自己才干的机会,而这距离他起家之后不久便获得高度赞誉与肯定,已过去了十几年。在与北魏的攻防战中,王玄谟攻滑台不下,臧质主动要求代替王玄谟作战,文帝不许。⑨但在这里仍可以看出臧质对自己才干的自负,功业心强,很希望出人头地,建立一番功绩。而在二十八年北

---

① 《宋书》卷六十九,第1823页。
② 《宋书》卷四十,第1247页。
③ 参看(日)越智重明:《領軍将軍と護軍将軍》,《東洋学報》44(1),1961年。文章后又收入氏著《中国古代の政治と社会》。
④ 《宋书》卷五十,第1445页。
⑤ 《六朝政治史の研究》,第272页。
⑥ 《宋书》卷七十四,第1917页。
⑦ 徐湛之为武帝长女会稽长公主之子。
⑧ 参看《宋书》卷七十一《徐湛之传》。
⑨ 《宋书》卷七十四:"是时上大举北伐,质白衣与骠骑司马王方回等率军出许、洛,安北司马王玄谟攻滑台不拔,质请乘驿代将,太祖不许。"见《宋书》,第1911页。

魏集中兵力攻盱眙时,臧质确实以少数兵力与盱眙太守沈璞一起抵御了北魏的多次进攻①,并且在与拓跋焘的信中言辞强硬,尽力维护南朝强盛与正统的形象。事后,文帝"嘉质功,以为使持节、监雍梁南北秦四州诸军事、冠军将军、宁蛮校尉、雍州刺史,封开国子,食邑五百户"②,无论官职还是所镇地方的重要性,都较之前有了明显提高,但对于已年满半百③的臧质来说,这迟到的封赏已满足不了他膨胀的野心和对政治地位的迫切追求。《义宣传》载孝武帝《答义宣诏》中写道"(臧质)志在问鼎,凶意将逞,先借附从"④,说明臧质并不满足于一方诸侯,早有不臣之心,只是条件并不成熟,家世和威望也不足以拉拢人员形成一个反皇室的集团,他还需要一个地位更高、可以更名正言顺继承皇位的人在幕前充当傀儡,皇族成员便是最好的选择。

二、臧质与刘义宣的结合

本传中称义宣"生而舌短,涩于言论"⑤。元嘉十六年(439),按照武帝刘裕定下的荆州由诸子轮流镇守的遗诏,义宣应代替义庆为荆州刺史,但文帝认为"义宣人才素短,不堪居上流"⑥,并没有将荆州交给义宣⑦。"会稽公主每以为言,上迟回久之"⑧,"不得已用之"⑨,直到元嘉二十一年才将义宣调任荆州,还专门赐中诏反复叮嘱劝诫义宣。元嘉二十七年北魏南侵,义宣甚至有意弃江陵奔上明。战争结束后,文帝又下诏书敦促义宣:"善修

---

① 本传称臧质率"单士百人投盱眙",此时盱眙"城内有实力三千",北魏以钩车、冲车攻城不下,"乃肉薄登城,分番相代,坠而复升,莫有退者,杀伤万计,房死者与城平。"见《宋书》卷七十四,第1912—1913页。
② 《宋书》卷七十四,第1914页。
③ 据《臧质传》,孝建元年臧质死时五十五岁,可以推算其生年为晋安帝隆安四年,即公元400年。
④ 《宋书》卷六十八,第1801页。
⑤ 《宋书》卷六十八,第1798页。
⑥ 《宋书》卷六十八,第1798页。《资治通鉴》卷一百二十三作"帝以义宣人才凡鄙,置不用",卷一百二十四作"帝以义宣不才,故不用"。见《资治通鉴》,第3935页、3971页。
⑦ 安田二郎认为,元嘉十六年,文帝进行了两次大规模的州刺史调动,这是文帝为应对有心叛乱的义康集团而采取的紧急措施,而文帝没有将荆州交给义宣,也是考虑到与义康集团的对立正在激化,义宣能力不够,无法控制荆州。参见《六朝政治史の研究》,第246—248页。
⑧ 《宋书》卷六十八,第1798页。
⑨ 《资治通鉴》卷一百二十四,第3971页。

民务,不须营潜逃计也。"①这些都清楚地表明义宣才能低劣,甚至有可能在中人之下,不堪大用。但本传又说"义宣至镇,勤自课厉,政事修理"②,与之前反复强调的人才庸鄙、暗弱无能的形象反差过于明显。笔者认为,义宣在荆州任上的政绩,主要是其府僚的功劳。义宣镇荆州时,在其府中担任僚佐且据史料记载有才干、善吏治者,因材料有限,可考者仅有沈亮、孔灵符、张畅、沈焕四人。沈亮于元嘉二十五年或二十六年任义宣司空中兵参军,③此职"总兵事,内而佐统兵政,外而率兵征伐,其任至重"④,文帝特下诏书说"陕西心膂须才,故授卿此职"⑤,可见对其才能的信任,《宋书·自序》多载其政议及治理地方的功绩;孔灵符"元嘉末,为南谯王义宣司空长史、南郡太守"⑥,"长史为府佐之首,故往往代府主行州府事"⑦,《宋书》赞其"愨实有才干,不存华饰,每所莅官,政绩修理"⑧;张畅于元嘉二十八年春起任义宣"司空长史、南郡太守"⑨;沈焕直至刘骏灭刘劭即位之后才任义宣"丞相行参军",且时间很短,《宋书》评价其"有能名"⑩。自元嘉二十一年至三十年,荆州"兵强财富"。三十年二月,刘劭弑父篡位,义宣率兵入讨,辅佐刘骏即位,因功被封为丞相。南朝之际,丞相"多非寻常人臣之职"⑪,东晋权臣王敦便是在丞相之位上操纵朝政,险些篡位。义宣既盘踞重镇,又位极人臣,还是皇室宗亲,至此可以说威望达到了顶峰。一方面,心怀不轨如臧质者会尽力结交义宣,另一方面义宣也容易引起孝武帝的猜忌和戒备,成

---

① 《宋书》卷六十八,第1799页。
② 《宋书》卷六十八,第1799页。
③ 《宋书》卷一百《自序》:"元嘉二十二年……以亮为南阳太守。……在任四年,迁南谯王义宣司空中兵参军。"见《宋书》,第2451—2452页。
④ 严耕望撰:《中国地方行政制度史——魏晋南北朝地方行政制度》上卷,上海古籍出版社,2007年,第204页。
⑤ 《宋书》卷一百,第2452页。
⑥ 《宋书》卷五十四,第1532页。《宋书》卷五《文帝纪》:"(元嘉二十五年六月)丙寅,车骑将军、荆州刺史南谯王义宣进位司空。"见《宋书》,第96页。可以推知孔灵符任义宣长史应在二十五年六月之后。
⑦ 《中国地方行政制度史——魏晋南北朝地方行政制度》上卷,第188页。
⑧ 《宋书》卷五十四,第1534页。
⑨ 《宋书》卷五十九,第1605页。据《张畅传》及《江夏文献王义恭传》记载,元嘉二十八年春,北魏军撤退路过彭城,义恭欲弃城出逃,张畅力阻。其后"虏声云当出襄阳",故文帝将其调至义宣府中,可能是接替孔灵符。
⑩ 《宋书》卷一百,第2447页。
⑪ [唐]杜佑撰,王文锦、王永兴、刘俊文、徐庭云、谢方点校:《通典》卷十九,中华书局,1988年,第490页。

为政治打压的对象。

　　孝武帝在封义宣为丞相的同时，原本还计划改义宣为扬州刺史，将其调入京师，而由随王刘诞接替义宣①。此事或许出自孝武帝心腹人员的建议。《义宣传》载王玄谟《报南郡王义宣书》中写道："去年九月，故遣参军先僧瑗修书表心，并密陈入相之计，欲使周旦之美，复见于今。"②披露了当时有人计划让刘义宣以皇叔之尊入朝辅政。所谓"周旦之美"，不是尊之崇之，而是欲阳尊其位，阴削其权。说明当时孝武帝已经隐隐察觉到了义宣的危险性。但是对于这次调任，义宣并没有接受，即使刘诞已整装待发，义宣仍然拒绝赴京。这无疑给孝武帝出了难题。此时谢庄劝说道"丞相既无入志，骠骑发便有期，如似欲相逼切，于事不便"③，指出如果强行逼迫义宣，恐怕会诱发战事，于是刘骏选择了暂时隐忍。义宣坚持不入朝或许是出于自身安全的考虑。义宣兵变后，在向刘骏上奏的表文中写道："臣虽不武，绩著艰难，复肆谗狡，规见诱召。"④说明他可能考虑到了有人劝孝武帝召自己入朝，以及入朝后的风险。而且入朝之后如何处理与江夏王刘义恭的关系也俨然是一个大问题。义恭因有劝进之功，故在孝武帝即位后、义宣叛变前，任太尉、录尚书六条事、南徐州刺史，又"进位太傅，领大司马"⑤，在京师手握重权。义宣若以丞相的身份入京，必然会在权力分配上与义恭发生冲突。或许孝武帝也考虑到了这一点，希望义恭的存在能削弱义宣的权力，使二人形成相互制衡。但不管怎样，义宣毕竟拒绝了入朝，所有安排都只能搁浅。

　　作为与义宣共同入讨元凶的功臣，臧质被封为"都督江州诸军事、车骑将军、开府仪同三司、江州刺史"⑥。与元嘉末年的官职相比，由监诸军提升为都督诸军，由三品的冠军将军升为二品的车骑将军，获得了开府的权力，爵位由开国子晋升为始兴郡公，食邑也由五百户增长到三千户，表面看来似乎孝武帝对臧质褒奖有加，但恰恰在最关键的所统方镇上，孝武帝将臧质由雍州调到了自己即位前所在的江州。江州位于长江中游，是荆、扬之

---

① 《宋书》卷六《孝武帝纪》："(元嘉三十年四月)庚午，以荆州刺史南谯王义宣为中书监、丞相、录尚书六条事、扬州刺史，安东将军随王诞为卫将军、开府仪同三司、荆州刺史。"见《宋书》，第110页。
② 《宋书》卷六十八，第1804页。据《孝武帝纪》，孝武帝任义宣为扬州刺史在元嘉三十年四月，义宣固辞内任，故又于闰六月甲午改为荆、湘二州刺史。此处王玄谟言九月，与《孝武帝纪》矛盾，或许在孝武帝重新任命义宣改镇荆、湘后，王玄谟又建议将义宣调回。
③ 《宋书》卷八十五，第2169页。
④ 《宋书》卷六十八，第1801页。
⑤ 《宋书》卷六十一，第1646页。
⑥ 《宋书》卷七十四，第1914页。

间的军事要冲,地位不可谓不重要。然而需要注意的是,当上下游之间出现对立、政局紧张的时候,江州确实可以从中起到缓冲作用,也是上下游争取的对象,但是如果上下游之间联合起来以江州为打击对象的话,那么江州就会腹背受敌,不得不面临上下游的夹攻。孝武帝对江、雍二州刺史的安排便周密地考虑到了这一点。[1]将臧质调至江州后,孝武帝原本计划任柳元景为"使持节、监雍梁南北秦四州荆州之竟陵随二郡诸军事、前将军、宁蛮校尉、雍州刺史"[2]。元嘉二十二年刘骏为雍州刺史时,柳元景在其手下任广威将军、随郡太守,二十五年刘骏改授徐州刺史,柳元景又被任命为刘骏安北府中兵参军,三十年刘骏入讨元凶时,柳元景任谘议参军、领中兵,可以说是孝武帝的心腹将领。元景一支自曾祖柳卓时便由河东迁至襄阳,为当地土豪大族,臧质为雍州刺史时,元景即为襄阳太守。[3]南朝之时,又有"荆州本畏襄阳人"[4]之说,暗示了雍州武人集团战斗力之强以及雍州军事重镇的地位。[5]孝武帝任命柳元景为雍州刺史,一方面可以将这里的武装控制在自己手中,同时还可以借助柳元景土著大族的身份稳定当地局势。最主要的是,当荆州局势出现动荡时,处于更上游的雍州势力可以对荆州构成强大的威慑。这是孝武帝针对义宣不肯入朝而做出的应对,主要还是为了分荆州之势,即使荆、江二州联合,朝廷仍然可以以雍、扬二州的军队为主力进行围剿。孝武帝对江、雍二州刺史的调整可以说是一举多得。臧质显然也意识到柳元景任雍州有可能成为"荆、江后患",故以"爪牙不宜远出"[6]为由进行阻止。于是孝武帝另行安排朱脩之镇雍州,而以柳元景为护军将军,又转为领军将军。领军将军职掌全部中央军,同样掌管武官人事,且地位较护军将军更高,可以通过护军将军调动地方军队。[7]如此一来,孝武帝便借柳元景之手牢牢掌控了天下兵权。同时刘骏又任命自己之前的谘议参军颜竣为侍中,很快又迁吏部尚书;故府司马沈庆之为使持

---

[1] 汪奎认为,将臧质调往江州,一方面是因为孝武帝曾任江州刺史,臧质若叛变必定有众多阻碍;另一方面江州军府的大部分兵力已被带到建康,留给臧质的兵力显然微不足道。参看汪奎:《南朝中外军研究》,华东师范大学博士学位论文,2008年,第199页。

[2]《宋书》卷七十七《柳元景传》,第1988页。

[3] 参看《宋书·柳元景传》。

[4]《梁书》卷一《武帝纪》,第4页。《南史》卷六作:"江陵本惮襄阳人。"见《南史》,第172页。襄阳为雍州治所。

[5] 可参看陈寅恪《述东晋王导之功业》,载氏著《金明馆丛稿初编》,生活·读书·新知三联书店,2009年;何德章《释"荆州本畏襄阳人"》,载氏著《魏晋南北朝史丛稿》。

[6]《宋书》卷七十七,第1988页。

[7] 参看越智重明《領軍將軍と護軍將軍》一文。

节,都督南兖、豫、徐、兖四州诸军事,镇军将军,南兖州刺史,护卫京畿;故南中郎将典签戴法兴、戴明宝、蔡闲"并为南台侍御史,同兼中书通事舍人。法兴等专管内务,权重当时"①。这样看来,孝武帝是通过人事调整,将中央核心权力主要分配给了自己的故吏,而臧质实质并没有获得太多的利益,这与他"自谓人才足为一世英杰"②的自我判断相去甚远。义宣虽然有丞相之名,但朝政大权和军权均由孝武帝亲党掌握,义宣真正掌控的势力范围仍然是荆、湘二州。因此,臧质起兵后,在上奏的表文中指责朝廷中有人"藉劳挟宠,乘威纵戾",又说孝武帝"垂慈狎达"③;义宣也在表文中说:"南从郡僚,劳不足纪,横叨天功,以为己力,同弊相扇,图倾宗社。"④两人都将矛头指向了孝武帝的昔日府僚,认为他们在论功行赏中抢去了本应属于自己的朝政大权,为自己的"清君侧"寻找理由。对孝武帝封赏结果的共同不满,使义宣与本就野心勃勃的臧质具备了联合的条件。

事实上,在讨伐元凶的过程中,臧质便有心利用政局的混乱,实现自己的野心。本传称臧质"始闻国祸,便有异图,以义宣凡暗,易可制勒,欲外相推奉,以成其志。及至江陵,便致拜称名"⑤。这里所说的"致拜称名",在中古史书中又称作"策名",是缔结完整君臣关系的仪式,主要是向君主奉表,将自己的名书于策,然后登录在君主的"名籍"里。⑥臧质向义宣称名,实际上表达了有意推奉义宣即位的计划,并解释为"事中宜然"⑦,亦即在如今局势震荡之际,理应推长者为君。臧质选择义宣作为皇位候选人,一方面固然是考虑到义宣才能平庸、性格暗弱,且臧质与义宣有双重姻亲关系,⑧便于臧质利用其皇族身份在幕后操纵;另一方面也是因为在中央找不到像当年彭城王义康这样合适的可依附者。因义宣当时已推奉刘骏,臧质计划落空,故

---

① 《宋书》卷九十四,第2303页。
② 《宋书》卷七十四,第1915页。
③ 《宋书》卷七十四,第1916页。
④ 《宋书》卷六十八,第1801页。
⑤ 《宋书》卷七十四,第1915页。《义宣传》记作:"初,臧质阴有异志,以义宣凡弱,易可倾移,欲假手为乱,以成其奸。自襄阳往江陵见义宣,便尽礼。"见《宋书》,第1800页。
⑥ 参看甘怀真著:《皇权、礼仪与经典诠释:中国古代政治史研究》第六章《中国中古时期"国家"的型态》第四节《君臣的结合方式》,华东师范大学出版社,2008年。义宣起兵之时,"使僚佐悉称名",也是在缔结君臣关系。见《宋书》卷六十八,第1800页。
⑦ 《宋书》卷七十四,第1915页。
⑧ 《义宣传》记载义宣"女先适臧质子",《臧质传》又称"质女为义宣子采妻",分别见《宋书》,第1805页、第1915页。小尾孝夫考证臧质与义宣的联姻大概在元嘉中期至元嘉三十年间,参看小尾孝夫《刘宋前期における政治构造と皇帝家の姻族・婚姻关系》注22。

而转向江夏王刘义恭。但刘骏即位正是得益于义恭的上表劝进，义恭没有理由在几天之后就背弃刘骏，而且义恭的政治头脑与才能也远非义宣可比，不如义宣易于操纵。因此，虽然义恭宗室之长以及新政府首辅①的地位，较义宣而言显然更具有号召力，臧质仍然不得不退而求其次，将目光由中央再次转到最具实力的方镇上。

三、刘义宣之乱的支持基础

如前所述，孝武帝即位后，对义宣及其所控制的荆州势力心怀忌惮，义宣和臧质也不满于孝武帝将国家核心权力主要分配给其故吏的现状，这便为战争埋下了隐患。而此时寒门、寒人势力为谋求富贵和更好的仕途机遇，参与到皇室宗族内乱中，形成了义宣集团的支持基础，并在整个战争过程中都始终是一股不可忽视的势力。翻检《宋书》相关传记，除去义宣和主谋臧质，反叛集团的核心成员主要还有鲁爽鲁秀兄弟、徐遗宝、竺超民、蔡超、任荟之、刘怀之、杜仲儒。这些人竭心尽力为义宣出谋划策，积极参与战争，同时，在当时的门阀制度中，他们又无一例外地都属于社会中下层的寒门甚至地位更低的寒人，愿意并且敢于冒险。

鲁爽兄弟出自扶风鲁氏，其祖鲁宗之于晋孝武太元末迁至襄阳，为造宋功臣，参与了讨伐桓谦和刘毅的战争，因功被封为雍州刺史，因惧怕不为刘裕所容，后与司马休之一同投奔北魏。鲁爽父轨"便弓马，筋力绝人"，"爽少有武艺"②，"骁猛善战，号万人敌"③，正是典型的"累世将家"④。元嘉二十八年，鲁爽重新投靠南朝时，带来的部曲多达六千八百八十三人，⑤说明鲁氏很可能也是地方豪族。但将门和土豪在门阀制度中都只能算寒门。叛乱爆发时，鲁爽为豫州刺史，"直出历阳，自采石济军，与质水陆俱下"⑥，后在小岘被薛安都部将所杀。

徐遗宝，高平金乡人，祖上不可考，由义宣府参军起家，因新亭之战有功，被封为兖州刺史。刘宋时，东海郯县徐氏最为显赫，废少帝立文帝的司空徐羡之、元嘉后期与江湛并居权要的尚书仆射徐湛之，均为东海郯人。与

---

① 据《宋书·孝武帝纪》，在此之前的四月己巳（二十七日），刘骏即皇帝位，封义恭为太尉、录尚书六条事、南徐州刺史。
② 《宋书》卷七十四《鲁爽传》，第1922页。
③ 《资治通鉴》卷一百二十八，第4083页。
④ 《资治通鉴》卷一百二十八，第4083页。
⑤ 《宋书》卷七十四，第1924页。
⑥ 《宋书》卷七十四，第1926页。

之相比，徐遗宝一支显然地位低下很多。且徐遗宝的姐姐嫁给了寒门武人垣护之，①因此综合来看，徐遗宝的身份更接近于寒人。义宣之乱中，遗宝率军攻彭城，为夏侯祖欢②所败。

竺超民为青州刺史竺夔之子，据《元和姓纂》，夔为琅琊莒县人，③故超民郡望亦可断定为琅琊莒县。《宋书》中所见竺氏成员又有参与了义熙十二年(416)北伐的宁远将军竺灵秀、元嘉二十七年北伐期间任宁远将军刘秀之府司马的竺宗之、明帝时任南台侍御史的竺曾度。从所任官职来看，竺氏在刘宋应为寒门。蔡超为济阳考城人，父茂之"官至彭城王义康骠骑从事中郎，始兴太守"④。以义康选拔人才的标准来看，其父应是才能出众但门第低下之人。蔡超"少有才学"⑤，曾被兴安侯刘义宾表荐，与其一同被推荐的还有前始宁令同郡江淳之、前征南参军会稽贺道养，均为寒门子弟。竺超民为义宣司马，"司马之职既在主兵，故虽地位亚于长史，然在军事时期其职反较长史为重"⑥；蔡超为义宣谘议参军，"专掌书记并参谋"⑦，从职位上看，二人可以说是义宣府中主要的权力负责人，有机会参与机密。《宋书》称："义宣腹心将佐蔡超、竺超民之徒，咸有富贵之情，愿义宣得，欲倚质威名，以成其业，又劝奖义宣。"⑧可见，二人为求富贵，在唆使义宣叛变的过程中起到了推波助澜的作用。

任荟之，乐安人。乐安任氏在魏晋之时虽有任嘏、任恺这样的名士，但其后便"后嗣无可考"⑨。文帝评价任荟之说"望虽不足，才能有余"⑩，正是典型的门望低下但才能出众的寒门之士。刘怀之出自沛郡萧县刘氏。《南北史世系表》称："沛郡刘氏，萧人，未详其所自出，晋有卫将军刘毅。"⑪刘毅在东晋末年曾和后来的宋武帝刘裕争霸，其族弟刘粹为刘宋的开国元勋武将，怀之即为刘粹庶长子。《元和姓纂》记载萧县刘氏有"魏侍中刘育、晋刘秉，今并

---

① 《宋书》卷五十《垣护之传》："兖州刺史徐遗宝，护之妻弟也。"见《宋书》，第1450页。
② 《宋书·孝武帝纪》记作"夏侯祖歡"，《义宣传》中"歡"作"權"。
③ [唐]林宝撰，岑仲勉校记，郁贤皓、陶敏整理，孙望审定：《元和姓纂》卷十，中华书局，1994年，第1447页。
④ 《宋书》卷六十八，第1807页。
⑤ 《宋书》卷六十八，第1807页。
⑥ 《中国地方行政制度史——魏晋南北朝地方行政制度》上卷，第190页。
⑦ 《宋书》卷六十八，第1799页。
⑧ 《宋书》卷七十四，第1915页。
⑨ [清]周嘉猷撰：《南北史世系表》卷三，《二十五史补编》，开明书店，1936年，第6091页。
⑩ 《宋书》卷七十四，第1921页。
⑪ 《南北史世系表》卷一，《二十五史补编》，第5986页。

无闻"①。可见萧县刘氏在魏晋南朝始终不是一流名族,可定位为寒门武将。杜仲儒为杜骥兄杜坦之子,出自京兆杜氏,东晋末年刘裕征长安时方随军队南渡。虽是北方大姓,但因渡江时间较晚,始终无法进入南朝门阀社会上层。《宋书》记载:"晚渡北人,朝廷常以伧荒遇之,虽复人才可施,每为清途所隔。"杜坦就是这类"晚渡北人"的代表,自负才望的他常常"以此慨然"②。杜坦还曾向文帝抱怨:"臣本中华高族,亡曾祖晋氏丧乱,播迁凉土,世叶相承,不殒其旧。直以南度不早,便以荒伧赐隔。"③充分表达了京兆杜氏被封闭的门阀体制所排斥时的愤懑之情。明帝时,杜坦的另一个儿子杜叔宝还胁迫豫州刺史殷琰参与子勋之乱,希冀获得在政治上进身的机会。④杜仲儒和杜叔宝的行为,都可以理解为京兆杜氏为进入中央官界所做的努力。在义宣之乱中,"豫章太守⑤任荟之、临川内史刘怀之、鄱阳太守杜仲儒并为尽力,发遣郡丁,并送粮运,伏诛"⑥。

前文还提到臧质出自东莞莒县,虽为外戚,但在等级森严的门阀制度下,也只能屈居寒门。柳元景《讨臧质等檄》评价臧质时说"衣冠不齿"⑦,便是指上层士人瞧不起臧质;又说"郭伯、西门遗出自皂隶,宠越州朝"⑧,是指责臧质过度提拔寒人;臧质在教唆义宣时说"夫不可留者年也,不可失者时也。质常恐溘先朝露,不得展其旅力"⑨,也透露出门阀制度压制下的焦虑。这种焦虑也是上述反乱集团成员所共有的。在这些成员中不乏臧质、鲁爽、刘怀之这样的造宋功臣之后。⑩文帝时期,刘宋门阀社会逐渐固定化,但这些功臣之后并未能转化为上层贵族,进而进入中央官界,而是仍然保留着寒门的身份,处在门阀制度的中下层。仅仅依靠正常的晋升途径,他们是无法

---

① 《元和姓纂》卷五,第679页。
② 《宋书》卷六十五,第1720—1721页。
③ 《宋书》卷六十五,第1721页。
④ 参看《宋书》卷八十七《殷琰传》、《六朝政治史の研究》第六章《晋安王劉子勛の反亂と豪族・土豪層》。
⑤ 《宋书·臧质传》作"豫章太守",《资治通鉴》卷一百二十八作"其党乐安太守任荟之"。章钰引张敦仁《资治通鉴刊本识误》:"'党'下脱'豫章太守'四字,'安'下衍'太守'二字。见《资治通鉴》,第4086页。按:乐安属青州,距离义宣之乱的主战场较远,豫章属江州,正是义宣集团的势力范围,故当以《臧质传》为准。
⑥ 《宋书》卷七十四,第1921页。
⑦ 《宋书》卷七十四,第1917页。
⑧ 《宋书》卷七十四,第1917页。
⑨ 《资治通鉴》卷一百二十八,第4079页。
⑩ 刘宋功臣后代参加反叛者,尚有向靖子柳。《宋书》卷四十五记载:"臧质为逆,召柳至寻阳,与之俱下。质败归降,下狱死。"见《宋书》,第1374页。

获得更高的官职与地位的,故而只得转向其他途径,在文帝时期则表现为寒门、寒人聚集在彭城王义康身边,造成义康之乱以及之后两次企图推戴义康称帝的动乱,在孝武帝初年则表现为义宣之乱。但是需要注意的是,寒门、寒人谋求的是富贵和政治进身,并不一定只能投靠在义宣叛乱集团下,如果朝廷能够实现自己的愿望,他们也会转而为孝武帝而战。因此,在与义宣作战的中央军中,我们也可以找到寒门、寒人活跃的身影,如薛安都、宗越、武念、谭金、沈灵赐、刘季之、佼长生、黄回、张兴世等人,均是通过在这场战争中立下的功勋,获得了相应的赏赐和政治资本。可以说,寒门、寒人既构成了义宣集团的反叛基础,同时也是中央军镇压叛乱时倚靠的重要力量。后来孝武帝任用寒人掌机要,既为此类人物的进升开辟了新的途径,在一定程度上也有削弱这一社会动乱因素的作用。

四、刘义宣之乱的性质

通过上述分析可以发现,义宣之乱实际上是多重因素集中作用的结果。首先,臧质在个人野心的驱使下,充当了叛乱的主谋,对于这一点,当时人是十分清楚的。如孝武帝在回答义宣的诏书中,说臧质"志在问鼎,凶意将逞,先借附从"[①];义恭在写给义宣的信中也说臧质是"藉西楚强力,图济其私"[②],并以殷仲堪和王恭为前车之鉴提醒义宣不要受蒙蔽;沈约作《义宣传》,写道"臧质阴有异志,以义宣凡弱,易可倾移,欲假手为乱,以成其奸"[③],都无一例外地将矛头指向了臧质。[④]在叛乱集团的计划中,事成之后臧质将被任命为丞相,[⑤]但对其本人而言,丞相之位也许并不能够让他满意,臧质真正觊觎的很可能是天子的宝座,这是他的个人野心。然而,在强调臧质个人因素的同时,还有一点不能忽视,那就是臧质成功利用了寒门、寒人的力量。这些人中不乏刘宋开国功臣的后代,但是在封闭的门阀制度面前,他们都缺乏上升的机会,不能转换为上层贵族,而是仍然以将门甚至

---

① 《宋书》卷六十八,第1801页。
② 《宋书》卷六十八,第1803页。
③ 《宋书》卷六十八,第1800页。
④ 沈约在《宋书·臧质传》后的史论中说:"臧质虽贪虐凶树,问望多阙,奉义治流,本无吞噬之志也。徒欲以幼君弱政,期之于世祖,据有中流,嗣桓、庾之业。既主异穆、哀,臣皆代党,虽礼秩外厚,而疑防内深,功高位重,终非自安之地,至于陵天犯顺,其出于此乎。"见《宋书》,第1943页。在这里沈约将臧质谋逆的主要原因归结为孝武帝对臧质的猜忌,并说臧质本无叛乱之心,与《义宣传》和《臧质传》中的叙事有矛盾之处。这或许与大明中撰国史时孝武帝亲自为臧质作传,以及沈约在《宋书》中对孝武帝持否定批判的态度有关。
⑤ 《宋书》卷七十四,第1926页。

更低的寒人身份处在社会的中下层,政治前途极其有限。为了扩大自己的利益,他们不惜利用宗室矛盾,在义康之乱和义宣之乱中均是如此,他们是反叛的基础和主力。正是有了这股暗中涌动的势力,臧质的阴谋才有了可依凭的对象。

至于义宣,孝武帝在即位之初确实有削藩之意,如将中央权力分配给自己的故吏,企图调义宣入京。这些行为也让义宣感到忧虑,但相比臧质的野心和寒门、寒人层的势力,义宣个人的因素在这场叛乱中是相对而言最不突出的。这并不是说没有臧质的唆使战争就不会发生,也并不是说孝武帝会对义宣置之不理。以孝武帝猜忌的性格,他迟早会对义宣动手,只是不会在即位之初即匆忙执行,因为此时孝武帝的首要任务还是稳定国家形势。在义宣不肯入京的情况下,谢庄劝孝武帝不要逼迫义宣,义宣起兵后,孝武帝慌乱失态,甚至有意将皇位让给义宣。这些都说明当时孝武帝还没有考虑好如何处理义宣,也可以说对义宣还心存忌惮。联系孝武帝黜陟竟陵王刘诞的经过,可以发现孝武帝对藩王采取的是循序渐进、逐步削弱的策略,而义宣的势力较刘诞有过之而无不及,刘骏应该不会在局势尚未稳定的情况下就对义宣大力裁制。他意图调义宣入京,更多的应该是想让义宣离开盘踞已久的荆州。若义宣入京,则不但便于刘骏自己监视,还可使义宣与义恭相互制约,在这种情况下,义宣应该是暂时安全的。因此,在这场以义宣为推戴对象的叛乱中,从现象来看义宣本人似乎是中心,而从实质来看他恰恰是最次要的因素,孝武帝也并没有立刻要对义宣采取激烈措施之意,臧质的个人野心以及寒门、寒人在门阀制度压制下对政治进身的强烈追求,才是这场战争爆发的根本原因。[1]至于孝武帝与义宣之女之间的丑闻,不过是引发战争的一个因素而已。透过这一时代纷繁的历史线索,可以看到其背后寒门的崛起,以及这一力量的涌动对当时政治格局造成的多种影响。

---

[1] 左华明在分析义宣之乱时,提到了臧质和义宣身边的心腹将领企图借拥立义宣,获取更大利益,将叛乱的原因归结为地域之争和利益之争,但没有注意到臧质和义宣身边将领的身份阶层,以及他们在贵族制社会下的政治进身困境。参看左华明:《整合与破裂——晋末宋初政治及政治格局研究》,武汉大学博士学位论文,2010年,第40—41页。韩树峰认为刘义宣和臧质代表着北府兵的势力,二人的反叛实际上是北府兵和雍州豪族的较量,结果,正处于上升期的雍州豪族战胜了日趋衰退的北府兵。视角与本文不同。参看韩树峰著:《南北朝时期淮汉迤北的边境豪族》,社会科学文献出版社,2003年,第136页。

第二章 走向"大明"
——孝武帝朝政治改革新探

孝武帝在位时,以强化皇权为核心,对刘宋的政治制度进行了大胆改革,许多措施都深刻影响了刘宋甚至其后的齐、梁、陈三朝。对于孝武帝的各项新政,前辈学者虽已做了广泛且深入的研究,但仍存在疏漏之处。有鉴于此,本章拟选取孝武帝朝的中央权力构架、孝武帝选拔出镇皇子府吏、孝武帝调整对蛮族及北魏政策四个议题,对孝武帝的政治改革进行新的探索。

第一节 大明二年的转折
——孝武帝朝初期政治平衡的构建、瓦解与寒人上位

"寒人掌机要"是南朝历史上的一个特殊现象,是君主加强皇权的措施,其中涉及政制的演变、寒人的兴起和士族的衰落,对整个南朝历史的演进产生了极其重要的影响。沈约认为这一现象的出现始于刘宋孝武帝朝,他在《宋书·恩倖传序》中说:"孝建、泰始,主威独运,官置百司,权不外假,而刑政纠杂,理难遍通,耳目所寄,事归近习。赏罚之要,是谓国权,出内王命,由其掌握,于是方涂结轨,辐凑同奔。人主谓其身卑位薄,以为权不得重。"[1]《南史·恩倖传论》沿袭此说:"自宋中世以来,宰御朝政,万机碎密,不关外司。"[2]赵翼在《廿二史札记》"南朝多以寒人掌机要"条中,也将宋孝武帝对戴法兴、巢尚之等人委任隆密,作为南朝寒人在政治上兴起的标志。[3]现代学人也多认同这一说法,如日本学者宫川尚志认为:"寒人对政治权力的欲望与皇帝

---

[1] 《宋书》卷九十四,第2302页。
[2] 《南史》卷七十七,第1943页。
[3] 《廿二史札记校证》卷八,第172—174页。

的意愿,在打压贵族这一点上达成一致,是从宋孝武帝时期开始的。"①严耀中指出:"中书舍人之职在南朝政权中枢的影响达到高峰,是开始于孝武帝的孝建、大明之世。"②何德章也说:"文帝后的孝武帝朝,政局大变,寒人成为政治生活中的支配性力量,形成寒人操纵政权的局面。"③由此可见,古今史家在探讨"南朝寒人掌机要"的现象时,对刘宋孝武帝朝都投入了大量关注。

诚然,孝武帝在中央利用中书舍人戴法兴、巢尚之等人加强皇权,造成了寒人势力的抬头,但是需要注意的是,这一结果并不是一蹴而就的。在即位之初,孝武帝也延续了文帝重用士族的政策,并通过人事安排,在中央构架了一个包括甲族、次等士族和皇族的权力结构。但大明二年(458)建平王刘宏、何偃的相继去世以及王僧达被杀,使原有的权力平衡被打破,而以颜竣为代表的次等士族又没能及时抓住机遇,给了孝武帝扶持寒人、重建权力结构的契机。本节将以大明二年为中心,主要考察孝武帝时期寒人在朝中得势的来龙去脉,至于寒人以典签、台使的身份在地方上活跃的现象,则不在本文讨论范围内。④

一、孝武帝朝初期的中央权力结构

"治平尚德行,有事赏功能。"⑤尚德行必重族姓。孝武帝即位之初,并没有马上打压门阀士族,对他们仍然积极笼络,在很大程度上沿用了文帝对待士族阶层的政策。

宋文帝刘义隆是在傅亮、徐羡之、谢晦废杀少帝义符后,被拥立为帝的。元嘉三年(426),文帝诛杀傅亮三人后真正掌控了朝政。在文帝入奉大统与除傅亮等人的过程中,出自琅琊王氏的王华、王昙首兄弟功绩卓越。文帝曾拊御床感叹道:"此坐非卿兄弟,无复今日。"⑥因此对二人委以重任,史称:

---

① (日)宫川尚志著:《六朝史研究:政治·社会篇》,平乐寺书店,1964年,第384页。
② 严耀中:《评宋孝武帝及其政策》,《上海师范大学学报》,1987年第1期。
③ 何德章:《宋孝武帝上台与南朝寒人之得势》,《西南师范大学学报》,1990年第3期。
④ 有关寒人任典签的研究,可参看越智重明:《典籖考》,《東洋史研究》13(6),1955年;周兆望:《南朝典签制度剖析》,《江西大学学报》,1987年第3期。另外,田余庆以刘裕、孙恩为例,论述次等士族掌握兵权;祝总斌指出"南朝领军将军下属有外监、制局监,掌兵器、兵役,多以寒门充任,一度得皇帝信任,权力膨胀,'领军拱手而已'",亦涉及寒庶阶层的上升。见田余庆《东晋门阀政治》,第278—314页;祝总斌:《魏晋南北朝官制述略》,《承德大学》,1997年第3期。
⑤ [晋]陈寿撰,[南朝宋]裴松之注:《三国志》卷一《魏书·武帝纪》,中华书局,1982年,第24页。
⑥ 《宋书》卷六十三,第1679页。

"时兄弘录尚书事,又为扬州刺史,昙首为上所亲委,任兼两宫。"①此后为文帝所重,得参机密的士族代表尚有陈郡谢氏的谢弘微、陈郡殷氏的殷景仁和南阳刘氏的刘湛。谢弘微"为黄门侍郎,与王华、王昙首、殷景仁、刘湛等号曰五臣。迁尚书吏部郎,参预机密"②;殷景仁"时与侍中右卫将军王华、侍中骁骑将军王昙首、侍中刘湛四人,并时为侍中,俱居门下,皆以风力局干,冠冕一时,同升之美,近代莫及"③。据《资治通鉴》记载,当时"宰相无常官,唯人主所与议论政事、委以机密者,皆宰相也……亦有任侍中而不为宰相者;然尚书令仆、中书监令、侍中、侍郎、给事中,皆当时要官也"④。可见这五个出身甲族和次等士族的士人代表,在当时确实为文帝重臣,身居要职,处在政治权力中心。元嘉后期,又有出自庐江何氏的何尚之担任尚书令,"是时复遣军北伐,资给戎旅,悉以委之"⑤。刘劭、刘濬兄弟巫蛊事发之后,文帝有心另立太子,深得文帝信任、有资格参与如此机密事件的大臣也均是士族子弟。徐湛之出自东海徐氏,又是皇室外戚,其母为武帝女会稽长公主。徐湛之时任尚书仆射,何尚之虽为尚书令,但"朝事悉归湛之"⑥;江湛出自济阳江氏,时任吏部尚书,"与(徐)湛之并居权要,世谓之江、徐焉"⑦;王僧绰更是王昙首之子,"二十六年,徙尚书吏部郎,参掌大选。……二十八年,迁侍中,任以机密。……元嘉末,太祖颇以后事为念,以其年少,方欲大相付托,朝政小大,皆与参焉"⑧。虽然文帝在任用这些士族成员的同时也有过分权的措施,⑨且自元嘉六年至十七年间,又有彭城王义康在朝中辅政,但这些士族在中央官界担任要职的现象毕竟贯穿了整个元嘉时期,可以看作文帝重用士族阶层的一个重要表现。⑩除了重用上述与刘宋皇室积极合作的士人之外,

---

① 《宋书》卷六十三,第1680页。
② 《宋书》卷五十八,第1592页。
③ 《宋书》卷六十三,第1681页。
④ 《资治通鉴》卷一百二十,第3848页。
⑤ 《宋书》卷六十六,第1737页。
⑥ 《宋书》卷七十一,第1847页。
⑦ 《宋书》卷七十一,第1847页。
⑧ 《宋书》卷七十一,第1850页。
⑨ 《宋书·王华传》:"及王弘辅政,而弟昙首为太祖所任,与华相埒,华尝谓己力用不尽,每叹息曰:'宰相顿有数人,天下何由得治!'"见《宋书》卷六十三,第1677—1678页。
⑩ 日本学者冈崎文夫认为文帝之所以能取得元嘉之治的成就,正是由于重用世家大族子弟。参看冈崎文夫著:《魏晋南北朝通史》,弘文堂书房,1943年,第251页。川胜义雄也认为"元嘉年间,是贵族政治得到最后一丝荣耀的时期"。见(日)川胜义雄著,徐谷芃、李济沧译:《六朝贵族制社会研究》,上海古籍出版社,2007年,第237页。

对于未能融入新政权的士族,文帝也采取了较宽容的态度,这方面的典型则是谢灵运。谢灵运为东晋名臣谢玄之孙,文帝即位后征其为秘书监。此职为清显官职,东晋以来只授予士族中的精英。但这与谢灵运希望参与朝廷决策的自我期待仍有差距,因此他在任上漠视朝廷制度、肆意妄为。文帝"不欲伤大臣",对他也只是"讽旨令自解"[1]而已。元嘉十年,谢灵运在临川内史任上游放无度,又为有司所纠,"廷尉奏灵运率部众反叛,论正斩刑,上爱其才,欲免官而已,彭城王义康坚执谓不宜恕"[2],文帝最终还是免其死罪,将灵运流放广州。文帝对谢灵运的这两次处置可以说十分宽容了,这很大程度上也是因为其显赫的世家大族身份。

孝武帝即位后延续了文帝重用士族的政策,但是因为入继大统的过程与文帝不同,故而孝武帝的士族政策也有相应变化。刘义隆原本为荆州刺史,徐羡之、傅亮、谢晦等人杀害庐陵王刘义真和少帝刘义符之后,统一了朝中意见,选定刘义隆为皇位继承人,[3]迎其入京,这在很大程度上意味着朝廷与地方藩镇在皇位人选上达成了共识。刘骏的即位过程则相对更复杂。元嘉二十九年七月,太子刘劭和始兴王刘濬巫蛊事发,文帝有心另立太子,被列入候选人的有随王诞、南平王铄和建平王宏。其中,前两人在朝中有强大的政治支持。《宋书》记载:"(徐)湛之欲立随王诞,江湛欲立南平王铄……诞妃即湛之女,铄妃即湛妹。"[4]而文帝对刘宏又是"宠爱殊常,为立第于鸡笼山,尽山水之美。建平国职,高他国一阶"[5],"欲立宏,嫌其非次,是以议久不决"[6]。总之,刘骏既没有朝中大臣的支持,又缺少文帝的关爱,原本并没有资格继承皇位。元嘉三十年二月,刘劭弑父自立,这一意外事件为刘骏提供了一个竞争皇位的"机遇"。于是刘骏在江州、雍州势力的拥护下,打着为父报仇的旗号起兵讨逆。虽然在入讨的过程中有不少原来的朝廷官员弃刘劭投奔刘骏,但这更多的是出自对刘劭弑父弑君,有违父子人伦、君臣大义行为的不满。比如,刘劭曾一度想要极力拉拢的刘诞,在面对刘劭的任命时犹

---

[1]《宋书》卷六十七,第1772页。
[2]《宋书》卷六十七,第1777页。
[3] 在讨论即位人选时,《宋书·徐羡之传》记载:"侍中程道惠劝立第五皇弟义恭,羡之不许。"见《宋书》卷四十三,第1332页。这说明在朝廷内部也有过争论。但当时刘义隆17岁,已成人,刘义恭11岁,尚年幼,无论是从兄弟排行的顺次上还是年龄上看,刘义隆都是更合适的人选。且徐羡之等人执掌朝政,程道惠人微言轻,也难以产生较大影响。
[4]《宋书》卷七十一,第1851页。
[5]《宋书》卷七十二,第1858页。
[6]《宋书》卷七十一,第1848页。

豫不决，其司马顾琛和参军沈正便是以父子君臣之节劝说刘诞与刘骏一同起兵；①由建康出奔的江夏王刘义恭在写给刘骏的劝进表中说："陛下忠孝自天，赫然电发，投袂泣血，四海顺轨"②。在这些人看来，刘骏通过讨逆行为彰显出的"孝"和"义"，才是最具号召力和正义性的。换句话说，在决定投靠刘骏一方的官员中，有不少人看重的是刘骏所代表的正义行为，而非刘骏个人本身。因此，当打败刘劭并登基后，对于原来的朝中大臣而言，特别是在文帝在世时并没有朝中势力支持刘骏的不利情况下，刘骏及其府僚的地方势力色彩以及外来者的身份便显现了出来。如果说原来的朝中大臣是"旧人"的话，那么支持刘骏上位的地方势力则可以称作"新人"。也就是说，即位之后，为稳固统治基础，刘骏不仅要延续文帝厚待士族的政策，同时还要处理好新人与旧人之间的关系。

《宋书》说刘骏即位后"臣皆代党"③，用的是汉文帝刘恒的典故。刘恒本为代王，陈平等人平灭吕氏之后，谋立刘恒为帝。刘恒即位后，立刻封自己的心腹旧臣宋昌为卫将军，领南北军，张武为郎中令，行殿中，护卫京城和皇宫，又封赏了拥立自己为帝的大臣。沈约类比刘骏由武陵王身份即位的过程，将拥立刘骏的旧幕僚称为"代党"④。《宋书》又说"旧臣故佐，普皆升显"⑤，这诚然不假，但这只是事情的一个方面，孝武帝在重用故吏的同时，也考虑到了要平衡士族阶层和旧人势力的利益。这集中体现在孝武帝对谢庄、何偃和王僧达的职位安排上。

谢庄为谢弘微之子，何偃为何尚之中子，均出自名门，且父辈都是文帝重臣，可以看作士族与旧人的代表。孝建年间，颜竣、谢庄、何偃三人轮流担任过掌管文官人事变动的吏部尚书之职。先是孝建元年，颜竣由左卫将军

---

① 《宋书·自序》记载沈正的言辞："以此雪朝庭冤耻，大明臣子之节，岂可北面凶逆，使殿下受其伪宠。……今正以弑逆冤丑，义不同戴，举兵之日，岂求必全耶。"见《宋书》卷一百，第2446页。
② 《宋书》卷六十一，第1646页。
③ 《宋书》卷七十四，第1943页。
④ 最早注意到"代党"的是日本学者安田二郎，他认为孝武帝政权是由孝武帝在藩时期的旧府僚等人，集中把持权力中枢的"代党"政权。参看安田二郎《南朝貴族制社会の変革と道德·倫理—袁粲·褚淵評を中心に—》，《東北大学文学部研究年報》34，1985年。该文后又收入氏著《六朝政治史の研究》。
⑤ 《宋书》卷一百，第2465页。

转为吏部尚书,同年又被谢庄代替。①十月,谢庄向江夏王义恭呈上笺文,请求辞职,但并未获准,直到孝建三年因辞疾次数过多才被免官。②随后孝武帝又让颜竣接替谢庄,未拜,适逢颜竣父颜延之去世,颜竣丁忧,遂由何偃接任吏部尚书,③直至大明二年何偃去世。

在这三人中,颜竣是孝武帝旧部,元嘉二十一年入刘骏抚军将军府,任主簿,④此后又"随府转安北、镇军、北中郎府主簿"⑤。二十九年巫蛊事发后,刘骏虽然未能获得文帝的关注,但颜竣仍然努力为府主造势。《颜竣传》记载:"初,沙门释僧含粗有学义,谓竣曰:'贫道粗见谶记,当有真人应符,名称次第,属在殿下。'竣在彭城尝向亲人叙之,言遂宣布,闻于太祖。时元凶巫蛊事已发,故上不加推治。"⑥若据这条史料,颜竣向亲人转述谶语似是在他于彭城担任刘骏府佐之时,即元嘉二十五年四月至二十八年三月之间。⑦但在这三年间,文帝并无废立太子之意,颜竣也没有理由冒险散布流言。因此,很可能是二十九年巫蛊事发之后,颜竣揣摩形势,才设法将谶语散布开来,让文帝得知。事实上,《高僧传·释僧含传》也记载了这件事,但将僧含对颜竣传达谶语的时间系在后者随刘骏转镇寻阳之时,即元嘉二十八年六月

---

① 《宋书》卷七十五《颜竣传》:"世祖践阼,以为侍中,俄迁左卫将军,加散骑常侍,辞常侍,见许。……孝建元年,转吏部尚书,领骁骑将军。……其后谢庄代竣领选。"见《宋书》,第1960页。
② 《宋书》卷二十六《天文四》:"孝建元年十月乙丑,荧惑犯进贤星。吏部尚书谢庄表解职,不许。"见《宋书》,第749页。《宋书》卷八十五《谢庄传》:"庄素多疾,不愿居选部,与大司马江夏王义恭笺自陈。……三年,坐辞疾多,免官。"见《宋书》,第2171—2172页。
③ 《宋书·颜竣传》:"复代谢庄为吏部尚书,领太子左卫率,未拜,丁忧。"见《宋书》卷七十五,第1964页。曹道衡、沈玉成在《中古文学史料丛考》"颜竣生年、年岁及为丹阳尹"条中,据颜延之卒于孝建三年闰七月戊午,推断颜竣于闰七月有吏尚之命,未拜而丁忧。又在"何偃为吏部尚书"条中指出:"竣既未之任而丁忧,代之者即为何偃,时当在孝建三年八月或稍后。"见曹道衡、沈玉成著:《中古文学史料丛考》,中华书局,2003年,第281页、第342页。《宋书·何偃传》记载:"(偃)转吏部尚书。尚之去选未五载,偃复袭其迹,世以为荣。"见《宋书》卷五十九,第1608页。
④ 《宋书·颜竣传》:"出为世祖抚军主簿,甚被爱遇,竣亦尽心补益。"《宋书·孝武帝纪》:"二十一年,加督秦州,进号抚军将军。"分别见《宋书》,第1959页、第109页。
⑤ 《宋书》卷七十五,第1959页。据《孝武帝纪》及《文帝纪》,刘骏转安北将军在元嘉二十五年四月,降号镇军将军在二十七年四月,降号北中郎将在二十八年二月。
⑥ 《宋书》卷七十五,第1959—1960页。
⑦ 据《宋书·文帝纪》《孝武帝纪》,刘骏于元嘉二十五年四月带安北将军号任徐州刺史,出镇彭城,二十八年二月降号为北中郎将,三月改任南兖州刺史,六月带南中郎将号改任江州刺史,颜竣随府迁为南中郎记室参军。因此若依《颜竣传》的记载,颜竣向亲人转述僧含的谶语当在二十五年四月至二十八年三月之间。

之后,从时间上看更符合常理,且僧含还特意嘱咐颜竣不要散布出来①。但颜竣显然意识到了这条谶语的政治宣传价值,于是挑选时机为刘骏造势。颜竣的这一举动,是利用了文帝崇佛、信奉佛教徒灵异神通的心理。元嘉时期是刘宋乃至南朝佛教的一个兴盛期,汤用彤称"宋代佛法,元嘉时极有可观",又说"南朝佛法之隆盛,约有三时。一在元嘉之世"。②这与文帝对佛教的信仰和大力扶持密不可分。据史料记载,文帝曾为太子刘劭、南平王铄和湘东王彧延请高僧为师,让他们从小接受佛教熏陶。对法愿、玄畅、净贤尼等僧尼的预言、神通,文帝也十分惊异、叹服。③基于这两方面因素,在文帝有意另立太子,而刘骏既无朝中支持又不得文帝宠爱的情况下,倘若有高僧以神谕为名支持刘骏,多少都会对文帝的选择产生影响。因此颜竣才另辟蹊径,在摸透文帝心理的基础上通过积极散布谶纬之说为刘骏营造声势,可谓煞费苦心。而文帝"不加推治",一方面可能是无暇顾及,另一方面则很可能是出于崇佛的心理,对如何处理此事犹豫不决。刘骏入讨时,颜竣更是总管军府内外事务,起草檄文,并于刘骏卧病不能理事之际,出入刘骏卧室,独自决定处理各项军机大事。④正是因为颜竣在军府中深得刘骏信赖,并为刘骏夺取皇位立下汗马功劳,故而在孝武帝即位之初,首先需要倚靠故吏的时候,颜竣才会得到重用,他在掌管吏部期间也才得以真正握有实权。《宋书》记载颜竣在吏部尚书任上"留心选举,自强不息,任遇既隆,奏无不可"⑤,其为孝武帝所倚重的程度由此可见一斑。

相形之下,虽然谢庄也曾在刘骏入讨时为其修改过檄文,并遣使与刘骏通信,⑥何偃之父何尚之也曾保护过在京邑的三镇士庶家口,⑦但是谢庄与刘

---

① 《高僧传·释僧含传》:"檀越善以缄之。"见[梁]释慧皎撰,汤用彤校注,汤一玄整理:《高僧传》卷七,中华书局,1992年,第276页。
② 汤用彤著:《汉魏两晋南北朝佛教史》(增订本),北京大学出版社,2011年,第232页、第231页。
③ 参看《高僧传》卷八《玄畅传》、卷十三《法愿传》,第314—316页,第517—519页;[梁]释宝唱著,王孺童校注:《比丘尼传校注》卷四《净贤尼传》,中华书局,2006年,第195页。
④ 《宋书·颜竣传》:"(竣)任总外内,并造檄书。世祖发寻阳,便有疾……唯졔出入卧内,断决军机。时世祖屡经危笃,不任咨禀,凡厥众事,竣皆专断施行。"见《宋书》卷七十五,第1960页。
⑤ 《宋书》卷七十五,第1960页。
⑥ 《宋书·谢庄传》:"世祖入讨,密送檄书与庄,令加改治宣布。庄遣腹心门生具庆奉启事密诣世祖。"见《宋书》卷八十五,第2168页。
⑦ 《宋书·何尚之传》:"时三方兴义,将佐家在都邑,劭悉欲诛之,尚之诱说百端,并得免。"见《宋书》卷六十六,第1737页。

骏单纯的文字之交，自然比不上刘骏对颜竣的军务倚重，而且谢庄、何偃在元嘉时期与做藩王的刘骏也并没有直接交集，他们被选为吏部尚书更多是凭借出身名门和文帝旧臣之后的双重身份。因为与孝武帝缺少必要的故旧之情，他们在吏部尚书任上也难以真正行使人事任免权。故而才有谢庄在任时"意多不行"①的情况出现。《宋书》又说："竣容貌严毅，庄风姿甚美，宾客喧诉，常欢笑答之。时人为之语曰：'颜竣嗔而与人官，谢庄笑而不与人官。'"②所谓"不与人官"，恐怕正是权力有限的真实写照。这种情况在何偃身上也有体现："及偃代竣领选……竣时势倾朝野，偃不自安，遂发心悸病，意虑乖僻，上表解职，告医不仕。"③而在谢庄、何偃担任吏部尚书期间，颜竣的官职是丹阳尹，④为京畿地方长官，地位重要，"其职掌以执掌兵权、掌治民政、荐举任用与掌刑政诉讼为主，并参预朝政"⑤，东晋以来往往权力极大。温峤曾说："京尹辇毂喉舌，宜得文武兼能。"⑥晋安帝时"丹阳尹卞范之势倾朝野"⑦，随后又有"丹阳尹刘穆之权重当时"⑧。对比之后便不难发现，孝武帝对颜竣、谢庄、何偃三人的职位安排有着特殊的含义：颜竣为孝武帝旧部，故在新政权中无论是吏部尚书还是丹阳尹任上都手握实权。而为了巩固统治基础，平衡世家大族和文帝旧臣的利益，孝武帝又让谢庄、何偃交替担任吏部尚书，但又不授予实权。换句话说，孝武帝任用谢庄、何偃，更多的是一种政治姿态。

王僧达在孝武帝政权中的位置也与谢庄、何偃相似。王僧达不仅拥有琅邪王氏这一侨姓第一大族的高贵身份，更是王弘之子、王僧绰从弟，后二者在元嘉前期和末期都是为文帝信宠、显赫一时的重臣。元嘉三十年五月，刘骏于新亭即位后不久，便封王僧达为尚书右仆射，有心利用其号召力拉拢士族阶层和文帝旧臣。平灭刘劭后，孝武帝转王僧达为南蛮校尉，欲借王僧

---

① 《宋书》卷七十五，第1960页。
② 《宋书》卷七十五，第1960页。
③ 《宋书》卷五十九，第1608页。
④ 义宣之乱中，颜竣代替褚湛之为丹阳尹。《宋书·颜竣传》："南郡王义宣、臧质等反，以竣兼领军。义宣、质诸子藏匿建康、秣陵、湖熟、江宁县界，世祖大怒，免丹阳尹褚湛之官，收四县官长，以竣为丹阳尹。"见《宋书》卷七十五，第1960页。孝建三年颜竣丁父忧，"裁逾月，起为右将军，丹阳尹如故。竣固辞，表上不许。遣中书舍人戴明宝抱竣登车，载之郡舍。"见《南史》卷三十四，第884页。
⑤ 何毅群：《东晋南朝丹阳尹述论》，《南京晓庄学院学报》，2008年第1期。
⑥ 《晋书》卷六十七，第1787页。
⑦ 《宋书》卷五十三，第1523页。
⑧ 《宋书》卷五十三，第1523页。

达分荆州刺史刘义宣之权,义宣拒绝内调,故又转为护军将军。①据《宋书·百官志》,护军将军"掌外军……主武官选"②。王僧达在元嘉时期与刘骏也没有直接交集,虽在刘骏讨逆时有归顺之功,③但是以孝武帝的猜忌性格,以及他在即位初期重用故吏的用人策略来看,是不可能将如此重要的职位交给一个自己之前并没有接触过的人的。事实上在王僧达转任护军之前,孝武帝已安排了自己的亲信柳元景担任地位更高的领军将军。④也就是说,孝武帝本意是想通过柳元景掌控天下兵权,王僧达的护军之职不过是虚衔,⑤他所起的作用与名义上同颜竣轮流掌管吏部的谢庄、何偃一样,不过是为了平衡世家大族和文帝旧臣在新政权中的利益而已。也许是出于名门望族对武职的不屑,也许是意识到自己在任上注定没有实权,总之王僧达面对护军将军的任命自觉"不得志"⑥,再三上表请辞。这不仅冒犯了孝武帝的威严,更阻碍了他对朝中各方力量平衡的构架。于是孝武帝一开始并没有同意,对王僧达反复陈词的行为也"甚不说"⑦,但最终还是转王僧达为吴郡太守。孝建元年正月甲辰(六日),孝武帝又试图以何尚之领护军将军,但同年九月丁酉(三日),何尚之也主动辞职。此后孝武帝便索性不再以士族任此职,而是以皇室成员刘彧、刘延孙等人出任,加强了军队系统中的皇室力量。

在新政权中,除了孝武帝的故吏与文帝旧臣力量外,皇族宗亲也必然占据一席之地,这方面的代表人物是江夏王刘义恭、竟陵王刘诞和建平王刘

---

① 《宋书·王僧达传》:"上即位,以为尚书右仆射,寻出为使持节、南蛮校尉,加征虏将军。时南郡王义宣求留江陵,南蛮不解,不成行。仍补护军将军。"见《宋书》卷七十五,第1952页。

② 《宋书》卷四十,第1247页。

③ 《资治通鉴》卷一百二十七:"(元嘉三十年四月)癸丑,武陵王军于鹊头。宣城太守王僧达得武陵王檄,未知所从。客说之曰……僧达乃自候道南奔,逢武陵王于鹊头。王即以为长史。"见《资治通鉴》,第4065页。

④ 《宋书·孝武帝纪》:"(元嘉三十年闰六月)癸酉(二日),以护军将军柳元景为领军将军。……甲午(二十三日)……南蛮校尉王僧达为护军将军。"见《宋书》卷六,第112页。

⑤ 据张金龙研究,"宋孝武帝一朝十一年,有多达九人担任护军将军(中护军)。与领军主要由参与孝武帝反刘劭阵营的亲信将领担任相比,护军却只有柳元景一人出自反劭亲信将领。孝武一朝护军改任比领军更为频繁,而且宗室诸王所占比重也较大。柳元景、王僧达、刘义綦、东海王祎四人任职时间极短,均不足半年;何尚之、湘东王彧、刘延孙诸人任职均不足一年;义阳王昶、宗悫二人任职时间稍长,但均不到二年。"说明孝武帝朝护军将军地位下降,禁卫统领职能大大削弱。见张金龙著:《魏晋南北朝禁卫武官制度研究》,中华书局,2004年,第442页。

⑥ 《宋书》卷七十五,第1952页。

⑦ 《宋书》卷七十五,第1954页。

宏。①如果说贵为皇帝叔父的义恭是宗室长辈代表的话,那后两者则是刘骏同辈兄弟的代表。关于义恭和刘诞之于孝武帝政权的功绩与地位,本书已有专节讨论,不再赘述,此处着重分析刘宏其人。今《初学记》卷十四载有刘骏《建平王宏冠表》,刘骏入讨时,"先尝以一手板与宏,宏遣左右亲信周法道赍手板诣世祖"②。从这两个细节可以想见兄弟二人平素应当交往不浅。孝建元年义宣之乱时,刘宏与义恭、刘诞三人是仅有的得入六门、护卫宫廷的皇族。③然而与义恭和刘诞在讨伐刘劭和平定义宣之乱中都立下了切实的功绩不同,据现有材料看,刘宏在两次事件中,始终处在核心决议层之外,更没有提出关键性意见。这或许与他"少而闲素,笃好文籍"④的性格有关。在孝武帝朝,刘宏虽贵为尚书左仆射、中书监,但所上表奏讨论的多是与实际政事较远的礼法问题。《宋书》共记载了六次有刘宏参加的礼制讨论,其中五次孝武帝都最终同意了刘宏的意见,可见孝武帝对刘宏的信赖。特别是孝武帝开始猜忌功劳过高的刘诞,并于孝建二年十月将他调离京城,出任南徐州刺史后,对"为人谦俭周慎,礼贤接士,明晓政事"又无意实权的刘宏才会"甚信仗之"⑤,刘宏也代替刘诞成了朝中孝武帝同辈兄弟的唯一代表。

通过孝武帝即位后的一系列人事安排可以发现,故吏、文帝旧臣和皇室成员三方力量构成了孝武帝朝初期的中央政治平衡。在文官人事任免方面,孝武帝安排了颜竣与谢庄、何偃的组合,武官任免和军权方面则是柳元景与王僧达、何尚之的组合(虽然这方面的组合并不如前者顺利)。颜竣、柳元景为刘骏故吏、次等士族,谢庄、何尚之父子、王僧达则是文帝重臣或重臣之后,同时又是门第显赫的世家大族。这样,孝武帝便在表面上延续文帝重用士族政策的同时,又平衡了故吏与文帝旧臣之间的利益关系。但在实际行使权力的过程中,则是颜竣、柳元景掌握实权,谢庄、何偃、王僧达只是陪衬。再加上名义上的当朝首辅刘义恭和刘骏信任的建平王刘宏,朝廷内部形成了一个三方人员相对平衡的局面,有利于维护新政权的统治基础与稳定。

---

① 刘骏即位之初,原本委任南郡王义宣为丞相、录尚书六条事、扬州刺史,有心让义宣入朝辅政。但义宣很快在臧质等人胁迫下发动叛乱,兵败后被排除出局。参看本书第一章第三节。
② 《宋书》卷七十二,第1859页。
③ 分别见《宋书》卷六十一《江夏文献王义恭传》、卷七十九《竟陵王诞传》、卷七十二《建平宣简王宏传》。
④ 《宋书》卷七十二,第1858页。
⑤ 《宋书》卷七十二,第1859页。

二、政治平衡的瓦解与寒人上位

孝武帝通过周密的人事安排,构建了一个相对平衡的中央权力结构,平衡是其致力于经营新的政权架构的重要原则。其间虽然经历了义宣之乱这样严重威胁到刘骏皇位的地方叛乱,但是在朝廷内部始终没有发生激烈的权力争夺,士族与皇族、刘骏故吏与文帝旧臣虽偶有小的摩擦,但基本上做到了平稳共处。随着时间的推移,对于这个平衡的结构,孝武帝是想继续维持下去还是伺机进行调整,我们无从得知。但是大明二年发生的几起事件,却给了孝武帝打破平衡、重建权力运转模式的机会。

首先是大明二年三月丁未(三日),建平王刘宏因病去世,[①]时年二十五,谥号宣简。刘宏的死使孝武帝"痛悼甚至",他不仅"每朔望辄出临灵"[②],还亲自为刘宏撰写墓志铭。在墓志中,刘骏高度评价了刘宏在朝中的地位,称他"管机凝务,端朝赞契。召辉才融,士颖风折"[③]。孝武帝又就刘宏之死专门给颜竣下诏,在诏书中表达了自己原本对刘宏的期望,说:"宏夙情业尚,素心令绩,虽年未及壮,愿言兼申。谓天道可倚,辅仁无妄。"接着又抒发了自己沉痛惋惜的心情:"岂图祐善虚设,一旦永谢,惊惋摧恸,五内交殒。平生未远,举目如昨,而赏对游娱,缅同千载,哀酷缠绵,实增痛切。"[④]悲伤之情真实可感。痛悼刘宏,与大明六年哀悼殷贵妃,恐怕是孝武帝一生中难得的两次真情流露。[⑤]刘宏的死使孝武帝在朝中失去了同辈兄弟的代表,但毕竟皇族中还有刘骏的叔父江夏王刘义恭在朝,故而对于原有权力结构并没有太大冲击。

然而就在刘宏死后仅仅两个月,吏部尚书何偃又于五月戊申(五日)去世,[⑥]这件事比刘宏去世带来的影响要大得多。虽然如前所述,在孝建年间,何偃的实际权力远不如颜竣,且有过避让颜竣的行为,但是在孝武帝的特殊宠遇下,何偃也在一定程度上起到了牵制颜竣的作用,并表现出积极配合新

---

① 《宋书·孝武帝纪》:"三月丁未,中书监、尚书令、卫将军建平王宏薨。"见《宋书》卷六,第121页。
② 《宋书》卷七十二,第1860页。
③ [清]严可均校辑:《全宋文》卷六,《全上古三代秦汉三国六朝文》,中华书局,1958年,第2476页。
④ 《宋书》卷七十二,第1860页。
⑤ 《南北史合注》卷十五:"愚按孝武猜薄同气,不啻仇雠,仅此一札,犹笃友于。"见[明]李清撰:《南北史合注》第一册,《故宫珍本丛刊》第32册,海南出版社,2000年,第301页。
⑥ 《建康实录》卷十三:"五月戊申,吏部尚书何偃卒,赠光禄大夫,谥靖子。"见《建康实录》,第478页。

政权的态度。这是孝武帝对属下权力的再平衡与牵制。孝武帝即位后，何偃与颜竣同样拜为侍中。①侍中之职"掌奏事，直侍左右，应对献替"②，正体现了孝武帝对何偃"亲遇隆密，有加旧臣"③，这里的旧臣指刘骏做藩王时的故吏，自然也包括颜竣。这种待遇让直接参与了刘骏夺取皇位过程，并立下大功的颜竣十分不满，史称："竣自谓任遇隆密，宜居重大，而位次与偃等未殊，意稍不悦。"④两人的矛盾到了何偃代颜竣居吏部时更加激化，"竣愈愤懑，与偃遂有隙"⑤，于是才有了何偃对颜竣的避让。而颜竣对何偃的敌意也恰恰从反面证明了孝武帝对何偃的信赖，说明后者在孝武帝构建的权力平衡中并不仅仅是一个大族与文帝旧臣的象征。孝建三年，王僧达上表辞太常之职，"僧达文旨抑扬，诏付门下。侍中何偃以其词不逊，启付南台"⑥，王僧达因此被免官。⑦何、王二人因具备相同的象征性身份而被孝武帝选中，后者自矜门第，对孝武帝采取不合作态度。当孝武帝表现出不满、意欲惩治僧达时，何偃适时地站出来弹劾僧达，正体现了他对孝武帝的主动配合。正是因为何偃既具有双重的象征性身份，又能对新政权采取积极配合的姿态，所以当他去世后，孝武帝才会"临哭伤怨，良不能已"⑧。更有意味的是，孝武帝还专门以诏书的形式，将自己对何偃的怀念传达给曾经与何偃发生过冲突的颜竣。这多少透露出之前二人的冲突有孝武帝有意为之的因素，即使是何偃去世，孝武帝也要借机敲打颜竣，提醒他不可有专权之心。

就在何偃去世一个月后，孝武帝做出了一项重要决定：增吏部尚书为两人。⑨对此，沈约解释为："上时亲览朝政，常虑权移臣下，以吏部尚书选举所由，欲轻其势力。"⑩这诚然不错，但是从孝武帝事后给江夏王义恭的别诏中，

---

① 《宋书》卷五十九："会世祖即位，(何偃)任遇无改，除大司马长史，迁侍中，领太子中庶子。"见《宋书》，第1608页。《资治通鉴》卷一百二十七："(元嘉三十年四月)壬申……刘延孙、颜竣并为侍中。"见《资治通鉴》，第4068页。

② 《宋书》卷三十九，第1238页。

③ 《宋书》卷五十九，第1608页。

④ 《宋书》卷五十九，第1608页。

⑤ 《宋书》卷五十九，第1608页。

⑥ 《宋书》卷七十五，第1957页。

⑦ 此事《宋书·王僧达传》系在孝建三年，但《南史·王僧达传》系在孝建二年，《建康实录》卷十三也系在孝建二年，且日期更精确："十一月戊子，王僧达上表自解，帝以辞不逊，付门下免官。"见《建康实录》，第476页。两种说法孰是孰非难下定论。因《宋书》成书最早，且在古籍传刻中，"三"易误作"二"，"二"不易误作"三"，故暂取"孝建三年"之说。

⑧ 《宋书》卷五十九，第1609页。

⑨ 《宋书·孝武帝纪》："六月戊寅(六日)，增置吏部尚书一人。"见《宋书》卷六，第121页。

⑩ 《宋书》卷八十五，第2173页。

我们还可以读出更多信息。在这份有着很强私密性的诏书中,孝武帝首先坦言吏部尚书手握"与夺威权,不宜专一"[①],改革势在必行,但是又为没有合适的人选而发愁。他说:"设可拟议此授,唯有数人,本积岁月,稍加引进,而理无前期,多生虑表,或婴艰抱疾,事至回移。"[②]考察此前担任过吏部尚书的大臣,此处所言"唯有数人",无非是指颜竣、谢庄、何偃三人。所谓"婴艰",指的是孝建三年颜延之去世,颜竣丁父忧未能赴任吏部尚书之事;"抱疾"则是指孝建元年十月起,谢庄便多次上表托疾辞职,委婉地表现出不合作的态度。于是孝武帝钦定且肯为孝武帝所用的人选便只剩下何偃一人。如今何偃去世,刘骏在惋惜的同时也必须解决吏部改革的问题。他对义恭说"会何偃致故,应有亲人,故近因此施行"[③],明确承认何偃的死是自己推行新举措的契机。按照孝武帝的计划,他原本是要降低吏部尚书的品级,使这一职位不再由门阀贵族把持,最终逐步转移到门第较低的士人甚至寒人手中,但这一过程不可能一蹴而就,增置吏部尚书人数便是一个较平稳的过渡计划。他说"弥觉此职,宜在降阶……直铨选部,有减前资……兼常之宜,以时稍进,本职非复重官可得,不须带帖数过,居之尽无诒怪"[④],便是这个意思。于是孝武帝以"(谢)庄及度支尚书顾觊之并补选职"[⑤]。吴郡顾氏虽为江东大族,但门望毕竟较陈郡谢氏尚低一等,孝武帝一方面沿用谢庄,另一方面又以门第相对较低的顾觊之与谢庄并居吏部,正是为了落实他所说的"直铨选部,有减前资",即降低以前认为任吏部尚书所需要的资望。孝武帝由此迈出了打破平衡的第一步。

何偃之死的影响尚不止于此。《宋书》评价何偃"善摄机宜"[⑥],即是说他善于根据时宜相机行事,这也正是他能够成为主动迎合孝武帝的门阀士族代表的原因。何偃死后,孝武帝虽然以谢庄接替其职位,但是谢庄"顺人而不失己"的处世态度,[⑦]事实上并不能使孝武帝充分利用其世家大族的象征性身份,也就是说谢庄并不能实际代替何偃的职能。何偃的死,使原有的平

---

① 《宋书》卷八十五,第2174页。
② 《宋书》卷八十五,第2174页。
③ 《宋书》卷八十五,第2174页。
④ 《宋书》卷八十五,第2174页。
⑤ 《宋书》卷八十五,第2175页。
⑥ 《宋书》卷五十九,第1608页。
⑦ 孙明君在《谢庄〈与江夏王义恭笺〉释证》一文中,总结谢庄在孝武帝朝奉行的是"顺人而不失己"的处世态度,既不愿成为皇帝的傀儡,又能时刻注意不与皇帝发生激烈冲突。文载《北京大学学报(哲学社会科学版)》,2012年第5期。

衡结构继缺少了建平王刘宏之后，又出现了一个更大的漏洞。这时孝武帝面临着一个抉择：是继续寻求合适的人选来取代何偃，还是舍弃门阀大族，对原有权力结构做更大程度的调整？从孝武帝处理王僧达的态度，我们可以看出他的倾向。

王僧达在进入孝武帝政权之后，多次表现出了强硬的不合作态度，如孝建元年和三年两次上书辞职，有过多次不法行为，被刘穆之孙刘瑀弹劾为"荫籍高华，人品冗末"①，又轻视皇亲路琼之，惹得孝武帝生母路太后怒骂"我终不与王僧达俱生"②。大明二年八月丙戌（十五日），在"僧达屡经狂逆"的情况下，"上以其终无悛心，因高阇事陷之……于狱赐死"③。所谓"终无悛心"，实际是指王僧达未能完全臣服于皇权，他狂傲的言行也多次触犯了皇权的威严，这是孝武帝绝对不能容忍的。沈约在《宋书·自序》中说："至于臧质、鲁爽、王僧达诸传，又皆孝武所造。"④臧、鲁二人为国家叛臣，孝武帝亲自为这三个人作传，显然是将王僧达也归入了大臣们的反面典型，希望以此对臣属起到警示作用。王僧达的死，究其原因在于他自矜门第，没有意识到门阀政治在刘宋朝已不可能重现。他锋芒毕露的不合作态度，不仅为自己以及琅琊王氏带去了消极后果，更使孝武帝决定打破平衡，在权力组织架构中舍弃世家大族阶层，不再寻求何偃的接替者。

何偃去世、王僧达多次藐视皇权最终被杀、谢庄退身自保的局势，原本给了以颜竣为代表的次等士族争取更多参政名额的好机会，但是他们没能把握住这个机会。当时政治才能出众、善吏治的几个次等士族代表都不同程度地触犯了孝武帝，并在大明二年前后遭到了孝武帝的严厉打压。首当其冲的便是权倾一时的颜竣。颜竣的政治才能毋庸置疑，但孝武帝即位后，他没能及时调整自己的定位，仍以当初"故吏—府主"的关系去处理君臣关系。元嘉末年刘骏势单力孤之时，颜竣尽心尽力为其出谋划策，关系自然和谐。但即位之后，刘骏最关心的是如何树立皇权不可侵犯的威严。此时颜竣仍然"藉蕃朝之旧，极陈得失"，对刘骏"谏争恳切，无所回避"，自然引得刘骏"意甚不说"⑤。大明元年，孝武帝出颜竣为东扬州刺史，已是略示惩戒。但颜竣仍未醒悟，"每对亲故，颇怀怨愤，又言朝事违谬，人主得失"⑥。于是

① 《宋书》卷四十二，第1310页。
② 《南史》卷二十一，第575页。
③ 《宋书》卷七十五，第1958页。
④ 《宋书》卷一百，第2467页。
⑤ 《宋书》，第1964页。
⑥ 《宋书》，第1965页。

大明二年孝武帝指使御史中丞庾徽之借王僧达案弹奏颜竣。奏文中称颜竣"窥觎国柄,潜图秉执"[1],这虽然有罗织罪名之嫌,但也不是没有一点根据。颜竣确实曾经表示过,他要"赞务居中,永执朝政"[2],而这种私心对于极力打压臣属独立人格的孝武帝来说,也是不能容忍的。面对孝武帝的责罚,颜竣"频启谢罪,并乞性命"[3],这反而激怒了孝武帝,认为颜竣是"过烦思虑,惧不自全,岂为下事上诚节之至邪"[4]。说到底还是在颜竣怕死的态度中看到了他的私心,[5]颜竣也终于在大明三年被孝武帝杀害。

除颜竣外,遭到孝武帝打压的次等士族尚有周朗和沈怀文。周朗出自汝南周氏,孝建元年曾上书指斥时弊,内容涉及政治、经济、军事、社会风俗等各个方面,并提出了相应的补救措施,沈约称赞他"辩博之言,多切治要"[6],也是对他政治才能的高度肯定。但周朗在文章中批评皇室的言辞过于严厉,如他说皇族"空散国家之财,徒奔天下之货,而主以此惰礼,妃以此傲家,是何糜蠹之剧,惑鄙之甚",又说"侈丽之原,实先宫闱"[7]。他还在文章最后高傲地说:"陛下若欲申常令,循末典,则群臣在焉;若欲改旧章,兴王道,则微臣存矣。"[8]目无他人,犯了露才扬己的忌讳,[9]被孝武帝疏远,后出为庐陵内史,于大明四年被杀。沈怀文出自吴兴沈氏,"与颜竣、周朗素善"[10],也多次因直谏忤旨。孝建元年六月戊子(二十三日),江夏王义恭上表请省录尚书。这本是孝武帝平定义宣之乱后削弱王侯的一项举措,义恭上表不过是形式而已,沈怀文却不合时宜地奏上了反对意见。大明二年,孝武帝又欲依古制置王畿。此举据户川贵行考证,是孝武帝在无力收复北方失地的情况下,确立自己正统地位的礼制改革之一,代表了两晋时以洛阳为中心的

---

[1] 《宋书》,第1965页。
[2] 《宋书》,第1964页。
[3] 《宋书》,第1966页。
[4] 《宋书》,第1966页。
[5] 沈约评论颜竣之死说"为人臣者,若能事主而捐其私,立功而忘其报,虽求颠陷,不可得也",也指出了颜竣的私心。见《宋书》卷七十五,第1967页。
[6] 《宋书》卷八十二,第2106页。
[7] 《宋书》卷八十二,第2097—2098页。
[8] 《宋书》卷八十二,第2101页。
[9] 李延寿便认为周朗上书的内容"多自矜夸"。见《南史》卷三十四,第893页。
[10] 《宋书》卷八十二,第2104页。

天下观向以建康为中心的天下观的转变。①但沈怀文又上书反对。②此后他还多次针对孝武帝的政策提出不同意见。孝武帝曾对沈怀文说："竣若知我杀之,亦当不敢如此。"③即是借颜竣之死恐吓、压制沈怀文,以树立自己不可冒犯的威严。

孝武帝放弃了世家大族,又对一些次等士族施加恐怖打压,至此,孝建初年构建的中央权力平衡结构已完全被打破。孝武帝需要引进新的力量辅佐自己,且这一新力量要比士族阶层更好掌控、更有利于强化集权。于是在这一形势下,以戴法兴、戴明宝、巢尚之为代表的寒人势力,在孝建初期进入中央官界之后逐渐获得了"掌机要"的契机。

关于寒人掌机要的原因,唐长孺和日本学者宫川尚志、川胜义雄都有过经典论述。三人都认为寒人恩倖在中央的崛起,与南朝货币经济的快速发展、商人势力的兴起,有着密不可分的关系。同时还指出东晋以来官分清浊的现象,使贵族主动放弃处理政务,实际权力逐渐转移到具有才干的寒人手中。④这些观点已得到学界广泛认同。另外,寒人地位低下,没有皇族和士族的身份优势,只能依附于皇权,故而易于掌控,这也是皇帝专权之后不可避免的发展趋势和结果。诚然,经济因素、寒人自身文化素养和实际能力的提高、皇帝加强皇权的意愿,这些都是寒人进入中央官界的必要条件,但是,寒人在中央取代贵族操控政权,毕竟是南朝以来政制的一大变局,在各方面必然性因素都已具备的情况下,朝中恩倖寒人和孝武帝都还需要一个合适的时机。

孝武帝即位之初,便任命曾经的府吏戴法兴、戴明宝、蔡闲为南台侍御史,兼中书通事舍人,史称"法兴等专管内务,权重当时"⑤。但考虑到当时颜竣、何偃、刘义恭、刘诞等人均在朝担任重职,戴法兴等即便"权重当时",恐怕也难以达到"掌机要"的程度。事实上,直到大明二年,这些已进入中央官

---

① 参看(日)户川贵行：《刘宋孝武帝の礼制改革について：建康中心の天下観との関連からみた》,《九州大学東洋史論集》36,2008年。
② 李磊指出："沈怀文表达了吴姓士族对制置王畿的不满,认为将会稽等五郡划分在王畿之外会让民心不安、物情不悦。"参看李磊:《扬州"一州两格"与宋明帝的上台——孝武帝置王畿的政治影响》,《北京社会科学》,2021年第5期。
③ 《宋书》卷八十二,第2104页。
④ 参看唐长孺:《魏晋南北朝史论丛续编·南朝寒人的兴起》,《魏晋南北朝史论丛(外一种)》,河北教育出版社,2000年;宫川尚志《六朝史研究：政治·社会篇》第五章《魏晋及び南朝の寒門·寒人》;川胜义雄《六朝贵族制社会研究》第三编第三章《货币经济的进展与侯景之乱》。
⑤ 《宋书》卷九十四,第2303页。《南史》卷七十七记载同。

界的寒人才迎来了更好的分享权力的机会。

在即位后的前五年里,以强化皇权为核心,孝武帝在中央军政制度和地方州镇制度方面,推行了一系列强有力的改革措施。前者如省录尚书事、改编中央军、裁抑诸王车服制度等,后者如分割荆扬二州、罢南蛮校尉府、推行雍州土断等。同时,孝武帝还先后镇压了刘义宣之乱和刘诞之乱。对外方面,与北魏恢复了通商互市,在改善关系的同时,又鼓励境内百姓养马,做好积极防守。通过这些改革,孝武帝基本上完成了稳定元嘉末年政治乱局的任务,消除了地方州镇上的不稳定因素,并将朝政大权和军队高度集中在自己手中。大明元年十一月戊申(三日),江夏王刘义恭奏上《请封禅表》,以祥瑞频现为由请求孝武帝封禅。义恭向以曲意迎合、善于附会著称,此次上表自当是揣摩孝武帝心思后的举动。这是孝武帝朝第一次大臣奏请封禅。在时间点的选择上,除了要有祥瑞出现外,此时政局稳定、皇帝统治地位稳固才是更重要的。要之,大明二年之时,孝武帝羽翼已丰,他有足够的底气推行任何一项改革方案。

大明二年,孝武帝先是"封法兴吴昌县男,明宝湘乡县男,闲高昌县男,食邑各三百户"[①]。同年,皇太子刘子业始出居东宫。随后,戴法兴"转员外散骑侍郎,给事中,太子旅贲中郎将"[②]。《宋书·戴法兴传》在戴法兴转职之后接以寒人参政掌权的记载:"世祖亲览朝政,不任大臣,而腹心耳目,不得无所委寄。法兴颇知古今,素见亲待,虽出侍东宫,而意任隆密。鲁郡巢尚之,人士之末,元嘉中,侍始兴王濬读书,亦涉猎文史,为上所知,孝建初,补东海国侍郎,仍兼中书通事舍人。凡选授迁转诛赏大处分,上皆与法兴、尚之参怀,内外诸杂事,多委明宝。"[③]《南史》所记同《宋书》。参照史书前后文,这里所说"虽出侍东宫,而意任隆密",即当指戴法兴迁太子旅贲中郎将之后的情况。《资治通鉴》卷一百二十八"大明二年"条,更是在"多委明宝"之后,加上了"三人权重当时"[④]六字,是对《宋书》《南史》中对应的记录做了时间上的调整。古今学者多将这三则材料看作证明孝武帝朝寒人掌机要的直接证据,但往往忽视了这一现象出现的时间点。三部史书均将戴法兴等人受宠掌权放在大明二年内,特别是《资治通鉴》,通过调整"三人权重当时"六字的位置,一方面强调了大明二年这个时间点,另一方面也消除了《宋书》《南史》在

---

① 《宋书》卷九十四,第2303页。
② 《宋书》卷九十四,第2303页。
③ 《宋书》卷九十四,第2303页。
④ 《资治通鉴》,第4108页。

孝武帝刚即位时便记载"法兴等专管内务,权重当时"而可能引起的误解。这样看来,大明二年便成了考察寒人掌机要的一个关键。在这一年,随着刘宏、何偃去世,王僧达被杀,以及此前以颜竣为代表的次等士族多次触犯孝武帝,之前的中央权力平衡完全瓦解。孝武帝放弃拉拢大族、打压次等士族的举动,给了以戴法兴为代表的寒人绝佳的获取权力的机会。但是需要注意的是,即使在多重因素的促使下,以大明二年为契机,出现了寒人掌机要的现象,也不宜过分夸大寒人自身的因素。[1]因为他们在中央的政治进身,很大程度上是得益于上述多重因素的交互作用。大族和次等士族在原有权力结构刚刚出现动摇的时候,都未能及时迎合孝武帝以为自己的阶层谋求更多利益,反而因王僧达和颜竣等人的行为,先后丧失了继续辅赞朝政的资格,使得第三方的寒人势力成了实际受益者。

三、结论

出现在刘宋孝武帝朝的"寒人掌机要"是南朝历史上的一个重要现象,它的出现是多重因素相互叠加的结果,而大明二年则是考察这一现象的一个关键时间点。

孝武帝即位之初,一方面要延续文帝重用士族的政策,另一方面又要协调自己的故吏与文帝旧臣之间的利益关系,于是通过精心的人事选择,在掌管文官仕进的吏部尚书位置上,安排了颜竣—谢庄—何偃的组合;在掌管兵权和武官任免的领军将军及护军将军职位上,安排了柳元景—王僧达—何尚之的组合。颜、柳二人为刘骏做藩王时的故吏,又是次等士族,谢庄、王僧达及何尚之父子为文帝旧臣或旧臣后代,同时又是门阀大族,再加上江夏王刘义恭和建平王刘宏这样的皇室代表,于是孝武帝在中央构建了一个包括甲族、次等士族和皇族在内的相对平衡的权力结构。大明二年是孝武帝朝的一个转折点。在这一年,刘宏、何偃相继去世,特别是何偃的死,对孝武帝震动很大,以此为契机,孝武帝增置吏部尚书,迈出了打破平衡的第一步。不久王僧达又因多次表现出强烈的不合作态度而被孝武帝杀害,这代表着孝武帝在新的权力结构中不再试图寻找能接替何偃的人选,放弃了门阀大族。同时,以颜竣、周朗、沈怀文为代表的次等士族也因为屡次直言进谏,遭

---

[1] 唐长孺在《南朝寒人的兴起》中已谈到不能过分夸大寒人的力量,因为他们还不能作为一种独立的力量和上层统治集团斗争。王铿也从孝武帝大权独揽的角度,认为以戴法兴、戴明宝为首的寒人权力是不能夸大的。参看王铿:《论南朝宋齐时期的"寒人典掌机要"》,《北京大学学报(哲学社会科学版)》,1995年第1期。

到孝武帝打压。在这一系列事件的相互作用下,地位低下、易于掌控的寒人反而得到孝武帝的有意扶持,成了实际的利益获得者。正是在这种背景下,才出现了戴法兴、戴明宝、巢尚之三人"权重一时",即寒人掌机要的现象。

第二节　刘宋中前期出镇皇子府佐考
　　——以孝武帝朝及子勋之乱为中心

任用皇室宗王外出担任重要诸州的都督,是西晋司马氏政权为巩固统治而采取的重要措施。刘裕代晋之后依然沿袭这一制度。[1]文帝在位时,为解决彭城王刘义康及其朋党权力过盛的问题,于元嘉十六年(439)连续进行了两次刺史调动,完成了王朝体制特别是州镇体制由过去依靠皇族(主要是皇弟)向以皇子为基础的转变。[2]孝武帝即位后,也在州镇制度方面进行了一系列改革。关于孝武帝朝的州镇政策,目前学界多将注意力集中在刘骏对强藩的分割,以及向地方州府派遣典签和台使两方面,[3]对于诸州刺史(同时多为带将军号的都督)的安排,特别是实际掌握所在州民政、军事管理权的重要府佐的考察,还相对薄弱。南朝刺史加将军号者,其佐吏有州佐和府佐两套系统,"宋、齐以下,州佐转为地方大族寄禄之任,其治权全为府佐所攘夺"[4],更重要的是,相比于刺史自辟本州人所组成的州佐,须经中央任命的府佐无疑更能体现皇帝在遥控管理州镇时的意志。因此,本节试图统计孝武帝朝出镇皇子的重要府佐,分析这些人与孝武帝的关系、本籍、出身阶层等信息,并将其与武帝和文帝时期做对比,以考察刘宋三代皇帝在不同政治背景下对出镇皇子重要府佐的特殊安排,然后以子勋之乱为中心,探讨孝武帝对出镇皇子府佐的安排在其死后给刘宋政治带来了怎样的影响。

一、武帝与文帝时期出镇皇子府佐的安排

据严耕望研究,在众多军府府佐中,长史、司马、主簿、谘议参军、录事参

---
[1] 参看唐长孺:《西晋分封与宗王出镇》,载氏著《魏晋南北朝史论拾遗》,中华书局,1983年。
[2] 参看安田二郎《六朝政治史の研究》第五章第一节《彭城王劉義康の廃黜事件について》。
[3] 相关研究可参看越智重明《魏晋南朝の人と社会》第四章《宋の孝武帝とその時代》;(日)小尾孝夫:《劉宋孝武帝の对州鎮政策と中央軍改革》,《集刊東洋学》91,2004年;杨恩玉:《宋孝武帝改制与"元嘉之治"局面的衰败》,《东岳论丛》,2007年第6期;鲁力:《宗王出镇与刘宋政局》,《河南师范大学学报(哲学社会科学版)》,2011年第6期。
[4] 《中国地方行政制度史——魏晋南北朝地方行政制度》上卷,第153页。

军、记室参军、中兵参军七个职位的重要性十分突出,与府主的关系也格外亲近。长史和司马为上佐,经常代替府主行州府事,且多带州治所之郡太守,不同之处在于司马之职主兵,故地位虽亚于长史,但在军事方面反较长史重要。府主簿地位虽低,却是府主亲要,朝廷殊为重视,不轻除授。谘议参军常兼录事之任,地位仅次于长史、司马,故亦常带大郡太守,或代行府州事。录事参军总录诸曹文案,兼事举善弹非。记室参军常由他职兼领,掌文翰书仪。中兵参军总兵事,内而佐统兵政,外而率兵征伐,其任至重。① 故这里特将统计对象限定为上述七个职位,先详述刘宋前半期出镇皇子重要府佐的安排情况②,将其作为对比背景,以期更明了地解释孝武帝朝的相应变化和特征。

表2-1 武帝时期出镇皇子重要府佐就任者一览表③

职位	就任者	府主	与皇帝的关系	本籍·阶层
长史	丘渊之	刘义隆(冠军)		吴兴,南方大族
	王脩	刘义真(安西)	原府佐,姻亲④	京兆,北方大族
	羊徽	刘义隆(西中郎)	知于武帝	泰山南城,侨姓士族
	刘湛	刘义康(冠军、右将军),刘义真(车骑)	原府佐	南阳涅阳,次等士族
	王昙首	刘义隆(西中郎、镇西)	姻亲	琅琊临沂,侨姓士族
	垣护之	刘义符(中军)	原府佐	略阳桓道,寒人武将
	王惠	刘义符(征虏、中军、荆州)	原府佐,姻亲	琅琊临沂,侨姓士族
司马	王智	刘义真(安西)	原府佐,姻亲	琅琊临沂,侨姓士族

---

① 关于上述职位的职掌与权限,可参看《中国地方行政制度史——魏晋南北朝地方行政制度》上卷第三章。
② 这里所统计的仅限于武帝和文帝在世时对其出镇皇子的府佐安排,而不包括他们对出镇皇弟的府佐安排,后文统计孝武帝朝情况时同。
③ 主要据《宋书》《南齐书》《南史》统计,统计数据可能有遗漏,但大致可以保证并无滥收的情况,下同。
④ 本节所用"姻亲"一词,包括外戚(太皇太后、皇太后、皇后、皇太子妃的本家)、诸王妃家、尚主婚家。皇族姻亲关系主要据王伊同《五朝门第》统计,下同。参看王伊同著:《五朝门第:附高门世系婚姻表》,金陵大学中国文化研究所,1943年。

续表

职位	就任者	府主	与皇帝的关系	本籍·阶层
司马	王镇恶	刘义真(安西)	原府佐	北海剧,寒门武将
	张邵	刘义隆(镇西、中郎将)	原府佐	吴郡吴,南方大族
	王华	刘义隆(镇西)	原府佐,姻亲	琅邪临沂,侨姓士族
	虞丘进	刘义康(右将军)	原府佐	东海郯,寒人武将
	檀道济	刘义符(征虏、西中郎)	姻亲	高平金乡,寒门武将
	蒯恩	刘义符	原府佐	兰陵承,寒人武将
主簿	刘湛	刘义符(征虏、西中郎)	原府佐	南阳涅阳,寒门
	王华	刘义隆(西中郎)	原府佐,姻亲	琅邪临沂,侨姓士族
	殷景仁	刘义符(中军)	原府佐	陈郡长平,侨姓士族
	杜骥	刘义真(州主簿)	武帝征长安,随从南还	京兆杜陵,北方大族
	谢述	刘义符(征虏、中军)	姻亲	陈郡阳夏,侨姓士族
参军	羊欣	刘义真(车骑谘议,不就)	弟羊徽被知于高祖	泰山南城,侨姓士族
	段宏	刘义真(安西中兵、建威谘议)	武帝降将,救过义真	鲜卑人,寒人武将
	蒯恩	刘义符(征虏中兵、中军中兵)	原府佐	兰陵承,寒人武将
	张邵	刘义符(征虏录事,中军谘议,领记室)	原府佐	吴郡吴,南方大族
	谢弘微	刘义隆(镇西谘议)	姻亲	陈郡阳夏,侨姓士族
	王华	刘义隆(西中郎谘议,领录事,复转镇西)	原府佐,姻亲	琅邪临沂,侨姓士族
	孔宁子	刘义隆(镇西谘议)	原府佐	会稽山阴,南方大族
	王球	刘义隆(谘议)	姻亲	琅邪临沂,侨姓士族
	傅隆	刘义真(车骑谘议)	原府佐傅亮族兄	北地灵州,寒门

续表

职位	就任者	府主	与皇帝的关系	本籍·阶层
参军	沈田子	刘义真(安西中兵)	原府佐	吴兴武康,南方大族,武将
	刘荣祖	刘义符(中军中兵)	皇族,武帝从母兄弟刘怀慎子	彭城,宗室,武将
	沈林子	刘义隆(西中郎中兵)	原府佐	吴兴武康,南方大族,武将
	毛德祖	刘义符(中兵)	原府佐	荥阳阳武,寒人武将
	谢灵运	刘义符(中军谘议)	原府佐,姻亲	陈郡阳夏,侨姓士族

表2-1所收统计对象共28人,其中武帝原府佐16人,姻亲10人(其中5人同时也是武帝原府佐),宗室1人。侨姓士族11人,次等士族(包括寒门和地方大族,下同)11人,寒人5人。在次等士族和寒人中,武将有9人。通过表2-1可以看出,在东晋末年刘裕执掌朝政时期,以及刘裕即位后的三年里,出镇皇子的重要府佐主要由武帝原府佐和皇室姻亲构成,这两类成员共计21人,占了统计总数的整整四分之三。而与此形成鲜明对比的,是宗室成员仅有刘荣祖一人。这实际上反映了刘宋创业时期皇亲层人才匮乏,不能给刘裕提供必要帮助。如《宋书》记载武帝中弟刘道怜"素无才能,言音甚楚,举止施为,多诸鄙拙",又"贪纵过甚"[1];刘裕族弟刘遵考"无才能,直以宗室不远,故历朝显遇"[2]。刘宋初期,宗室成员不仅在中央和地方未先据要路[3],刘荣祖的孤例也显示出刘宋宗室在辅佐、教导出镇皇子上的无力。事实上,在皇族中,刘荣祖也属于较疏远的一支。荣祖为刘怀慎之子,怀慎兄怀肃为刘裕从母兄。彭城刘氏共分三里,"帝室居绥舆里,左将军刘怀肃居安上里,豫州刺史刘怀武居丛亭里,及吕县凡四刘。虽同出楚元王,由来不序昭穆"[4]。正是有感于当时皇族内部人才欠乏的境况,刘裕才不得不另想办法,将辅佐、教导出镇皇子,管理地方州镇军政事务的重任委派给自己的

---

[1] 《宋书》卷五十一,第1462页。
[2] 《宋书》卷五十一,第1482页。
[3] 可参看(日)越智重明:《劉宋の官界における皇親》,《史淵》74,1957年;小尾孝夫《劉宋前期における政治構造と皇帝家の姻族・婚姻関係》。
[4] 《宋书》卷七十八,第2019—2020页。

旧属臣和姻亲,希望借助私人的情谊关系和婚姻关系,使他们承担起原本计划交给皇族的辅翼刘氏后代的责任。

除此之外,还有一个值得注意的地方,就是在武帝原府佐和姻亲中,共有8名武将,加上段宏和刘荣祖共10人,占总人数的35.7%,比例颇高。这显然又与创业初期刘裕忙于北伐、战事频繁的背景密切相关。如义熙十二年(416)八月,刘裕率大军北伐,以世子义符为中军将军,监太尉留府事,委任垣护之和蒯恩辅佐、保护义符;义熙十三年(417),北伐军攻克长安,刘裕安排得力干将王镇恶、沈田子、段宏辅佐义真镇守长安,抵挡佛佛虏和后秦的侵扰。同时,在南北对峙的局势下,幼子出镇很难保证边防安全。京口和江陵是南朝对北魏作战时的东、西两大军事要冲,大将檀道济追随义符出镇两地,沈林子辅佐义隆出镇江陵,这样的人事安排,也包含着刘裕对南北政权交锋前线地带安全的考虑。

表2-2 文帝时期出镇皇子重要府佐就任者一览表

职位	就任者	府主	与皇帝的关系	本籍·阶层
长史	邓胤之	刘骏(征虏)		豫章南昌,寒门
	张畅	刘骏(镇军、安北)	原府佐张邵族子	吴郡吴,南方大族
	范邈	刘濬(征北)		顺阳山阴?[①]次等士族?
	羊瞻	刘骏(南中郎)	原府佐羊徽子	泰山南城,侨姓士族
	张敷	刘濬(后军)	原府佐	吴郡吴,南方大族
	范晔	刘濬(后军)	文帝有与范晔联姻计划	顺阳山阴,次等士族
	袁淑	刘濬(征北)	姻亲	陈郡阳夏,侨姓士族
	萧斌	刘铄(右军)	姻亲	南兰陵,寒门武将?
	任荟之	刘骏(抚军),刘铄(右军?)		乐安,寒人武将?
	江湛	刘诞(北中郎)	姻亲	济阳考城,侨姓士族
	袁洵	刘绍(南中郎)	姻亲	陈郡阳夏,侨姓士族
	何偃	刘濬(征北)	姻亲	庐江灊,侨姓士族
	沈昙庆	刘濬(卫军)		吴兴武康,南方大族,武将

① 史料记载不明确之处,以问号标示。下同。

续表

职位	就任者	府主	与皇帝的关系	本籍·阶层
长史	王琨	刘诞(北中郎?)	姻亲	琅琊临沂,侨姓士族
司马	顾琛	刘祎(冠军),刘诞(安东)		吴郡吴,南方大族
	顾觊之	刘诞(北中郎),刘绍(北中郎)		吴郡吴,南方大族
	陆徽	刘铄(冠军)		吴郡吴,南方大族
	檀和之	刘骏(镇军)	姻亲	高平金乡,寒门武将
	到元度	刘濬(征北)		不详,寒人武将
	王玄谟	刘骏(安北)		太原祁,北方大族,武将
	杜坦	刘铄(右将军)	元嘉中任遇甚厚	京兆杜陵,北方大族
	刘康祖	刘铄(安蛮校尉府)	武帝勋臣刘虔之子	彭城吕,寒门武将
	任荟之	刘骏(抚军),刘铄(右军?)		乐安,寒人武将?
主簿	沈怀文	刘诞(后军)		吴兴武康,南方大族
	袁粲	刘骏(南中郎)	姻亲	陈郡阳夏,侨姓士族
	萧惠开	刘骏(征北)	姻亲	南兰陵,寒门
	殷琰	刘濬(后军)	姻亲	陈郡长平,侨姓士族
	袁顗	刘绍(南中郎),刘骏(征虏、抚军)	姻亲	陈郡阳夏,侨姓士族
	王景文	刘濬(征北、后军)	姻亲	琅琊临沂,侨姓士族
	颜师伯	刘骏(安北)		琅琊临沂,寒门
	颜竣	刘骏(抚军、安北、镇军、北中郎)		琅琊临沂,次等士族
	张淹	刘骏(南中郎)	原府佐张邵族孙	吴郡吴,南方大族
	沈亮	刘濬(后军)		吴兴武康,南方大族
	沈璞	刘濬(后军)	原府佐沈林子子	吴兴武康,南方大族
	顾迈	刘濬(后军)		吴郡吴,南方大族

续表

职位	就任者	府主	与皇帝的关系	本籍·阶层
主簿	孔道存	刘濬(后军)		会稽山阴,南方大族
	张岱	刘铄(右军)		吴郡吴,南方大族
参军	谢庄	刘绍(南中郎谘议),刘诞(后军谘议,领记室)	姻亲	陈郡阳夏,侨姓士族
	袁顗	刘诞(安东谘议)	姻亲	陈郡阳夏,侨姓士族
	孔觊	刘诞(安东谘议,领记室)		会稽山阴,南方大族
	王景文	刘骏(抚军记室,抚军、安北、镇军谘议)	姻亲	琅琊临沂,侨姓士族
	申坦	刘骏(镇军谘议)		魏郡魏,寒门武将
	范广渊	刘骏(抚军谘议,领记室)		顺阳山阴,次等士族
	王微	刘铄(右军谘议,不就),刘濬(后军功曹记室)	姻亲	琅琊临沂,侨姓士族
	杜骥	刘骏(征房谘议)		京兆杜陵,北方大族
	萧简	刘诞(安南),刘祎(前军谘议)	姻亲	南兰陵,寒门武将
	沈怀文	刘诞(安南记室,固辞)		吴兴武康,南方大族
	刘延孙	刘诞(北中郎中兵),刘骏(镇军、北中郎中兵,南中郎谘议,领录事)		彭城吕,寒门武将
	王灵福	刘铄(右军谘议)		北海剧,寒门
	颜延之	刘濬(后军谘议)		琅琊临沂,次等士族
	刘秀之	刘骏(抚军记室)	刘穆之从兄子,功臣之后	东莞莒,寒门武将
	向柳	刘濬(征北中兵)	建国功臣向靖子	河内山阳,寒门
	沈昙庆	刘濬(征北谘议)		吴兴武康,南方大族
	胡盛之	刘铄(中兵)		不详,寒人武将
	柳元景	刘骏(安北中兵),刘诞(后军中兵)		河东解,地方大族,武将

续表

职位	就任者	府主	与皇帝的关系	本籍·阶层
参军	沈庆之	刘诞（北中郎中兵），刘骏（抚军、安北中兵）		吴兴武康，南方大族，武将
	颜竣	刘骏（南中郎记室）		琅琊临沂，次等士族
	王谦之	刘骏（南中郎中兵）	姻亲	琅琊临沂，侨姓士族
	马文恭	刘骏（南中郎中兵）		扶风，寒人武将
	王孝孙	刘骏（镇军录事）		京兆，北方大族
	张永	刘诞（北中郎录事）	原府佐张邵从兄弟	吴郡吴，南方大族
	沈邵	刘濬（后军中兵），刘绍（南中郎录事）	原府佐沈林子子	吴兴武康，南方大族
	傅僧祐	刘诞（安东录事）	姻亲	北地灵州，寒门
	臧凝之	刘诞（后军记室、录事）	姻亲	东莞莒，寒门
	沈亮	刘诞（后军中兵）		吴兴武康，南方大族
	戴法兴	刘骏（征虏、抚军记室掾）		会稽山阴，寒人
	刘康祖	刘骏（征虏中兵）	建国功臣刘虔之子	彭城吕，寒门武将

表2-2所收统计对象共59人，其中姻亲19人，侨姓士族13人，次等士族41人，寒人5人；在次等士族和寒人中，武将有15人。与武帝期相比，文帝时期出镇皇子的府佐情况有两个特点最引人注意：其一，皇室姻亲成员取代皇帝的旧臣属，成为出镇皇子最主要的府佐来源；其二，近七成的皇子府佐都出身于次等士族，而次等士族与寒人的总数甚至达到了侨姓士族的3.5倍。更值得注意的是，这些皇室姻亲、次等士族和寒人被选为皇子府佐，都无一例外是文帝在元嘉十六年及以后的安排。这两种变化，固然与元嘉十六年之前文帝皇子年纪尚幼有关，[①]但更重要的是与文帝后期的政治状况密切相关。

文帝在位三十年，发生于元嘉十七年（440）的彭城王刘义康事件是元嘉时代的重要转折点。在此之前的十年里，是皇弟义康辅佐朝政、专掌大权的

---

① 据《宋书》卷九十九《二凶传》，文帝次子始兴王刘濬"元嘉十三年，年八岁"，可知刘濬出生于元嘉六年，元嘉十六年出镇为湘州刺史时也不过周岁十岁；据卷六《孝武帝纪》，三子刘骏生于元嘉七年，十七年出镇为南豫州刺史时也是十岁。

时期。随着文帝与义康集团矛盾的逐渐升级，文帝于元嘉十六年的刺史调动中，安排皇子出守重镇，已暗示了皇弟由王朝辅翼者转变为皇权的敌对方。十七年，文帝诛刘湛一党，又将义康流放江州，正式确立了亲政体制，①并将武帝规定的要镇必须由皇族出镇的祖法，②调整为以皇子为中心。为了防止类似义康专权的事件再次出现，文帝选择了裁抑皇族，转而依赖姻亲的策略。如接替义康录尚书事的江夏王义恭"小心恭慎，且戒义康之失，虽为总录，奉行文书而已"③，真正处于中央权力中心、与文帝关系更密切的殷景仁、何尚之、徐湛之、江湛和王僧绰等人，则无一例外都是皇室姻亲。④

而在为出镇皇子选择重要府僚方面，文帝同样也采取了重用姻亲的政策，这一点尤其表现在文帝对待几个宠爱有加的皇子上，如始兴王濬、南平王铄、庐陵王绍和竟陵王诞。据《宋书》记载，刘濬"少好文籍，资质端妍。……人才既美，母又至爱，太祖甚留心"⑤；刘绍"少而宽雅，太祖甚爱之"⑥；刘铄和刘诞则是元嘉二十九年（452）巫蛊事发后，文帝欲重新立太子时考虑的两个人选。文帝为这些皇子安排的重要府佐不仅仅是皇室姻亲，同时还是当时一流的名门望族，如出自琅琊王氏的王琨、王景文，陈郡谢氏的谢庄，庐江何氏的何偃，特别需要注意的是出自陈郡阳夏的袁氏，有袁淑、袁洵、袁粲、袁颛四人之多。陈郡袁氏为文帝妻族。⑦《宋书·袁淑传》记载袁淑出任刘濬征北长史时写道："淑始到府，濬引见，谓曰：'不意舅遂垂屈佐。'淑答曰：'朝廷遣下官，本以光公府望。'"⑧由这段对话可以看出袁淑出任刘濬长史是文帝的有意安排，除了承担一般情况下辅佐府主处理军政事务、教育府主的责任外，还有一个目的便在于"光府望"，提高刘濬的声望。而刘濬谦逊的态度和"不意"二字，则透露出世族子弟出任府僚的情况，在当时即便是对皇子来说也是莫大的殊荣。

---

① 参看安田二郎《六朝政治史の研究》；（日）川合安：《元嘉時代後半の文帝親政について——南朝皇帝権力と寒門·寒人—》，《集刊東洋学》49，1983年，又收入氏著《南朝貴族制研究》。
② 《宋书》卷六十八："高祖以荆州上流形胜，地广兵强，遗诏诸子次第居之。"卷七十八："先是高祖遗诏，京口要地，去都邑密迩，自非宗室近戚，不得居之。"分别见《宋书》，第1798页、第2019页。
③ 《宋书》卷六十一，第1644页。
④ 文帝皇太子妃为殷淳之女，殷景仁为殷淳从祖兄；何尚之弟悠之子颢之，尚文帝第四女临海惠公主；徐湛之母为武帝女会稽长公主，女为刘诞妃；江湛妹为刘铄妃，第三女适刘劭长子伟之；王僧绰尚文帝长女东阳献公主。
⑤ 《宋书》卷九十九，第2436页。
⑥ 《宋书》卷六十一，第1639页。
⑦ 据《宋书》卷四十《后妃传》，文帝袁皇后为袁湛庶女。
⑧ 《宋书》卷七十，第1836页。

王、谢、何、袁诸家子弟辅佐皇子,皆可作如是观。

文帝时期出镇皇子府佐身份的另一个变化,是次等士族人员比例骤增,这其实可以看作文帝对义康用人政策的妥协。义康辅政期间"朝野辐凑,势倾天下"①,其中最重要的原因便是义康掌握着方伯以下的人事任免权②。据安田二郎研究,义康有排斥贵族政治的倾向,在选拔人才时坚持以才用为主,注重政治实务能力,故而身边聚集了大量有实际才干但身份较低的次等士族甚至寒人。③文帝虽然成功打压了义康及其党羽,在元嘉后期也依然保持了尊重门阀贵族的姿态,但鉴于义康的官吏登用原则在当时的巨大影响力,且提拔次等士族和寒人也确实有助于加强皇权,故而文帝在一定程度上延续了刘义康的人才选拔原则,也不排斥重用刘义康府中旧人。比如义康事件之后最先得到文帝信任的,是左卫将军范晔、右卫将军沈演之和吏部郎庾炳之。史称"初,刘湛伏诛,殷景仁卒,太祖委任沈演之、庾炳之、范晔等"④,范晔与沈演之"对掌禁旅",文帝"又以庾炳之为吏部郎,俱参机密"⑤,庾炳之后累迁吏部尚书,"内外归附,势倾朝野"⑥。而范、沈二人都曾在义康府任职,炳之则与刘湛交结甚厚。⑦即使是元嘉末期并称江、徐的江湛和徐湛之,也都与义康有过紧密的联系。这是文帝在中央任用次等士族的情况。而在地方上,则集中表现在对出镇皇子府佐的选拔和安排上,这些人也大多是具备实际才能的。其中以德行风雅名世者,有张敷、向柳;擅言辞文艺者,有张畅、沈怀文、孔觊;擅长吏治民政者,如沈昙庆、顾觊之、陆徽、杜骥、杜坦、沈亮、沈璞、刘秀之、张永、沈邵、傅僧祐、臧凝;擅长军事作战者,如萧斌、檀和之、王玄谟、刘康祖、申坦、柳元景、沈庆之。⑧

众所周知,东晋一朝玄风炽盛,皇室及贵族子弟务尚清谈文义,片面追求高标出尘,非但自己以不涉世务为荣,更视处理政事之人为迂浊可笑之

---

① 《宋书》卷六十八,第1790页。
② 《宋书·刘义康传》:"方伯以下,并委义康授用。"见《宋书》卷六十八,第1790页。
③ 见安田二郎《六朝政治史の研究》。据《宋书》卷六十记载,出自琅琊王氏的王准之"性峭急,颇失缙绅之望。……寡乏风素,不为时流所重",但他"究识旧仪,问无不对,时大将军彭城王义康录尚书事,每叹曰:'何须高论玄虚,正得如王准之两三人,天下便治矣'"。见《宋书》,第1624页。义康对偏离贵族门风的王准之大加赞赏,也可以看出他与众不同的用人原则。
④ 《宋书》卷七十一,第1847页。
⑤ 《资治通鉴》卷一百二十三,第3955页。
⑥ 《宋书》卷五十三,第1517页。
⑦ 参看《宋书》三人本传。
⑧ 参看《宋书》上述各人本传。

辈。久而久之,世族子弟渐渐失去处理政治实务和军事作战的能力,而出身较低的寒门层则掌握了实权和军队,刘裕最终能够代晋称帝,很大程度上正是得益于上层贵族执政能力的逐步退化。文帝深知此理,故而在为出镇皇子挑选府佐时,并不将人员局限在世家大族子弟的范围内,而是同时也选拔了大量具备良好品德和精干的军政实务能力的次等士族,使他们肩负起训导、教育皇子和培养皇子参政能力的责任。《宋书》中并未记载文帝教导皇子的言语,但录有元嘉六年(429)皇弟义恭出镇荆州时,文帝训诫义恭的书信。在信中,文帝谆谆叮嘱义恭要勤于政事、礼贤下士、进修德业、注意节俭。元嘉二十三年北魏入侵、二十七年北伐时,文帝也曾勉励义恭、义季要勇于应战。①这些都反映了文帝对培养皇族军政实务能力的重视,据此可以推知他对出镇皇子应该也有相同的要求。通过考察文帝为出镇皇子安排的府佐,可以发现,文帝一方面借助侨姓士族的身份来增加皇子声望,此为务虚;另一方面又简选身份较低但有真才实学的次等士族,负责培训皇子的政治、军事能力,此为务实。双管齐下,可见文帝在教育皇子方面的良苦用心。

二、孝武帝时期出镇皇子的府佐安排

接下来考察孝武帝如何通过安排出镇皇子的府佐,进一步加强对地方州镇的控制。

表2-3 孝武帝时期出镇皇子重要府佐就任者一览表

职位	就任者	府主	与皇帝的关系	本籍·阶层
长史	邓琬	刘子勋(镇军)	原府佐,参与讨逆	豫章南昌,寒门
	沈怀文	刘子尚(抚军),刘子勋(征虏)	弃元凶劭投奔孝武帝	吴兴武康,南方大族
	袁粲	刘子尚(北中郎、抚军),刘子仁(冠军)	姻亲,原府佐,参与讨逆	陈郡阳夏,侨姓士族
	萧惠开	刘子鸾(冠军)	姻亲	南兰陵,寒门
	孔道存	刘子绥(后军?)		会稽山阴,南方大族
	袁顗	刘子勋(镇军),刘子仁(左军)	姻亲,原府佐,随刘诞参与讨逆	陈郡阳夏,侨姓士族

---

① 见《宋书》卷六十一《刘义恭传》《刘义季传》。

续表

职位	就任者	府主	与皇帝的关系	本籍·阶层
长史	孔觊	刘子房(冠军),刘子绥(冠军、后军),刘子鸾(司徒左长史)		会稽山阴,南方大族
	庾徽之	刘子鸾(北中郎)		颍川鄢陵,寒门
	谢庄	刘子勋(征虏),刘子鸾(北中郎、抚军)	讨逆功臣	陈郡阳夏,侨姓士族
	王景文	刘子绥(冠军)	姻亲	琅琊临沂,侨姓士族
	刘思考	刘子尚(抚军)		彭城绥里,宗室
	王钊	刘子顼(征虏),刘子勋(前军)		琅琊临沂,侨姓士族
	张悦	刘子顼(前军)	原府佐张畅弟	吴郡吴,南方大族
	江智渊	刘子鸾(北中郎)	诞将为逆,智渊悟其机,请假先反	济阳考城,寒门
	蔡兴宗	刘子绥(后军)	姻亲	济阳考城,侨姓士族
	张永	刘子房(冠军)	参与讨逆	吴郡吴,南方大族
	孔灵符	刘子尚(抚军),刘子房(右军)		会稽山阴,南方大族
	王僧虔	刘子尚(抚军),刘子鸾(北中郎)	姻亲	琅琊临沂,侨姓士族
	王琨	刘子鸾(东中郎)	姻亲	琅琊临沂,侨姓士族
司马	崔道固	刘子仁(左军)	参与平刘诞之乱	清河,北方大族,寒门武将
	殷琰	刘子房(冠军、右军)	宠妃殷淑仪名义上的父亲	陈郡长平,侨姓士族
	羊希	刘子真(征虏)		泰山南城,侨姓士族
	袁顗	刘子房(冠军)	姻亲,原府佐,随刘诞参与讨逆	陈郡阳夏,侨姓士族
	顾琛	刘子尚(抚军),刘子鸾(北中郎、抚军)	劝刘诞投靠讨逆军,刘诞之乱时及时投诚	吴郡吴,南方大族
	柳元怙	刘子鸾(北中郎)	讨逆功臣柳元景从父兄	河东解,地方大族,武将

续表

职位	就任者	府主	与皇帝的关系	本籍·阶层
司马	张牧	刘子绥(后军)	刘诞之乱时投诚	吴郡吴,南方大族
	沈法系	刘子鸾(北中郎)	原府佐,讨逆功臣	吴兴武康,南方大族,武将
	垣护之	刘子尚(抚军)	讨逆功臣,参与平义宣、刘诞之乱	略阳桓道,寒人武将
	王延之	刘子房(冠军),刘子绥(后军)	姻亲	琅琊临沂,侨姓士族
主簿	王奂	刘子绥(冠军)	姻亲	琅琊临沂,侨姓士族
	沈文季	刘子鸾(北中郎)	原府佐及讨逆功臣沈庆之子	吴兴武康,地方大族,武将
参军	何迈	刘子尚(抚军谘议),刘子鸾(抚军谘议)	姻亲	庐江灊,侨姓士族
	崔道固	刘子鸾(北中郎谘议)	参与平刘诞之乱	清河,北方大族,寒门武将
	薛继之	刘子仁(北中郎谘议)		不详,寒人武将
	张岱	刘子尚(抚军、车骑谘议),刘子顼(征房谘议),刘子勋(征房谘议)	随刘诞参与讨逆	吴郡吴,南方大族
	费淹	刘子尚(北中郎谘议)		不详,寒人武将
	王延之	刘子尚(抚军谘议)	姻亲	琅琊临沂,侨姓士族
	刘勔	刘子鸾(抚军中兵)	参与平萧简、义宣、刘诞之乱	彭城,寒人武将
	殷琰	刘子顼(冠军录事)	宠妃殷淑仪名义上的父亲	陈郡长平,侨姓士族
	宗越	刘子尚(抚军中兵),刘子鸾(抚军中兵)	讨逆功臣,参与平义宣、刘诞之乱	南阳叶,寒人武将
	孔璪	刘子尚(抚军中兵)	在刘诞之乱中投诚?	会稽山阴,南方大族
	张牧	刘子尚(抚军中兵)	在刘诞之乱中投诚?	吴郡吴,南方大族

续表

职位	就任者	府主	与皇帝的关系	本籍·阶层
参军	巢尚之	刘子鸾（抚军中兵）		鲁郡，寒人
	萧道成	刘子鸾（北中郎中兵）	姻亲	南兰陵，寒门武将

表2-3所收统计对象共39人，其中至少参与过一次孝武帝朝重要战争的有16人，姻亲12人，侨姓士族13人，次等士族19人，寒人6人；在次等士族和寒人中，武将有10人。可以看出，孝武帝为出镇皇子安排的府佐，出身主要还是次等士族，这与文帝有意提拔次等士族的政策一脉相承。但这一时期最需要注意的并不在此，而是刘骏挑选的这些皇子府佐，有近一半的人都至少参与过一次孝武帝朝的重要战争。

孝武帝朝共有三次重大战争。首先是元嘉三十年(453)二月刘劭弑父自立，刘骏于江州率兵入讨，四月在新亭即皇帝位，并最终攻入建康，处死两位兄长。其次是孝建元年(454)初，荆州刺史刘义宣、雍州刺史臧质和豫州刺史鲁爽联合反叛，同年六月被镇压。最后是大明三年(459)四月，竟陵王刘诞据广陵反，七月城破被杀。三次战争都直接关涉孝武帝的皇位和统治安危，特别是前两次，在战争初期，刘骏并没有明显的优势，稍有不慎不但皇位易主，性命也将难保。也正因如此，孝武帝对帮助过自己夺取和稳定皇位的文臣武将格外看重。沈约在《宋书》中说刘骏即位后"臣皆代党"[1]，是借西汉文帝以代王身份入继皇统后，将之前代国的臣属也提拔进中央政界一事，指代孝武帝打败刘劭即位后，在朝廷内部对其出镇雍州、江州时的僚佐也有类似安排。[2]后又随着义宣之乱和刘诞之乱的发生与平定，孝武帝的统治基础以其原府佐为中心，吸纳了更多"新人"。这些人在元嘉时期并未在刘骏的军府中担任过职务，但在义宣之乱和刘诞之乱中都有过随同作战或向孝武帝投诚的经历。凭借这样的经历，这些人也得以进入孝武帝的"代党"集团，成为亲信。而对孝武帝出镇皇子府佐身份的统计结果，表明刘骏在地方州郡的重要职位安排上，对自己的"代党"也青睐有加。

事实上，在孝武帝朝前期，刘骏也曾遵守武帝重要州镇由皇族出镇的遗诏，以及延续父祖将姻亲等同于皇族而大量外任的柔性政策，[3]如江州任命

---

[1] 《宋书》卷七十四，第1943页。
[2] 详见本书第二章第一节。
[3] 参看小尾孝夫《劉宋前期における政治構造と皇帝家の姻族・婚姻関係》一文。

东海王祎、义阳王昶、桂阳王休范,郢州用萧思话,广州用王琨。①同时在此基础上也安排了自己的"代党"直接担任一些州镇的最高长官,如徐州用王玄谟、垣护之、申坦,豫州用王玄谟、申恬、宗悫,荆州用朱脩之,等等。②但这只是权宜之计,大明三年之后,孝武帝便开始分遣皇子出镇,取代之前的安排。如大明三年二月以子尚为扬州刺史,③四年正月以子勋为南兖州刺史,子顼为吴兴太守,子鸾为吴郡太守,三月以子绥为郢州刺史。此后对诸皇子的镇所又屡有改易,但都未改变以皇子为中心的州镇政策。这是对文帝元嘉后半期以皇子体系代替皇弟体系政策的继承。

然而孝武帝诸子出镇时,年龄过于弱小,最大不过八岁,最小仅有四岁,④较之文帝诸子出镇的年龄还要小不少,可以说完全不具备处理政事的能力,因而如何选择掌握实权的府佐就显得格外重要。如前所述,孝武帝的"代党"都至少参加过一次孝武帝朝的重要战争,即使有些人没有出现在战争的最前线,他们也在必要关头通过自己的言行表明了效忠孝武帝的立场和态度。如谢庄在刘骏入讨时为其修改过檄文,并遣使与刘骏通信;当刘诞在刘骏与刘劭之间犹豫不决时,顾琛力劝刘诞投靠刘骏,起兵讨逆;沈怀文则是冒着被杀的危险,逃脱刘劭阵营,投奔刘骏。⑤通过残酷的战争,刘骏获得并稳固了皇位。那些与刘骏站在同一阵营的文臣武将也凭借自己的血汗与智谋,获得了和平时期难以得到的丰厚赏赐,以及更难得的与皇帝拉近关系的机会。这种在惨烈的战争以及高额回报基础上建立起来的效忠与被效忠的关系,无疑较普通的府主故吏关系更为紧密。加之在孝武帝统治前期,已有一些"代党"出任过州郡最高长官或一些刺史的上佐,有着较丰富的地方治理经验,故而无论从亲密关系还是从政能力上看,孝武帝为自己幼小的出镇皇子挑选的这些府佐,可以说是在当时他最能信任的人了。因此,在很大程度上,孝武帝苦心安排的出镇幼子加"代党"的诸州长官组合,也是当时

---

① 参看[清]万斯同撰:《宋方镇年表》,《二十五史补编》,第4262—4265页。鲁力在《宗王出镇与刘宋政局》一文中,认为孝武帝违背了刘裕的遗诏,任用异姓取代同姓,笔者并不完全赞同。
② 《宋方镇年表》,《二十五史补编》,第4262—4265页。
③ 孝武帝诸子中,次子子尚出镇最早,孝建三年周岁五岁时便任南兖州刺史,同年迁扬州刺史。而此处所说扬州实际是孝武帝分浙东五郡而立的东扬州,镇会稽。《孝武帝纪》:"(大明三年)二月乙卯,以扬州所统六郡为王畿。以东扬州为扬州。……抚军将军、扬州刺史西阳王子尚徙为扬州刺史。"见《宋书》,第123页。
④ 如子尚大明三年时已八岁,三子子勋、六子子房、八子子勋、九子子仁大明四年出镇时都仅四岁,参《宋书》卷八十《孝武十四王传》。
⑤ 参看《宋书》三人本传。

三、子勋之乱中"代党"的不同动机

然而孝武帝的精心部署并非没有隐患，幼子出镇最大的危险，便在于容易造成居边异姓势力或州镇地方豪族以幼主为傀儡，而行割据之实，或谋求自身阶层的利益。事实上，在孝武帝去世后不久发生的晋安王刘子勋之乱，便与孝武帝的安排，特别是这些"代党"与孝武帝之间非同寻常的关系，有着不可忽视的联系。

关于子勋之乱的性质，安田二郎有如下定性：虽然邓琬在檄文中打出了报答孝武帝和昭穆大义的旗号，来标榜子勋的正统性，但是战争的本质远不在此，而在于南朝门阀贵族体制的封闭性，阻碍了地方豪族进入中央贵族社会，以及转变为中央贵族官僚的愿望，故而他们胁迫幼主或地方长官作乱，希望通过战争达到改变境遇的目的，地方豪族的广泛参与和支持才使得明帝与子勋之间的皇位之争，扩大成了全国规模的大骚乱。[①]对于安田氏提出的地方土豪势力崛起并推动叛乱的观点，笔者深表赞同，但同时也认为，这个观点并不能解释所有参与子勋阵营将领的动机，孝武帝生前与这些将领建立的联系，以及孝武帝死后的潜在影响力，仍然在这场战争中发挥了重要作用。

首先，如安田二郎所说，子勋之乱的主谋者邓琬选择利用与孝武帝的故旧恩情关系来彰显自己的节义精神。这虽然可能不是邓琬的本心，但在某种程度上，着实比他强调子勋的昭穆顺序更重要。因为子勋虽是孝武帝之子，在当时具备继承皇位的正当性，[②]但毕竟年仅九岁，与孝武帝当年起兵讨元凶时已二十三岁，可以号令群将、调动军队的情况完全不同。倘若子勋足够成熟，可以自主决定争取皇位，并号召父亲旧部追随自己的话，那么战争性质便可以简化为皇室内部之争。如果邓琬只是子勋的普通部下而与孝武帝没有故旧恩情关系的话，战争也会很明确地被定义为府佐胁迫幼主的叛乱。邓琬在最初决定废子业、立子勋之时，他向子勋镇军府的其他众府佐公开解释自己的行为。他说自己："身南土寒士，蒙先帝殊恩，以爱子见托，岂得惜门户百口，其当以死报效。"[③]邓琬及其父邓胤之均在孝武

---

① 参看安田二郎《六朝政治史の研究》第六章《晋安王劉子勛の反亂と豪族・土豪層》。
② 明帝在废前废帝子业时，又矫太皇太后令赐死了孝武帝次子子尚，故子勋在当时是孝武帝诸子中，皇位继承的第一顺位人选。
③ 《宋书》卷八十四，第2130页。

帝尚为藩王时出任过府佐,孝武帝还曾在大明七年(463)颁布诏书,旌奖胤之的功绩与忠诚,并擢邓琬为给事黄门侍郎。①此职为五品官,"管门下众事,与散骑常侍并清华,而代谓之黄散焉"②,不仅是天子的内侍官,更是当时门阀贵族最看重、最希望就任的清要官。这对于出身低微的邓琬而言是莫大的殊荣,只能看作孝武帝对原府佐的特殊赏赐。正是有了与孝武帝的这层特殊关系,邓琬才有资格说出"蒙先帝殊恩"的话,才有资格将拥立子勋的行为解释为报答孝武帝的恩遇。尽管这种说法很可能确实如安田氏所言,更多的是一种虚饰,因为邓琬所谓"以爱子见托",就目前来看,并没有史料依据。在孝武帝的众多子嗣当中,最受宠爱的无疑是殷贵妃之子刘子鸾,其次便是次子刘子尚,刘子勋则因眼患风疾,并不被孝武帝喜爱。③因此也就不存在孝武帝特意将子勋托付给邓琬、并委托邓琬在国势倾颓时辅佐子勋争夺皇位的可能。但不可否认的是,邓琬的说辞确实足以用来为起兵确立正义的动机,以掩盖邓琬谋求自身富贵的真实想法。同时,也正是因为有了这个"正义"的理由,子勋即位的正统性所在——昭穆顺序——才能被推到舆论宣传的最前沿,成为与明帝竞争皇位时的最有力武器,而避免舆论将焦点过多地投注到幕后推手邓琬身上。总之,邓琬巧妙地利用了与孝武帝的故旧恩情关系做挡箭牌。对于邓琬在这次叛乱中扮演的角色,明帝自然心知肚明。在雍州刺史袁𫖮随同子勋叛变后,明帝曾命谢庄作书与袁𫖮劝降。不同于讨伐子勋的诏书需要公诸天下,这封信预设的阅读对象仅为袁𫖮一人,且作者身份与袁𫖮相当,故个人化和私密性程度较高。信中写道:"自九江告变,皆谓邓氏狂惑。……群小构慝,妄生窥觊,成轸惑燕,贯高乱赵,谗人罔极,自古有之。"④不仅对邓琬指名点姓,还借成轸、贯高唆使燕王刘旦、赵王张敖造反的典故,暗示子勋之乱就是子勋手下所为,矛头都指向了邓琬,说明明帝对叛乱的主谋有清楚的认识。但是明帝的即位过程本于孝武帝有愧,同时他也不能否定报答君主的节义意识和孝武帝本身对刘宋的再造之功。故而在出兵讨伐子勋的诏书中,明帝只能将矛头对准傀儡般的子勋,指责"刘子勋昏世称兵,义同蒯恶,明朝不戢,罔

---

① 《宋书》卷八十四,第2129—2130页。
② [唐]李林甫等撰,陈仲夫点校:《唐六典》卷八,中华书局,1992年,第243页。
③ 《宋书》卷八十:"子鸾爱冠诸子,凡为上所盼遇者,莫不入子鸾之府、国。""初孝建中,世祖以子尚太子母弟,上甚留心。后新安王子鸾以母幸见爱,子尚之宠稍衰。既长,人才凡劣,凶愚有废帝风。""(子勋)眼患风,为世祖所不爱。"分别见《宋书》,第2063页、2059页、第2060页。
④ 《宋书》卷八十四,第2151页。

识邪正。窥窬畿甸,逼遏两江,陵上无君,暴于遐迩"①。即使明帝很容易想到邓琬才是幕后主谋,但在公开场合对他仍然只字未提。

其次,据史料记载,子勋在江州起兵后随同响应的,主要有郢州刺史安陆王子绥(主谋为府行事荀卞之)、会稽太守寻阳王子房(主谋为长史孔觊)、荆州刺史临海王子顼(主谋为长史孔道存)、湘州刺史邵陵王子元(主谋为府行事何慧文)、雍州刺史袁顗、豫州刺史殷琰(主谋为寿阳地方土豪)、梁州刺史柳元怙、益州刺史萧惠开、广州刺史袁昙远、徐州刺史薛安都、青州刺史沈文秀、冀州刺史崔道固、吴郡太守顾琛、吴兴太守王昙生、义兴太守刘延熙、晋陵太守袁标。这些人按各自不同的目的,大致可以分为三类,其中邓琬、袁顗、荀卞之、孔道存、何慧文和寿阳地方土豪,主要是胁迫幼主或州刺史以谋私利;顾琛、王昙生、刘延熙、袁标、孔觊则是观望形势,认定子勋阵营胜算更大之后起兵响应,主要是出于保全自身和家族的需要;薛安都、崔道固、沈文秀、萧惠开则是第三类。关于前两类人员,安田二郎已有详细分析,这里主要分析安田氏不曾言及的第三类。

如果我们分析子勋阵营的兵力部署,可以发现一个有趣的现象,即上述三类人大致对应了包围建康的三个军团:以邓琬为首的荆、郢、湘、雍、豫五州军队盘踞在长江上游和中游,顾琛、王昙生、孔觊等人割据了建康东南的三吴地区,薛安都、崔道固、沈文秀三人则以徐、冀、青三州兵力从东北方向威胁建康。

不同于邓琬等人谋求私利,也不同于顾琛等人为局势所迫,薛安都等人的起兵似乎是在更单纯地响应邓琬所打出的旗号——报答孝武帝的恩遇。薛安都在元嘉末年追随刘骏讨蛮,后又参加了讨元凶和平义宣之乱两次战争,特别是他亲手杀死号称"万人敌"的鲁爽,极大地打击了叛军士气,②立下大功,进爵为侯。在孝武帝朝,薛安都担任太子左卫率长达十年,"终世祖世不转"③,可见孝武帝对他深信不疑。在子勋之乱中,明帝曾派人劝说薛安都,但薛安都坦言"我不欲负孝武",即使说客提醒他"孝武之行,足致余殃,今虽天下雷同,正是速死,无能为也",薛安都仍凛然作答:"不知诸人云何,我不畏此。"④在对抗明帝的战争中,直到寻阳被攻破、子勋等皇子也已被赐死之后,薛安都方才向明帝通信归款。在信中,他再次披露拥立子勋的动

---

① 《宋书》卷八十四,第2136页。
② 《宋书》卷六十八《刘义宣传》记载:"世祖使镇北大将军沈庆之送(鲁)爽首示义宣,并与书……义宣、(臧)质并骇惧。"见《宋书》,第1804页。
③ 《宋书》卷八十八,第2218页。
④ 《南史》卷二十五,第687页。

机:"臣庸隶荒萌,偷生上国,过蒙世祖孝武皇帝过常之恩,犬马有心,实感恩遇。是以晋安始唱,投诚孤往,不期生荣,实存死报。"①在公、私两种场合下,薛安都均做出了同样的解释,即报答孝武帝的恩遇。这种说辞笔者认为有很大的可信度,原因有二。第一,在征讨刘劭、攻打朱雀航的战役里,薛安都曾"横矛瞋目,叱贼将皇甫安民等曰:'贼弑君父,何心事之'"②,表现出了强烈的忠义节气;第二,薛安都在参加元嘉二十七年的北伐时,曾"梦仰头视天,正见天门开",等到刘骏即位后,他回想梦境,感叹:"梦天开,乃中兴之象邪。"③对符瑞的深信不疑又必然加深薛安都对孝武帝的敬畏。综合考虑这两个因素,薛安都言不由衷的可能性较小。

在报答孝武帝恩遇的理念支持下,薛安都不仅自己起兵,还积极联络冀、青二州,增强北方战场的兵力。青州刺史沈文秀原本有投靠朝廷之意,正是在薛安都的劝说下才转向子勋阵营。④而冀州刺史崔道固在孝武帝朝"以干用见知"⑤,并曾出任子鸾北中郎谘议参军。子鸾为孝武爱子,一度是取代太子的候选人,崔道固无疑也是凭借出众的才干被孝武帝赏识。能入子鸾府并担任重要的谘议参军,更说明了孝武帝对他莫大的信任与期许。薛安都起义后,明帝任命崔道固为徐州刺史讨伐安都,但崔道固并不受命,而是"遣子景微、军主傅灵越率众赴安都"⑥。在薛安都的召集下,青州和冀州都加入到了支持子勋的阵营。青、冀、徐三州靠近刘宋北方边境,是与北魏交战的最前线,军队战斗力较强,三州的参战对建康形成了巨大威胁。在三个战场中,这里是最后被平定的,也足以说明抵抗之顽强。北方战场的形成离不开薛安都的组织,甚至可以说完全是以薛安都为中心的,而薛安都拥护子勋,又是出于报答孝武帝恩遇的目的。

与薛安都动机类似的还有益州刺史萧惠开。萧惠开之父萧思话曾参与了讨刘劭、平义宣的战争,萧惠开本人也被选入子鸾府,任子鸾冠军长史,并代子鸾行吴郡事。同时萧惠开又为孝武帝姻亲,其女适孝武帝子。⑦

---

① 《宋书》卷八十八,第2220页。
② 《宋书》卷八十八,第2216页。
③ 《宋书》卷八十八,第2216页。
④ 《宋书》卷八十八:"时晋安王子勋据寻阳反叛,六师外讨,征兵于文秀,文秀遣刘弥之、张灵庆、崔僧琁三军赴朝廷。时徐州刺史薛安都已同子勋,遣使报文秀,以四方齐举,劝令同逆,文秀即令弥之等回应安都。"见《宋书》,第2222页。
⑤ 《宋书》卷八十八,第2225页。
⑥ 《宋书》卷八十八,第2225页。
⑦ 《宋书》卷八十七《萧惠开传》。

子勋造反后,萧惠开对部下说:"湘东太祖之昭,晋安世祖之穆,其于当璧,并无不可。但景和虽昏,本是世祖之嗣,不任社稷,其次犹多。吾奉武、文之灵,兼荷世祖之眷,今便当投袂万里,推奉九江。"①在这段话里,萧惠开首先肯定了刘彧和刘子勋都具备各自继承皇位所需要的正统性,但是随后便话锋一转,特别强调孝武帝一支的皇位谱系,以及孝武帝对自己的恩遇。这说明在萧惠开心中,即使明帝有其即位的合理性,子勋的身份以及报答孝武帝的愿望仍然是他更为看重的,也是促使他起兵的动力。不仅如此,与前两类人中的大部分都地位较低、只是地方土豪或长官府佐的情况不同,在薛安都、崔道固、沈文秀和萧惠开四人中,除了沈文秀在孝武帝朝职位略低外,其他三人仕途都比较顺利,官职较高,并且担任过太子左卫率或子鸾长史、谘议参军这种只有孝武帝亲信才能出任的职位。因此,虽然他们也属于次等士族,却没有必要像那些深感仕途坎坷的中下层官吏或地方土豪那样急切追求改变境遇。也正因为没有改善身份地位方面的迫切需求,薛安都和萧惠开的表白才更少了一分虚饰的可能性,使我们更有理由相信他们报答孝武帝的意愿。

  总之,在主导和参与了子勋之乱的三类人中,不乏孝武帝从其亲信、"代党"之中为其皇子选拔的府佐们。他们原本是孝武帝为其皇子培育的党羽,承担着教导皇子并协助孝武帝维护州镇稳定的职责。但在孝武帝死后,除了薛安都、崔道固、沈文秀和萧惠开四人是为了报答孝武帝而拥立子勋外,其他人或通过胁迫幼主发动叛乱以谋求更大的政治利益,如邓琬、袁颛、孔道存;或在观望局势后以地方长官和地方大族的身份响应叛乱,如顾琛、柳元怙、孔觊。在子勋与明帝的皇位争夺战中,包围建康的三个军团之间并没有形成有效的联系,更遑论协同作战。每个集团内部也是矛盾重重,如邓琬贪婪无度、卖官鬻爵,引起士庶共愤;②袁颛无将帅之才,不能爱抚手下众将,大失人心;③即使是私心较轻的薛安都也不能任用贤才。④可以说孝武帝的安排在其死后并没有发挥出预想的作用,未能帮助孝武帝一脉在政权争夺中取得胜利。

---

  ① 《宋书》卷八十七,第2201页。
  ② 《宋书》卷八十四:"琬性鄙暗,贪吝过甚……至是父子并卖官鬻爵……内事悉委褚灵嗣等三人,群小横恣,竞为威福,士庶忿怨,内外离心矣。"见《宋书》,第2135页。
  ③ 《宋书》卷八十四:"颛本无将略,性又怯橈,在军中未尝戎服,语不及战陈,唯赋诗谈义而已。不能抚接诸将,刘胡每论事,酬对甚简,由此大失人情。"见《宋书》,第2152页。
  ④ 《宋书》卷八十八:"(薛安都)不能专任智勇,委付子侄,致败之由,实在于此。"见《宋书》,第2220页。

四、结论

通过统计刘宋武帝、文帝、孝武帝三朝出镇皇子重要府佐的信息,可以发现,三代皇帝在州镇府佐的安排上面,既有一脉相承的地方,又有根据各自时期不同的政治形势而加以调整之处。

刘裕在东晋末年辅政及代晋即位后的三年里,出镇皇子府佐主要由其原府佐和皇室姻亲构成。这是由于刘宋创业初期皇亲层人才匮乏,刘裕只能依靠旧属臣和姻亲承担起辅佐出镇皇子、处理地方政务的重任。文帝一方面延续了其父重用姻亲的政策,特别是为几位爱子安排世家大族子弟为府佐,以增加皇子声望,其中又以陈郡袁氏的成员最具典型性;另一方面鉴于义康执政时的影响力,文帝也一定程度延续了义康以才干为主的人才选拔原则,简选身份较低但有真才实学的次等士族,负责培训皇子的政治、军事能力。孝武帝承接了文帝重用次等士族的政策,但更值得注意的是,出镇皇子府僚近一半的人都至少参与过一次孝武帝朝的重要战争,他们也就是所谓的孝武帝的"代党"。这些人或在战争中浴血奋战,或鲜明地表达了支持孝武帝的立场,与孝武帝形成了十分密切的故旧恩情关系,同时他们又有丰富的州镇治理经验。虽然无法彻底排除这些人未来造成地方势力割据的危险,但综合权衡各方面因素,以"代党"为核心的孝武帝亲信,在当时仍然成为了孝武帝最可以信任的辅佐出镇幼子的人选。

然而讽刺的是,孝武帝死后,作为"代党"之一的邓琬恰恰利用了他和孝武帝的密切关系,打着报答孝武帝的"正义"旗号,把子勋推到幕前,将子勋之乱包装成宗室内部的皇位之争,自己则和其他次等士族躲在"正义"的旗帜背后谋取私利。在支持子勋的将领中,同时也存在着另一类人,他们没有迫切改变个人境遇的愿望,响应子勋确实更多的是出自报答刘骏恩遇的动机,薛安都、崔道固、萧惠开和沈文秀就是典型。遗憾的是,不管出于什么目的,表面上共同拥立子勋的一批人,不仅内部一盘散沙,相互之间也并没有形成合力,未能帮助子勋在与明帝的对抗中取得胜利。因此,可以说孝武帝的安排在他去世后并没有发挥他预想的作用。

至于地方异姓势力挟持幼主发动的子勋之乱,一方面与当时州镇所实行的都督制密不可分,另一方面则如安田二郎所说,与寒门、寒人层谋求政治进身的强烈愿望有关。但除了上述两个原因之外,孝武帝生前的高度集权统治也为这场皇位争夺战埋下了隐患。孝武帝在世时,凭借强力的独裁,在臣子面前树立起了自己至高无上、不可侵犯的威严形象,并给臣属带来了沉重的心理压力。随着刘骏的突然去世,大臣们被压抑了许久的神经骤然得到放松。《宋书》记载:"世祖崩,义恭、元景等并相谓曰:'今日始免横死。'义恭与义阳等诸王,元景与颜师伯等,常相驰逐,声乐酣酒,以夜继昼。"①义恭等宗室成员和柳元景等重臣的言行,充分表现了这种巨大的心态变化。于是当即位的前废帝刘子业突然又实行恐怖统治时,大臣们十分担心孝武帝朝的情形会重现,整个京城被焦虑和不安所笼罩。当时"朝廷形势,人所共见,在内大臣,朝夕难保","宫省内外,人不自保","时京城危惧,衣冠咸欲远徙"②。于是在中央的士大夫开始谋求废立,蔡兴宗曾先后试图说服沈庆之、王玄谟、刘道隆发动政变。③皇室姻亲何迈也谋划趁子业出行时迎立子勋。④

孝武帝去世尚不足一年,刘宋政权便开始从内部显现出越来越多的不安定因素。这说明孝武帝以绝对统治者的个人姿态凌驾于国家权力之上的统治方式,虽然在其生前可以凭借君主超强的个人能力和绝对权威,将权力高度集中起来,并做到收放自如,使中央和地方的各方势力暂时保持稳定、平衡和相互牵制,但是这种统治方式严重破坏了维持国家机器正常运行的各项制度,妨碍了各层次政府机构的正常办公。一旦随着强势帝王的突然去世,继位者或过于年幼,或心智、能力逊于前任,就会造成统治集团内部缺乏主导力量的情形,造成中央的权力真空,导致权力分裂与权力斗争瞬间升级。权力真空不一定意味着无政府,而是说没有一个强势的绝对权力掌控者。子勋与子业、继而与明帝的皇位争夺,便是在这种背景下产生的,一定程度上也是孝武帝专制统治的政治遗产。争夺皇位的任何一方都有自己的理念和军队势力,都可以加入夺取政权的战争,导致政局混乱、征战不断,宗族间的相互杀戮也越来越激烈残忍。刘宋政权在持续的内耗中终于走向无法挽回的衰落。

第三节 孝武帝对蛮族政策的调整

据《绪论》部分的文献综述可知,目前已有学者较系统地梳理了孝武帝在政治制度和经济制度方面的整顿措施,但民族政策方面的调整尚未有专文论述。事实上,随着元嘉之治的结束以及南北政权实力的此消彼长,孝武

---

① 《宋书》,第1990页。
② 《宋书》卷五十七《蔡兴宗传》,第1579页。
③ 参看《宋书·蔡兴宗传》。
④ 何迈尚文帝女新蔡公主,参看《宋书》卷八十《晋安王子勋传》。

帝在处理蛮族问题上也做了相应的政策调整。这些措施对刘宋后期乃至齐、梁、陈三朝都产生了重要影响。

一、扩大安抚政策与征讨腹地蛮民

蛮族是中国古代中南部地区的一个古老部族。"蛮"通常是总称,所指种类繁多。《后汉书》卷八十九《南蛮传》详细记载了蛮族在汉以前的状况。[1]魏晋南北朝时期战乱频繁,北方流民大量南迁,于是在与蛮族居住山区接近的平原、河谷地带形成了大片人口空白区。蛮族趁机外徙,分布范围大大扩展。《魏书·蛮传》记载:"在江淮之间,依托险阻,部落滋蔓,布于数州,东连寿春,西通上洛,北接汝颍,往往有焉。"[2]《宋书·夷蛮传》将刘宋境内的蛮族分为荆、雍州蛮和豫州蛮。[3]《南齐书·蛮传》称:"蛮,种类繁多,言语不一,咸依山谷,布荆、湘、雍、郢、司等五州界。"[4]综合三处记载可知,蛮族广泛分布于淮南、淮北、长江中游和汉水流域,正处于南北政权交接的中间地带。蛮族在魏晋南北朝时代表现极其活跃,可称史不绝书。刘宋一朝蛮变频繁,中央政府与地方州郡屡兴征讨,是蛮族与南朝政权军事斗争最激烈也最典型的时期。翻检《宋书》,刘宋时期记载较详、规模较大的蛮变共有二十二次,其中武帝时三次,文帝时十二次,孝武帝时五次,后废帝时两次。元嘉时期蛮变最频繁,占了总数的一半还多。

文帝在位时开创了元嘉之治,史称"宋世之极盛"[5]。强盛的国力和对"封狼居胥"功业的向往,促使文帝分别于元嘉七年(430)、二十七年和二十

---

[1] 陈寅恪在《〈魏书·司马叡传〉江东民族条释证及推论》一文中认为"蛮为南方非汉族之通称"。见《金明馆丛稿初编》,第85页。当代学者对这一观点多有辩正。金裕哲《魏晋南北朝时期"蛮"的北迁及其种族正体性问题》指出"当时蛮与山越、獠、俚等在种族上有着明显的区别,是一个独立的存在。也说明已不能将蛮理解为南方民族的统称"。见中国魏晋南北朝史学会、四川大学历史文化学院编:《魏晋南北朝史论文集》,巴蜀书社,2006年,第231页。鲁西奇认为"汉魏六朝文献所频称之'蛮',则大抵专指活动于长江中游及其周围地区的土著族群"。见鲁西奇:《释"蛮"》,《文史》,2008年第3辑。谷口房男在《南北朝时期的蛮酋》中说:"南北朝时期史料中所见的'蛮',使用时大致有广狭二义。广义的蛮是居住于中国南方的非汉族蛮夷的统称,又称'南蛮'。另一方面,狭义的蛮表示特定的非汉族集团。南北朝时期史料中所见的'蛮',多数指狭义的蛮。"见(日)谷川道雄主编,李凭等译:《魏晋南北朝隋唐史学的基本问题》,中华书局,2010年,第89页。笔者同意这些修正意见,本文提到"蛮"时均指狭义的蛮。

[2] 《魏书》卷一百一,第2245页。

[3] 《宋书》卷九十七,第2396—2399页。

[4] 《南齐书》卷五十八,第1007页。

[5] 《宋书》卷九十二,第2261页。

九年,对北魏发动了三次战争。而贯穿了整个元嘉时期的对蛮战争,特别是元嘉末年的持续讨蛮,正是文帝为了顺利北伐而做的准备工作。川本芳昭指出,这些讨蛮活动,除了维持汉民社会治安的目的外,更主要的是夺取蛮民的财货,包括特产物、土地山泽、盐井、矿山等,以补充国家财政,并掠夺蛮口以充当营户、士兵和奴婢。① 加之蛮族主要分布在南北政权的交接地带,控制蛮区便意味着可以将这里更好地作为北伐的前沿阵地,并切实防范北魏与蛮族的军事合作。于是,在军事打击之外,文帝仿荆州南蛮校尉在豫州设安蛮校尉,由豫州刺史代领,② 又在元嘉二十五年(448)一年之内于豫州、南豫州设立了二十七个安抚蛮民的左县,③ 旨在稳定蛮区秩序,消除北伐计划中的不稳定因素。然而北伐并未如文帝所愿。第一次北伐,文帝"遣到彦之经略河南大败,悉委弃兵甲,武库为之空虚"④;第二次北伐,主力王玄谟兵败滑台,北魏大军南下直抵长江北岸的瓜步,沿途杀掠百姓,"自江、淮至于清、济,户口数十万,自免湖泽者,百不一焉。村井空荒,无复鸣鸡吠犬"⑤;第三次北伐,文帝派萧思话、张永主攻碻磝,又大败,"士卒烧死及为房所杀甚众,永即夜撤围退军,不报告诸将,众军惊扰,为房所乘,死败涂地"⑥。三次北伐失利,不但使刘宋损失了大量兵力、人口和军事装备,江淮地区遭到毁灭性破坏,也使刘宋此后再也无力收复河南之地。"宋氏之盛,自此衰矣"⑦,

---

① 参看(日)川本芳昭《魏晋南北朝时代の民族問題》第四篇《蛮漢抗争と融合の軌跡》第一章《六朝期における蛮の漢化について》,汲古书院,1998年,第414—425页。
② 安蛮校尉设置的具体时间不可考。《宋书·南平穆王铄传》:"(元嘉)二十二年,迁使持节,都督南豫、豫、司、雍、秦、并六州诸军事,南豫州刺史。时太祖方事外略,乃罢南豫并寿阳,即以铄为豫州刺史,寻领安蛮校尉。"见《宋书》卷七十二,第1856页。可知安蛮校尉的设立不晚于元嘉二十二年,也是文帝北伐计划的一部分。
③ 《宋书》卷三十六《州郡二》"南豫州"条:"太湖左县长,文帝元嘉二十五年,以豫部蛮民立太湖、吕亭二县,属晋熙。""边城左郡太守,文帝元嘉二十五年,以豫部蛮民立茹由、乐安、光城、雩娄、史水、开化、边城七县,属弋阳郡。"卷三十七《州郡三》"郢州"条:"蕲水左县长,文帝元嘉二十五年,以豫部蛮民立建昌、南川、长风、赤亭、鲁亭、阳城、彭波、迁溪、东丘、东安、西安、南安、房田、希水、高坡、直水、蕲水、清石十八县,属西阳。"但西阳是孝武帝孝建元年立郢州时从豫州分出,在文帝时始终属豫州。分别见《宋书》,第1076页、第1080页、第1128页。关于左郡左县制,可参看(日)河原正博:《宋書州郡志に見える左郡·左縣の「左」の意味について》,《法政史学》14,1961年;方高峰:《试论左郡左县制》,《中国边疆史地研究》,2006年第2期;胡阿祥著:《六朝政区》第十章第二节《蛮、左、俚、僚试释》,南京出版社,2008年。
④ 《宋书》卷八十一,第2076页。
⑤ 《宋书》卷九十五,第2359页。
⑥ 《宋书》卷五十三,第1511—1512页。
⑦ 《宋书》卷九十二,第2262页。

南北政权之间的实力差距从此进一步拉大。①元嘉三十年(453)二月,文帝被害身亡,武陵王刘骏率兵入讨,杀死刘劭、刘濬后登基,是为孝武帝。孝建元年(454)初,荆州刺史刘义宣又协同雍州刺史臧质、豫州刺史鲁爽反叛,叛乱持续了近四个月方被平息。面对元嘉末年和孝建初年国内的政治乱局,孝武帝更是无暇北顾。于是如何处理蛮族,特别是分布在南北政权领地交接敏感地带的蛮族,便成为孝武帝必须解决的问题。与文帝时期对蛮族主要采取强硬的军事打击不同,为适应新的国内和对外形势,孝武帝在对蛮族政策上也进行了相应的调整,主要表现在以下两个方面。

首先,在蛮族主要聚集区荆州、豫州、雍州的地方官员任命上,孝武帝侧重选择与蛮族联系较密切的官员。这是对文帝设置左郡左县以安抚蛮民政策的继承,但对所统地域更大的蛮区州官员进行刻意选择,则在一定程度上反映了孝武帝扩大安抚政策的尝试。

孝武帝即位后,荆州刺史一职本由南郡王刘义宣担任。义宣起兵发动叛乱后,孝武帝于孝建元年,"以平西将军、雍州刺史朱脩之为安西将军、荆州刺史"②。《宋书》将此事系在四月十八日,而《建康实录》则系在六月九日。③四月时,义宣之乱尚未平定。五月二十一日义宣军队在梁山大败,义宣逃回江陵。六月"庚寅(二十五日),脩之至江陵,杀义宣并其十子、余党竺超民、徐寿之等"④。可见,朱脩之真正赴任荆州刺史的时间,应从《建康实录》,以六月为准。在此之前的六月癸未(十八日),孝武帝裁撤了设于荆州的南蛮校尉,并"迁其营于京师"⑤。据《通典》卷三十七《职官典·宋官品》,南蛮校尉为四品官,相当于刺史领兵者,⑥可置长史、司马等僚属,并拥有自己

---

① 沈约在《宋书·良吏传序》中说:"暨元嘉二十七年,北狄南侵,戎役大起,倾资扫蓄,犹有未供,于是深赋厚敛,天下骚动。自兹至于孝建,兵连不息,以区区之江东,地方不至数千里,户不盈百万,荐之以师旅,因之以凶荒。"言语之间已暗示刘宋在财力、人力上不足以支撑北伐。见《宋书》卷九十二,第2261—2262页。司马光也认为元嘉北伐是"不量其力,横挑强胡"。见[宋]司马光:《稽古录》卷十四,《文渊阁四库全书》第312册,台湾商务印书馆影印本,1986年,第474页。说明当时和后世已有史家认为北伐之前刘宋已在实力上输于北魏。今人陈金凤、杨炳祥在《元嘉北伐新论》中也提出"元嘉北伐的失败是加强了而不是导致了南弱北强形势"的观点。文载《华中科技大学学报(社会科学版)》,2000年第4期。
② 《宋书》卷六,第114—115页。
③ 《建康实录》卷十三:"甲戌,大论功计赏,进……朱脩之荆州刺史、西昌侯。"见《建康实录》,第474页。
④ 《建康实录》卷十三,第474页。
⑤ 《建康实录》卷十三,第474—475页。此事《宋书·孝武帝纪》亦系在六月癸未,但《实录》将此事记在庚寅朱脩之杀宣事后,似有误。
⑥ 《通典》卷三十七,第1007页。

的军队，两晋以来主要统领江沔诸蛮。入宋之后，在谢晦和义宣发动的两次叛乱中，南蛮校尉府的府僚和军队都扮演了重要角色，这引起了孝武帝的警惕。平定义宣之乱后，孝武帝罢除南蛮校尉，正与削弱荆州势力有关。①但在撤除蛮府之后，如何管理荆州地区的蛮族，也是新任荆州刺史朱脩之和孝武帝必须思考的问题。《宋书》本传记载朱脩之在荆州任上"治身清约，凡所赠贶，一无所受，有饷，或受之，而旋与佐吏赌之，终不入己，唯以抚纳群蛮为务"②。《南史》记载类似，唯将"唯以抚纳群蛮为务"改作"唯以蛮人宜存抚纳"③。这两则材料都表明，朱脩之对蛮族主要采取安抚招纳的策略。相比而言，《南史》所书"蛮人宜存抚纳"，还暗含着另一种意味，即选择安抚策略是在综合考虑蛮族与中央政权当时的状况后做出的决定。从《宋书》与《南史》的记载来看，史家对朱脩之的这种做法是持赞赏态度的。史书中并未记载孝武帝对朱脩之抚纳群蛮一事的直接评价。但考《宋方镇年表》，朱脩之自孝建元年六月任荆州刺史起，直至大明六年（462）七月方内调为领军将军，④在任时间长达八年之久，几乎终孝武之世。从这一点可以看出，孝武帝对朱脩之是很信任的，对他的抚蛮策略也十分认可、支持。

另外，《宋书·夷蛮传》记载，大明中建平蛮作乱，巴东太守王济和荆州刺史朱脩之派兵征讨，获胜而归。说明朱脩之在以安抚蛮族为主的同时，也并未放弃必要的军事打击。同时又记载："时巴东、建平、宜都、天门四郡蛮为寇，诸郡民户流散，百不存一，太宗、顺帝世尤甚，虽遣攻伐，终不能禁，荆州为之虚敝。"⑤据《宋书·州郡志》，巴东、建平、宜都三郡属荆州，天门原也属荆州，孝建元年孝武帝分荆置郢，天门被划归到郢州。四郡民户流散、荆州虚敝的情况，与朱脩之治理州郡的个人能力关系不大，而是孝武帝裁撤南蛮校尉府的消极后果。南蛮校尉府被取消后，原先由南蛮校尉统辖的诸郡县交由荆州军府接管，而校尉府固有的军营则被转移到建康。⑥此举无疑削弱了刘宋对荆楚一带蛮族的掌控和军事威慑。加之在明帝时的子勋之乱中和顺帝时沈攸之与萧道成之间的战争中，荆州都是主要战场，受到了较大的破

---

① 参看王延武：《两晋南朝的治"蛮"机构与"蛮族"活动》，《中南民族学院学报》，1983年第3期；丁树芳：《两晋南朝南蛮校尉研究》，山东大学硕士学位论文，2011年；李松竹：《南蛮校尉府研究》，湖北大学硕士学位论文，2013年。
② 《宋书》卷七十六，第1970页。
③ 《南史》卷十六，第463页。
④ 《宋方镇年表》，《二十五史补编》，第4262—4264页。
⑤ 《宋书》卷九十七，第2397页。
⑥ 参看《劉宋孝武帝の対州鎮政策と中央軍改革》注14。

坏,中央自然也无暇、无力加强对蛮族的控制,这才为荆州蛮屡屡骚扰汉民提供了便利。

在文帝时期蛮变最频繁的豫州,孝武帝先是任鲁爽为刺史。①《宋书》称鲁爽"幼染殊俗,无复华风"②,已显示出浓厚的异民族色彩。本传将鲁爽的郡望记为扶风郿县。陈连庆认为记载不实,鲁氏为蛮族大姓,乡里应在长社、鲁阳、蔡阳、龙山、颍川一带,鲁爽出身蛮族无可置疑。③孝建元年,鲁爽跟随义宣叛变,战争结束后,孝武帝又先后任命王玄谟、申恬、宗悫、庾深之、垣护之、刘德愿为豫州刺史。其中王玄谟和宗悫均参加过元嘉时期的伐蛮战争。④垣护之则出自略阳垣氏,亦非汉人,为戎族,⑤他先后参加了三次元嘉北伐,表现活跃。三人任豫州刺史的时间共计七年有余。⑥其中孝建二年(455)六月至八月间,王玄谟讨司马黑石一事也清楚地体现了刘宋对蛮族态度的变化。《宋书·王玄谟传》记载:"(王玄谟)寻复为豫州刺史。淮上亡命司马黑石推立夏侯方进为主,改姓李名弘,以惑众,玄谟讨斩之。"⑦《沈庆之传》记载,元嘉二十九年,"亡命司马黑石、庐江叛吏夏侯方进在西阳五水,诳动群蛮,自淮、汝至于江沔,咸罹其患。十月,遣庆之督诸将讨之"⑧,可知王玄谟此次讨伐是元嘉二十九年讨蛮的继续。据《宋书·夷蛮传》,"西阳有巴水、蕲水、希水、赤亭水、西归水,谓之五水蛮……北接淮、汝,南极江、汉,地方数千里"⑨,分布范围广泛,北部已靠近刘宋和北魏的边界。元嘉后期,文帝便对这一地区屡兴征讨。然而王玄谟这次出兵,对于曾经伙同司马黑石共同发动暴乱的西阳蛮并没有采取军事打击,而是使用了相对柔和的手段。当时蛮民文小罗等已组织人马征讨并擒获了司马黑石的亲党续之,但又被蛮

---

① 《宋书·孝武帝纪》:"(元嘉三十年六月)己酉,以司州刺史鲁爽为豫州刺史。"见《宋书》卷六,第111页。
② 《宋书》卷七十四,第1922页。
③ 陈连庆著:《中国古代少数民族姓氏研究》,吉林文史出版社,1993年,第222页。北村一仁于《在南北朝国境地域的同姓集团的动向和其历史意义》一文中,也表达了类似观点,但语气相对和缓,只说"鲁氏与国境地域的'蛮'有密切的关系"。见牟发松主编:《社会与国家关系视野下的汉唐历史变迁》,华东师范大学出版社,2006年,第278页。
④ 参看《宋书》卷七十七《沈庆之传》、卷七十六《宗悫传》。
⑤ 《中国古代少数民族姓氏研究》,第290—292页。
⑥ 《宋方镇年表》,《二十五史补编》,第4262—4265页。
⑦ 《宋书》卷七十六,第1975页。按《宋书·孝武帝纪》:"(孝建二年六月)庚辰,以曲江县侯王玄谟为豫州刺史。……(八月)壬午,以新除豫州刺史王玄谟为青、冀二州刺史,青州刺史申恬为豫州刺史。"见《宋书》卷六,第117页。故知王玄谟讨蛮在孝建二年六月至八月间。
⑧ 《宋书》卷七十七,第2000页。
⑨ 《宋书》卷九十七,第2398页。

民世财夺走,于是文小罗等人率部队杀死了世财父子六人。王玄谟派遣殿中将军郭元封慰劳蛮族各部落,让他们把逃亡在外的叛乱分子缚送到官府。蛮民就抓住司马黑石的另两名亲党智和安阳①交给王玄谟。王玄谟将司马黑石与西阳蛮分开对待,通过怀柔的方式,使蛮酋主动交出了叛乱的主谋。这也可以看作与蛮族的一次合作。

至于雍州地区,除了参与过伐蛮的王玄谟曾于孝建二年十一月至大明二年(458)四月任刺史外,其他几任刺史武昌王浑、海陵王休茂和刘秀之与蛮族并无直接关系,在这里担当协调蛮汉关系职能的,很可能是永嘉之乱时由北方流入、至东晋南朝已转化为本地豪族的柳氏,柳元景便是代表人物。元嘉末年,柳元景四次参与讨蛮战争。孝武帝即位后,柳元景虽然由地方进入了中央官界,但柳氏一族在雍州仍然实力深厚。大明元年(457)七月,时任雍州刺史的王玄谟建议土断雍州的侨寓流民,"元景弟僧景为新城太守,以元景之势,制令南阳、顺阳、上庸、新城诸郡并发兵讨玄谟"②,可见柳氏在雍州地方影响力之大。"元景少便弓马,数随父伐蛮,以勇称"③,这种气质是"类似'蛮'的",而且河东柳氏"流入襄阳地区的时期比较早,所以'蛮'的影响也比较大",也就是说在柳氏身上存在着"豪族和'蛮'酋互相重迭"④的现象。综上所述,在孝武帝时期,荆州、豫州、雍州这三个蛮族主要聚集区的刺史及地方官员或擅于抚蛮,或参加过伐蛮战争,或在与蛮族的融合中受蛮俗影响较大,总之均与蛮族有着密切的联系。这与文帝时期主要由皇室宗亲担任这些州的刺史的情况有明显不同。

其次,安排与蛮族联系密切的官员担任州刺史和地方官员,并不意味着孝武帝完全放弃了对蛮族的军事征讨。但是与文帝时的对蛮战争主要都集中在南北政权的交接地带不同,孝武帝开始有意识地转向了对腹地蛮民的征讨。

孝武帝时期的讨蛮战争共有五次,其中大明年间对建平蛮、桂阳蛮、临贺蛮进行的三次镇压都发生在内地。建平郡属荆州,治巫县,即今巫山县,辖区内有七个县,范围在今湖北省西部,紧邻重庆,北接梁、秦、雍三州,距离南北政权的交接地带较远。桂阳、临贺二郡在孝武帝时属湘州,前者治郴县,即今湖南省郴州市,统领六个县,范围在今湖南省东南部,靠近江西西

---

① 《宋书》卷九十七:"蛮乃执智黑石、安阳二人送诣玄谟。"见《宋书》,第2398页。《南史》卷七十九作"智、安阳二人"。中华书局校勘记认为当从《南史》。
② 《宋书》卷七十六,第1975页。
③ 《宋书》卷七十七,第1981页。
④ 《在南北朝国境地域的同姓集团动向和其历史意义》,《社会与国家关系视野下的汉唐历史变迁》,第278—279页。

部;后者则更加偏远,治所在今广西贺州市,统领九个县,位于今广西东部,两地较建平而言更属于刘宋腹地。

此外,《宋书·夷蛮传》中另有一条材料可以作为孝武帝转而注重内地民族矛盾的旁证。"广州诸山并俚、獠,种类繁炽,前后屡为侵暴,历世患苦之。世祖大明中,合浦大帅陈檀归顺,拜龙骧将军。四年,檀表乞官军征讨未附,乃以檀为高兴太守,将军如故。遣前朱提太守费沈、龙骧将军武期率众南伐,并通朱崖道,并无功,辄杀檀而反,沈下狱死。"①这是自元嘉二十三年文帝遣交州刺史檀和之伐林邑之后,刘宋再次对交广地区的少数民族进行镇压,也是刘宋朝最后一次。这里讨伐的虽然是蛮族以外的其他民族,但与上述三次伐蛮一样,都反映了孝武帝开始更多注意内地汉族与少数民族之间的冲突,这些战争也更多地发挥着维持内地多民族地区治安和统治秩序的作用。

二、孝武帝对蛮族政策的后续影响

孝武帝在对蛮族政策上的调整,特别是他扩大安抚政策的尝试,一方面在某种程度上是对文帝大量设立左郡左县以行羁縻的继承,另一方面由于文帝时期设置左郡左县更多地是为了控制蛮区以应对北伐,而孝武帝更注重腹地的汉蛮冲突,亦即政权内部治安的稳定。因此,虽然父子二人在对蛮族态度上都有绥抚的一面,但从主观目的上说,文帝的抚蛮措施中暗含了较多"攻"的因素,孝武帝扩大安抚政策的尝试则更偏重于"守"。前者为稳定政权交接地带,后者为稳定腹地。这种变化体现了孝武帝在面对北魏时处于守势地位,并对刘宋后期以及齐梁时期的对蛮政策都产生了重要影响。

孝武帝对蛮族政策的调整,是由元嘉北伐前后刘宋实力的变化所决定的。随着明帝泰始中悬瓠和彭城的相继失守,淮西和淮北四州(徐、兖、青、冀)全部落入北魏之手,南朝国力更加衰弱。直至梁末多以守淮为主,也再无力发动如元嘉时期那样大规模的北伐。于是对于蛮族,特别是靠近北魏地区的蛮族便延续了孝武帝以守为主的安抚政策,并在此基础上进一步加强了与蛮酋的合作。如明帝即位初,晋安王子勋发动兵变,西阳蛮田益之、田义之、成邪财、田光兴起兵支持明帝,事平之后"以益之为辅国将军,都统四山军事,又以蛮户立宋安、光城二郡,以义之为宋安太守,光兴为龙骧将军、光城太守。封益之边城县王,食邑四百一十一户,成邪财阳城县王,食邑三千户"②。南齐时,北魏也注意招徕江汉、江淮之间的蛮族,出现了多次蛮

---

① 《宋书》卷九十七,第2379页。
② 《宋书》卷九十七,第2398页。

民北附,并帮助北魏军队作战的情况。为了稳定边境,萧齐政府延续了对蛮酋封官授爵的方法。《南齐书·蛮传》记载:"宋世封西阳蛮梅虫生为高山侯,田治生为威山侯,梅加羊为抃山侯。太祖即位,有司奏蛮封应在解例……诏:'特留。'以治生为辅国将军、虎贲中郎,转建宁郡太守,将军、侯如故。"①永明六年(488),"除督护北遂安左郡太守田驷路为试守北遂安左郡太守,前宁朔将军田驴王〔为试守宜人左郡太守,田何代〕为试守新平左郡太守,皆郢州蛮也"②。到了梁朝,更出现了蛮族首领出任州刺史的现象。③如天监十三年(514),原本叛离南朝的司州蛮酋田鲁生、田鲁贤、田超秀三兄弟据蒙笼归降,武帝萧衍封鲁生为北司州刺史,鲁贤为北豫州刺史,超秀为定州刺史,让他们防卫北方边境。④又如北魏前废帝初年,蛮酋雷乱清投靠南朝,萧衍封他为兖州刺史,并命他率领各部落蛮族攻打北魏。⑤这一变革也可以看作对孝武帝任用与蛮族联系密切官员为蛮区刺史的进一步发展。综上所述,虽然孝武帝在处理蛮汉关系时,仍然是安抚与武力镇压并用,但其中包含着以抚为主的趋势,这是时代的潜流,正是这个潜流影响了南朝后期的对蛮族政策。

第四节 孝武帝对北魏政策的调整

南北政权实力差距的不断拉大,促使孝武帝有意识地调整了对蛮族政策,这也意味着他在处理蛮汉关系时已不会再考虑北伐,而只关心剩下的两个目的,即维持社会治安以及夺取蛮区财物、人口以补充国家财政。关于北伐一事,事实上,元嘉时期便存在反对意见。元嘉十九年(442),何承天作《安边论》,主张现阶段应该对北魏采取守势。他说"寇虽乱亡有征,昧弱易取,若天时人事,或未尽符,抑锐俟机,宜审其算"⑥,又说"今若务存遵

---

① 《南齐书》卷五十八,第1007页。
② 《南齐书》卷五十八,第1008—1009页。
③ 方高峰将这种现象称为"左州"。见方高峰:《六朝民族政策与民族融合》,首都师范大学博士学位论文,2002年,第48页。但就笔者所见,史书中并未使用"左州"一词,故不采用这一术语。
④ 《梁书》卷二十二,第344页。
⑤ 《魏书》卷四十一,第936页。
⑥ 《宋书》卷六十四,第1707页。

养,许其自新,虽未可羁致北阙,犹足镇静边境"①。其中一个很重要的理由便是"今遗黎习乱,志在偷安,非皆耻为左衽,远慕冠冕,徒以残害剥辱,视息无寄,故缊负归国,先后相寻"②,即中原百姓已经习惯了其他民族的统治,并没有对南朝收复中原失地的强烈愿望。元嘉二十七年北伐之前,太子刘劭、萧思话和沈庆之也竭力劝阻文帝。③只是在元嘉盛世的背景下,这样的反对意见很难得到重视,史称"太祖将大举北讨,朝士佥同,莫或异议"④,即是明证。然而经历了三次失败和元嘉末年的乱局之后,刘宋朝廷内部对南北实力差距的问题有了更清楚也更统一的认识。元嘉三十年,孝武帝刚刚即位不久,周朗便上书提醒孝武帝说"议者必以为胡衰不足避,而不知我之病甚于胡矣"⑤,尖锐地指出目前刘宋内部的弊病要比北魏严重,想要再次北伐,"须内教既立,徐料寇形,办骑卒四十万,而国中不扰,取谷支二十岁,而远邑不惊,然后越淮穷河,跨陇出漠"⑥,而这个前提即使是在元嘉盛世也未必能够达到,这也就更突出了南北双方的实力悬殊。孝建三年(456),孝武帝诏问群臣防御之策,徐爰认为现今正值"中兴造创,资储未积"⑦,"当使缘边诸戍,练卒严城,凡诸督统,聚粮蓄田,筹计资力,足相抗拟"⑧,同样认为应该安边固守。既然刘宋无力北伐,而北魏势力又强于自己,在这种不利局面下,想保证自身安全,一方面需要固守边境,同时也需要孝武帝重新考虑如何处理与北魏的外交关系。权衡之后,孝武帝选择了与北魏修好的策略,⑨于是在孝武帝朝,出现了刘宋历史上难得的较长时间的南北相安局面。具体说来,孝武帝的修好政策主要体现在与北魏互市以及南北通使对等化两个方面。

---

① 《宋书》卷六十四,第1706页。
② 《宋书》卷六十四,第1706页。
③ 参看《宋书》卷七十七《沈庆之传》、卷七十八《萧思话传》、卷九十九《二凶传》。二十九年北伐之际,沈庆之、鲁爽、何偃又极力反对,参看《资治通鉴》卷一百二十六。
④ 《宋书》卷七十八,第2014页。
⑤ 《宋书》卷八十二,第2095页。《通鉴》胡注曰:"当时议者,盖以魏连有内难,遂谓之衰。兵甲馈饷之费,虚内以给外,则吾国之病甚于胡运之衰。"见《资治通鉴》卷一百二十七,第4073页。
⑥ 《宋书》卷八十二,第2096页。
⑦ 《宋书》卷九十四,第2307页。
⑧ 《宋书》卷九十四,第2307页。
⑨ 安田二郎认为,孝武帝的对北魏政策总体看来是比较消极的,甚至与他在内政方面异常粗暴、露骨的独裁君主形象形成了鲜明对比。参看《六朝政治の研究》,第436页。其实,孝武帝在内政和外交两方面表现出来的巨大差异,正是南北政权间实力差距不断拉大的结果。

一、孝武帝恢复与北魏的互市

南北政权之间的互市早在东晋时期即已出现,《晋书·祖逖传》和《苻健载记》记载了东晋与后赵及前秦通关互市的信息。《魏书·食货志》记载:"自魏德既广,西域、东夷贡其珍物,充于王府。又于南垂立互市,以致南货,羽毛齿革之属无远不至。"①据蔡宗宪考证,北魏于南境立市应在439年平定北凉之后,②当刘宋元嘉十六年左右。此后因元嘉二十七年文帝北伐,北魏兵临瓜步,双方互市中断。《宋书·颜竣传》记载:"二十八年,虏自彭城北归,复求互市。"③《谢庄传》记载:"世祖践阼,除侍中。时索虏求通互市,上诏群臣博议。"④面对北魏的要求,刘宋内部分化出两派意见:"江夏王义恭、竟陵王诞、建平王宏、何尚之、何偃以为宜许;柳元景、王玄谟、颜竣、谢庄、檀和之、褚湛之以为不宜许。"⑤孝武帝最终采纳了刘义恭等人的意见,决定重开互市。义恭等人的上书不见载于史书,难以得知他们的具体意见,但《宋书》中收录了颜竣和谢庄这两位反对派代表的奏章,或许可以根据这两篇奏章反推孝武帝决定恢复通商的心态。⑥

颜、谢二人反对互市的一个共同理由,是认为北魏借互市为由实际上意图窥探刘宋国情,即颜竣所言"虽云互市,实觇国情"⑦,谢庄所言"关市之请,或以觇国"⑧。两人提出的应对措施也完全一致。颜竣说"保境以观其衅"⑨,谢庄说

---

① 《魏书》卷一百一十,第2858页。
② 蔡宗宪著:《中古前期的交聘与南北互动》,稻乡出版社,2008年,第325页。
③ 《宋书》卷七十五,第1959页。
④ 《宋书》卷八十五,第2168页。
⑤ 《宋书》卷九十五,第2354页。
⑥ 安田二郎认为,赞成派的成员是刘宋皇族和何尚之,后者虽属于侨姓贵族,但其郡望庐江灊县自东晋以来始终处在南方政权控制之下;反对派则是北方南下贵族和武将,而且除了谢庄和褚湛之外,其他四人都是孝武帝原府佐,为刘骏即位立下大功。参看《六朝政治史の研究》,第437页。许辉、蒋福亚认为赞成通商者"既是实力派,又多热衷于经商牟利"。见许辉、蒋福亚主编:《六朝经济史》,江苏古籍出版社,1993年,第374页。但是反对者柳元景、王玄谟、颜竣也是手握重权,且仅从经济利益考虑似乎也过于简单。陈金凤认为支持者为主和派,反对者为主战派,"两派的不同其实在于如何维持中间地带观念的不同",而当时"主和成为时势的要求",这一观点更具说服力。见陈金凤著:《魏晋南北朝中间地带研究》,天津古籍出版社,2005年,第222页。
⑦ 《宋书》卷七十五,第1959页。
⑧ 《宋书》卷八十五,第2168页。
⑨ 《宋书》卷七十五,第1959页。

"距而观衅,有足表强"①,都建议孝武帝拒绝北魏要求,严守边界以观其变,特别是谢庄还认为拒绝北魏可以表明自己的强大。但这种想法在当时无异于自欺欺人。北魏挟元嘉二十八年饮马长江之余威,趁文帝被杀,刘宋内部混乱之际,向刚刚即位的孝武帝提出互市的要求,明显带有试探的意味。况且当初北魏太武帝拓跋焘去世后不久,文帝便在元嘉二十九年趁机北伐。此时类似的情况出现在刘宋一方,北魏也同样很可能趁刘宋政局未稳之际,借机挑起事端再次入侵。谢庄又说"何为屈冠带之邦,通引弓之俗,树无益之轨,招尘点之风"②,认为与北魏互市有损华夏礼仪之邦的威严,是破坏了华夷之辨。诚然,在南北朝时期,正统的问题对于南北政权标榜各自的合法性而言有着十分重要的意义,但实际上东晋便已有了固守江东、不图收复中原之意。《南齐书》便说"晋世迁宅江表,人无北归之计"③,于南土侨立北方州郡便是这一态度的集中体现。加之何承天在《安边论》中已提到过,中原百姓对于究竟谁是正统的问题并不关心,因此谢庄所说的这个理由书生气太重,或许可以用作外交辞令,但是在面对现实问题时并不具备太多的实际参考价值。孝武帝同意恢复互市,从政治上而言,可以看作为了避免北魏挑起事端而做的一次适当的示弱,也可以看作有意寻求改善与北魏关系的一个信号。颜竣还提到,"议者不过言互市之利在得马,今弃此所重,得彼下驷,千匹以上,尚不足言,况所得之数,裁不十百邪"④,指出北魏向南朝输出的主要是马匹,但数量有限且多非上驷。颜竣所说的情况或许属实,⑤但是南方不产战马,在南北交锋中,南朝步兵难以抵挡北朝骑兵的冲击又是不争的事实。周朗曾提醒孝武帝:"令重车弱卒,与肥马悍胡相逐,其不能济,固宜矣。"⑥当初祖逖在边境与后赵互市,也是为了谋求"士马日滋"⑦,故而孝武帝希望通过北朝获得战马也实属无奈之举。为了改变这一困境,周朗建议孝武帝鼓励境内百姓养马:"今宜募天下使养马,一匹者,蠲一人役,三匹者,除一人为吏,自此以进,阶赏有差。"⑧孝武帝也接受了这一提案,于孝建三年五月辛酉(七日),"制荆、徐、兖、豫、雍、青、冀七州统内,家有马一匹者,蠲

---

① 《宋书》卷八十五,第2168页。
② 《宋书》卷八十五,第2168页。
③ 《南齐书》卷四十七,第828页。
④ 《宋书》卷七十五,第1959页。
⑤ 《南齐书·王融传》记载:"秦西冀北,实多骏骥。而魏主所献良马,乃驽骀之不若。"见《南齐书》卷四十七,第822页。逯耀东据此认为:"王融所谓的'献',可能是由互市所得。"见逯耀东:《北魏与南朝对峙期间的外交关系》,《新亚书院学术年刊》第八期,1966年。
⑥ 《宋书》卷八十二,第2096页。
⑦ 《晋书》卷六十二,第1697页。
⑧ 《宋书》卷八十二,第2096页。

复一丁"①。这七个州均与北魏接壤。在互市无法获得理想收益,但迫于形势和需求又不得不勉力进行的情况下,孝武帝的这项举措,旨在挖掘内部潜力,增加马匹数量,正是在改善与北魏关系的同时所做的积极防守。

二、孝武帝时期与北魏的通使

孝武帝在位期间,比前人更注重南北通使,南北政权间的使者往来呈现出对等化的趋势,并延续至南朝结束。现将孝武帝时期刘宋与北魏之间的通使情况排比如下。

表2-4 孝武帝时期刘宋与北魏通使一览表

公元纪年	年号纪年	通使资料	出处	共计
460	刘宋大明四年,北魏和平元年	1.春正月甲子朔,大赦,改元。庚午,诏散骑常侍冯阐使于刘骏。 2.秋七月乙丑,刘骏遣使朝贡。 3.七月,骏使其散骑常侍明僧暠朝贡。 4.十一月,诏散骑侍郎卢度世、员外郎朱安兴使于刘骏。 5.(十二月辛丑)索虏遣使请和。(此与4当是同一件事)	《魏书》卷五、卷九十七,《宋书》卷六	北魏出使刘宋两次,刘宋出使北魏一次
461	刘宋大明五年,北魏和平二年	1.三月,刘骏遣使朝贡。 2.三月,(刘骏)又使其散骑常侍尹显朝贡。 3.冬十月,诏假员外散骑常侍游明根、员外郎昌邑侯和天德,使于刘骏。	《魏书》卷五、卷九十七	双方通使各一次
462	刘宋大明六年,北魏和平三年	1.三月甲申,刘骏遣使朝贡。 2.三月,骏使其散骑常侍严灵护朝贡。 3.(十月)诏员外散骑常侍游明根,员外郎昌邑侯和天德使于刘骏。	《魏书》卷五、卷九十七	双方通使各一次
463	刘宋大明七年,北魏和平四年	1.(十月)诏员外散骑常侍游明根、骁骑将军昌邑子娄内近、宁朔将军襄平子李五鳞使于刘骏。	《魏书》卷五	北魏出使刘宋一次

如表2-4所示,自460年至463年的四年间,北魏共向刘宋遣使五次,刘

---

① 《宋书》卷六,第118页。

宋向北魏遣使三次。双方数量基本一致,且自大明四年正月北魏遣使于宋开始,双方始终保持着一来一往的通使规律,双边关系呈现出逐渐对等的趋势。与这种密切的使者往来状况相对应的,则是孝武帝在位十一年间,除了孝建三年、大明元年二月和大明二年冬,双方在冀州、兖州和青州有过三次小规模冲突外,其余时间均相安无事。梁满仓曾认为"在宋明帝以前,南朝与北魏通使的态度是不积极的",因为"宋明帝以前,南朝共向北魏派遣使者15次,仅占出使北魏总数的38%,而与此同时,北魏向南朝派遣使者的次数为19,将近占向南朝派使总次数的50%",明帝以后"南朝向北朝派遣使节的次数开始增多",南朝的通使态度发生了转变。[1]但考察孝武帝时期的南北遣使状况,南朝对北朝通使态度改变的时间似乎可以进一步提前,至少在孝武帝的重视下,双方间的遣使频率已经趋于对等和稳定。

孝武帝时期南北通使的对等、稳定特征还体现在刘宋使者官职的固定化方面。始光二年(元嘉二年)四月,北魏第一次派龙骧将军步堆和谒者仆射胡觐出使刘宋,此后北魏派遣至刘宋的使者,官职全部固定为散骑常侍或员外散骑常侍。反观刘宋方面,孝武帝之前出使北魏的使者官职并不固定,其中官职为殿中将军者六次,[2]将军者一次,[3]散骑常侍者一次,[4]官职不详者四次[5]。直到孝武帝连续三次派散骑常侍担任聘使,才将这一规则固定下来。直至刘宋灭亡,出使北魏的使臣官职均为散骑常侍、员外散骑常侍或员外散骑侍郎。此后的齐、梁、陈三代也基本上延续了以散骑诸官担当聘使的制度。有关散骑常侍之职,《宋书》记载,"初,晋世散骑常侍选望甚重,与侍中不异,其后职任闲散,用人渐轻。孝建三年,世祖欲重其选,诏曰:'散骑职为近侍,事居规纳,置任之本,实惟亲要,而顷选常侍,陵迟未允,宜简授时良,永置清辙'"[6],"以(王)景文及会稽孔觊俱南北之望,并以补之"[7]。可见孝武帝曾有意抬高散骑常侍的地位,并挑选名家子弟任职,希望使之恢复旧

---

[1] 梁满仓:《南北朝通使刍议》,载氏著《汉唐间政治与文化探索》,贵州人民出版社,2000年,第308—310页。
[2] 分别是元嘉二年的吉恒、元嘉六年的孙横之、元嘉七年的田奇,以及元嘉十六年、十八年、二十七年三次出使北魏的黄延年。
[3] 为元嘉二十八年的孙盖。
[4] 为元嘉十四年的刘熙伯。
[5] 分别为元嘉元年、九年、十年三次出使北魏的赵道生,以及元嘉十三年的会元绍。
[6] 《宋书》卷八十四,第2154页。
[7] 《宋书》卷八十五,第2178页。

时的尊贵。虽然最终未能改变世人不重散骑的状况,①但孝武帝以自己重视的散骑常侍出任聘使,也体现了他对交好北魏的重视程度。

三、结论

元嘉之治是刘宋历史的顶峰,也是盛极而衰的开始。三次北伐失利以及刘宋内部接连不断的政治内耗,进一步拉大了南北政权之间的实力差距,也使得后继的孝武帝不得不将整顿元嘉乱局作为其在位期间的一个重要任务。为适应新的国内局势以及南北关系,孝武帝在对北魏关系上,与文帝时期相比做了相应调整。

在即位之初,孝武帝便通过决定与北魏恢复互市,释放出了有意与北魏修好的信号。孝武帝还较前代更注重与北魏的通使,自大明四年正月起,刘宋与北魏恢复了元嘉北伐后一度中断的相互通使,并在通使频率和出使人员官职上都显示出了对等化、稳定化的趋势,体现了孝武帝重视改善与北魏的关系。但无论是对北魏政策的调整,还是上节所讨论的对蛮族政策的调整,二者的一个共同特点即是在南北对峙的关系中采取守势,这是由当时双方实力差距所决定的,此后也成了南朝对北朝的常态。

第五节　孝武帝的治国方略与性格特点

孝武帝刘骏的人生经历,与他的父亲宋文帝刘义隆有许多相似之处。父子二人都排行第三,原本没有继承皇位的可能,但因一些偶然因素都在兄长被废或被杀后登上皇位。文帝在位三十年,孝武帝在位十一年。虽然时间相差较多,但都经历了即位初期稳定乱局、继而巩固皇权的过程。随后宋文帝开创了被称为"宋世之极盛"②的"元嘉之治",孝武帝则凭借自身的才干实现了刘宋中兴。③文帝的元嘉盛世因三次北伐失败而不再,刘骏的中兴也

---

① 《南齐书·百官志》:"宋大明虽华选比侍中,而人情久习,终不见重,寻复如初。"见《南齐书》卷十六,第323页。
② 《宋书》卷九十二,第2261页。《建康实录》称:"江东以来,有国有家,丰功茂德,未有如斯盛者也。"见《建康实录》卷十四,第556页。
③ 孝武帝于新亭即位后,马上"改新亭为中兴亭"。见《宋书》卷六,第110页。《宋书·薛安都传》记载:"安都从征关、陕,至曰口,梦仰头视天,正见天门开,谓左右曰:'汝见天门开不?'至是叹曰:'梦天开,乃中兴之象邪。'"见《宋书》卷八十八,第2216页。文学作品方面,鲍照创作过《中兴歌》十首,韩兰英献过《中兴赋》。

没能挽救王朝走向衰颓。最终父子二人都以意外去世为结局走完一生。

这种冥冥之中的相似，还表现在刘骏执政初期以延续文帝朝的政策为主，如依旧重用世家大族成员、依旧派遣皇室成员出镇州郡并授予实权等。这种延续一方面是形势所需，另一方面也象征着对父亲的尊重和继承，间接表明着刘骏自己的皇位正统。这从刘骏使用的年号上也可以看出来。刘骏在位十一年，共使用了两个年号，"孝建"使用了三年，"大明"使用了八年。年号的选择往往寄寓着帝王的某种特定心愿，这两个年号也不例外。"孝建"即以孝建国，侧重于对元嘉帝业的承接。待元嘉末年的乱局渐渐平息、皇位也日益巩固之后，孝武帝开始筹划如何开创一个更具个人色彩的政治时代。"大明"者，有光明鸿业之意，是孝武帝对自己治下王朝的美好期许，表达了孝武帝在前人基础上开创属于自己的盛世的雄心壮志，着眼于未来。因此，"孝建""大明"两个年号的变革，从线性时间上看，似乎不足以用来指称两个时代，但从孝武帝的政治期许出发，则确乎是两个相互连接但侧重点又绝不相同的时段。

在孝武帝的治国方略中，因时而动与强化皇权是贯穿始终的两条原则。在不同时期，孝武帝会根据具体的政治环境、人事关系、外交关系调整策略，但无论如何调整，都是为强化皇权而服务。

首先从孝武帝与诸侯王的关系上看。即位之初，孝武帝的皇位并不稳固。对于盘踞荆州近十年、又有推戴之功的皇叔南郡王刘义宣，刘骏虽有所疑忌，但自知无必胜把握，故以调义宣为扬州刺史试探。义宣不从，刘骏也没有强行逼迫，而是仍然十分优待。同时，刘骏拉拢与义宣同辈的江夏王刘义恭和自己的兄弟竟陵王刘诞。他任命义恭为太尉、录尚书六条事、南徐州刺史，又进位太傅，领大司马；刘诞则晋升为扬州刺史，统领重要的三吴地区。这种安排很大程度是刘骏为了稳固皇位而进行的人事关系制衡。待到义宣之乱被平定、国内形势渐趋稳定后，极度热衷于集权的孝武帝便开始重新处理与刘诞、刘义恭的关系。对于前者，刘骏逐步将其调离扬州，迁至南徐州、南兖州，以此削弱刘诞的权力，直至大明三年发动广陵之战，将刘诞彻底消灭。对于后者，孝武帝利用其谨小慎微、善于逢迎的性格，主要给予义恭政治上的优崇、利用其名望而又不下放实权，将其树立为政治标杆。除了这三位诸侯王，孝武帝还在孝建二年废武昌王刘浑为庶人，并逼令其自杀。通过这些举措，刘骏逐步改变了文帝朝诸王出镇且掌握实权的局面，将诸侯王的权力渐渐集中在了自己手中。

其次，从孝武帝与大臣的关系上看，皇权集中的过程伴随着与士族的博弈。即位之初，延续文帝重用士族的政策固然有利于拉拢与文帝旧臣的关系,但协调后者与自己的故吏之间的利益关系,也是孝武帝必须解决的问题。为此,孝武帝选择了更为稳妥的平衡原则。刘骏故吏、文帝旧臣、世家大族、次等士族和皇室成员,都在孝武帝的中央权力构架中占有一席之地,并发挥着各自的作用,共同充当孝武帝高度集权统治的工具。直到大明二年,以刘宏、何偃的去世为开端,政治形势发生了变化,这一平衡也被打破,孝武帝必须随之调整。鉴于门阀大族和次等士族未能及时抓住机遇,于是他放弃了门阀大族、打压次等士族、提拔寒人,开创了深刻影响南朝后期历史的"寒人掌机要"局面。除此之外,刘骏还大量地将自己的"代党"任命为出镇皇子的府僚,希望借助故旧恩情关系让这些人尽心辅佐幼子,以保证皇权能够在自己一脉的子嗣中传承。在这些措施中,高门大族、次等士族、寒人、"代党"的遭遇不论如何,都只是孝武帝集中皇权的棋子。

再次,从民族政策和外交关系的角度看。鉴于刘宋与北魏的实力差距在元嘉末年便已逐渐拉大的客观事实,刘骏已不能再像文帝在位时那样,多次发动对中间地带蛮族的战争,而被迫转向扩大安抚政策,保证内地的秩序稳定。出于同样的考虑,刘骏在处理外交关系方面,也不得不做出相应的策略调整,与北魏修好。于是,孝建元年孝武帝重开与北魏的互市,双方通使也逐渐频繁、对等,南北政权间出现了难得的相安局面。相对安定的外部环境,也为孝武帝对内展开各项皇权强化改革提供了很大的便利。

孝武帝如此热衷于强化皇权,不能简单归结为封建帝王对权力的渴望,还应从他的性格特点出发加以分析。《宋书》记载:"世祖弱年轻躁,夙无朝宠,累任边外,未尝居中。"[①]刘骏生母路淑媛"年既长,无宠,常随世祖出蕃"[②]。可见青年时期的刘骏始终没有得到过父亲刘义隆的宠爱,也无法通过母亲受到关注,可以说是长期处在一种受冷落的状态。当元嘉三十年文帝突然被弑,太子刘劭篡位后,刘骏在荆、雍二州将领的拥护下起兵讨伐,并被拥立为新帝。仓促之间,刘骏的地位发生了巨大的转变。原本是一个毫无可能即位的藩王,一夜之间君临天下。这种落差让刘骏对手中的权力和皇位产生了严重的不自信。最典型的表现莫过于当刘义宣起兵反对时,刘骏在第一时间竟然不是考虑如何应战,反而想要投降让位。这种不自信和焦虑,是促使孝武帝将强化皇权作为统治期间各项工作重中之重的最关键原因。

---

① 《宋书》卷七十一,第1852页。
② 《宋书》卷四十一,第1286页。

沈约在《宋书》中多次用"严暴"形容孝武帝①,《通鉴》则评价为"猜暴"②。可以说刘骏猜忌心重、易怒、暴虐的脾气秉性,是为当时和后世史家所公认的。这种性格特点,也未尝不可以理解为正统焦虑的潜在反映。尽管在大明时期,统治已趋于稳定,国内威胁也已基本消除,孝武帝对诸侯王和大臣依然非常猜忌、严酷,以至于"太宰江夏王义恭及诸大臣,莫不重足屏气,未尝敢私往来"③。出于对自己继承皇位正统性的不自信,刘骏在任用宗室和士族时,比一般的君王更多了一份猜疑,只有将皇权牢牢把控在自己手中时,只有依靠没有任何政治基础的寒人时,刘骏才能感到些许安心。即使是力求开创属于自己的盛世,也有通过创建功业(特别是在前有元嘉之治的情况下)强化自身正统地位的心理暗含其中。

当然,无论是削弱诸侯、抑制士族,还是争取安定的外部环境,都离不开出众的政治才能。事实上,若单以才能论,刘骏在所有刘宋皇帝中可以说是出类拔萃的。即使是在末年因伤心过度纵酒不理政事,仍然能做到"或外有奏事,便肃然整容,无复酒色。外内服其神明,莫敢驰惰"④。李延寿一方面在史论中对刘骏的行为和政策颇有微词,⑤一方面也不得不称赞他"少机颖,神明爽发,读书七行俱下,才藻甚美。雄决爱武,长于骑射"⑥。同样,《建康实录》在评价刘骏时也不吝美词,说他"聪明徇达,博闻强识,威可以整法,智足以胜奸,人君之略,几殆备矣",并不无惋惜地感叹:"有世祖于才明,少以礼度自肃,思武皇之节俭,追太祖之宽恕,则汉之文、景,曾何足论。"⑦凭借着对时势的准确把握和精明的政治手腕,孝武帝在其任上实现了"主威独运""权不外假"⑧的效果,也在南朝皇权重振的历史进程中,立下了属于自己的重要坐标。

---

① 如《宋书》卷六十一"世祖严暴",卷七十七"世祖严暴异常",卷九十四"上性严暴,睚眦之间,动至罪戮"。分别见《宋书》,第1650页、第1990页、第2303页。
② 《资治通鉴》卷一百二十九胡三省注:"蔡兴宗立于猜暴之朝。"同卷又有"义恭以上猜暴"。分别见《资治通鉴》,第4120页、第4121页。
③ 《宋书》卷七十七,第1990页。
④ 《南史》卷二,第67页。
⑤ 《南史》卷二评价孝武帝:"夫尽人命以自养,盖惟桀、纣之行,观夫大明之世,其将尽人命乎!虽周公之才之美,亦当终之以乱。由此言之,得殁亦为幸矣。"见《南史》,第72页。李延寿此论基本照抄《宋书·孝武帝纪》"史臣曰"。
⑥ 《南史》卷二,第55页。
⑦ 《建康实录》卷十四,第557页。
⑧ 《宋书》卷九十四,第2302页。

第三章 孝武帝朝政治与经学的互动

自汉代以来,政治与经学之间的相互纠缠越来越紧密。几乎每一次政局变动、政治事件的发生,都离不开经学文本的舆论阐释;同样,经学的发展和兴废也与国家政策、统治者个人好恶密不可分。宋孝武帝朝也不例外。孝武帝在即位之初,曾违背礼制改崇文帝"太祖"庙号,末年又不顾众意坚持为殷贵妃举办极尽奢华、逾越礼制的葬礼。前者关系着刘骏意外即位后的正统性问题,后者则对刘骏的突然去世有重要影响。两件事恰好处在宋孝武时代的一头一尾,且历来为研究者所忽视。本章将选取这两件事为案例,讨论孝武帝朝政治与经学的互动。

第一节 正统的诉求与建构——对文帝"太祖"庙号的考察

庙号是中国古代皇帝死后,神主在太庙接受后代祭祀时被尊称的名号,依帝王生前功绩德行而定。作为古代国家宗庙制度的重要组成部分,在国家层面,庙号象征着皇帝权力的正统性与合法性;在宗族层面,庙号又与昭穆制度结合,关系着宗庙的顺序以及祭祀时先祖位置的排列。因此,庙号的追封和变动与王朝政治权力的运作紧密相关。其中"太祖"是后代对本王朝始封之君的特有尊称。"大祖之庙,创业之所始,万世所不迁也"[①],其重要性又远甚于其他称号。

元嘉三十年(453)二月,宋文帝刘义隆被太子刘劭及次子始兴王刘濬杀害。刘劭即位后,加刘义隆谥号为景皇帝,庙号"中宗"。三月,文帝第三子刘骏于江州起义,联合荆州刺史刘义宣、雍州刺史臧质共同讨伐刘劭。四月己巳(二十七日),刘骏于新亭即位,是为孝武帝,是日,刘骏立即改其父谥号

---

① [宋]卫湜撰:《礼记集说》卷三十,《文渊阁四库全书》第117册,台湾商务印书馆影印本,1986年,第613页。

为"文",庙号"太祖"①。关于这次改易,胡三省注云:"史不用劭所上谥号,而用孝武帝所改谥号,正劭弑逆之罪,绝之也。"②胡氏只注意到了史家在谥号选择中蕴含的褒贬意识,却忽略了刘骏改崇庙号的深意。王鸣盛《十七史商榷》意识到文帝称"太祖"之事有疑,因为"承统之君例称宗,不称祖",但并未深究,仍然延续胡三省的解释,认为"此中宗是元凶劭所称,故《宋书》及《南史》皆不用,而以孝武帝所改为定,《通鉴》亦然"③。诚如王鸣盛所言,在刘宋开国皇帝刘裕已被尊为"高祖"的情况下,作为"承统之君"的文帝理当称"宗"。

事实上,刘劭虽是元凶,但他给刘义隆确定的庙号却是合乎礼制的。在刘宋之前获得过"中宗"庙号的皇帝有商朝太戊、西汉宣帝刘询、东晋元帝司马睿。《史记·殷本纪》记载太戊在位期间"殷复兴,诸侯归之,故称中宗"④。两汉对皇帝庙号的评定非常严格,整个西汉仅有四位皇帝拥有庙号,宣帝即是其中之一。班固对宣帝的评价极高,称:"孝宣之治,信赏必罚,综核名实,政事文学法理之士咸精其能,至于技巧工匠器械,自元、成间鲜能及之,亦足以知吏称其职,民安其业也。遭值匈奴乖乱,推亡固存,信威北夷,单于慕义,稽首称藩。功光祖宗,业垂后嗣,可谓中兴,侔德殷宗、周宣矣。"⑤西晋中后期的八王之乱严重加剧了王朝的统治危机,北方少数民族趁机南下入侵,中原大乱,司马睿适时携王导南渡建康,联合江南大族,于公元317年建立东晋,使司马氏政权得以延续,《晋书》赞其能"光启中兴"⑥。三位"中宗"无一例外都可称为"中兴之主"。联系刘宋历史,在经历了少帝刘义符在位期间的短暂混乱后,刘义隆在位时期励精图治,开创了被称为"宋世之极盛"⑦的"元嘉之治"。当时文帝手下重臣王弘在奏章中说:"陛下圣哲御世,光隆

---

① 《宋书》卷五《文帝纪》记载:"(二月)甲子,上崩于含章殿。时年四十七。谥曰景皇帝,庙曰中宗。三月癸巳,葬长宁陵。世祖践阼,追改谥及庙号。"又卷六《孝武帝纪》记载:"己巳,即皇帝位。大赦天下……崇改太祖号谥。"分别见《宋书》,第102页、第110页。《南史》卷二云:"孝武帝践阼,追改谥曰文帝,庙号太祖。"见《南史》,第54页。《建康实录》卷十二、《资治通鉴》卷一百二十七所载大致与《南史》同。
② 《资治通鉴》卷一百二十七,第4061页。
③ 《十七史商榷》卷五十四"文帝称太祖"条,第653页。
④ [汉]司马迁撰,[南朝宋]裴骃集解,[唐]司马贞索隐,[唐]张守节正义:《史记》卷三,中华书局,2014年,第130页。
⑤ [汉]班固撰,[唐]颜师古注:《汉书》卷八,中华书局,1962年,第275页。
⑥ 《晋书》卷六,第158页。
⑦ 《宋书》卷九十二,第2261页。

中兴。"①宗室刘义欣提及文帝朝时,也称赞:"圣皇践祚,重光开朗,明哲柔远,以隆中兴。"②说明在时人看来,文帝正是中兴之主。因此,若比照汉晋历史和时人的评价,客观而言,刘劭给文帝所加的"中宗"庙号可以说是符合礼制和文帝的历史功绩的。然而刘骏却违背礼法,将象征始封之君的"太祖"庙号追封给文帝。现代学者言及元嘉末年的政变时也多会指出文帝庙号改易的事实,但始终未对这一现象加以重视,更未能解释刘骏的政治动机。本节将结合孝武帝朝的政局和相关的礼制文献,对文帝庙号改称"太祖"的疑问进行细致考辨,揭示孝武帝这一举动背后隐藏的正统焦虑心态,以及建构正统的努力。

一、"太祖"的始封性质与独尊地位

《礼记·王制》记载:"天子七庙,三昭三穆,与大祖之庙而七。诸侯五庙,二昭二穆,与大祖之庙而五。"③郑玄认为天子七庙为周制,"七者,大祖及文王、武王之祧与亲庙四。大祖,后稷",而在诸侯庙制中,太祖则为"始封之君"④。郑玄的解释来自西汉元帝永光年间韦玄成的说法:"《礼》,王者始受命,诸侯始封之君,皆为太祖。……周之所以七庙者,以后稷始封,文王、武王受命而王,是以三庙不毁,与亲庙四而七。非有后稷始封,文、武受命之功者,皆当亲尽而毁。"⑤另据孔颖达疏可知,魏晋之际的经学大师王肃反对郑玄,认为周代七庙是由太祖后稷庙与在位君主六世祖以下六亲庙组成。后世儒者争论"七庙"之制,大多祖述郑、王两派观点。然而不论孰是孰非,重要的是两家均承认太祖的始封性质。

实际上,从西汉开始,历代汉族政权以及受中原文明、儒家学说影响较深的少数民族政权,在设置各自王朝"太祖"之位时,几乎无一例外地都将始封性质作为选定"太祖"的最高标准。这一点在后晋高祖石敬瑭天福二年(937)正月,御史中丞张昭远的上奏中有集中论述,奏文载于《旧五代史》卷一百四十二《礼志上》,现摘录于下:

---

① 《宋书》卷四十二,第1314页。
② 《宋书》卷九十五,第2332页。
③ [汉]郑玄注,[唐]孔颖达疏:《礼记正义》卷十二,《十三经注疏》,中华书局影印阮元校刻本,1980年,第1335页。
④ 《礼记正义》卷十二,《十三经注疏》,第1335页。
⑤ 《汉书》卷七十三,第3118页。

汉以高祖父太上皇执嘉无社稷功,不立庙号,高帝自为高祖。[1]魏以曹公相汉,垂三十年,始封于魏,故为太祖。晋以宣王辅魏有功,立为高祖,以景帝始封晋,故为太祖。宋氏先世,官阀卑微,虽追崇帝号,刘裕自为高祖。南齐高帝之父,位至右将军,生无封爵,不得为太祖,高帝自为太祖。梁武帝父顺之,佐佑齐室,封侯,位至领军、丹阳尹,虽不受封于梁,亦为太祖。陈武帝父文赞,生无名位,以武帝功,梁室赠侍中,封义兴公,及武帝即位,亦追为太祖。周闵帝以父泰相西魏,经营王业,始封于周,故为太祖。隋文帝父忠,辅周室有大功,始封于隋,故为太祖。唐高祖神尧祖父虎为周八柱国,隋代追封唐公,故为太祖。[2]

文中"始封于某地,故为太祖"的句式,清楚地揭示出其中的因果逻辑和"太祖"庙号的始封性质。至于萧顺之"虽不受封于梁,亦追为太祖",实际上暗含着"应该始受封于梁,才能追为太祖"的信息。而陈文赞以义兴公爵被追尊为陈太祖,也是因为陈武帝被封为陈公之前的爵位为义兴郡公,如此陈文赞才具备了形式上的"始封"。

除此之外,还有一点需要注意。周代由太祖后稷始封至文王、武王受命得天下,中间尚经历了十余世,具有一定的特殊性。而刘邦兼具始封与始受命双重性质,自此之后,历代太祖多是为本朝开国基业立下大功的君主,如曹操之于魏、司马昭之于晋、宇文泰之于北周、李虎之于唐,此后的宋太祖、元太祖、明太祖、清太祖无不如此。

"太祖"庙号的始封性质代表了王朝政权的权力来源,加之西汉以来又吸纳了始受命的性质,"太祖"之号越发尊贵,与其他庙号相比明显处在独尊的地位,不仅太祖之庙可以百世不迁,一些王朝在选择太祖时还引发了争

---

[1] 按:刘邦的庙号实际是"太祖"。《汉书》卷一下记载刘邦死后,"群臣曰:'帝起细微,拨乱世反之正,平定天下,为汉太祖,功最高。'上尊号曰高皇帝。"颜师古注:"尊号,谥也。"见《汉书》,第80页。《史记集解》引张晏语曰:"礼,谥法无'高',以为功最高而为汉帝之太祖,故特起名焉。"见《史记》卷八,第435页。《汉书》卷二记载惠帝下令"郡诸侯王立高庙",《史记》卷八作"令郡国诸侯各立高祖庙",《汉书》卷五记载景帝时申屠嘉等人上奏"世功莫大于高皇帝……高皇帝庙宜为帝者太祖之庙"。分别见《汉书》第88页,《史记》第492页,《汉书》第138页。由此可知,"高庙""高祖庙""高皇帝庙"作为刘邦庙的专有指称,"高祖""高皇帝"作为刘邦的别称,其名称均来自谥号"高",刘邦的庙号是"太祖"而非"高祖"。然而刘邦"高祖""太祖"两个称号混用的现象从《史记》《汉书》中就已开始,以致此后一些朝代也将"高祖"作为一个庙号追封给为本王朝开国立下大功的君主。关于"太祖"与"高祖"在庙号系统中的地位高低的分辨,详见下文。

[2] [宋]薛居正等撰:《旧五代史》,中华书局,2015年,第2213—2214页。

议,而这些争议又往往与时代、政治息息相关。

西晋太祖定于咸宁元年(275)十二月丁亥,晋武帝"追尊宣帝(司马懿)庙曰高祖,景帝(司马师)曰世宗,文帝(司马昭)曰太祖"①。然而随着晋室南迁,情况发生了变化,琅琊王司马睿即位,其父司马觐是司马懿之孙、司马伷长子。若仍以司马昭为太祖,司马睿的宗统顺序便失去了根据,于是东晋孝武帝太元十二年(387),徐邈建议重新选择司马懿为太祖,并得到了多数大臣的认可。②与东晋相同,北魏历史上也曾出现了两个"太祖"。平文帝拓跋郁律在道武帝天兴初年被追尊为太祖,而道武帝死后先被明元帝于永兴二年(410)封为烈祖,又于孝文帝太和十五年(491)改庙号为太祖。王铭认为这一奇特现象"体现了北魏的中原正统心态以及对拓跋王朝政统谱系的建构努力",还关系到此后东魏、西魏"拓跋宗室各种势力的政治斗争"③。唐朝曾发生过两次宗庙"始祖"④礼仪之争,关键点即在于选谁为太祖,以及如何评定太祖的尊贵地位。唐太宗时,"议者欲立七庙,以凉武昭王为始祖,房玄龄等皆以为然,(于)志宁独建议以为武昭远祖,非王业所因,不可为始祖。"⑤凉武昭王即西凉政权的创始者李暠,唐若以李暠为始祖,有攀附陇西李氏之嫌,且与西汉以来各朝以始封之君为太祖的惯例不合,故此次庙议不了了之。中宗复辟后又重提此事,太常博士张齐贤上奏指出始祖即太祖,"景皇帝始封唐公,实为太祖"⑥,重新确定了李虎的太祖庙号。第二次争论发生于德宗建中二年(781),断断续续持续至贞元十九年(803),争论的焦点在于禘祫祭祀时,占据最尊贵的东向位的究竟应该是太祖还是献祖(宣皇帝李熙),最终仍是太祖派胜出。这场持续了二十多年的

---

① 《晋书》卷三,第65页。
② 关于两晋时"太祖"的变易,梁满仓有较详细的介绍,参氏著《魏晋南北朝五礼制度考论》,社会科学文献出版社,2009年,第242—243页。但梁氏认为晋武帝追封文帝为太祖,是出于亲疏远近、父子情分的考虑,笔者对这一观点并不完全同意。实际上,司马昭于景元元年(260)六月被封为晋公,咸熙元年(264)三月又进爵为王,从礼制上说,符合"太祖"为始封之君的要求。正是由于这一点,晋武帝才得以正大光明地排除有创基之功的司马懿,而追尊自己的父亲为太祖。
③ 参见王铭:《"正统"与"政统":拓跋魏"太祖"庙号改易及其历史书写》,《中华文史论丛》,2011年第2期。
④ 按:"始祖"即"太祖",唐中宗时太常博士张齐贤有辨。关于"始祖"一词的误用,可参看李衡眉:《历代昭穆制度中"始祖"称呼之误厘正》,《求是学刊》,1995年第3期;高明士:《礼法意义下的宗庙——以中国中古为主》,载高明士编《东亚传统家礼、教育与国法(一):家族、家礼与教育》,华东师范大学出版社,2008年。
⑤ [后晋]刘昫等撰:《旧唐书》卷七十八,中华书局,1975年,第2693—2694页。
⑥ 《旧唐书》卷二十五,第946页。

争议,也有着强烈的政治色彩。①

这四次围绕"太祖"庙号的争议,分别发生在刘宋政权之前、同时期和之后,足以作为考察刘宋宗庙建制的礼制参考。通过梳理争议的始末缘由,可以发现,无论各方政治势力出于何种目的,在相互博弈的过程中,"太祖"庙号始终处在宗庙制度的核心位置,各派都试图牢牢掌握对"太祖"的选择权和话语阐释权,这是由"太祖"代表了王朝政治起源的性质所决定的,也有力地证明了"太祖"庙号的独尊地位。在这里还有一点需要特别指出,即"太祖"与"高祖"的高下关系。《史记》《汉书》中虽以"高祖"指代刘邦,但实际上刘邦的正式庙号为太祖,"高"仅是尊号,亦即谥号。曹魏时,曹操为太祖,曹丕"高祖"之号在宗庙中处在"太祖"之下。东晋虽欲改尊司马懿以适应宗统更易的需要,但仍需将司马懿原先的"高祖"庙号换为"太祖"。北魏平文帝为太祖时,其子昭成帝什翼犍为高祖,孝文帝改道武帝为太祖,自己死后又被尊为高祖。在唐德宗朝始祖之争之前,杜鸿渐等人于代宗宝应元年(673)以高祖李渊并非始封之君为名,建议在郊祀天地时将原先享受配祭的高祖神位换成太祖,虽然黎干进"十诘十难"表示反对,但最终还是改为以太祖配享天地。②因此,虽然在某些朝代,开国之君死后被封为高祖,太祖是出自对前代父祖的追封,但在涉及宗庙昭穆排序、禘祫祭祀神主位置的摆放时,太祖始终位于包括高祖在内的其他神主之上,可以说"太祖"庙号地位高于"高祖"是确定无疑的。

二、文帝改崇"太祖"的疑点与孝武帝的正统焦虑

了解了"太祖"的始封性质与独尊地位之后,再来考察刘宋武帝和文帝各自的庙号,就会发现其中的不合理之处。

晋安帝义熙十二年(416),刘裕被封为宋公,恭帝元熙元年(419)进爵为王,次年代晋称帝。对刘宋王朝而言,武帝兼具始封与始受命的双重身份,依据礼制,死后理当被追尊为宋太祖。在上文所举张昭远的奏文中,张氏将刘裕与其他各朝太祖并列,正是认为按礼制,刘裕即是宋太祖。事实上,通过考察刘裕为宋王时及称帝后的宗庙建制,我们可以清楚地看到刘裕本人也强烈地希望死后可以占据刘宋太祖的神位。

---

① 关于德宗朝礼仪之争的具体经过和政治意义,可参看(日)户崎哲彦著,蒋寅译:《唐代的禘祫论争及其意义》,《咸宁师专学报》,2001年第4期;郭善兵著:《中国古代帝王宗庙礼制研究》,人民出版社,2007年,第418—431页;张华:《唐代太庙禘祫祭祀相关问题研究》第三章第二节,陕西师范大学硕士学位论文,2010年。

② 《旧唐书》卷二十一,第836—842页。

宋武帝初受晋命为宋王,建宗庙于彭城,依魏、晋故事,立一庙。初祠高祖开封府君、曾祖武原府君、皇祖东安府君、皇考处士府君、武敬臧后,从诸侯五庙之礼也。既即尊位,乃增祠七世右北平府君、六世相国掾府君为七庙。永初初,追尊皇考处士为孝穆皇帝。……高祖崩,神主升庙,犹从昭穆之序,如魏、晋之制,虚太祖之位也。①

"武敬臧后"即刘裕之妻,卒于义熙四年。为先去世的妻子立庙,并使其与在位君主的六世祖以下六亲庙共同组成天子七庙之制,无疑是非常奇特的现象。王鸣盛《十七史商榷》对这一现象有比较客观、合理的解释:"盖五庙之制,原应奉其先之有功者一人,为百世不迁之太祖,其下则高、曾、祖、祢四亲,是为五庙。刘氏之先既无有功者可奉为太祖,但有四亲而已,惟武帝有大功,当比周文武世室,而身又现存,遂以臧后充数。"②可见臧后实际上是先占据了刘裕死后在宗庙中的"太祖"位置,是刘裕生前为将来入太庙后得以被追封为太祖所做的铺垫。材料中所说"犹从昭穆之序,如魏、晋之制,虚太祖之位",是指魏晋两代的"太祖"在被确立之初,虽然在政统上处于独尊地位,但在宗庙排序上仍需遵从昭穆制度,排在太祖的列祖列宗之后,直到太祖以上的亲庙随着世代亲尽庙毁之后,太祖才能正位,在此之前则称为"虚太祖之位"。如景初元年(237)六月,魏明帝曹叡建七庙,追封曹操为魏太祖,但按昭穆之序,曹操之前尚有其父太皇帝曹嵩、其祖高皇帝曹腾两亲庙;晋武帝咸宁元年追尊其父司马昭为太祖,于时宗庙排序位于司马昭之前的尚有司马炎的六世祖司马均、五世祖司马量、高祖司马俊、曾祖司马防、祖司马懿和伯父司马师。刘裕建七庙制度时亦是如此,在他之前尚有六世祖以下亲庙,只有随着这六世祖庙的亲尽庙毁,刘裕自己的神主才可以顺次递进,真正成为永世不迁之庙,成为名副其实的太祖。不过刘裕死后未能如愿,少帝只追封刘裕为高祖而非太祖,其中的原因不得而知(或许是为比附刘邦,有意混淆)。但即使是这样,只要刘宋的后代帝王中,没有人再被尊为"太祖",刘裕依然可以无"太祖"之名而享"太祖"之实。然而孝武帝对文帝的追尊不仅违背了礼制和刘宋建政的历史事实,还在某种程度上使"承统之君"文帝的地位高过了开国之君武帝,如此不合常理的举动不得不让人深

---

① 《宋书》卷十六,第449页。
② 《十七史商榷》卷五十八"以妇人为一世"条,第724页。郭善兵《中国古代帝王宗庙礼制研究》(第283—293页)、梁满仓《魏晋南北朝五礼制度考论》(第248—249页)也沿袭了王鸣盛的解释。

思。通过考辨具体历史情境,笔者认为孝武帝改易文帝庙号的行为与他夺取皇位的过程直接相关,有强烈的政治动机,反映了刘骏即位后对权力正统性的焦虑和他渴望建构正统的意愿。

刘骏之所以对其权力的正统性产生焦虑,主要有两方面原因。首先,刘骏在文帝十九子中排行第三,正常情况下绝无继承皇位的机会。史称:"世祖弱年轻躁,夙无朝宠,累任边外,未尝居中。"①元嘉十六年(439),刘骏都督湘州诸军事,任征虏将军、湘州刺史,领石头戍事,这可以看作刘骏政治生涯的开端。自此直至元嘉三十年,刘骏先后担任南豫州刺史、雍州刺史、徐州刺史、江州刺史,辗转于长江中下游及与北魏交战的前线,始终没有入朝的机会,在朝中也没有与之联系较密切的官吏集团。就文帝的个人情感来看,次子始兴王刘濬和七子建平王刘宏无疑是最受宠的。《宋书》记载:"濬少好文籍,姿质端妍。母潘淑妃有盛宠。时六宫无主,潘专总内政。濬人才既美,母又至爱,太祖甚留心。建平王宏、侍中王僧绰、中书侍郎蔡兴宗并以文义往复。"②刘濬的政治生涯与刘骏同时起步,但起点却有天壤之别。在经历了湘州刺史和南豫州刺史的短暂历练后,刘濬于元嘉十七年十二月接替被贬的刘义康任扬州刺史,③且与刘骏四处外任不同,刘濬直至元嘉二十六年(449)十月方卸任扬州刺史,在任时间之长甚至超过了被贬之前总览朝权的司徒刘义康。④二十九年(452),文帝又"以上流之重,宜有至亲"⑤而授刘濬荆州刺史之职,即使是随后巫蛊事发,文帝震怒异常,还是于三十年正月同意刘濬赴任荆州。荆、扬二州历来为江左政权之根本,户口和土地都超过全国的一半,是国家两大政治、经济、军事重心,事关王朝兴衰,东晋以来担任二州长官者,无一不是一时权臣或皇室亲信。刘濬先后统领二州,可见文帝对他当真是宠爱备至。对建平王刘宏,文帝也是"宠爱殊常,为立第于鸡笼山,尽山水之美。建平国职,高他国一阶"⑥。从政治影响力的角度看,文帝欲重立太子时考虑的另外两个人选是随王刘诞和南平王刘铄。《徐湛之传》称:"二凶巫蛊事发,上欲废劭,赐濬死。而世祖不见宠,故累出外藩,不得停

---

① 《宋书》卷七十一,第1852页。
② 《宋书》卷九十九,第2436页。按:王鸣盛在《十七史商榷》卷五十九"潘淑妃生始兴王濬"条中,考订潘淑妃为始兴王濬之养母,而非亲生之母。见《十七史商榷》,第742页。但将亲母无名的刘濬交给"有盛宠"的潘淑妃,也能看出文帝对刘濬宠爱有加。
③ 刘义康于元嘉十七年十月戊午(三日)被贬为江州刺史,戊寅(二十三日)殷景仁被任命为扬州刺史,但十一月癸丑(二十九日)殷景仁便去世,在任仅一个月,实际上接任刘义康的还是始兴王刘濬。
④ 刘义康于元嘉九年六月领扬州刺史,至十七年十月,共在任八年四个月。
⑤ 《宋书》卷九十九,第2437页。
⑥ 《宋书》卷七十二,第1858页。

京辇。南平王铄、建平王宏并为上所爱,而铄妃即(江)湛妹,劝上立之。元嘉末,征铄自寿阳入朝,既至,又失旨,欲立宏,嫌其非次,是以议久不决。"①《王僧绰传》也记载:"(徐)湛之欲立随王诞,江湛欲立南平王铄,太祖欲立建平王宏,议久不决。诞妃即湛之女,铄妃即湛妹。"②徐湛之为皇室外戚,其母为武帝女会稽长公主,文帝对公主十分亲近敬重,史称"会稽长公主,于兄弟为长,太祖至所亲敬"③;又说"公主身居长嫡,为太祖所礼,家事大小,必咨而后行"④。徐湛之时任尚书仆射,何尚之虽为尚书令,但"朝事悉归湛之",江湛时任吏部尚书,"与湛之并居权要,世谓之江、徐焉"⑤。可见刘诞与刘铄在朝中都有强大的政治支持。相比之下,刘骏生母路淑媛"年既长,无宠,常随世祖出蕃"⑥,使得刘骏无法通过母亲得到文帝更多的关爱,同时在朝中也没有重臣为刘骏游说。除去刘劭和刘濬,太子候选人刘铄、刘诞、刘宏分别排行第四、第六、第七,偏偏排除了排行第三的刘骏。⑦刘骏原本在皇位继承顺次上所占据的一点优势,面对文帝和朝中大臣的长期冷落变得荡然无存。

其次,刘劭弑立后,最早举旗起义、表示不承认刘劭政权合法性的并非刘骏,而是雍州刺史臧质。关于这一点,《宋书·孝武帝纪》限于本纪的体例,并未明言,反而将刘骏塑造成首倡大义者:"上率众人讨,荆州刺史南谯王义宣、雍州刺史臧质并举义兵。"⑧实际情况则在《臧质传》《刘义宣传》《鲁爽传》中交代无遗。

> 元凶弑立,以质为丹阳尹,加征虏将军。质家遣门生师颛报质,具太祖崩问。质疏颛所言,驰告司空义宣,又遣州祭酒从事田颖起衔命报世祖,率众五千,驰下讨逆,自阳口进江陵见义宣。……义宣得质报,即日举兵,驰信报世祖,板进质号征北将军。质径赴寻阳,与世祖同下。(《臧质传》)⑨

---

① 《宋书》卷七十一,第1848页。
② 《宋书》卷七十一,第1851页。
③ 《宋书》卷六十八,第1795页。
④ 《宋书》卷七十一,第1844页。
⑤ 《宋书》卷七十一,第1847页。
⑥ 《宋书》卷四十一,第1286页。
⑦ 排行第五的是庐陵王刘绍,已于元嘉二十九年十一月去世。
⑧ 《宋书》卷六,第110页。《南史》记载同《宋书》。《资治通鉴》记作:"南谯王义宣及臧质皆不受劭命,与司州刺史鲁爽同举兵以应骏。……王(刘骏)命颜竣移檄四方,使共讨劭。州郡承檄,翕然响应。"也是将刘骏当作最先起兵者。见《资治通鉴》卷一百二十七,第4061页。
⑨ 《宋书》卷七十四,第1914页。

> 义宣闻之,即时起兵,征聚甲卒,传檄近远。会世祖入讨,义宣遣参军徐遗宝率众三千,助为前锋。(《刘义宣传》)①

> 南谯王义宣起兵入讨,爽即受命,率部曲至襄阳,与雍州刺史臧质俱诣江陵。(《鲁爽传》)②

通过排比以上史料可知,臧质得知刘劭弑父事后,最早起兵讨逆,并在第一时间告知荆州刺史南谯王刘义宣,义宣随即起兵,同时两人驰报位于雍、荆二州下游的江州,联系时任江州刺史的刘骏共同起义。臧质首先将消息告诉义宣,且又和鲁爽不约而同地先去江陵与义宣商议发兵事宜,而没有第一时间联络刘骏,一方面固然是因为雍州、豫州去荆州近而距江州远,但更主要的原因则是臧质有心拥立义宣,不想将起义的先机拱手让给刘骏。《柳元景传》称"初,臧质起义,以南谯王义宣暗弱易制,欲相推奉"③,即可为证。此时的刘骏不仅丧失了首倡大义的战机和为父报仇的道德旗帜,还犯了一个更致命的错误,即向弑父篡位的元凶刘劭表示臣服。《宋书》记载,元嘉三十年,刘骏南中郎将典签董元嗣"奉使还都,值元凶弑立,遣元嗣南还,报上以徐湛之等反。上时在巴口,元嗣具言弑状。上遣元嗣下都,奉表于劭,既而上举义兵,劭责元嗣,元嗣答曰:'始下,未有反谋'"④。刘劭即位后曾加封义宣、臧质和刘骏官职,义宣、臧质皆不受命,此时本是皇位第一顺位继承人的刘骏却"奉表于劭",向刘劭称臣,表示效忠,⑤董元嗣也说刘骏最初没有起兵之意。无论是否是缓兵之计,都不得不说这一行为本身是刘骏一个很大的政治道德污点,也给他即位后的皇位合法性带来了巨大的负面影响。

长期外任的被边缘化、太子争夺战中的尴尬地位以及曾经向刘劭奉表臣服的错误举动,给刘骏带来了极其沉重的心理压力。即使是凭借武力成功夺取了皇位,在刘骏统治初期,他对自身权力正统性的焦虑依然存在,害怕无法服众。孝建元年(454)二月,已晋升为丞相的荆州刺史刘义宣协同臧质、鲁爽突然叛变,于时距离孝武帝即位过去尚不足十个月。史称"义宣在

---

① 《宋书》卷六十八,第1799页。
② 《宋书》卷七十四,第1925页。
③ 《宋书》卷七十七,第1988页。
④ 《宋书》卷九十四,第2306页。
⑤ 《宋书》卷八十四记载袁𫖮在起兵反对明帝之前,因准备尚未足备,曾想暂时向明帝奉表,以拖延时间。其子袁戬说:"一奉表疏,便为彼臣,以臣伐君,于义不可。"见《宋书》,第2150页。可见奉表的举动在当时确实意味着称臣归顺。

镇十年,兵强财富,既首创大义,威名著天下,凡所求欲,无不必从。朝廷所下制度,意所不同者,一不遵承",在镇"密治舟甲"①,"率众十万发自江津,舳舻数百里"②。面对即位后的第一个挑战,刘骏的选择竟然又是投降,若非时任扬州刺史的竟陵王刘诞极力劝阻,江山必定易手。此事史书中有多处记载。③大明三年,孝武帝派沈庆之征广陵、讨伐刘诞,大军围城之际,刘诞投表于城外,申诉自己于国无亏,其中提到:"及丞相构难,臧、鲁协从,朝野悦怆,感怀忧惧,陛下欲建百官羽仪,星驰推奉,臣前后固执,方赐允俞。"④孝武帝是否真的曾打算让位于刘义宣,此事甚为关键。若仅凭表中所言,考虑到刘诞当时急于申辩自己无罪的心情,所言可能有夸大之嫌。但史书所载却均是史官跳出当时情境,以史笔书史实,且包含南北双方政权和后世史家的记载,内容也与刘诞所说一致。可知面对刘义宣的突然反叛,孝武帝确有投降之心。对比孝武帝之后裁减诸王制度、颁布占山令、征讨广陵、祭祀霍山时表现出的决绝、狠辣和自信,很难想象他在面对义宣之乱时竟打算放弃抵抗。刘义宣的辈分高于刘骏,他作为最早起兵讨伐刘劭的皇族,在刘劭试图拉拢他时,明确表明了自己的政治立场,这两点都尖锐地指向了刘骏政治上的软肋,使刘骏对自身皇位正统性产生了怀疑和不自信,这很可能才是刘骏面对义宣之乱时慌乱、失态的最主要原因。加之当时荆州兵精粮足,义宣又总督荆、湘、雍、益、梁、宁、南北秦八州诸军事,⑤与豫州刺史鲁爽、江州刺史臧质、兖州刺史徐遗宝一同对建康形成了包围之势。客观实力的不足,也加剧了刘骏的不自信。

三、以改崇文帝庙号为中心的正统建构

为消除正统基础薄弱对自身政权带来的巨大负面影响,孝武帝即位后实施了一系列措施。鉴于古代中国皇位家族式传承的特征,这些措施旨在通过极力标榜孝道来建构皇位传承的正统性,表现为改崇文帝庙号、提高文帝地位,选择"孝建"年号,通过一系列政治性诗文宣示孝武帝的"孝行"等。

---

① 《宋书》卷六十八,第1800页。
② 《宋书》卷六十八,第1803页。
③ 见《宋书》卷七十九,第2026页;《魏书》卷九十七,第2142—2143页;《南史》卷十四,第397页。
④ 《宋书》卷七十九,第2031—2032页。
⑤ 《宋书》卷六十八记载:"世祖即位,以义宣为中书监,都督扬、豫二州……封次子宜阳侯恺为南谯王……义宣固辞内任,及恺王爵。于是改授都督荆、湘、雍、益、梁、宁、南北秦八州诸军事,荆、湘二州刺史。"见《宋书》,第1799页。

《孝经·圣治章》曰："人之行,莫大于孝,孝莫大于严父,严父莫大于配天。"① 严者,敬也,② 可见儒家认为一个人孝行之大莫过于尊敬其父。反过来,抬高父亲的地位也可以说是子辈表示孝道的最好方法,进而可以强化父子之间的血脉传承和宗统传承,放之皇室,亦即可以加强新即位君主与其父之间在权力继承方面的正统性。正是在这一理念的指导下,孝武帝采取了一系列抬高文帝地位、有意宣扬自己孝行的措施,其中最核心、级别最高的一项就是改尊文帝庙号,将代表王朝政治起源并在宗庙祭祀中享有独尊地位的"太祖"庙号加给文帝。

《孝经·圣治章》又言："昔者周公郊祀后稷以配天,宗祀文王于明堂,以配上帝。"③ 后稷为周之太祖,④ 既已配天,便只能用太祖后面的皇帝配飨明堂。明堂所奉之"上帝",郑玄解释为苍帝、赤帝、黄帝、白帝、黑帝五方上帝。⑤ 孔颖达详细阐释郑玄的理论,指出"五帝即昊天上帝,亦即天"："谓天有六天,天为至极之尊,其体只应是一。而郑氏以为六者,指其尊极清虚之体,其实是一。……据其在上之体谓之天……因其生育之功谓之帝。……帝若非天,焉能令风雨寒暑时?……帝若非天,何得云严父配天也?"⑥ 与此相反,魏晋时大儒王肃则主张"五帝非天"⑦。东晋以来不立明堂,⑧ 直至大明五年(461)四月庚子,孝武帝始下诏新建明堂,大明六年(462)正月,又"亲奉明堂,祠祭五时之帝,以文皇帝配,是用郑玄议也"⑨。在此之前的孝建二年(455)九月,朝议讨论郊庙用乐,其中涉及的一个重要议题就是上帝是否等同于天。于时丹阳尹颜竣与建平王刘宏观点相左,前者持王肃经义,后者主张从郑玄之说,最终孝武帝接受了刘宏的奏议。⑩ 这两次有关宗庙礼制的事

---

① [唐]唐玄宗注,[宋]邢昺疏:《孝经注疏》卷五,《十三经注疏》,第2553页。
② 《广韵·严韵》,见蔡梦麒撰:《广韵校释》,岳麓书社,2007年,第500页。
③ 《孝经注疏》卷五,《十三经注疏》,第2553页。
④ 《礼记·王制》郑玄注。
⑤ 《汉书》卷十二《平帝纪》注引应劭言曰:"上帝谓五时帝太昊之属",见《汉书》,第357页。郑玄不同意应劭之说,重新对五帝进行了解释:"五帝:苍曰灵威仰,太昊食焉;赤曰赤熛怒,炎帝食焉;黄曰含枢纽,黄帝食焉;白曰白招拒,少昊食焉;黑曰汁光纪,颛顼食焉。"见《周礼·春官·小宗伯》注,[汉]郑玄注,[唐]贾公彦疏:《周礼注疏》卷十九,《十三经注疏》,第766页。
⑥ 《礼记正义》卷二十五,《十三经注疏》,第1444页。
⑦ 《礼记正义》卷二十五孔颖达疏。
⑧ 《宋书》卷十六《礼三》:"元帝绍命中兴,依汉氏故事,宜享明堂宗祀之礼。江左不立明堂,故阙焉。"见《宋书》,第424页。
⑨ 《宋书》卷十六,第434页。
⑩ 颜竣与刘宏奏议的具体内容见《宋书》卷十九,第541—545页。

件,孝武帝表面都采纳了郑玄经解,实际上依然是为抬高文帝地位、解决自己的正统焦虑而服务。因为周以太祖后稷配天,若依礼制,于刘宋则也应当以获得太祖庙号的文帝配天。但《少帝纪》记载"(永初三年)九月丁未,有司奏武皇帝配南郊"①,可见刘裕虽未获得太祖庙号,但依然获得配飨昊天上帝的资格。若再使太祖文帝配天,则有开国之功的武帝刘裕的宗庙地位就越发下降了,不仅不符合武帝、文帝两人的客观历史功绩,也违背了魏明帝以后宗祀文皇帝于明堂以配上帝的定制。②而郑玄主张"五帝即天",以文帝配五帝,也就是变相地实现了"尊父配天"③,如此一来,既顺利地满足了孝武帝抬高文帝地位以最大限度突显自身孝敬之心的意愿,又缓和了武帝与文帝在宗庙地位上的冲突。

除了通过宗庙礼制的手段抬高文帝地位以外,"孝建"年号的选择也是刘骏建构正统的重要方式。年号是皇帝纪年的名号,新君即位需要改元,以示革故鼎新。改元后的年号通常以表达美好政治寓意为主,如希望四海承平、国运兴隆,或借用重大祥瑞以示应天之运。但"孝建"却不同于以上两种制定年号的方式和特点。"孝建"者,取以孝建国之意,充满了极强的现实感,用"孝"为纽带连接起了孝武帝与文帝之间的血缘传承和权力继承关系。又据《宋书》记载,孝武帝共有二十八子,其中十六人的表字中有"孝",这无疑也是一种以孝治天下的宣示。可见,不仅限于自己与文帝之间,刘骏甚至希望将这种正统建构方式延续到下一代。

还有一个有趣的现象可以间接证明刘骏因正统焦虑而转向对"孝"的重视,即孝武帝朝及之后的不少政治性诗文,都刻意将刘骏讨逆即位的过程与"孝"并列在一起,现摘录于下:

> 仁孝命世,叡武英挺,遭运屯否,三才湮灭,乃龙飞五洲,凤翔九江,身先八百之期,断出人鬼之表,庆烟应高牙之建,风耀符发迹之辰,亲翦凶逆,躬清昏墆,天地革始,夫妇更造,岂与彼承业继绪,拓复禹迹,车一其轨,书罔异文者,同年而议哉!④(刘义恭《请封禅表》)⑤

---

① 《宋书》卷四,第63页。
② 宗祀文皇帝于明堂以配上帝的定制,参见《魏晋南北朝五礼制度考论》,第194—195页。
③ 《孝经·圣治章》邢昺疏曰:"礼无二尊,既以后稷配郊天,不可又以文王配之。五帝,天之别名也,因享明堂,而以文王配之,是周公严父配天之义也。"《孝经注疏》卷五,《十三经注疏》,第2553页。
④ 《宋书》卷十六《礼三》,第440页。
⑤ 题目采自严可均《全宋文》,下同。

今帝德再昌,大孝御宇,宜讨定礼本,以昭来叶。①(刘宏《庙乐议》)

孝建缔孝业,允协天人谋。②(《宋泰始歌舞曲·圣祖颂》)

陛下忠孝自天,赫然电发,投袂泣血,四海顺轨,是以诸侯云赴,数均八百,义奋之旅,其会如林。③(刘义恭《上世祖劝进表》)

主上圣略聪武,孝感通神,义变草木,哀动精纬,躬幸南郢,亲扫大逆,道援横流,德模灵造,三光重照,七庙载兴。④(柳元景《讨臧质等檄》)

陛下孝诚发衷,义顺动物,自龙飞以来,实应九服同欢,三光再朗。⑤(王僧达《求徐州启》)

昔皇家中圮,含生惧灭,赖英孝感奋,扫雪冤耻,勋缵坠历,拯兹穷氓。⑥(宋明帝《以武陵王智随继世祖嗣诏》)

陛下既基之以孝,又申之以仁。⑦……今陛下以大孝始基,宜反斯谬。⑧(周朗《上书献谠言》)

孝武皇帝释位泣血,纠义入讨,投袂戎首,亲戮鲸鲵,九服还辉,两仪更造。⑨(刘子勋《传檄京师》)

这些文字出自众人之手,刘骏显然无法一一授意,恰恰也是因为众人不约而同地在"孝"与帝业之间为刘骏编织起了一种并不牢固的因果联系,才

---

① 《宋书》卷十九《乐一》,第542页。
② 《宋书》卷二十二《乐四》,第637页。
③ 《宋书》卷六十一《刘义恭传》,第1646页。
④ 《宋书》卷七十四《臧质传》,第1917页。
⑤ 《宋书》卷七十五《王僧达传》,第1953页。
⑥ 《宋书》卷八十《武陵王赞传》,第2070页。
⑦ 《宋书》卷八十二《周朗传》,第2093页。
⑧ 《宋书》卷八十二《周朗传》,第2097页。
⑨ 《宋书》卷八十四《邓琬传》,第2132页。

使我们得以看到孝武帝建构正统的种种努力和焦虑。虽然对"孝"的宣扬遮蔽了元嘉末年复杂的政治局势和各方势力之间的激烈博弈,但就效果而言,则很好地强化了刘骏的正统性,有利于他塑造自己的孝子形象,进而将自己塑造成元嘉时代政治的最佳继承人,对即位之初稳定天下局势意义重大。

四、结论

皇帝庙号的选择与议定是充满浓厚政治意味的重大问题,其中"太祖"庙号作为王朝始封之君的象征,在所有庙号中始终具有独尊的地位。就刘宋而言,若考量对王朝的政治功绩,武帝刘裕无疑应该被尊为宗庙太祖。事实上,通过刘裕即位后,在宗庙建制时将自己死去的配偶放在七庙行列中的奇特现象,也可以看出刘裕自己同样希望死后被尊为太祖。然而刘裕的愿望并没有实现,刘宋太祖始终处在"虚位"的状态,直至孝武帝刘骏即位后改尊其父文帝庙号为太祖。文帝刘义隆并非始封之君,客观而言,刘骏这种改尊庙号的行为实际上是违背礼制的,对武帝、文帝两人的政治功绩的定位和评价也有问题。然而这个不合常理的举动本身,恰恰是政治问题的深刻反映,其核心便是孝武帝的正统焦虑心态。

刘骏自幼不得文帝宠爱,在文帝因巫蛊事件想要另立太子时,刘骏也始终不处在权力核心。刘劭弑立后,刘骏未能抓住首倡大义的先机,反而做出向刘劭奉表归顺的错误举动。这些因素使得刘骏在即位初期,对自己的权力正统地位充满了焦虑和不自信,孝建元年荆州刺史刘义宣协同臧质、鲁爽叛变时,刘骏竟准备让位,即是明证。为了消除内心的焦虑并建构皇位传承的正统性,刘骏极力标榜孝道以抬高文帝的地位。改封文帝"太祖"庙号,采纳郑玄经解使文帝于明堂配飨五帝,选择"孝建"年号,包括大臣在政治性诗文中将刘骏之尽孝与他夺取政权的过程联系起来,都是刘骏消解焦虑、建构正统地位的重要手段。由此可见,孝武帝改易文帝庙号为"太祖"的行为,实际上与元嘉末年至孝建初年的刘宋政局息息相关,充满了政治权力的运作。

第二节　殷贵妃丧葬礼仪规格考

刘宋孝武帝殷贵妃(？—462),生平主要散见于《宋书》卷八十《始平孝敬王子鸾传》、《南史》卷十一《孝武文穆王皇后传附宣贵妃传》和《资治通鉴》卷一百二十九。关于殷贵妃的出身,历来有孝武帝皇叔荆州刺史刘义宣之女和殷琰之女两种说法,均出自《南史·宣贵妃传》。但在此之前的《宋书》,

或是出于为尊者讳的缘故,对殷贵妃的出身只字未提,仅在《南郡王义宣传》和《竟陵王诞传》中有只言片语的暗示。《义宣传》在交代孝建元年(454)义宣叛变时称:"世祖闺庭无礼,与义宣诸女淫乱,义宣因此发怒,密治舟甲,克孝建元年秋冬举兵。"①大明三年(459)孝武帝伐广陵,刘诞在为自己辩解的表文中写道:"陛下宫帷之丑,岂可三缄。"②但两条材料均未明确与殷贵妃联系在一起。这一情况在《南史》中有了变化。《南史·宣贵妃传》开头便言"殷淑仪,南郡王义宣女也。……义宣败后,帝密取之……假姓殷氏,左右宣泄者多死,故当时莫知所出"③,结尾又补充道:"或云,贵妃是殷琰家人,入义宣家,义宣败,入宫云。"④《资治通鉴》正文也没有交代贵妃身世,但在《通鉴考异》中,司马光先引《南史》之文,后又说"今从《宋书》"⑤,仍然持谨慎、存疑的态度。王鸣盛《十七史商榷》及赵翼《廿二史札记》均从《南史》"贵妃为义宣之女"的说法。⑥

殷氏在世时虽仅为淑仪,但无疑是孝武帝最宠爱的女人。《宋书》称其"宠倾后宫"⑦,《南史》称其"宠冠后宫"⑧。殷氏死后被追封为贵妃,孝武帝为她举办了极尽奢华的葬礼,后又为其议定谥号并破格立庙。从贵妃死后,孝武帝"精神罔罔,颇废政事"⑨的记载看,这些措施也许仅能表达孝武帝内心悲痛之万一。但从中国古代严格的等级制度和礼制规范的角度看,这些越礼之举却足以震惊当世之人和后世史家。胡三省痛骂孝武帝"溺于女宠,纵情败礼"⑩即是典型。贵妃之死的影响还波及政治领域,引发了刘宋皇储之争,并左右了一些重要文人的仕途升迁。本节将通过梳理、考证秦汉以来丧葬礼仪制度方面的相关文献,对孝武帝违背礼制的程度做一个相对具体明晰的分析,进而从礼制的角度,揭示孝武帝的行为如何暗示其对皇位继承人的选择倾向,并由此影响刘宋王朝的政局。

---

① 《宋书》卷六十八,第1800页。
② 《宋书》卷七十九,第2032页。
③ 《南史》卷十一,第323页。
④ 《南史》卷十一,第324页。
⑤ 《资治通鉴》卷一百二十九,第4129页。
⑥ 《十七史商榷》卷五十九"殷淑仪"条;《廿二史札记校证》卷十一"宋世闺门无礼"条。
⑦ 《宋书》卷八十,第2063页。
⑧ 《南史》卷十一,第323页。
⑨ 《南史》卷十一,第323页。
⑩ 《资治通鉴》卷一百二十九,第4131页。

一、殷贵妃葬礼仪仗的越制

大明六年(462)四月初,殷淑仪去世,孝武帝"痛爱不已"①,追封殷氏为贵妃。据《宋书·后妃传》记载:"晋武帝采汉、魏之制,置贵嫔、夫人、贵人,是为三夫人,位视三公。淑妃、淑媛、淑仪、修华、修容、修仪、婕妤、容华、充华,是为九嫔,位视九卿。……世祖孝建三年,省夫人、修华、修容,置贵妃,位比相国,进贵嫔,位比丞相,贵人位比三司,以为三夫人。"②由此可知,在刘宋后宫制度中,皇后之下依次是三夫人和九嫔,淑仪在九嫔之中也仅排在第三,从官阶上看,只是一个很普通的妃子称号。而贵妃之号,在孝武帝改革后宫制度后,名列三夫人之首,为"天秩之崇班"③,沈约称其"班亚皇后"④,诚非虚言。刘宋后宫名号中本无贵妃,孝武帝增设此职,很可能是专门为殷淑仪准备的,只是未来得及在她生前授予,故只得留作身后的追赠。

如果说追赠贵妃之号,尚不能算是违背礼制的话,那么孝武帝为贵妃出殡所准备的仪仗,则毫无疑问大大突破了礼法规范。《宋书》称:"葬给辒辌车,虎贲、班剑,銮辂九旒,黄屋左纛,前后部羽葆、鼓吹。"⑤这里所谓"辒辌车",是指丧制中所用的车乘。辒与辌原本均是一种卧车。《说文》:"辒,卧车也。"⑥《楚辞·招魂》:"轩辌既低,步骑罗些。"王逸注:"轩、辌,皆轻车名也。"洪兴祖补注:"辌,音凉,卧车也。"⑦后又用作丧车。颜师古《汉书注》:"辒辌本安车也,可以卧息。后因载丧,饰以柳翣,故遂为丧车耳。辒者密闭,辌者旁开窗牖,各别一乘,随事为名。后人既专以载丧,又去其一,总为藩饰,而合二名呼之耳。"⑧第一个以大臣身份获准在葬礼上使用辒辌车的是西汉权臣霍光。所谓"虎贲",这里代指勇士。《尚书·牧誓》:"武王戎车三百两,虎贲三百人,与受战于牧野。"孔传:"勇士称也。若虎贲兽,言其猛也。"⑨《后汉书·东平宪王苍传》记载刘苍死后,章帝赐"虎贲百人,奉送王行"⑩。《后汉书·

---

① 《宋书》卷八十,第2063页。
② 《宋书》卷四十一,第1269页。
③ 《宋书》卷八十,第2064页。
④ 《宋书》卷八十,第2063页。
⑤ 《宋书》卷八十,第2063页。
⑥ [汉]许慎撰,[清]段玉裁注:《说文解字注》卷十四,上海古籍出版社,1981年,第720页。
⑦ [宋]洪兴祖撰,白化文、许德楠、李如鸾、方进点校:《楚辞补注》,中华书局,1983年,第206页。
⑧ 《汉书》卷六十八,第2949页。
⑨ [汉]孔安国传,[唐]孔颖达疏:《尚书正义》卷十一,《十三经注疏》,第182页。
⑩ [南朝宋]范晔撰,[唐]李贤等注:《后汉书》卷四十二,中华书局,1965年,第1441页。

礼仪志下》记载皇帝葬礼云："中黄门、虎贲各二十人执绋。"①可知虎贲在葬礼仪式中主要承担两项职责：一是护卫送葬队伍，二是下葬时牵引绳索使棺柩入穴。所谓"班剑"，又作"斑剑"，是丧礼中的仪仗之一。《开元礼义纂》："汉制，朝服带剑，晋代之以木，谓之班剑，宋、齐谓之象剑。"②《文选》李善注引《汉官仪》："斑剑者，以虎皮饰之。"张铣注："羽葆、斑剑，并葬之仪卫。"③周一良总结称："班剑盖用于仪式之木剑，以虎皮花纹为饰，引申而称执班剑之人亦曰班剑。"④所谓"銮辂九旒"，"銮辂"又作"鸾辂"，为天子或诸侯所乘之车。"九旒"又作"九斿"或"九游"，指古代旌旗上的九条丝织垂饰。《礼记·乐记》："龙旗九旒，天子之旌也。"⑤李贤《后汉书注》："旗有九旒，天子制也。"⑥所谓"黄屋左纛"，本来也是天子专用的车乘制度。《史记·项羽本纪》："纪信乘黄屋车，傅左纛。"李斐曰："天子车以黄缯为盖里。""纛，毛羽幢也。在乘舆车衡左方上注之。"蔡邕曰："以牦牛尾为之，如斗，或在騑头，或在衡上也。"⑦颜师古《汉书注》多次提到黄屋左纛为"天子之车服"，"天子车盖之制"，"黄屋，谓车上之盖也。黄屋及称制，皆天子之仪"⑧。霍光也是第一个获准在葬礼上使用黄屋左纛的大臣。所谓"羽葆"，也是天子或诸侯、重臣所用的丧仪。《礼记·丧服大记》："君葬用辅。四綍二碑。御棺用羽葆。"孔颖达疏："《杂记》云：'诸侯用匠人执羽葆，以鸟羽注于柄末，如盖，而御者执之，居前以指麾，为节度也。'"⑨"鼓吹"则是演奏乐曲的乐队。

以上七种仪仗，都是最高等级的葬仪。笔者又据《汉书》《后汉书》《三国志》《晋书》《宋书》，统计了自西汉至刘宋孝武帝六百六十余年间，葬礼上使用过上述一种或几种仪仗的大臣名单，如表3-1所示。⑩

---

① 《后汉书·志第六》，第3144页。
② [宋]高承撰，[明]李果订，金圆、许沛藻点校：《事物纪原》卷三"班剑"条，中华书局，1989年，第128页。
③ [梁]萧统编，[唐]李善、吕延济、刘良、张铣、吕向、李周翰注：《六臣注文选》卷四十六，中华书局，1987年，第879—880页。
④ 《魏晋南北朝史札记·〈南史〉札记》"班剑"条，第471页。
⑤ 《礼记正义》卷三十八，《十三经注疏》，第1537页。
⑥ 《后汉书》卷五十五，第1804页。
⑦ 《史记》卷七，第414页。纪信是为了假扮汉王刘邦，才使用了天子的车乘。
⑧ 分别见《汉书》卷九十五，第3840页；卷四十八，第2235页；卷四十三，第2116页。
⑨ 《礼记正义》卷四十五，《十三经注疏》，第1584页。
⑩ 此表在统计时，包括了死者葬礼时所用仪仗，以及非正常死亡后又被追赠的仪仗两类。如东晋司马道子和司马元显被桓玄杀害，桓玄之乱平定后二人均得到追赠，司马道子"加殊礼，一依安平献王故事"，司马元显"加羽葆鼓吹"。见《晋书》卷六十四，第1740页。

表3-1　西汉至宋孝武帝朝高等级葬仪使用情况简表

姓名	辒辌车	虎贲	班剑	銮辂九旒	黄屋左纛	羽葆	鼓吹	种类数
霍光	√	√①			√			3
孔光	√							1
吴汉		√②						1
刘庆		√		√				2
刘彊		√		√				2
刘苍		√		√				2
杨赐		√③					√	2
陈泰		√					√	2
曹彰		√		√				2
司马懿	√	√			√			3
石苞		√④					√	2
陈骞		√					√	2
司马孚	√	√		√	√		√	5
贾充	√	√		√	√	√	√	6
司马亮	√	√		√	√	√	√	6
司马肜	√	√		√	√	√	√	6
司马攸	√	√		√	√	√		5
司马柬	√	√		√	√	√	√	6
王导	√	√	√	√	√	√	√	7
桓温	√	√	√	√	√	√	√	7
桓冲	√	√	√	√	√	√	√	7
王猛	√	√		√	√	√	√	6
谢安夫妻	√	√	√	√	√	√	√	7

① 《汉书·霍光传》："发材官轻车、北军五校士，军陈至茂陵，以送其葬。"见《汉书》卷六十八，第2948页。此处虽未明确说虎贲，但负责送葬任务的北军五校士的性质应该与虎贲同。
② 《后汉书·吴汉传》："发北军五校、轻车、介士送葬，如大将军霍光故事。"见《后汉书》卷十八，第684页。送葬队伍性质同虎贲。
③ 《后汉书·杨震传附杨赐传》："兰台令史十人发羽林骑轻车介士。"见《后汉书》卷五十四，第1785页。送葬队伍性质同虎贲。
④ 《晋书·石苞传》："及葬，给节、幢、麾、曲盖、追锋车、鼓吹、介士、大车。"见《晋书》卷三十三，第1003页。介士性质同虎贲。

续表

姓名	辒辌车	虎贲	班剑	銮辂九旒	黄屋左纛	羽葆	鼓吹	种类数
司马道子	√	√		√	√	√	√	6
司马元显						√	√	2
李雄			√					1
刘道怜夫妻①	√	√	√	√	√	√	√	7
刘道规		√	√	√	√	√	√	6
刘道规妻②	√	√	√	√	√	√	√	7
王弘		√				√	√	3
刘宏			√					1
褚湛之							√	1
殷贵妃	√	√	√	√	√	√	√	7

通过考察殷贵妃葬礼仪仗，以及统计在葬礼上曾经使用过这些仪仗的大臣，可以发现，这些器物最初大部分都是仅限于天子使用，如虎贲、銮辂九旒、黄屋左纛、羽葆，后逐渐赐予诸侯王、个别开国功臣和朝中权臣。这时史传中往往会特别标明"加殊礼""赠以殊礼""特赐以葬"之类的字眼。实际上，史书中记载葬礼上配备的这些仪仗，本身就暗藏着越制的含义。因为如果是严格遵从礼制，史官就没有必要特意记载下来。对于诸侯王和大臣是这样，对于生前仅仅位列淑仪的殷氏而言，更是如此。

如果说以男性大臣的送葬规格与殷贵妃对比尚略显疏远的话，那么将两汉以来皇后的送葬规格当作参照系来看，则更能反衬出殷贵妃葬礼之过

---

① 《宋书·临川烈武王道规传》："及长沙太妃檀氏（刘道怜妻）、临川太妃曹氏（刘道规妻）后薨，祭皆给銮辂九旒，黄屋左纛，辒辌车，挽歌一部，前后部羽葆、鼓吹，虎贲班剑百人。"见《宋书》卷五十一，第1475页。《晋书·谢安传》记载谢安妻死后，"朝廷疑其葬礼。时议者云：'潘岳为贾充妇《宜城宣君谏》云："昔在武侯，丧礼殊伦。伉俪一体，朝仪则均。"谓宜资给葬礼，悉依太傅故事。'"见《晋书》卷七十九，第2077—2078页。故刘道怜之妻的葬礼规格得与其夫相同。

② 《晋书·礼中》曰："汉仪，太皇太后、皇太后崩，长乐太仆、少府大长秋典丧事，三公奉制度，他皆如礼。魏晋亦同天子之仪。"见《晋书》卷二十，第618页。是太皇太后和皇太后的葬仪与天子同。刘道规妻之所以能享受如此高的送葬规格，是因为文帝从小由刘道规夫妇抚养长大，刘裕甚至曾下令让刘义隆绍继道规绪统。《刘道规传》称："初，太祖少为道规所养，高祖命绍焉，咸以礼无二继，太祖还本，而定义庆为后。"见《宋书》卷五十一，第1474页。因此，道规妻死后，文帝特以葬皇太后的礼仪为其送葬，以示尊崇。

制。《汉书·礼乐志》《后汉书·礼仪志》及《晋书·礼志》均没有详细记载汉魏晋各朝皇后的送葬仪仗。依上文所言史官笔法看,可以推测是基本符合礼制的。陈戍国在《中国礼制史·秦汉卷》和《魏晋南北朝卷》,分别以桓帝母孝崇匽皇后和晋武帝武元杨皇后为例,考察了汉晋两朝皇后的葬礼规格。其中可考的送葬仪仗,前者有大驾卤簿,后者据史官《元皇后哀策文》及左棻《元皇后诔》可知,有金根玉箱、容车、铭旌、方相开道、挽童引歌,[①]似比前者盛大,但仍然没有辒辌车、銮辂九旒、黄屋左纛这些"天子之车服"。可见,虽然汉和帝曾言"皇后之尊,与朕同体,承宗庙,母天下"[②],被称为"小君"的皇后,葬礼理当隆重,[③]但实际上汉晋之际的皇后送葬仪仗,距离天子的规格仍然相差甚远。因此,谨慎地说,殷贵妃的葬礼是暗用了皇后的礼节;大胆推测的话,虽然殷氏的"贵妃"之号在名位上"班亚皇后",但她享受的葬礼仪仗实际上等同于甚至超过了皇后的规格。就现有材料看,这样的送葬规模,在两汉以来包括皇后在内的后宫人员葬礼中,殷贵妃实属首例。《魏书》在《宋书》基础上,对殷贵妃的葬仪做了更华丽的描述,称:"龙輴之丽,功妙万端,山池云凤之属,皆装以众宝,绣帷珠带,重铃迭毦,仪服之盛,古今鲜有。"[④]十月壬申(二十五日),殷贵妃被葬于龙山,她的陵墓也工程浩大。《资治通鉴》记载"凿冈通道数十里,民不堪役,死亡甚众;自江南葬埋之盛,未之有也"[⑤],暗含了对孝武帝的批评。

二、殷贵妃不应有谥号

《白虎通》曰:"谥之为言引也,引列行之迹也。所以进劝成德,使上务节也。"[⑥]《逸周书·谥法解》称:"谥者,行之迹也;号者,功之表也。"[⑦]谥号主要是对死者生平的评价和盖棺定论。对男性而言,一般着眼于其文治武功;对女性而言,则主要彰显其内在德行。为抒发自己的悲痛之情,孝武帝在殷贵妃的葬礼铺排上无所不用其极,对于总结爱妃一生品行的谥号,自然也是十分

---

① 参看陈戍国著:《中国礼制史·秦汉卷》第四章第五节,湖南教育出版社,2002年;《中国礼制史·魏晋南北朝卷》第二章第五节,湖南教育出版社,2002年。
② 《后汉书》卷十上,第421页。
③ 陈戍国认为:"皇后之丧,亦应有与天子丧葬之礼相同的仪节。"见《中国礼制史·秦汉卷》,第341页。
④ 《魏书》卷九十七,第2321页。
⑤ 《资治通鉴》卷一百二十九,第4130页。
⑥ [清]陈立撰,吴则虞点校:《白虎通疏证》卷二,中华书局,1994年,第67页。
⑦ 黄怀信、张懋镕、田旭东撰,黄怀信修订,李学勤审定:《逸周书汇校集注》(修订本)卷六,上海古籍出版社,2007年,第625页。

看重。起初，新安王刘子鸾北中郎长史江智渊提议以"怀"为谥。《逸周书·谥法解》称"慈义扬善曰怀""慈义短折曰怀"[1]。孔晁解释前者为"扬人以善"，陈逢衡解释后者为"其德在人而无大年之享，故黎民怀之"[2]。既评价了殷氏之德，又符合殷氏早逝的事实，还流露出同情惋惜的情绪。平心而论，并无不妥。但是孝武帝认为"怀"字"不尽嘉号"[3]，不足以彰显殷贵妃的美好德行，只能算是平谥，非但没有采纳"怀"字，还对江智渊大加训斥[4]。至于"宣"字的谥号，不知是何人所上。《逸周书》解释"圣善周闻曰宣"[5]，与"怀"字相比，颂扬的成分更多，宣贵妃的谥号便由此确定下来。

然而给殷贵妃议定什么谥号并不是越礼问题的核心，核心在于孝武帝给殷贵妃评定谥号这一行为本身。两汉以来，对于妇人是否应该有谥号的问题，曾发生过很大争议。《白虎通》卷一"妇人无爵"条及卷二"无爵无谥"条，均先认为妇人"无爵，故无谥"[6]，随后又根据"《春秋》录夫人皆有谥"[7]而存异说。对此，陈立认为这两条"并以夫人无爵无谥为正解，而附载夫人有爵谥之异说也"[8]。东晋穆帝时，彭城王为太妃求谥，太常王彪之主张妇人无谥，并认为："《春秋》妇人有谥者，周末礼坏耳。故服虔注声子之谥'非礼也'。杜氏注惠公仲子，亦云'非礼，妇人无谥'。"[9]可见魏晋之际仍然对此事争论不休。但不可否认的是，自西汉以来，皇后便已有了单独的谥号。汉宣帝追尊其曾祖母卫子夫为思皇后，这是秦以后第一位有谥号的皇后。此后宣帝许皇后早崩，谥曰恭哀皇后。但在西汉，更多皇后还是从皇帝谥号，如称为孝惠张皇后、孝文窦皇后等，并没有单独的谥号。这也体现了西汉皇后谥号制度尚不稳定的特征。可能也正是因为这一原因，蔡邕才在《和熹邓后谥议》中指出："汉世母氏无谥，至于明帝，始建光烈之称。"[10]范晔在《后汉书·皇后纪论》中也称："汉世皇后无谥，皆因帝谥以为称。……中兴，明帝始建

---

[1] 《逸周书汇校集注》（修订本）卷六，第670页。
[2] 《逸周书汇校集注》（修订本）卷六，第670页。
[3] 《宋书》卷五十九《江智渊传》，第1610页。
[4] 《宋书·江智渊传》记载："后车驾幸南山，乘马至殷氏墓，群臣皆骑从，上以马鞭指墓石柱谓智渊曰：'此上不容有怀字！'智渊益惶惧。"见《宋书》，第1610页。
[5] 《逸周书汇校集注》（修订本）卷六，第688页。
[6] 《白虎通疏证》卷二，第74页。
[7] 《白虎通疏证》卷一，第22页。
[8] 《白虎通疏证》卷一，第22页。
[9] 《通典》卷一百四《礼六十四·皇后谥及夫人谥议》，第2714页。
[10] 《后汉书》卷十下李贤注引，第455页。

光烈之称,其后并以德为配。"①均主张西汉皇后无谥号,皇后有谥号应始于东汉明帝赠谥号于光武帝阴皇后。两汉以来又有生前并非皇后,子嗣继承皇位后追尊生母谥号的情况。如汉宣帝母为史皇孙王夫人,宣帝即位后,"追尊母王夫人谥曰悼后,祖母史良娣曰戾后"②。这是西汉唯一的例子。东汉则有汉和帝生母章帝梁贵人,建初八年(83)窦皇后诬陷梁贵人父竦致死,贵人"以忧卒",和帝即位后,于永元九年(97)"上尊谥曰恭怀皇后"③;又有汉顺帝于永建二年(127),"追尊谥皇妣李氏为恭愍皇后"④。刘宋朝也有相似的事例。宋文帝生母胡氏为武帝婕妤,义熙五年(409)被赐死,文帝即位后,于元嘉元年(424)"追尊所生胡婕妤为皇太后,谥曰章后"⑤,等等。

通过排比史料可以看出,两汉以来拥有谥号的后宫女性可以分为两类:一类是生前即是正宫皇后;一类是生前为妃嫔,因子嗣继承皇位而被追尊为皇后并赠与谥号。除这两种情况外,其他后宫女性死后是不可以有谥号的。也正是因为这样,虽然《白虎通》对国君夫人是否有谥的问题存两说,但又肯定地指出:"八妾所以无谥何?亦以卑贱,无所能豫,犹士卑小不得有谥也。"⑥理清了这一点,再来看孝武帝为殷贵妃评定谥号的行为,便可以清楚地理解其中的越礼之处。殷氏生前并非皇后,且其死时孝武帝尚在世,殷氏之子刘子鸾尚为新安王,也不符合妃嫔子嗣即位后追封生母的规则。因此,孝武帝赠殷贵妃谥号,不单使殷贵妃超越身份,享受了皇后的礼节,同时还包含了巨大的政治暗示,即有意安排殷贵妃之子新安王刘子鸾在自己身后继承皇位。这也为孝武帝后期东宫太子子业与新安王子鸾之间的暗中较量,以及前废帝即位后,对殷贵妃及子鸾一派的报复埋下了隐患。

三、殷贵妃不应单独立庙

大明七年(463)正月庚子(二十五日),有司上奏,请求礼官讨论是否应该为殷贵妃立庙。从孝武帝对殷贵妃近乎癫狂的悲悼来看,此举很可能是有关部门在揣摩孝武帝心思基础上对皇帝的主动逢迎,甚至有可能是孝武帝直接授意有司,有司再通过合乎行政程序的方式,将孝武帝的心意公开

---

① 《后汉书》卷十下,第455页。
② 《汉书》卷九十七上《外戚传》,第3961页。
③ 《后汉书》卷十上《皇后纪》,第416页、第417页。
④ 《后汉书》卷六《顺帝纪》,第254页。
⑤ 《宋书》卷五《文帝纪》,第73页。
⑥ 《白虎通疏证》卷二,第75页。

化、行为化、制度化。①在朝廷讨论时,时任太学博士的虞龢和时任尚书左丞的徐爰分别奏上《宣贵妃立庙议》。《宋书》称徐爰为人"便僻善事人,能得人主微旨。颇涉书传,尤悉朝仪。……既长于附会,又饰以典文"②,此次上书亦是如此,徐爰不仅赞成为殷贵妃立庙,还言之凿凿地宣称:"考之古典,显有成据。"③虞龢在廷议时也不遑多让,极尽谄媚之态。作为当时的礼学大家,他不仅认为"今贵妃盖天秩之崇班,理应创立新庙"④,还先后援引《礼记》《周礼》和《春秋》等经典,将此事论证得冠冕堂皇。虞龢称"据《春秋传》,仲子非鲁惠元嫡,尚得考彼别宫"⑤,把《春秋》所载鲁隐公为其父惠公之妾仲子别立庙一事,当作为殷贵妃立庙的重要参考依据。表面看来似乎于古有征,事实上完全违背了鲁国当时的实际情况。

《左传》记载:"惠公元妃孟子,孟子卒,继室以声子,生隐公。宋武公生仲子,仲子生而有文在其手,曰为鲁夫人,故仲子归于我。生桓公。而惠公薨,是以隐公立而奉之。"⑥惠公元妃孟子无子,卒后惠公娶声子为继室。杜预注:"诸侯始娶,则同姓之国以侄娣媵。元妃死则次妃摄治内事,犹不得称夫人,故谓之继室。"⑦可知继室并非夫人。后惠公又娶仲子,生桓公。按照当时礼法,"诸侯不再娶,于法无二适"⑧,故仲子也只能算惠公之妾,无法升祔太庙;有资格祔于惠公之下、与惠公神主一同进入太庙的,只有元妃孟子。从这一点来看,殷贵妃的情况与仲子是相同的。但鲁隐公的决定改变了仲子的地位。惠公死后,隐公有意让位给仲子之子,即后来的桓公。只是桓公年岁尚幼,故隐公暂时摄政,立桓公为太子,并在仲子死后尊其为夫人。可以说仲子得以从妾升为夫人,是隐公代未来的君主桓公所尊。⑨隐公五年

---

① 《宋书》卷十七《礼四》记载:"有司奏:'故宣贵妃加殊礼,未详应立庙与不?'"卷八十《刘子鸾传》则记作"讽有司"。分别见《宋书》,第477页、第2064页。
② 《宋书》卷九十四,第2310页。
③ 《宋书》卷十七,第477页。
④ 《宋书》卷八十,第2064页。
⑤ 《宋书》卷十七,第477页。
⑥ [晋]杜预注,[唐]孔颖达疏:《春秋左传正义》卷二,《十三经注疏》,第1712—1713页。
⑦ 《春秋左传正义》卷二,第1712页。
⑧ 孔颖达疏,见《春秋左传正义》卷三,第1726页。
⑨ 孔颖达疏:"仲子手有夫人之文,其父爱之,有以仲子为夫人之意,故追成父志,以位让桓。但为桓年少,未堪多难,是以立桓为太子,帅国人而奉之。己则且摄君位,待其年长。""仲子乃惠公妾耳……隐立桓为太子,成桓母为夫人。""仲子实妾,桓未为君,故仲子不应称夫人也。今称夫人薨,是隐成之。让桓为太子,成其母丧。"分别见《春秋左传正义》卷二,第1713页、第1714页、第1719页。

"九月,考仲子之宫"①,此处所说的"宫",实际上就是用来安放仲子神主,并进行四季祭祀的寝庙。之所以为仲子单独立庙,是因为仲子虽然被追尊为夫人,但仍然不能代替元妃孟子入惠公之庙。若不单独立庙,仲子便没有享受祭祀的场所,与其作为桓公生母的身份不符。②

以上是鲁国为仲子单独立庙的始末缘由。虽然孔颖达不忘强调"仲子立庙,本非正法"③,但隐公代桓公为生母立庙的做法,无疑开了后世君主妃妾死后被追尊并享受单独祭祀的先例。魏明帝生母甄氏因过错于黄初二年(221)六月被文帝赐死,明帝即位后追尊甄氏为文昭皇后,"使司空王朗持节奉策以太牢告祠于陵,又别立寝庙"④;晋武帝武悼杨皇后于永平元年(291)三月,被贾南风矫诏废为庶人并迫害致死,怀帝永嘉元年(307)"追复尊号,别立庙,神主不配武帝"⑤,直到成帝咸康七年(341),其神主才被允许配食晋武帝之庙;晋明帝生母荀氏,本为元帝宫人,因地位卑贱,"每怀怨望,为帝所谴,渐见疏薄",咸康元年(335)薨,其孙成帝尊其为"豫章郡君,别立庙于京都"⑥;晋简文帝生母郑太后为元帝妃子,咸和元年(326)薨,简文帝即位后未及追尊,直到太元十九年(394),简文帝之子孝武帝才尊其为简文宣太后,并为其单独"立庙于太庙路西"⑦;刘宋文帝即位后,为生母胡婕妤"立庙于京师"⑧。北朝同样有类似情况。北魏太武惠太后窦氏本为拓跋焘保母,太平真君元年(440)崩,拓跋焘为其"别立后寝庙于崞山"⑨;北魏文成昭太后常氏为高宗乳母,和平元年(460)崩,文成皇帝"依惠太后故事",为她"别立寝庙"⑩。

由上述事例可以看出,在刘宋孝武帝之前,君主为并非皇后的妃嫔单独立庙,直接原因在于,只有皇后才有资格通过祔于所从君主之下而进入太庙。这也决定了需要单独立庙祭祀的神主,主要由两部分人构成:一是生前虽是皇后,但因被废或被赐死而失去了入太庙的资格,只能另立寝庙祭祀,

---

① 《春秋左传正义》卷三,第1726页。
② 孔颖达疏:"孟子入惠公之庙,仲子无享祭之所,盖隐公成父之志,为别立宫。"见《春秋左传正义》卷三,第1726页。
③ 《春秋左传正义》卷三,第1726页。
④ 《三国志》卷五《魏书·后妃传》,第161页。
⑤ 《晋书》卷三十一,第956页。
⑥ 《晋书》卷三十二,第972页。
⑦ 《晋书》卷三十二,第980页。
⑧ 《宋书》卷四十一,第1283页。
⑨ 《魏书》卷十三,第383页。
⑩ 《魏书》卷十三,第384页。

如魏文帝甄皇后和晋武帝武悼杨皇后；二是生前不是皇后，因子嗣继承皇位而得以被追尊为太后，但仍然无法代替皇后迁祔太庙，这种情况一般也于太庙之外另立寝庙安放神主，如晋明帝生母荀氏、简文帝生母郑太后、宋文帝生母胡婕妤。北魏太武帝和文成皇帝的保母与乳母，虽非亲生母亲，但情况与第二类相似，也可归入其中。

理清了上述史实再来看孝武帝为殷贵妃立庙一事，便可以发现虞龢提出的论据根本站不住脚。殷氏生前既非皇后，其子又非太子，与仲子及其他单独立庙的妃嫔的身份完全不同。孝武帝为殷氏立庙，同样是参照了皇后（包括追尊皇后）的礼法规格。但是综合考虑孝武帝为悼念殷贵妃而实施的一系列越礼措施，为殷氏立庙作为其中的最后一项，与奢华的葬礼仪仗及议定谥号相比，又有其独特之处。某种程度上说，给殷贵妃立庙似乎更像是一个水到渠成，或者说势在必行的措施。因为既然殷贵妃的葬礼和谥号都用了皇后的规格，甚至有超过皇后的地方，那么立庙也只能是箭在弦上不得不发。如果不立庙，反而使前面越礼的措施显得更突兀。有司在奏文中说："故宣贵妃加殊礼，未详应立庙与不？"徐爰也说"宣贵妃既加殊命"[①]，字句中均透露出关于是否要给宣贵妃立庙一事的讨论，都是建立在之前已经对宣贵妃"加殊礼""加殊命"的基础上。另一方面，按照礼法，皇后神主是要与所从君主一起进入太庙的，孝武帝虽然宠爱殷贵妃，且让她在死后享受了皇后的礼遇，但当时正宫王皇后尚在世，从名分上说，殷氏最高也只能获得"贵妃"的品位。既然无法入太庙，又不能荒废四时祭祀，故只能为殷氏别立寝庙以求两全。因此，从立庙的动机来看，殷贵妃的情况又与仲子等人有相似之处。

四、结论

通过梳理秦汉以来丧葬礼仪制度方面的相关文献，我们可以对孝武帝在哀悼殷贵妃一事上"纵情败礼"的程度，有一个更为清晰具体的定位。即无论是"古今鲜有"的仪服器仗，还是孝武帝为贵妃议定谥号并单独建庙的行为，实际上至少都采用了皇后（包括追封皇后）的礼仪规格，有些地方甚至还超越了皇后的待遇，如葬礼仪仗中使用了辒辌车、銮辂九旒、黄屋左纛这些"天子之车服"。虽然殷氏在名位上是"班亚皇后"的贵妃，但若从实际情形看，在正宫王皇后尚在世之时，孝武帝便不顾礼法按皇后规格为殷氏操办葬礼及之后的追念活动，这种无以复加的宠爱，说明殷贵妃在孝武帝心中的

---

① 《宋书》卷十七，第477页。

地位显然已经取代了曾经"甚有宠"①的王皇后。

另一方面,如前所述,在孝武帝之前,生前并非皇后但死后却可以获得谥号,甚至单独立庙的后宫人员,往往都是得益于子嗣继承皇位后的追尊。孝武帝在正宫皇后尚在世,且已立东宫太子的情况下,有意使殷氏以贵妃之名享用皇后规格,除去对殷氏一往情深之外,恐怕也暗含另立皇位继承人的心思。殷贵妃之子新安王刘子鸾,因母亲"宠倾后宫",也得以"爱冠诸子"②。大明五年(461),子鸾被封为南徐州刺史,孝武帝为培养子鸾势力,又将王僧虔、谢庄、谢超宗、张岱等一大批世家大族子弟调配到新安王府。相比之下,孝武帝对东宫太子刘子业则极为不满,甚至侍中袁顗称赞太子好学,都惹得刘骏大发脾气。③大明七年正月癸巳(十八日),就在殷贵妃死后不久,孝武帝又将富庶的吴郡划归到南徐州。如果说孝武帝对刘子鸾的种种封赏是一种公开表态的话,那么他以皇后的礼仪安葬殷贵妃,则是在抬高殷氏地位的同时,又借前朝妃嫔子嗣即位后追尊生母的事例,暗示自己对皇位继承人的选择。太子刘子业"少好读书,颇识古事"④,在看到殷贵妃死后获得的各项礼遇时,恐怕也不会读不出孝武帝的真实意图。因此,可以说孝武帝悼念殷贵妃的行为不仅是对礼制的破坏,同时还有着深远的政治意味,为前废帝即位后残杀宗室的政治乱局埋下了隐患。

---

① 《宋书》卷四十一,第1289页。

② 《宋书》卷八十,第2063页。

③ 《南史》卷二十六:"时新安王子鸾以母嬖有盛宠,太子在东宫多过,上微有废太子立子鸾之意,从容言之。顗盛称太子好学,有日新之美。帝怒,振衣而入,顗亦厉色而出。"见《南史》,第700页。

④ 《宋书》卷七,第148页。

第四章　孝武帝朝政治与文学的互动

从政治史的角度看，孝武帝是一个胸怀大志、能力出众，同时又残暴、猜忌、控制欲极强的封建君主，但这并不意味着他是一个冷酷无情的人。李延寿称其"才藻甚美"①，司马光也夸赞刘骏"文学博洽，文章华敏"②。他的山水诗清逸深远，以《七夕诗》《自君之出矣》《丁督护歌》为代表的抒情诗作，也真挚切贴、意蕴悠远。这些都是刘骏在帝王之外，作为普通人和文人的一面。特别是他与殷贵妃之间的爱情故事，虽然因双方身份问题而有所争议，但二人缠绵真切的感情却着实成为一段传奇，表现出刘骏"才人天子"的本色。通过分析他的文学作品，我们可以发现孝武帝的另一个面向。同时，孝武帝自上而下裁抑士族的姿态，也潜移默化地渗透到文人的创作过程中，可以借此分析孝武帝朝政治对当时诗文创作的影响。

第一节　文学与历史书写下的孝武帝悼亡形象

大明六年(462)四月初，孝武帝宠妃殷淑仪去世。孝武帝不惜背负"纵情败礼"③的骂名，按皇后的规格为殷氏举行葬礼并进行追封。为了抒发自己"痛爱不已"④的心情，刘骏又模拟汉武帝《李夫人赋》，作了一篇哀悼殷贵妃的赋。以此为契机，包括谢庄、江智渊、殷琰、丘灵鞠、谢超宗、汤惠休在内的众多知名文人，怀着讨好孝武帝甚至政治投机的心态，以哀悼贵妃之死为题展开了一次大规模的文学同题创作。其中以谢庄《宣贵妃诔》最为出名。贵妃之死波及政治领域，还引发了刘宋皇储之争，深刻影响了孝武帝朝后期

---

① 《南史》卷二，第55页。
② 《资治通鉴》卷一百二十九，第4134页。
③ 《资治通鉴》卷一百二十九，第4131页。
④ 《宋书》卷八十，第2063页。

乃至刘宋后期的政治走向。然而,如此具有传奇色彩的女性,在史书中的记载却只有寥寥数语,我们甚至无法找到贵妃的一个正面镜头或者一言一行。孝武帝与殷贵妃的情感关系究竟怎样,孝武帝《伤宣贵妃拟汉武帝李夫人赋》①与谢庄《宣贵妃诔》在创作和文本层面上存在着怎样的互动,史书中如何记载孝武帝与殷贵妃的爱情,这些记载经历了哪些变化,史官通过这些记载想要表达什么意图,上述问题有必要详细考察。本节将以孝武帝《拟李夫人赋》、谢庄《宣贵妃诔》、《宋书·始平孝敬王子鸾传》、《南史·孝武文穆王皇后传附宣贵妃传》为中心,结合周边史料,尝试勾勒孝武帝的悼亡形象,并分析史书中有关孝武帝与殷贵妃关系的历史书写。

一、文学书写中的孝武帝悼亡形象

据《南史》记载,殷淑仪为孝武帝皇叔荆州刺史刘义宣之女,与孝武帝为堂兄妹关系。这一说法为后世文史学家普遍接受。如颜之推在《颜氏家训·文章》中指责孝武帝有负"世议"②;王鸣盛《十七史商榷》卷五十九"殷淑仪"条、赵翼《廿二史札记》卷十一"宋世闱门无礼"条也沿袭此说;与孝武帝同时代的鲍照有《采桑》诗,中有"采桑淇洧间,还戏上宫阁"两句,借用《诗经·鄘风·桑中》的典故,吴汝纶在《古诗钞》中认为此诗是讽刺"孝武宫闱淫乱,倾惑殷姬"③;程章灿通过分析所谓淑仪"生父"殷琰的际遇,也倾向于淑仪为义宣之女的说法。④

两人的特殊身份使这段超越伦理的畸形恋情注定不为世俗所容,但在当时,这一真相却被孝武帝保护得极其严密,似乎并未流传出去,至少了解内幕的人极少。⑤史书称孝武帝将淑仪"假姓殷氏,左右宣泄者多死,故当时莫知所出"⑥;大明三年孝武帝伐广陵,刘诞在自辩书中揭露兄长有"宫帏之丑",刘骏因此"忿诞",将其"左右腹心同籍期亲并诛之,死者以千数"⑦。凭

---

① 本文所引《伤宣贵妃拟汉武帝李夫人赋》文本均出自《宋书》卷八十,后简称《拟李夫人赋》,不再出注。
② 王利器撰:《颜氏家训集解》(增补本)卷四,中华书局,2013年,第287页。
③ [南朝宋]鲍照著,丁福林、丛玲玲校注:《鲍照集校注》,中华书局,2012年,第443页。按:据《宋书》卷五十一《刘义庆传附鲍照传》记载,鲍照为避孝武帝忌,故意装出才尽的样子,为文多鄙言累句,似乎不会这么冒险讽刺。原诗之意未必如吴汝纶解释的这样。
④ 参见程章灿《贵妃之死》,《旧时燕:一座城市的传奇》。
⑤ 奉旨认女的殷琰和面对孝武帝讨伐,气急败坏揭发刘骏阴私的刘诞,恐怕是极少数知道真相的两个人。
⑥ 《南史》卷十一,第323页。
⑦ 《宋书》卷七十九《竟陵王诞传》,第2032页。

借着强势的皇权和武力威胁,孝武帝为自己和殷淑仪人为制造了一个隐私空间。在这个隐私空间里,两人能够仅以皇帝与宠妃的关系经营爱情。殷氏对孝武帝的感情究竟如何,限于史料,无法找到直接证据。但通过殷氏为孝武帝生了五男一女[1]的事实,可以推测她对孝武帝至少是不排斥的。孝武帝对殷氏则给予了无以复加的宠爱,甚至使她超越正宫王皇后,达到了"宠倾后宫"[2]的地位。在贵妃死后,孝武帝又通过自己的拟古文学创作,将二人的情感关系用文字固定下来,并期望借此垂之后世。

刘骏的文章虽题为《拟李夫人赋》,但拟作和原作在文章结构和字句上并无明显的模拟与被模拟的关系,拟作更多侧重的是对汉武帝赋作题材的承接和所表达情感的认同。题材自然是指帝王对去世宠妃的悼念,情感的认同则不仅体现为孝武帝对前人经历的感同身受,更主要是在于汉武帝和孝武帝在抒发感情时,都有意淡化自己的帝王身份以及哀悼对象的皇妃身份,将对方仅仅作为自己心爱的女人去悼念,将笔力集中在"述悲""达情"和"怀思"上。

《拟李夫人赋序》称:"朕以亡事弃日,阅览前王词苑,见《李夫人赋》,悽其有怀,亦以嗟咏久之,因感而会焉。"孝武帝因体会到原作者"有怀"而心生凄怆之感,又在反复嗟咏中联想到自身,从而完成拟作。可见,共同的情感体验既是孝武帝与前人沟通的媒介,也是他模拟创作的动力。《李夫人赋》全篇几乎都没有出现明显与皇室身份有关的字词,在赋中汉武帝将自己塑造成了一个苦苦追寻死去女人的亡灵但最终却无能为力的丈夫,完全看不到身为皇帝的高高在上与矜持。而在孝武帝的拟作中,虽然通篇出现了很多指示宫廷生活的字眼,比如"凤墀""鸾阙""闾阖""承明""云馨""鸿钟"等,但每到抒情之处,感情之深切凄婉,往往使读者在不知不觉中淡忘了作者的皇帝身份,更难以将这个细腻多情之人与史书上记载的"险虐灭道"[3]"严暴异常"[4]的形象联系在一起。

其实,当孝武帝在《拟李夫人赋》开头写道"虽媛德之有载,竟滞悲其何遣"时,便已定下了这篇作品的基调,即"遣悲"。而这里所说的记载了贵妃美好德行的文章,很可能是指谢庄的《殷贵妃谥策文》。"谥者,行之迹也;号

---

[1] 据《宋书》卷八十《孝武十四王传》可知,殷淑仪与孝武帝有子鸾、子羽、子云、子文、子师五子。前废帝即位后,杀子鸾、子师兄弟,同时被害的还有第十二皇女,可知殷氏又生有第十二皇女。考证参本书附录一第四节。
[2] 《宋书》卷八十,第2063页。
[3] 《宋书》卷七,第147页。
[4] 《宋书》卷七十七,第1990页。

者,功之表也。"①谥号是对死者生前的评价和盖棺定论。殷贵妃死后,孝武帝赐其谥号为"宣",谢庄的《谥策文》即是将选定的谥号告知殷贵妃亡灵的公文。文中称赞殷淑仪:"含徽挺懋,爰光素里。友琴流荇,实华紫掖。奉轩景以柔明登誉,处椒风以婉娈升名。幽闲之范,日蔼层闱。繁祉之庆,方隆蕃世。"②但仅仅是对殷贵妃品德的褒赞,显然无法抒发孝武帝郁积在心中的哀痛。而且无论如何,谢庄所作毕竟是公文,其表述是礼仪化的、格式化的,甚至是公式化的,不足以抒发孝武帝深切的个人情感。于是他选择在《拟李夫人赋》中,将私密化的情绪完全倾泻出来。

孝武帝在赋中先是以"物运之荣落"比喻人世之生死。"念桂枝之秋陨,惜瑶华之春翦"两句,类似汉武帝《李夫人赋》中的"秋气憯以凄泪兮,桂枝落而销亡"③。但拟作在借物抒情方面,显然手法更成熟,表达的情感也更细腻。原作在上述两句之后,便转入了"求女"的情节,是作者感情的直接抒发。而拟作则续以"桂枝折兮沿岁倾,瑶华碎兮思联情。彤殿闭兮素尘积,翠庑芜兮紫苔生。宝罗歇兮春帱垂,珍簟空兮夏帱扃。秋台恻兮碧烟凝,冬宫洌兮朱火清"八句。其中前两句与"念桂枝之秋陨,惜瑶华之春翦"形成隔句交叉对称的句式,既反复渲染了美好事物消逝给作者带来的心理打击,又在音节上造成回环往复的效果,使孝武帝对殷贵妃的爱恋更显得缠绵悱恻,而"宝罗歇兮春帱垂"以下四句更是将作者对贵妃的思念绵延至一年四季。

除了借物抒情之外,孝武帝在整篇文章的结构设计上也颇费苦心。全文除序外,大致可以分为五个小节:由"巡灵周之残册"到"竟滞悲其何遣"为第一节,承赋序而来,说明作赋缘由,为全文定下"遣悲"的基调;自"访物运之荣落"至"深心无歇"为第二节,以节物变化点出贵妃去世的事实,并借四时之景抒情;自"徙倚云日"至"将何慰于尔灵"为第三节,回忆贵妃在世时二人宴饮游乐的往事,更反衬自己如今孤孑一身;自"存飞荣于景路"至"礼无替于粹图"为第四节,写贵妃出殡时的情景;自"閟瑶光之密陆"至结尾为第五节,是安葬贵妃后,孝武帝悲痛思念之情的集中抒发。可以看出,全文除第一节交代写作动机、第四节专门写出殡场景之外,第二、三节的后半部分和第五节的全部,或多或少都是"遣悲"的句子。也就是说,孝武帝将自己对贵妃的怀念之情一方面分散到文章各处,另一方面又有第五节的集中抒情,这种安排使得情感的抒发既绵延持久,又有浓烈的高潮。文中又有"俟玉羊

---

① 《逸周书汇校集注》(修订本)卷六《谥法解》,第625页。
② 《全宋文》卷三十五,第2632页。
③ 《汉书》卷九十七上。本文所引《李夫人赋》文本均出于此,后文不再出注。

之晨照,正金鸡之夕临"二句,玉羊、金鸡分别指代月亮和太阳,梁刘孝绰《望月有所思》有"玉羊东北上,金虎西南昃"[1]一联。月亮本是夜晚才出现,太阳也是白昼的象征,但作者偏偏"俟玉羊之晨照,正金鸡之夕临",说明他已经到了不分昼夜、通宵达旦思念亡人的状态。这种思念之情在一天之内连续不绝的表达,又与文章第二节的思念绵延至一年四季的表达方式相呼应。这样一来,作者的情感抒发便实现了时间上的无限延展,全文也在结构上呈现出精巧的前后勾连和抒情时的浓淡相间。

贵妃去世前,并没有向孝武帝托付自己的子女,也没有其他请求。但作为悼亡的文章,《拟李夫人赋》很大程度上也是孝武帝在向爱人倾诉,对死者进行交代是必不可少的仪式性功能。如果说谢庄的《殷贵妃谥策文》是面对大众的礼仪表达,那么,孝武帝的赋则是面对殷贵妃亡灵的深情告白和誓词。更重要的是,作为一个丈夫,刘骏认为自己有义务对爱人作出承诺,包括对子女的责任和对贵妃后事的安排。于是便有了"俛众胤而恸兴,抚蕤女而悲生。虽哀终其已切,将何慰于尔灵"。面对殷氏留下的年尚幼小的子女,刘骏更是悲痛难忍,当他吟出"将何慰于尔灵"时,实际上便已决定将对殷氏未尽的爱恋补偿在她留下的子嗣上,以此安慰贵妃亡灵。贵妃下葬后不久,孝武帝便于大明七年正月癸巳(十八日),将富庶的吴郡划归到时任南徐州刺史的刘子鸾的辖区。九月庚寅(十八日),刘子鸾兼司徒。大明八年正月戊子(十八日),又进子鸾为抚军将军,加中书令,领司徒、刺史如故,"礼仪并依正公"[2]。同时孝武帝还安排大批世家大族子弟进入子鸾的新安王府。这些都可以看作刘骏对子鸾前程的许诺,其中也自然包含了对亡人的深切怀念和对丈夫责任的履行。"朝有俪于征淮,礼无替于粹图",则是刘骏对殷氏葬礼规格和死后地位的承诺。他安慰爱人说:"朝堂上给你议定的谥号是符合你的品德的,你的葬礼和死后追尊也会按礼而行。"据《宋书》记载,贵妃出殡时"葬给辒辌车,虎贲、班剑,銮辂九旒,黄屋左纛,前后部羽葆、鼓吹"[3]。这一记载与赋中所言"存飞荣于景路,没申藻于服车。垂葆旒于昭术,竦鸾剑于清都",也大致吻合。不仅如此,孝武帝还为殷氏修建寝庙。这些礼遇已远远超过了贵妃的规格,而达到了皇后的水准,当真是"纵情"之举。孝武帝的这些承诺和行动,显然是希望死者的亡灵能够知道的,于是他

---

[1] 逯钦立辑校:《先秦汉魏晋南北朝诗》梁诗卷十六,中华书局,1983年,第1838—1839页。
[2] 《宋书》卷八十,第2065页。
[3] 《宋书》卷八十,第2063页。

说"伊鞫报之必至,谅显晦之同深"。鞫,告也,①显和晦分别针对生死两隔的自己和殷氏而言。他相信自己的倾诉与承诺必能传达给死者,两人虽然阴阳相隔,但思念对方之情一定同样深刻。为了强调自己对殷氏用情之真与诚,刘骏又在文章接近结尾的地方用了《诗经·郑风·出其东门》的典故。《出其东门》云:"出其东门,有女如云。虽则如云,匪我思存。"②刘骏在"略东门之遥袨"一句中借用此典,以示自己一心所系唯有殷氏,同时也是对亡人的宽慰,起到了突出强调、强化语气的作用。

刘骏通过精巧设计的文章结构、精心选择的句式和典故,以汉武帝《李夫人赋》为中介,将自己对殷氏的爱情刻画得缠绵悱恻、凄婉动人。如前所述,文中出现了不少可以提示宫廷生活的词语,但刘、殷二人的爱情却已超脱了皇帝与宠妃关系的束缚。刘骏对亡人的深情与专一、对子女的责任与承诺,是文章的核心,也是真正能感动读者的地方,在这一层面,二人的爱情与普通男女的情感体验已没有不同。需要指出的是,这种超越了身份的情感诉求于文章写作而言,诚然能起到打动人心的效果,但就刘骏与殷氏的现实关系而言,则又在无形中形成了一个矛盾。刘骏与殷氏的结合原本就是在皇权的强势介入下实现的,甚至很可能掩盖着不可告人的秘密。二人关系的维持,需要强大的皇权做保护墙,强行将二人与世议隔离开来。当孝武帝想暂时放下皇帝的身份,以更纯粹的丈夫身份怀念亡人的时候,他便也同时放弃了皇帝的权威与尊贵,某种程度上保护二人的等级秩序就崩塌了。这时,谢庄奏上的《宣贵妃诔》便及时承担起了重新建构孝武帝哀悼亡人形象的功能。从这一意义上讲,谢庄的《宣贵妃诔》具有"补阙"的作用。

《文心雕龙·诔碑》云:"诔者,累也;累其德行,旌之不朽也。……读诔定谥,其节文大矣。"③可见,诔的原始功能是作谥,因此述德便是诔文的主要内容。东汉以来,一些文人逐渐在诔文中增加了抒情与表哀的部分,④这一趋势到了魏晋六朝变得更为突出。故刘勰在总结诔文的体制时,综合考虑诔的原始功能与后期变化,认为:"详夫诔之为制,盖选言录行,传体而颂文,荣始而哀终。论其人也,暧乎若可觌;道其哀也,凄焉如可伤。"⑤以此标准看,

---

① 《文选》卷十四班固《幽通赋》"许相理而鞫"条,李善注引毛苌《诗传》。见[梁]萧统编,[唐]李善注:《文选》,中华书局,1977年,第211页。
② 程俊英、蒋见元著:《诗经注析》,中华书局,2017年,第276页。
③ 周勋初著:《文心雕龙解析》,凤凰出版社,2015年,第195—196页。
④ 刘勰认为这一变化始于傅毅,称:"傅毅之诔北海,云'白日幽光,氛雾杳冥';始序致感,遂为后式,影而效者,弥取于工矣。"见《文心雕龙解析》,第196页。
⑤ 《文心雕龙解析》,第196页。

谢庄的《宣贵妃诔》无疑是诔文的代表作之一。但这篇文章的意义,并不仅仅停留在文学层面,同时还可以看作谢庄政治投机的工具。

谢庄是东晋名相谢安之后,家世显赫,虽然入宋以来地位已不能同东晋时相比,但仍然是世家大族的代表,是刘宋皇室极力笼络的对象。而为了维持门第不坠,谢庄也不得不依附皇权,很多时候自愿充当御用文人,主动为皇家歌功颂德。如元嘉二十九年(452),南平王铄献赤鹦鹉,文帝"普诏群臣为赋"[1],谢庄奏上《赤鹦鹉赋》;大明五年(461),"河南献舞马,诏群臣为赋"[2],谢庄作有《舞马赋》和《舞马歌》;此外还有《烝斋应诏诗》《和元日雪花应诏诗》《八月侍华林曜灵殿八关斋诗》《瑞雪咏》等诗作。这些都不只是文学作品,而是有一定的政治功能,《宣贵妃诔》也可作如是观。因为孝武帝在《拟李夫人赋》中表露出来的无比哀痛与怀念的感情,某种程度上也是一种政治信号,如何利用贵妃之死的契机讨好孝武帝,并为孝武帝爱子新安王子鸾造势,是新安王府的僚佐们必须考虑的。这也是当时众多文人以哀悼贵妃为题进行文学同题创作的一个重要背景。在这些文人中,谢庄无疑是最殷勤的。[3]

谢庄的《宣贵妃诔》可以"视朔书氛,观台告祲"两句为界,明确分为两部分,以上为述德,以下(包括"视朔"两句)为表哀,且述德与表哀大致各占全文篇幅的一半。这与两汉时诔文以述德为主的情况大不相同,即使是魏晋时期诔文中抒发哀伤情绪的部分有了逐渐增加的趋势,也没有一篇作品达到述德与表哀篇幅几乎相当的程度。这可以看作谢庄在文学上的一次创新,也可以看作为呼应孝武帝《拟李夫人赋》中浓重的悲痛之情而做出的调整。

在这篇诔文中,谢庄在处理孝武帝对贵妃的哀痛与怀念时,主要采取的是借景抒情、侧面描写的方法。如序中写"皇帝痛掖殿之既闃,悼泉途之已宫。巡步檐而临蕙路,集重阳而望椒风",正文中有"巾见余轴,匣有遗弦",以贵妃平日所居所游之处的空寂冷清和遗留下的生前之物,衬托孝武帝内心的凄凉,与《拟李夫人赋》中"徙倚云日"至"警承明"一段有异曲同工之妙;又如"移气朔兮变罗纨,白露凝兮岁将阑,庭树惊兮中帷响,金釭暧兮玉座

---

[1] 《宋书》卷八十五,第2167页。
[2] 《宋书》卷八十五,第2175页。
[3] 谢庄《宣贵妃诔》中有"翼训妫嫛,赞轨尧门"一句,引用汉昭帝母赵婕妤尧母门的典故,讨好孝武帝和新安王刘子鸾。前废帝刘子业即位后有意杀死谢庄,因有人说情,故暂时将谢庄系在狱中。明帝即位后谢庄才被释放。见《宋书》卷八十五《谢庄传》。本文所引《宣贵妃诔》均出自《文选》卷五十七,后文不再出注。

寒",以节物变换和悲凉肃杀的自然环境营造寂寥凄冷的氛围,类似《拟李夫人赋》的第二节;再如结尾"山庭寝日,隧路抽阴。重扃闷兮灯已黯,中泉寂兮此夜深",也是以幽暗的环境营造抑郁的气氛。在以景衬情的各段落之间,谢庄又均用"呜呼哀哉"作结,直接抒发凄楚之情,将各部分串联成一个有机整体。这种既在文章各段分散抒情,又有一条情感主线贯穿全文的文章结构,也与孝武帝《拟李夫人赋》十分相似。李兆洛在《骈体文钞》中说"凄丽之文,江鲍特绝。施之典册,每觉轻儇"①,认为抒情成分较多会使诔文、哀文这种悼念死者的文章稍显轻佻。但谢庄《宣贵妃诔》与孝武帝《拟李夫人赋》相比,在处理孝武帝的思念之情时,显然已含蓄、庄重了许多。这固然有谢庄限于臣子身份的原因,但诔文以借景衬情、侧面描写为主的手法,也起到了重要作用。

　　除了特定的写作手法外,谢庄在诔文中对典故的选择,也十分注重贴合孝武帝与贵妃的身份、地位。如在"照车去魏,联城辞赵"一句中,以稀世珍宝衬托贵妃之高贵;在"涉姑繇而环迴,望乐池而顾慕"一句中,以周穆王葬盛姬之事比拟孝武帝安葬殷贵妃。这些典故的使用,使这篇诔文显得更加庄重,同时时刻提醒着两位当事人不同寻常的身份。

　　因此,比较而言,孝武帝的《拟李夫人赋》感情更充沛也更感人,谢庄的《宣贵妃诔》则相对更庄重含蓄。如果说孝武帝在《拟李夫人赋》中,是与汉武帝一样在君王的位置上不恰当地分享了个人的情感的话,那么谢庄的《宣贵妃诔》则恰到好处地从臣子的角度,模拟了君王在面对宠妃去世时应有的节制却又不失真情的姿态。

　　谢庄对抒情浓淡程度的合理把握,还可以与颜延之《宋文帝元皇后哀策文》做对比。这篇文章是宋文帝在袁皇后死后命颜延之所作。限于哀策文的体制,无论作者是否为皇帝本人,都必须以皇帝的口吻说话,写皇帝之哀情。颜文全篇以述德为主,仅"象物方臻,眡禭告浕"以下至结尾不到三分之一的篇幅是写皇后去世、出殡、下葬以及众人的哀伤。其中最打动人心的却又并非颜氏原文,而是文帝自己加上的"抚存悼亡,感今怀昔"八字。②但这八字又与上下文脉不接,与全文风格不符。黄侃在《文选平点》中便说:"此

---

① [清]李兆洛选辑:《骈体文钞》卷五,上海书店,1988年,第99页。
② 《宋书》卷四十一《文元袁皇后传》:"策既奏,上自益'抚存悼亡,感今怀昔'八字,以致其意焉。"这也从反面证明了颜延之的文章实际上并不能尽文帝之意。见《宋书》,第1285页。何焯在《义门读书记》中评论这篇文章说:"无繁长语。……'抚存悼亡,感今怀昔',八字故自一篇体要。"见[清]何焯著,崔高维点校:《义门读书记》卷四十九,中华书局,1987年,第973页。

文实不悟其佳处,意窘辞枝,总由无情耳。……'抚存悼亡,感今怀昔'二句,此八字固缠绵凄怆,而与上文不接,盖斯言惟文帝自述可耳,不可施于储嗣列辟也。"①黄先生观察甚敏锐。何焯"一篇体要"之说固然不错,但其实此八字如同全文中心主旨之概括,太过浮泛,不够具体。出于文帝之口,作为对此文的评语则可,掺入文章则不佳。可见,实际上颜延之也没有处理好皇帝身份与情感表达之间的平衡,这便更凸显了谢庄《宣贵妃诔》之不易。如前所述,孝武帝与殷贵妃的爱情需要强势的皇权做保护墙,但当孝武帝在《拟李夫人赋》中像普通人一样抒发自己的感情时,秩序和等级就崩塌毁坏了,他也失去了皇帝的威严,而更像是一个多情的丈夫。这时便需要谢庄在《宣贵妃诔》中,通过更含蓄的抒情和特意选择的典故,来对孝武帝的形象进行弥补和重新建构,塑造一个既不失皇帝身份,又能较好地表达哀情的孝武帝形象。据《南史·宣贵妃传》记载,孝武帝在看过《宣贵妃诔》后,"起坐流涕曰:'不谓当今复有此才。'"②如此看来,孝武帝的话除了对《宣贵妃诔》文学层面的称赞外,也许还有另一个维度的意义。

二、有关孝武帝与殷贵妃关系的历史书写

扑朔的身世经历、与孝武帝的缠绵爱情、对刘宋后期政治的深刻影响,这些因素都造就了殷贵妃的传奇色彩。但正史中关于这个女性的记载却少得可怜,仅见于《宋书·始平孝敬王子鸾传》《南史·孝武文穆王皇后传附宣贵妃传》这两篇传记。《魏书》《建康实录》《资治通鉴》中也保存有少数几条材料,但几乎都源自《宋书》和《南史》。这为我们勾勒殷贵妃的生平带来很大困难。即使如此,通过仔细考辨《宋书·始平孝敬王子鸾传》和《南史·宣贵妃传》的叙事仍然可以发现,作为历史叙述者的史官,借助对史料的有意剪裁和移接,在极其有限的篇幅里,成功导入了自己对殷贵妃的评判和对孝武帝的间接批评。

按照《宋书·始平孝敬王子鸾传》的记载,"贵妃"的称号来自殷淑仪死后孝武帝对她的追封。《宋书》与《南史》的目录虽记作"宣贵妃",但在《南史》本传开头,李延寿仍然直呼"殷淑仪",说明孝武帝对殷氏的追封并没有得到初唐史官的承认。史官本着"正名"的态度与责任感,仍然沿用了殷氏生前最初的封号,随着这一称呼而来的传记本身,就是史官对刘、殷二人爱情关系的道德评判,以及为适应自己的道德评判而进行的史料剪裁。

---

① 黄侃平点,黄焯编次:《文选平点》,上海古籍出版社,1985年,第330页。
② 《南史》卷十一,第324页。

"殷淑仪，南郡王义宣女也。丽色巧笑。义宣败后，帝密取之，宠冠后宫。假姓殷氏，左右宣泄者多死，故当时莫知所出。"①坐实义宣女的身份，这是李延寿对贵妃身世的说明。儒家史官历来有秉笔直书的传统，这样的介绍对于孝武帝与殷淑仪的关系无疑是极具破坏性的。它不仅告诉读者二人在伦理上存在着不可逾越的道德界限，还将孝武帝想方设法掩盖丑行的举动和盘托出，使得孝武帝与殷淑仪表面看来真挚深沉的爱情关系，顿时充满了欲望、权势、暴力、诡诈这些因素。有意思的是，这短短的几句话竟是李延寿对殷淑仪生平事迹的所有记载，在这里，我们无法搜索到殷淑仪的一言一行，这也呼应了传记中的"密"字。殷淑仪既没有辅佐君主的功德，也没有暴露出迷惑帝王的恶行，我们甚至都不知道孝武帝最初对她的宠幸是真的出于爱恋，还是仅仅出于欲望的发泄。但是这些都已不再重要，重要的是李延寿在传记开头便按捺不住心中的道德判断和史官职责，他以十分肯定的语气向读者揭秘殷氏的真实身份，以及二人关系背后交织的欲望与权力，这些已足够消解二人爱情存在的正当性。在伦理道德这一绝对标准面前，李延寿不允许后世人对他们的关系做出更多的想象、同情或浪漫化处理。

在寥寥数笔介绍完殷氏的身世后，史官将传记的重心放在了传主死后所发生的一系列事件上。孝武帝对殷氏念念不忘，始终有着想要再次见到她的强烈愿望。这个愿望先是通过将贵妃遗体保存在通替棺中的方式得以实现。②但遗体总有下葬的一天，无法看到爱妃面容的痛苦，使孝武帝每天晚上都要到殷氏的灵床前，将祭奠的酒倒出来喝，边喝边恸哭不已。③据现有史料看，"为通替棺"的情节在《南史·宣贵妃传》之前并没有出现，"饮酒恸哭"的情节则在《魏书》中就已出现④。对"见面"的执着，最终使孝武帝转向求助巫术："时有巫者能见鬼，说帝言贵妃可致。帝大喜，令召之。有少顷，果于帷中见形如平生。帝欲与之言，默然不对。将执手，奄然便歇，帝尤哽恨，于是拟《李夫人赋》以寄意焉。"⑤今本《南史·宣贵妃传》和《始平孝敬王子鸾传》均未收此赋，有可能是出自李延寿对《宋书》的删减⑥。

---

① 《南史》卷十一，第323页。
② 《南史》卷十一："及薨，帝常思见之，遂为通替棺，欲见辄引替睹尸，如此积日，形色不异。"见《南史》，第323页。
③ 《南史》卷十一："每寝，先于灵床酌奠酒饮之，继而恸哭不能自反。"见《南史》，第323页。
④ 《魏书》卷九十七："或亲至殷灵床，酌奠酒饮之，继而恸哭流连，不能自反。"见《魏书》，第2145页。
⑤ 《南史》卷十一，第324页。
⑥ 《廿二史札记》卷十有"《南史》删《宋书》最多"条。见《廿二史札记校证》，第204—205页。

孝武帝企图借巫术实现重会亡人的愿望,在幻想破灭后又作赋寄意,这很容易让读者联想起《汉书·李夫人传》的情节。实际上,不仅是这个情节,仔细分析,《南史·宣贵妃传》整篇结构都与《汉书·李夫人传》惊人地相似。为方便比较,现将两篇传记的文章结构罗列于下。

表4-1 《汉书·李夫人传》与《南史·宣贵妃传》结构对照表

《汉书·李夫人传》	《南史·宣贵妃传》
1.简单介绍李夫人生平	1.简单介绍宣贵妃身世
2.汉武帝执着于一见(临死前的请求、死后图画其形于甘泉宫)	2.孝武帝常思见之,遂为通替棺
3.以皇后礼下葬	3.以皇后礼下葬
4.方士作法	4.巫者作法
5.汉武帝作赋	5.孝武帝作赋

两篇传记的写作顺序和主要情节几乎一模一样。更有趣的是,将巫师作法招魂的故事从汉武帝与李夫人身上,[①]移接到孝武帝与殷贵妃身上,最早也见于《南史·宣贵妃传》。魏晋南北朝时期,汉武帝为李夫人招魂一事流传较广,并多为小说所记录。如《搜神记·神化篇》记载:"汉武帝幸李夫人,夫人后卒,帝哀思不已。方士少翁言能致其神,乃施帷帐,明灯烛。帝遥望,见美女居帐中,如李夫人之状,而不得就视之。"[②]《汉武故事》记载:"李夫人死,少翁云能致其神;乃夜张帐,明烛,令上居他帐中,遥见李夫人,不得就视也。"[③]《拾遗记》记载:"初,帝深嬖李夫人,死后常思梦之,或欲见夫人。……诏李少君与之语曰:'朕思李夫人,其可得见乎?'少君曰:'可遥见,不可同于帷幄。'帝曰:'一见足矣,可致之。'……得此石,即命工人依先图刻作夫人形。刻成,置于轻纱幕里,宛若生时。"[④]李延寿对故事人物的置换,很可能是受了汉武帝招魂题材的影响。

---

① 事实上,在《史记·孝武本纪》中,招魂的对象是王夫人,并非李夫人:"上有所幸王夫人,夫人卒,少翁以方术盖夜致王夫人及灶鬼之貌云,天子自帏中望见焉。"见《史记》卷十二,第583页。《新论》、《论衡》卷十八《自然篇》也记作王夫人。班固在《汉书》中将王夫人换成李夫人,也有可能汉武帝对两位夫人都有过招魂的行为。但后世文学作品对汉武帝与李夫人关系的关注程度显然超过汉武帝与王夫人。
② [晋]干宝撰,李剑国辑校:《新辑搜神记》卷二,中华书局,2007年,第45页。
③ 《古小说钩沉》,见鲁迅著:《鲁迅全集》第八卷,人民文学出版社,1973年,第454页。
④ [晋]王嘉撰,[梁]萧绮录,齐治平校注:《拾遗记》卷五,中华书局,1981年,第116页。

如前所述,李延寿对孝武帝怀念贵妃的细节描写,仅有"饮酒恸哭"的情节与《魏书》类同,"为通替棺"和"巫师作法"两个情节最早都见于《南史》。而在《魏书》中,"饮酒恸哭"的情节虽然很好地表现了孝武帝动情之深,但并没有出现像《南史》中"帝常思见之"这样的关键词。李延寿在"饮酒恸哭"的情节前后,分别加入"为通替棺"和"巫师作法"两个新情节,并不仅仅是出于猎奇的心理,更主要的是给传记叙事确定了一个核心,即"思见之"。而通过李延寿对史料的剪裁和布局,原本并非李延寿首创的"饮酒恸哭"情节也获得了新的叙事功能:为通替棺是入殓后、下葬前孝武帝见贵妃的方法;巫师作法是下葬后为求一见的选择;在灵床前饮酒恸哭则是下葬后、作法前想见却不知所由的表现,前后勾连起"为通替棺"和"巫师作法"两个情节,同时也在一定程度上为巫师作法的出现做了铺垫。反过来看,如果删去"为通替棺"和"巫师作法"两个情节,即使保留"饮酒恸哭",《宣贵妃传》的叙事结构也会与《李夫人传》相差很大。也就是说,对这三个情节的选择与位置安排,是李延寿精心设计的,是在有意模仿《汉书·李夫人传》的套路和笔法。

值得一提的是,李延寿在编撰《南史》之时,曾有意识地取材于小说、异事。他在《北史·序传》中阐述自己撰《南北史》的体例时说,鉴于"小说短书,易为湮落,脱或残灭,求勘无所"的情况,因此要"鸠聚遗逸,以广异闻"①,"八代正史外,更勘杂史于正史所无者一千余卷,皆以编入"②。这就使《南史》一书以喜采轶闻入传著称。后世史家对此也颇有微词。如赵翼《廿二史札记》卷十一"《南史》增《梁书》琐言碎事"条言"李延寿修史,专以博采异闻,资人谈助为能事,故凡稍涉新奇者,必罗列不遗,即记载相同者,亦必稍异其词,以骇观听"③;钱大昕批评李延寿"好采它书,而不察事理之有无"④;四库馆臣也说"延寿采杂史为实录,又岂可尽信哉"⑤。考虑到上述情况,不能排除李延寿在《宣贵妃传》中加入的"贵妃身世""为通替棺"和"巫师作法"三个情节,是取材于民间传闻的可能性。

在《李夫人传》中,班固以揭破幻象的方式向武帝劝谏,提醒他李夫人临

---

① [唐]李延寿撰:《北史》卷一百,中华书局,1974年,第3345页。
② 《北史》卷一百,第3344页。
③ 《廿二史札记校证》,第226页。
④ [清]钱大昕著,方诗铭、周殿杰校点:《廿二史考异》卷三十七,上海古籍出版社,2004年,第596页。
⑤ [清]永瑢等撰:《四库全书总目》卷四十六,中华书局,1965年,第409页。

死前的言行包藏着不可告人的秘密,帝王的激情会导致君权的误用。[①]而在宣贵妃身上,因为特殊的身份,她与孝武帝关系的维持需要强势的皇权将她与外界隔离开,这也使史官无法掌握她的言行,故只能将笔锋转向孝武帝本人。在《宋书·后妃传论》中,沈约便已提出"大明之沦溺殷姬,并后匹嫡,至使多难起于肌肤,并命行于同产"[②]的观点,认为正是孝武帝宠溺殷贵妃,才引起了皇储之争和刘宋后期皇室成员相互残杀的恶果。这是中国古代历史叙事中流传已久的"红颜祸水"观点。如果说《宋书·刘子鸾传》中所记载的孝武帝破坏丧葬制度的行为,尚且可以归结到刘、殷二人内部关系的范畴,那么《魏书》则将孝武帝放纵私情的后果,明确指向了他对自身皇帝职能的主动放弃。魏收写道"骏自殷死,常怀悲恻,神情罔罔,废弃政事"[③],又在"饮酒恸哭"的情节后批评刘骏"耽昏若此"[④]。《魏书》的叙事代表敌国的立场。到了李延寿笔下,他已不满足于《宋书》与《魏书》的简单评论,而是选择在《南史·宣贵妃传》中增加更多细节与行动,并试图在这些细节、行动与孝武帝荒废政事的判断之间,建立起一种因果关系,使前代史官的评论能显得更有据可依。《南史》的叙事代表后人(唐人)的观点。虽然贵妃直至去世都没有露面,但从史官的表述中,我们可以感觉到,史官试图使读者相信,自从贵妃死后,孝武帝一举一动的背后便都有了贵妃的影子做驱动力。无论是为通替棺还是请巫师作法招魂,这个影子强烈且持续地唤起孝武帝的私情,以至于让刘骏放弃了对政事的关注,忘记了自己天子的身份。李延寿甚至让这种私情的宣泄贯穿了孝武帝的整个末年,他在《南史》中写道:"帝末年为长夜之饮,每旦寝兴,盥嗽毕,仍复命饮,俄顷数斗,凭几昏睡,若大醉者。"[⑤]而与孝武帝纵酒沉醉、纵情不能自拔形成鲜明对比的,却是招魂后幻象的破灭,这种落差使孝武帝的举动更增添了荒唐的意味。史官之所以如此处理,是因为他们在撰写正统史书时,往往都会抱着劝谏天子能够以史为鉴的书写目的。通过构建贵妃之死与刘宋王朝衰败之间的因果关系,史官们意在强调皇帝私情对国家秩序的影响,告诫君主不可贪恋女色,要控制好自己的情欲,否则会有亡国丧亲之痛。只是史官们对于历史教训的刻意追求,却也在很大程度上决定了孝武帝在历史上的荒淫形象。

[①] 参见宇文所安《"一见":读〈汉书·李夫人传〉》,文载(美)宇文所安著,田晓菲译:《他山的石头记——宇文所安自选集》,江苏人民出版社,2003年,第105—119页。

[②] 《宋书》卷四十一,第1298页。

[③] 《魏书》卷九十七,第2145页。

[④] 《魏书》卷九十七,第2145页。

[⑤] 《南史》卷二,第67页。

在《宣贵妃传》结尾，史官有意无意地又为读者提供了有关宣贵妃身世的一则材料："或云，贵妃是殷琰家人入义宣家，义宣败，入宫云。"[①]这种在传记结尾增添传闻类逸事的手法在《史记》《汉书》中就已出现，通过追叙和补叙增加文章波澜。无论从"或云"这样的措辞，还是这则材料被摆放的位置来看，这句话在李延寿的话语系统中并不被重视，仅仅发挥着趣闻的作用，与传记开头以严谨笔法交代出来的贵妃身份相比，这个传闻的可信度小得可怜，反倒故意给读者一种欲盖弥彰的感觉。这种首尾严肃与轻松、郑重与狡黠相对照的叙事结构本身就告诉读者，在贵妃"真实"身份的问题上，史官是倾向于义宣之女的说法的。这种说法也有利于加重孝武帝的"罪名"，深化整篇传记的劝谏效果。

三、结论

殷贵妃的身世之谜以及死后对刘宋政治的影响，造就了她与孝武帝独特的爱情。限于史料，我们已无法详细考索二人的爱情经历，只能借贵妃死后孝武帝创作的《拟李夫人赋》，想象二人缠绵悱恻的感情。

在《拟李夫人赋》中，刘骏对亡人的深情与专一、对子女的责任与承诺，是文章的核心。为了充分抒发自己的悲痛与怀思之情，刘骏选用了隔句交叉对称的句式和精心选择的典故，在抒情时注重分散抒情与集中抒情相结合、借景抒情与直抒胸臆相结合，全文在结构上呈现出精巧的前后勾连和抒情时的浓淡相间，作者的情感表达也实现了时间上的无限延展。文中表现出来的情感体验突出了爱情的缠绵与凄婉，成功地淡化了作者的皇帝身份和哀悼对象的皇妃身份，但也由此消解了皇权对于殷贵妃真实身份以及二人关系的保护。这时，谢庄主动奏上的《宣贵妃诔》及时与《拟李夫人赋》形成了互动。谢庄通过更含蓄的抒情和特意选择能够突出刘、殷二人身份的典故，塑造了一个既不失皇帝身份，又能较好地表达哀情的孝武帝形象，对孝武帝的形象进行了弥补和重新建构。

现存史书中对殷贵妃的专门记载，仅有《南史·宣贵妃传》一篇传记。作为历史的叙述者，史官很大程度上决定了一个形象会如何出现在历史上，并被后人认知。在《宣贵妃传》中，李延寿仅以寥寥数笔介绍了自己认定的贵妃真实身份，随后便将重心转向贵妃死后发生的一系列事件上，并通过对史料的精心选择与安排来表达自己的道德判断。在继承《魏书》孝武帝"饮酒恸哭"情节的基础上，李延寿在传文中首次增加了"为通替棺"和"巫师作法"

---

① 《南史》卷十一，第324页。

两个新情节,为传记确立了"帝常思见之"的主题,也使传记结构与《汉书·李夫人传》呈现出高度的一致性,这是李延寿对《李夫人传》的书写套路与笔法的有意模仿。由班固到李延寿,通过故事的移接,特别是揭破招魂幻象,不同时代的两位史官巧妙地完成了对君王的道德批判,只不过班固对李夫人和汉武帝都有批评,而李延寿则将笔锋更多地指向了孝武帝本人。李延寿秉承着以史为鉴、劝谏君王的修史目的,[①]与《宋书》和《魏书》相比,在《宣贵妃传》中增加了更多细节与行动,并小心翼翼地控制着文本的意义走向,始终在强调宣贵妃去世与孝武帝荒废政事之间的因果关联,以此说明皇帝一旦放纵私情便会给国家带来巨大危险。

第二节　刘宋文人的魏晋名士记忆
——以王僧达塑造的颜延之形象为中心

颜延之(384—456),字延年,琅琊临沂人,主要活动于东晋末年至刘宋中期,《宋书》卷七十三有传,一生"历四主,陪两王"[②],见证了东晋王朝的灭亡和刘宋朝的由盛转衰。王僧达(423—458),琅琊临沂人,太保王弘少子,文帝宠臣王僧绰从弟,《宋书》卷七十五有传,孝武帝朝初期,曾作为世家大族代表而被纳入到新政权的政治构架中。颜延之与王僧达二人虽然年纪相差39岁,却交从甚密。《文选》卷二十六收有颜延之《赠王太常》诗和王僧达《答颜延年》诗各一首,卷六十又收有孝建三年(456)颜延之去世后,王僧达所作《祭颜光禄文》一篇。

有关二人的交往,黄水云、谌东飚等学者虽然有所论及,但大多十分简略。[③]对颜、王之间的赠答诗,古今学者多因其中用典过密而评价不高。如何焯评价

---

① 辛德勇指出隋唐之际的史家在撰写史学著述时,往往有一种以"书功过,记善恶"为主导的倾向。参看辛德勇:《汉武帝晚年政治取向与司马光的重构》,《清华大学学报(哲学社会科学版)》,2014年第6期。该文后又以《司马光对汉武帝晚年政治取向的重构》为题,收入氏著《制造汉武帝:由汉武帝晚年政治形象的塑造看〈资治通鉴〉的历史构建》,生活·读书·新知三联书店,2015年。

② [明]张溥著,殷孟伦注:《汉魏六朝百三家集题辞注·颜光禄集》,中华书局,2007年,第223页。据殷孟伦注,四主指宋武帝、少帝、文帝、孝武帝,两王指庐陵王义真(殷注误作"义康")、始兴王濬。按:据《宋书》本传,孝武帝即位后,颜延之又领湘东王刘彧师,当是陪三王。

③ 参看黄水云著:《颜延之及其诗文研究》第三章第一节,文史哲出版社,1989年;谌东飚著:《颜延之研究》第三章,湖南人民出版社,2008年。

《赠王太常》云"'方流''圆折''九泉''丹穴''国华''朝列''邦懋''乡耋',拉杂而至,亦复何趣"①,指责颜诗因用事繁多而显得拘束晦涩;沈德潜批评颜延之赠诗"用笔太重,非诗人本色",而王僧达的答诗"亦著意追琢","与颜体相似"②。至于《祭颜光禄文》,虽然肯定性的评论较多,但也多着眼于文章的情感真挚。如许梿认为祭文"冲淡有真味","追感怆凄,错落尽致,绝无支蔓之笔,故佳"③;高步瀛称赞"真语挚词藻所掩,是为善于言情"④。总体而言,目前学界对这一组赠答诗和祭文的研究,都没有联系诗文创作时的特定政治背景和两位作者当时的不同心态,以致不能深入。因此,本节试图结合具体时代背景,通过文本细读的方法考量颜延之与王僧达的交往,特别是王僧达对颜延之的关注点,分析诗文字句背后的深意,进而探讨刘宋孝武帝裁抑士族对王僧达创作心态的影响。

一、王僧达对颜延之的选择性关注

对于颜延之其人的思想性情,曹道衡、沈玉成和李宗长认为颜氏是儒家思想占主导地位,同时又受到玄佛思想的深刻影响。⑤这一观点自提出之后已被学界广泛接受,⑥充分说明颜延之的思想体系具备多样化的特征。另外,从史书上看,颜延之的性格从壮年到晚年也有一个明显的变化。但通过细读王僧达所作《答颜延年》诗和《祭颜光禄文》,可以发现,王僧达对颜延之的关注、理解和推崇其实是带有选择性偏见的,是经过王僧达个人意愿筛选后的结果,而非完整、全面的颜延之。为方便分析,在此不惮繁琐,将颜、王二人赠答诗与《祭颜光禄文》抄录于下。

赠王太常

玉水记方流,璇源载圆折。蓄宝每希声,虽秘犹彰彻。聆龙睇九

---

① 《义门读书记》卷四十六,第913页。
② [清]沈德潜选:《古诗源》卷十、卷十一,中华书局,1963年,第227页、第268页。
③ [清]许梿评选,[清]黎经诰笺注:《六朝文絜笺注》卷十二,中华书局,1962年,第184页。
④ 高步瀛选注,孙通海点校:《南北朝文举要》,中华书局,1998年,第89页。
⑤ 参看曹道衡、沈玉成著:《南北朝文学史》第四章第一节《颜延之的生平和思想》,中国社会科学出版社,2007年;李宗长:《论颜延之的思想》,《南京社会科学》,1996年第6期。
⑥ 如于溯指出颜延之行事之"狂",其实与他尚礼法、精礼学,在精神上是相合的;谌东飚认为颜延之的思想比较复杂,但占主导地位的是儒家思想,其次是佛学思想;李佳也认为颜延之虽兼有佛、道思想,然一生中仍旧仕多于隐,主导思想仍在儒家学说。参看于溯:《颜延之研究五题》,南京大学硕士学位论文,2008年;谌东飚:《颜延之研究》;李佳校注:《颜延之诗文选注·绪论》,黄山书社,2012年。

泉,闻凤窥丹穴。历听岂多工,唯然觏世哲。舒文广国华,敷言远朝列。德辉灼邦懋,芳风被乡辈。侧同幽人居,郊扉常昼闭。林间时晏开,巫回长者辙。庭昏见野阴,山明望松雪。静惟浃群化,徂生入穷节。豫往诚欢歇,悲来非乐阕。属美谢繁翰,遥怀具短札。

答颜延年

长卿冠华阳,仲连擅海阴。珪璋既文府,精理亦道心。君子耸高驾,尘轨实为林。崇情符远迹,清气溢素襟。结游略年义,笃顾弃浮沉。寒荣共偃曝,春酝时献斟。聿来岁序暄,轻云出东岑。麦垄多秀色,杨园流好音。欢此乘日暇,忽忘逝景侵。幽衷何用慰,翰墨久谣吟。栖凤难为条,淑贶非所临。诵以永周旋,匣以代兼金。

祭颜光禄文

维宋孝建三年,九月癸丑朔,十九日辛未,王君以山羞野酌,敬祭颜君之灵,呜呼哀哉。

夫德以道树,礼以仁清。惟君之懿,早岁飞声。
义穷机象,文蔽班杨。性婞刚洁,志度渊英。
登朝光国,实宋之华。才通汉魏,誉浃龟沙。
服爵帝典,栖志云阿。清交素友,比景共波。
气高叔夜,严方仲举。逸翮独翔,孤风绝侣。
流连酒德,啸歌琴绪。游顾移年,契阔燕处。
春风首时,爰谈爰赋。秋露未凝,归神太素。
明发晨驾,瞻庐望路。心凄目泫,情条云互。
凉阴掩轩,娥月寝耀。微灯动光,几筵谁照。
衾衽长尘,丝竹罢调。擗悲兰宇,屑涕松峤。
古来共尽,牛山有泪。非独昊天,殱我明懿。
以此忍哀,敬陈奠馈。申酌长怀,顾望歔欷。
呜呼哀哉。[①]

两首赠答诗句数相同,有彼此唱答之意。在《答颜延年》诗的开头,王僧达将颜延之比作司马相如和鲁仲连,以前者喻其文采华丽,以后者赞其道德

---

① 文本出自《文选》。

高标。①第二联"珪璋既文府,精理亦道心"承第一联而来,两句也分别对应颜延之的文采与道德。②这两联自然是对颜延之赠诗中"舒文广国华,敷言远朝列。德辉灼邦懋,芳风被乡耋"四句的回应。但与颜氏较空泛的言辞不同,王僧达挑选了两个历史上的具体人物作比照。司马相如与颜延之均以善制应诏诗文著称,前者作有《子虚赋》《上林赋》,展现了汉武帝时期的盛世王朝气象;后者曾奉宋文帝之旨作有《赭白马赋》,是对元嘉盛世的颂扬,此为二人相类之处。鲁仲连的事例更有意味。鲁仲连在道义的驱使下挺身而出,说服魏国使者不可尊秦王称帝,解了赵国之围,事后又不受赵国封赏,一句"为人排患释难解纷乱而无取也"③,表现了士人不畏强权、履践仁义的独立人格,也使鲁仲连成为后世诗人屡屡吟咏的对象。如曹丕《煌煌京洛行》:"峨峨仲连,齐之高士。北辞千金,东蹈沧海";左思《咏史诗》也说鲁仲连"功成耻受赏,高节卓不群。临组不肯绁,对珪宁肯分。连玺曜前庭,比之犹浮云";谢灵运《述祖德诗》:"弦高犒晋师,仲连却秦军。临组乍不绁,对珪宁肯分"。④这种士人独立人格在颜延之身上也有鲜明的印记。据《宋书》记载,元嘉初期,刘湛、殷景仁把持朝政,颜延之"意有不平,常云:'天下之务,当与天下共之,岂一人之智所能独了!'辞甚激扬,每犯权要"⑤。又记载元嘉十三年(436)晋恭帝皇后下葬时,刘湛⑥欲挑选义熙元年(405)除身者兼葬职,行晋礼,于是任命颜延之兼侍中,颜延之以"未能事生,焉能事死"⑦为由,毅然拒绝充当虚礼点缀。这些都展现出颜延之刚正不阿、不畏权贵的独立人格。同时,鲁仲连为齐国人,王僧达用他比对出身琅琊临沂的颜延之也显得格外贴切。

---

① 《重订文选集评》于"长卿冠华阳"句旁批"才"字,于"仲连擅海阴"句旁批"德"字。参[清]于光华辑:《重订文选集评》卷六,国家图书馆出版社,2012年,中册第179页。
② 吕延济注:"珪璋,玉也,喻长卿。……精理谓精微之理,至道之心,谓鲁仲连也。"见《六臣注文选》,第484页。
③ 《史记》卷八十三,第2988页。
④ 分别见《先秦汉魏晋南北朝诗》魏诗卷四、晋诗卷七、宋诗卷二,第392页、第733页、第1157页。
⑤ 《宋书》卷七十三,第1893页。
⑥ 《宋书·颜延之传》作"湛之",《南史》卷三十四不书姓名,《建康实录》卷十二只作"有司"。按:《宋书》提及刘湛时,或称全名或单称"湛",未见写作"湛之"之例。元嘉末年虽有徐湛之主持朝政,但据《宋书》卷五《文帝纪》及卷七十一《徐湛之传》,元嘉十三年时徐湛之应在南彭城、沛二郡太守任上,不在朝中,且《颜延之传》此前又未言及徐湛之,故此处所指只能是刘湛。《宋书》卷七十七《沈庆之传》有"刘湛之",钱大昕《廿二史考异》卷二十四云:"'之'字衍。"此处亦同。
⑦ 《宋书》卷七十三,第1893页。

王僧达对颜延之清傲①品格的赞赏,也延续到了《祭颜光禄文》中。这篇祭文自"义穷机象"至"啸歌琴绪",共计十八个四言句,均是对颜延之道德品格的赞美。其中"性婞刚洁"和"严方仲举"两句与上文鲁仲连的典故作用相同,均是称赞颜延之刚直不屈的个性。"性婞刚洁"出自《楚辞》"鲧婞直以亡身兮",王僧达通过文本字面上的相似性引导读者思路,由被称赞的颜延之联想到鲧,进而联想到在文学传统中以独立不迁、坚持原则形象示人的屈原。而颜延之生前曾因遭徐湛之排挤,被贬为始安太守,之郡途中创作了《祭屈原文》,中有"物忌坚芳,人讳明洁"两句,实则也是借屈原的经历托喻自己,结尾"藉用可尘,昭忠难阙"也表明了作者忠于自己志节的坚定立场。②无独有偶,颜延之在《和谢监灵运诗》中同样也有"吊屈汀洲浦"③这样追念屈原的诗句。如此一来,王僧达便通过文本、典故以及典故背后蕴含的道德评判,构建起了如下的一个意义循环:颜延之→屈原→颜延之。贯穿这一循环的正是屈原这个人物,正是士人方正严峻、蹈行仁义的精神。同样,王僧达在"严方仲举"中提到的东汉末年清流名士陈蕃也具备这样的人格。《后汉书》本传记载了他在权富面前敢于坚守原则,并屡次不顾安危上书直言劝谏皇帝的事迹,当时人称"不畏强御陈仲举"④,史书称赞其"能树立风声,抗论悟俗","以仁心为己任,虽道远而弥厉"⑤。《世说新语·品藻》记载蔡邕评价陈蕃,说他"强于犯上"⑥。这不仅是东汉末年的流行评价,此条能收入《世说》,也表明晋宋时人认可蔡邕的评语,依然极其推崇陈蕃。

虽然王僧达承接《答颜延年》诗的内容,在祭文中高度赞扬了颜延之的独立人格,但这显然并不是祭文的重点,王僧达将更大的篇幅放在了对颜延之身上的名士风流,准确说是正始玄风的描写上。他先是直言颜延之"义穷机象",精于三玄之一的《周易》。从现存史料来看,此事不虚。《南齐书》记载

---

① 王夫之在《古诗评选》中评价颜延之其人其诗时,特别关注颜氏"清傲"的特质。如"颜笔端自有清傲之气,濯濯自赏""其才本傲岸""既资清傲之才"。见[清]王夫之评选,张国星校点:《古诗评选》,文化艺术出版社,1997年,第228—229页。另外可参看杨艳华:《颜延之诗歌创作得失评议——以王夫之〈古诗评选〉对颜诗的评论为中心》,《漳州师范学院学报(哲学社会科学版)》,2011年第4期。
② 《宋书》卷七十三,第1892页。吕向注曰:"苟藉顺韶谀,取用于时,其可久矣。盖昭其忠信,虽死难以阙也。"见《六臣注文选》卷六十,第1125页。
③ 《先秦汉魏晋南北朝诗》宋诗卷五,第1233页。
④ 《后汉书》卷六十七,第2186页。
⑤ 《后汉书》卷六十六,第2171页。
⑥ [南朝宋]刘义庆著,[南朝梁]刘孝标注,余嘉锡笺疏,周祖谟、余淑宜、周士琦整理:《世说新语笺疏》,中华书局,2007年,第591页。

颜延之任国子祭酒时,对立于学官的《易》经注本做了调整,"黜郑置王,意在贵玄"①,《庭诰》中也有其讨论汉代《易》学和魏晋以来玄学化《易》学的内容。接下来的"服爵帝典,栖志云阿"两句,则是对颜延之虽然身处庙堂之上,但其心无异于山林之中的高远超脱姿态的描述。②其中"栖志"二字出自西晋张华《励志诗》"栖志浮云"③。张华为支持晋武帝灭吴的功臣,在武帝和惠帝时期皆"有台辅之望","海内晏然,华之功也"④,此为其"服爵帝典"的一面;同时在他所作《归田赋》和《鹪鹩赋》中,"眇万物而远观,修自然之通会""任自然以为资"⑤等语句,又透露出他对"栖志浮云"的向往和淡然心态。可以说张华身体力行地践行了同时代人乐广所谓"名教内自有乐地"⑥的玄学理念。在王僧达眼中,颜延之无疑也达到了这种境界。"气高叔夜"一句,选取玄学名士代表人物嵇康指代颜延之。"逸翩独翔"的字词与意境,均导源于郭璞《游仙诗》"逸翩思拂霄"⑦。最后王僧达又在"流连酒德,啸歌琴绪"中,借最能体现正始风流的行为要素,更为直接地描绘颜延之生前的名士风度。饮酒是表现名士风流的必备条件,东晋王恭曾说:"名士不必须奇才,但使常得无事,痛饮酒,熟读《离骚》,便可称名士。"⑧"酒德"一词也很容易使读者联想到竹林七贤之一刘伶所写的名篇《酒德颂》。在这篇文章中,刘伶塑造了一个蔑视礼法、权贵的"大人先生"的形象。王僧达则根据颜延之的生前事迹,认定颜延之继承了这种作风。史书记载颜延之"饮酒不护细行"⑨,"文帝尝召延之,传诏频不见,常日但酒店裸袒挽歌,了不应对,他日醉醒乃见"⑩。其中的怠事、饮酒和裸袒正是表现正始风流的主要行为方式,这些行为的原始典型则又可以追溯到阮籍、嵇康、刘伶等竹林名士。⑪颜延之身上的狂傲、越礼和嗜酒疏诞正是对这些名士的模仿,他甚至专门创作咏史组诗《五君

---

① 《南齐书》卷三十九,第684页。
② 李周翰注:"言衣服爵命虽奉帝典,而栖志实在云山之曲。"见《六臣注文选》,第1125页。
③ 《先秦汉魏晋南北朝诗》晋诗卷三,第615页。
④ 《晋书》卷三十六《张华传》,第1070页、第1072页。
⑤ 《全晋文》卷五十八,第1789页、第1790页。
⑥ 《晋书》卷四十三,第1245页。
⑦ 《先秦汉魏晋南北朝诗》晋诗卷十一,第865页。
⑧ 《世说新语笺疏·任诞》,第897页。
⑨ 《宋书》卷七十三,第1891页。
⑩ 《南史》卷三十四,第879页。
⑪ 于溯:《颜延之研究五题》,第29页。

咏》，以表达内心对他们的企慕之情。①而颜延之模仿、追慕魏晋风流的举动，在其去世后，又成为王僧达赞赏、仰慕的对象。

通过上面的分析我们可以发现，王僧达在诗文中盛赞颜延之时，主要运用了两种表现技巧。从"性婞""栖志""逸翮""酒德"这些词语，均可以轻易看出作者所参考的早期文本。这些早期文本依靠其在文学传统中建立起来的文学经典地位以及文本作者所具备的鲜明人格魅力，而被后代读者所熟知。王僧达借用的上述字词在作品中不仅拥有最表层的字面含义，还与经典的早期文本建立起联系，使读者在阅读自己的诗文时，可以在记忆中回溯这些早期文本所影射的历史情景和人物，进而唤起早期著作中所蕴含的情感和道德信息。用典本是颜延之诗文最为擅长的表达方式，经由赠答这一创作方式的链接，也成了王僧达的表达方式。如由"性婞"可以联想到鲧和屈原坚持原则的正直人格，"栖志"使颜延之形象与在名教中寻求乐地的张华发生重合，"逸翮"和"酒德"则让颜延之具备了郭璞的清傲脱俗和竹林七贤的放浪形骸。同时，王僧达还在《答颜延年》诗和《祭颜光禄文》中，直接称引了鲁仲连、陈蕃、嵇康这些历史上的人物名字，为读者提供了王僧达认为的可以与颜延之归为一类的特定人物形象。鲁仲连和陈蕃代表了士人践行仁义、不屈服于强权的品德，嵇康象征着追逐个人自由的生活方式。借用文本—历史典故和历史典故两种手法，②王僧达沟通起了历史与现在，使得自己对颜延之的称赞不再只是单纯的辞藻堆砌，而是融入了各种早期的历史场景和情感世界中。在与原始文本形象、作者以及所称引的历史人物的人格互动中，王僧达巧妙地将颜延之编排进了汉末清流名士和魏晋玄学名士的传承脉络里，一个同时具备了刚正方严的独立人格和魏晋名士风流雅趣的颜延之形象，也就变得立体生动起来。

虽然王僧达从两个方面赞美了颜延之，但从各自内容所占的篇幅来看，王僧达似乎更看重后者，即颜延之身上的玄学色彩。更值得注意的是，王僧达在作品中细致地描写了与颜延之的相处经历，如《答颜延年》云"结游略年义，笃顾弃浮沉。寒荣共偃曝，春酝时献斟"；《祭颜光禄文》说"游顾移年，契阔燕处。春风首时，爰谈爰赋"。这不仅是赠答诗与哀祭文两种文体形式对

---

① 颜延之在《五君咏》中还表现了怨世的思想，抒发了忿激的情绪，可参看黄水云《颜延之及其诗文研究》、谌东飚《颜延之研究》。

② 借用早期作品中的形象或措辞，同时用它们影射历史人物或事件，蔡宗齐将这种手法命名为"文本—历史典故"。至于"历史典故"，则缺乏在文本方面潜在的活动力，所起的作用基本上只是传递有关过去的一般知识。见蔡宗齐著，陈婧译：《汉魏晋五言诗的演变：四种诗歌模式与自我呈现》，北京大学出版社，2015年，第196—203页。

创作内容的要求,也是王僧达有意识地将自己归为颜延之知己、同类人的表现。他一方面说颜延之"逸翩独翔,孤风绝侣",突出颜延之之"孤介不群"①,另一方面又写道"清交素友,比景共波"。这里的"素友"无疑是指与颜延之志趣相投之人。"比景共波"一句按吕向的注释,是王僧达说自己有幸与颜延之"栖比光景,共游波澜";李善理解为"共波犹连波,以喻多"②,即二人相处时日之久,正与后文"游顾移年,契阔燕处"两句相呼应。两种解释虽略有区别,但大意相差不远,均表明王僧达十分看重和颜延之的交往关系。这种重视是建立在王僧达对颜延之人格风度、生活状态、处世原则的肯定、推崇,甚至羡慕、向往的基础上的。他在祭文中将自己归入颜延之所结交的"素友"行列,实际潜意识里已隐蔽地表露了自己的心迹。

需要补充说明的是,之所以可以相信王僧达在祭文中抒发的情感,是因为祭文的文体性质不同于与其有类似功能的碑文。祭文和碑文从体例上来说,虽然都有表达哀思与追美逝者德行两部分内容,但碑文自产生之后往往有作者接受死者家属钱财而撰写的情况,故而出现了商品化倾向,谀墓现象较重,大多罗列虚美之辞,夸大死者品德功绩,感情未必真实。如东汉碑文大家蔡邕就曾承认:"吾为碑铭多矣,皆有惭德,唯郭有道无愧色耳。"③西晋武帝咸宁四年(278)、东晋安帝义熙年间(405—418),朝廷两次下诏禁碑,都考虑到了碑文内容、情感不实的原因。④《文心雕龙·诔碑》在总结碑文体式时说:"标序盛德,必见清风之华;昭纪鸿懿,必见峻伟之烈,此碑之制也。"⑤说明碑文的最终目的在于颂美死者德行,而非抒发悲痛怀思之情,这就必然容易带来碑文情感虚美的情况。而对于祭文,刘勰的要求则是"宜恭且哀"⑥,徐师曾也认为"祭文者,祭奠亲友之辞也。……中世以还,兼赞言行,以寓哀伤之意"⑦,说明祭文的主要特征是"哀",颂赞的部分只是次要的。而且与碑文多为死者家属委托他人撰写的情况不同,祭文多出自与死者关系

---

① 刘良注,见《六臣注文选》,第1125页。
② 《六臣注文选》,第1125页。
③ 《后汉书》卷六十八《郭泰传》,第2227页。
④ 《宋书》卷十五《礼志二》载晋武帝诏书曰:"此石兽碑表,既私褒美,兴长虚伪,伤财害人,莫大于此。一禁断之。"见《宋书》,第407页。义熙年间,裴松之"以世立私碑,有乖事实",上表建议禁碑,说道:"孔悝之铭,行是人非;蔡邕制文,每有愧色。……勒铭寡取信之实,刊石成虚伪之常,真假相蒙。"见《宋书》卷六十四,第1699页。
⑤ 《文心雕龙解析》,第200页。
⑥ 《文心雕龙解析·祝盟》,第176页。
⑦ [明]徐师曾著,罗根泽校点:《文体明辨序说·祭文》,《文章辨体序说·文体明辨序说》,人民文学出版社,1962年,第154页。

密切的亲友之笔,其中蕴含的感情自然可信度较高。因此,无论从祭文内容上分析,还是从祭文的文体性质上看,前人对《祭颜光禄文》感情真挚的评论都是有足够依据的,王僧达确实对颜延之的独立人格和名士风流,表达了发自内心的推崇和向往。

然而,如笔者在前文所言,颜延之的思想包括了儒、玄、佛三家。他在经学的《论语》类、通礼类、小学类以及佛学方面均有著述。①元嘉十九年(442),文帝立国子学,皇太子刘劭讲《孝经》,颜延之和何承天同为执经,说明了他的经学造诣。②此后颜延之又担任过秘书监、光禄勋、太常这些主要负责文书、祭祀、礼仪的工作。这些最能体现颜延之身上儒学色彩的经历,王僧达只字未提。据史料记载,王僧达当时与佛教徒释慧观和释僧远交往密切,③但对颜延之的佛学著述和佛教思想也未加评论。可见,这些都不是王僧达最为看重的。再者,颜延之的性格和行事风格随着年龄的增长是有变化的,他在《拜陵庙作诗》中写道"幼壮困孤介,末暮谢幽贞"④,即是说自己青壮年时性格刚正,行事不同流俗,晚年则收起狂态,有心退隐田林,流露出一副谨慎保守的处世心态。对此,王僧达依然未加关注。

在《祭颜光禄文》中,王僧达挑选了张华和竹林七贤的典故来衬托颜延之的名士风流。只是,张华所秉持的是乐广所谓"名教内自有乐地"的哲学,以嵇康为代表的竹林七贤则主张"越名教而任自然",两种观点相互抵触,本是玄学发展的两个不同阶段,一并拿来比对颜延之,难免有些不贴切。然而王僧达的本心并不在界定颜延之究竟更像张华还是七贤,他看重的仅仅是颜延之继承的这些前贤的名士风流,是洒脱,是狂,是任诞。这也说明王僧达在创作《祭颜光禄文》时,心中显然已经认定:行事狂傲、嗜酒疏诞、傲视权贵才是最能代表颜延之个性与形象的。

王僧达在《祭颜光禄文》中对颜延之的评价和形象塑造,显然是经过了选

---

① 参看杨晓斌著:《颜延之生平与著述考论》中编《颜延之著述考论》,人民文学出版社,2022年。
② 《宋书》卷六十四《何承天传》记载此事,标颜延之官职为中庶子。考《宋书·颜延之传》及缪钺《颜延之年谱》,延之任太子中庶子在元嘉三年,十一年三月以后被贬为永嘉太守,故执经时官职不可能为中庶子。杨晓斌考证颜延之此时是以始兴王濬后军谘议参军的身份执经。参《颜延之生平与著述考论》,第73页。缪钺《颜延之年谱》则认为执经之事当在元嘉二十二年,此时颜延之任国子祭酒。参缪钺著:《冰茧庵读史存稿》,《缪钺全集》第一卷(下),河北教育出版社,2004年,第476—478页。
③ 王僧达与释慧观的交往参见《高僧传》卷七、《宋书·王僧达传》,与释僧远的交往参见《高僧传》卷八。
④ 《先秦汉魏晋南北朝诗》宋诗卷五,第1232页。

择加工的,是主观上以意逆志的结果。从形象学的角度看,作者在观察创作对象时,会受到自己的经验世界、知识体系、价值取向等方面先见的影响。这种影响反映在文学作品中,便会造成作者把自己的意识、意愿投射到关注对象身上,对关注对象符合自己趣味的某一方面进行选择性重点描写的现象。王国维所谓"以我观物,故物皆著我之色彩"的"有我之境"①,即与这种现象相似。王僧达从颜延之复杂且有变化的思想体系、性格特征中,重点选取士人独立人格和玄学名士风流的要素加以描写,也与王僧达个人的价值取向和心理期待相关,而这两个因素又和刘宋当时的政治生态有着密不可分的关联。

二、影响王僧达创作心理的政治背景

从精神分析的角度讲,他者是作为形塑者的欲望对象存在的。当王僧达对颜延之的名士风度表现出强烈的仰慕、倾心和向往时,他便在颜延之身上寄托了自己的期待和幻想。这种期待和幻想是现实环境所不具备的,带有很大程度的乌托邦色彩。对颜延之形象的塑造和赞美,也正是王僧达借助文学表达自己心理期待的一次实践。在这个实践过程中,王僧达否定了既有的生存状态,以及他所认为的造就这种"错误"生存状态的政治环境。

颜延之的大部分政治生涯都是在文帝朝度过的。无论在政治史还是文学史上,宋文帝均以爱好文义、"雅重文儒"②著称。《建康实录》称赞文帝"蕴藉义文,思弘儒术,庠序建于国都,四学分于家巷"③。这体现了文帝气质上士族化、名士化的特点。这种性格使文帝在位时对文才出众者,特别是出身士族的文士格外看重。当然,这种重视仅仅局限在这些人的文学才能上而已。如文帝对待谢灵运,"唯以文义见接,每侍上宴,谈赏而已"④,只给名士文臣提供文学活动的平台,而将他们排除在政治活动之外。这两方面原因促使文帝在对待文人时往往比较宽容,即使这些人时常有一些出格甚至违反政令的行为,文帝也大多宽容待之。文帝对谢灵运的处置便是最典型的事例。同样,文帝对颜延之触犯权贵及放诞的作风也十分宽容。本传记载颜延之曾因出言不逊得罪"专当要任"⑤的刘湛和执掌朝政的彭城王义康,而被出为永嘉太守。延之愤而作《五君咏》,义康因此欲重其罪,打算将延之发

---

① 彭玉平撰:《人间词话疏证》,中华书局,2011年,第408页。
② 《南史》卷二,第54页。
③ 《建康实录》卷十四,第556页。
④ 《宋书》卷六十七,第1772页。
⑤ 《宋书》卷七十三,第1893页。

配到更远的郡县。文帝特意下诏给义康,说"降延之为小邦不政"①,维护颜延之。此后颜延之任始兴王濬后军谘议参军、御史中丞,"在任纵容,无所举奏",被人弹劾,虽暂时免官但很快又被任命为秘书监、光禄勋、太常。②上文还曾说到颜延之醉酒裸袒,置文帝传召于不顾,文帝依然没有怪罪。王僧达在元嘉时期也已出仕,本传记载他"性好游猎"③,在宣城太守任上荒废政务,肆意驰骋,文帝并未治罪。元嘉二十八年(451)北魏入侵,王僧达请求入卫京师,实际上有畏敌脱逃之嫌,文帝居然也予以批准。对于文帝的这种性格,李延寿评为"仁厚"④,许嵩称赞"太祖宽肃宣惠"⑤,而时代更近的沈约却批评他"刑德不树"⑥,"网以疏行,法为恩息"⑦。但无论如何,文帝对待臣子的宽恕态度,毕竟为一些性格乖张傲慢的文士营造了一个相对宽松包容的政治环境,客观上确实保护了像颜延之和王僧达这样的人,使他们不会因为自己的出格言行而受到残酷的政治打击。⑧

然而孝武帝即位后,这种相对宽松的政治环境便不复存在了。这一方面是因为孝武帝的性格异于文帝,猜忌心重、易怒、暴虐的脾气秉性,决定了孝武帝不可能像文帝那样优容臣属;更主要的原因还在于孝武帝实施了比文帝时期更严厉的加强皇权的措施,其中最为重要的一项便是提拔次等士族和寒人,打压世家大族。

文帝与孝武帝父子二人虽然都是以地方藩王的身份继承皇位,但周围亲信身份的不同,决定了他们对待甲族成员的态度和政策也有不同。当傅亮到江陵迎接刘义隆入京即位时,后者犹疑不定,是王华、王昙首兄弟力主入京,辅佐文帝登基,随后二人又帮助文帝铲除徐羡之、傅亮,讨平谢晦,功

---

① 《宋书》卷七十三,第1893页。
② 《宋书》卷七十三,第1902页。
③ 《宋书》卷七十五,第1951页。
④ 《南史》卷二,第54页。
⑤ 《建康实录》卷十四,第555页。
⑥ 《宋书》卷九十五,第2359页。
⑦ 《宋书》卷四十四,第1362页。按:《宋书·文帝纪》"史臣曰"称赞文帝:"纲维备举,条禁明密,罚有恒科,爵无滥品",与上两条材料矛盾,见《宋书》,第103页。杨恩玉依据《宋书》的编纂过程,认为《文帝纪》的赞美是徐爰等人的溢美之词,批评观点则出于沈约。参看杨恩玉:《宋文帝与"元嘉之治"重估》,《山东大学学报(哲学社会科学版)》,2009年第4期。
⑧ 张亚军在《宋文帝论》一文中谈到文帝的宽恕性格,指出文帝对文士、大臣、兄弟、子嗣都多方容忍,过于宽恕。文载《廊坊师范学院学报》,2003年第3期。

绩卓越。①王华兄弟出自琅琊王氏,作为徐羡之、傅亮重要军事外援的谢晦则出自陈郡谢氏,正是东晋以来名位最高贵的两大家族。这三人在文帝即位过程中扮演的重要角色,说明在刘宋初期,世家大族虽然实力渐衰,无法再像东晋时那样建立起门阀政治,但依然具备巨大的政治影响力。正是考虑到王氏兄弟的功绩以及门阀贵族在当时尚存的影响,故而文帝在位时,谢弘微、殷景仁、何尚之、王僧绰这样的世家大族成员在中央仍然占据了重要位置。相比之下,帮助刘骏从江州入讨夺取皇位的功臣,如颜竣、柳元景、沈庆之、薛安都等人,则只是地位较低的次等士族、地方土豪或寒人武将,大族子弟并未参与其中。当猜忌心理很重的刘骏即位之后,必然只能选择与自己的旧属臣分享权力。这些功臣的阶层与身份,客观上也为孝武帝提供了一个重新整合朝廷内部各阶层势力的契机。

即位之初,孝武帝曾在中央文、武官两个系统中构建了一个包括甲族、次等士族和皇族,同时也包括文帝旧臣和自己"代党"在内的相对平衡的权力结构。作为世家大族代表,王僧达最初也被孝武帝吸纳进了这个体系,并被任命为护军将军。②当然,这仅仅是个虚职,军权仍然掌握在身为领军将军的孝武帝故吏柳元景手中。孝武帝对王僧达的职位安排,正是开始打压大族的信号。同时,孝武帝又通过树立同属琅琊王氏的王微为典型,暗示高门子弟不要过分热衷于权力。据《宋书》本传,王微是东晋开国名臣王导的玄孙,可以说是琅琊王氏中最尊贵的一支。但他一生"素无宦情"③,多次称疾,拒不出仕,整篇传记记录的都是他如何生病、养病。王微于元嘉二十年(443)去世,孝武帝即位时,距王微去世已有十年之久。有心裁抑高门士族的孝武帝发现了王微不同寻常的行为举动,于是旧事重提,加以利用。他专门下诏追尊王微,说:"微栖志贞深,文行惇洽,生自华宗,身安隐素,足以贲兹丘园,惇是薄俗。不幸蚤世,朕甚悼之。可追赠秘书监。"④没有政治功绩,只凭"生自华宗,身安隐素"便可以获得皇帝表彰,无疑是提醒高等士族要以王微为榜样,主动远离权力核心,这才是孝武帝表彰王微的真正用意所在。

孝武帝极力维护皇权,不仅表现为将大族成员排除在权力核心之外,还表现在规范、限制士族有可能侵犯皇权威严的言语与行为。如出身汝南安成的周朗,虽非最高层次的士族,但"少而爱奇,雅有风气",追求"土石侯卿,

---

① 《宋书》卷六十三:"诛徐羡之等,平谢晦,昙首及华之力也。……晦平后,上欲封昙首等,会宴集,举酒劝之,因拊御床曰:'此坐非卿兄弟,无复今日。'"见《宋书》,第1679页。
② 参看本书第二章第一节。
③ 《宋书》卷六十二,第1665页。
④ 《宋书》卷六十二,第1672页。

腐鸠梁锦"①境界的性格特点,依然不难看出魏晋名士风度对他的影响。周朗曾在孝建元年(454)上书指陈时弊,但言辞过于严厉、高傲,没有表现出对皇权的足够尊重,因而被孝武帝免职。又如高门之间通婚,是士族彰显身份并通过联姻保持政治地位的重要手段。孝武帝曾下诏命令出身济阳考城的蔡兴宗将女儿嫁给南平王敬猷,但兴宗本欲将女儿许配给门第更高的陈郡阳夏的袁彖②,故屡次推辞。蔡兴宗这种为维护士族联姻而不惜拒绝皇室的行为自然损害了皇权的尊严,于是孝武帝严厉地回应说:"卿诸人欲各行己意,则国家何由得婚?"③强力促成了蔡氏与刘宋皇室的联姻。

在孝武帝的双重威逼下,高门士族为维持门第不坠、继续保有尊贵的身份,只有两条出路:一是遵从皇帝意志,在皇权的压迫下放弃独立人格,效忠朝廷,如何尚之、何偃父子。二人无论在文帝时期、刘劭短暂篡位时期,还是在孝武帝时期,都以"善摄机宜"④著称。特别是何偃,王微曾称赞他"少陶玄风,淹雅修畅,自是正始中人"⑤。然而就是这样一个社会声誉极高的人,却没有表现出应有的士人品格和正始名士风流。他不仅欣然接受了孝武帝给他的吏部尚书的虚职,并且表现出积极配合新政权的态度,帮助孝武帝牵制颜竣,获得了孝武帝"亲遇隆密,有加旧臣"⑥的待遇。另一条出路,便是像谢庄那样"顺人而不失己",与皇权既保持一定距离,又不与皇帝发生激烈冲突。⑦但无论如何,像颜延之在文帝时期那样对权贵傲慢无礼、放浪形骸的士人作风,在孝武帝朝是绝对不会被容忍的。

事实上,即使是在王僧达看来完美坚守了士人品格和玄学风流的颜延之,在孝武帝朝也一改其狂士的作风,变得低调、谦退、和光同尘起来,以至于使人产生颜延之晚岁颇改旧观的印象。颜延之子颜竣在孝建初年"权倾一朝"⑧,他本人也被尊崇为金紫光禄大夫,但颜竣供给之物颜延之一概不受,还多次严厉

---

① 《宋书》卷八十二,第2089页、第2091页。
② 王伊同《五朝门第》误作"袁颛"。见《五朝门第:附高门世系婚姻表》上册下编,第53页。
③ 《宋书》卷五十七,第1584页。
④ 《宋书》卷五十九,第1608页。
⑤ 《宋书》卷六十二,第1669页。
⑥ 《宋书》卷五十九,第1608页。
⑦ 参看孙明君《谢庄〈与江夏王义恭笺〉释证》一文。
⑧ 《宋书》卷七十三,第1903页。

告诫颜竣不可傲慢。①这种改变无疑得益于颜延之阅世之久,得益于他在漫长且波折的政治生涯中总结出的生存智慧。虽然此时的颜延之依然嗜酒如命,"得酒必颓然自得"②,但他一方面年事已高,另一方面颜竣在朝廷中的地位和权势客观上对他也形成了一种保护,故而颜延之得以安然平静地度过生命中的最后三年。张溥也曾说颜延之:"得功名耆寿,或非无故也。……名士在世,动得颠挫,俯循人情,以卑致福。……竣既贵重,延年辄多谢避,观其笑第宅之拙,恶云霞之傲,视谢瞻篱隔谢晦,达尤过之。然彼虽厌见要人,其享荣终也,可不谓要人力哉。惟有子而不受子累,可以不寿而卒寿也,狂不可及,盖在斯乎!"③点明了颜延之在晚年改变行事风格对其保身的重要性。这种转变代表颜延之已经接受了皇权专制日益强化的现实,承认士人的人格理想在现实政治中已经失去了存在的可能性,在新时代里,士人与皇权的磨合、共处必定要以士人率先妥协、改变性格为前提。

然而,颜延之在政治重压下做出的这些变通,王僧达似乎并没有注意到,或者选择了有意忽略也未可知。总之,进入孝武帝朝之后,王僧达并未因士族生存境遇的趋于严酷而改变行为作风。他仍然自恃门户高贵,"自负才地,谓当时莫及。上初践阼,即居端右,一二年间,便望宰相。"④过高的自我期许与孝武帝给他的职位安排之间的巨大落差,激发了王僧达的焦虑与不满。在上奏给孝武帝的《求徐州启》中,王僧达说"枢任重司,藩扞要镇,治乱攸寄,动静所归,百度惟新,或可因而弗革"⑤,正是针对孝武帝重用讨逆功臣的措施表达反对意见。孝武帝将政事、军务大权交给次等士族颜竣和柳元景,甲族只能充当新政权的点缀。王僧达则认为应该"因而弗革",他所谓需要因循的,自然是文帝在中央任用王弘兄弟、谢弘微、王僧绰等世家大族的故事。王僧达又在奏文中谈到人才任用,建议孝武帝要"官酌其才,爵畴其望。……天下多才,在所用之"⑥。若联系王僧达的心理,这两句也并非是单纯的文章套话,而是包含了王僧达对于孝武帝打压大族、自己不得重用的

---

① 《南史》卷三十四《颜延之传》:"(颜竣)凡所资供,延之一无所受。器服不改,宅宇如旧,常乘羸牛车,逢竣卤簿,即屏住道侧。……尝早候竣,遇宾客盈门,竣方卧不起,延之怒曰:'恭敬撙节,福之基也。骄佷傲慢,祸之始也。况出粪土之中,而升云霞之上,傲不可长,其能久乎。'"见《南史》,第881页。
② 《宋书》卷七十三,第1904页。
③ 《汉魏六朝百三家集题辞注·颜光禄集》,第223页。
④ 《宋书》卷七十五,第1952页。
⑤ 《宋书》卷七十五,第1953页。
⑥ 《宋书》卷七十五,第1953页。

愤懑不平之情。这篇奏文暗藏锋芒,将质疑的矛头直接对准孝武帝政权的权力构架。不仅如此,王僧达又"三启固陈"①,自然惹得孝武帝十分不悦,被出为吴郡太守。不久,王僧达又因在郡的不法行为而被免官、禁锢。为此,他又借上表谢罪为名,说自己"不能因依左右,倾意权贵"②,仍然是一副高傲的姿态,神似当年颜延之冒犯刘湛、殷景仁的情节。然而,颜延之触犯权贵可以幸运地得到文帝的庇护和包容,王僧达的言行却进一步激化了他与孝武帝的关系。

孝建三年,王僧达被任命为太常。与颜延之任太常时已六十八岁高龄不同,③王僧达此年仅三十四岁。这个正值壮年而且自视甚高的高门子弟,却被安排为负责仪礼、毫无实权的太常,自然"意尤不悦"④。颜延之与王僧达的诗歌赠答,便是创作于后者屡遭孝武帝打压后、短暂担任太常、人生颇感失意的时期。而此时的颜延之已辞掉所有职务,脱离了政治漩涡,正安心养老。二人不同的阅历、境遇和心态,也被融进了诗文作品中。

在《赠王太常》诗的开头,颜延之写道:"玉水记方流,璇源载圆折。蓄宝每希声,虽秘犹彰彻。聆龙瞩九泉,闻凤窥丹穴。"六句之中连续用了三个寓意相近的典故。"蓄宝"两句用《老子》"大音希声"的典故,谓"水之蓄珠常有音声,虽然秘密,光明亦通于上"⑤;"聆龙"两句分别用《庄子》"夫千金之珠必在九重之泉,骊龙颔下"⑥,以及《山海经》丹穴之山有凤的典故。三个典故都在说珍稀之物虽然必隐藏于深幽之处,但宝物的价值也恰恰因隐秘、远离尘嚣的环境而彰显出来,旨在说明"君子之道暗而彰也"⑦。一般而言,写给他人的赠诗,内容不外乎赞美、安慰或鼓励对方。《赠王太常》诗前六句所营造出来的沉静、隐幽的感觉,包括后文"侧同幽人居,郊扉常昼闭。林间时晏开,亟回长者辙",这四句描写二人居住环境⑧的诗句,均与当时王僧达躁进的心态显然不符,反倒更加切合颜延之自己晚年谦退、沉潜的生活状态。⑨

---

① 《宋书》卷七十五,第1954页。
② 《宋书》卷七十五,第1954页。
③ 据杨晓斌考证,颜延之任太常约在元嘉二十八年。见《颜延之生平与著述考论》,第75页。
④ 《宋书》卷七十五,第1955页。
⑤ 李周翰注,见《六臣注文选》,第481页。
⑥ 李善注,见《六臣注文选》,第481页。
⑦ 李周翰注,见《六臣注文选》,第481页。
⑧ 吕延济注:"我同僧达幽居于邑外。"《六臣注文选》,第481页。方东树认为是王僧达的居处。见[清]方东树撰,汪绍楹校点:《昭昧詹言》卷五,人民文学出版社,1961年,第161页。
⑨ 方回则直言是颜延之居处:"('侧同幽人居'以下)四句谓僧达来访。"见[元]方回撰:《文选颜鲍谢诗评》卷二,《文渊阁四库全书》第1331册,第598页。

单从字面意思上看,颜延之是在安慰屡遭挫折的王僧达,告诉他即使现在仕途塞阻,他的才华终究会被人发现。但若联系颜延之晚年的性格转变和王僧达的困难境遇,我们对这六句话似乎还可以做出另一种解释,即颜延之在以自己为例,隐晦地提醒王僧达要从严酷的政治环境中抽身出来,不可锋芒毕露,要通过远离政治斗争,回归淡泊、出世的生活,来彰显自己身处乱世仍能立身清约的德操。但是王僧达似乎没有领悟到这层含义,他在《答颜延年》诗中写道"结游略年义,笃顾弃浮沉",前一句自然是说二人年纪相差悬殊,后一句中的"浮沉",李善注曰:"犹盛衰也。"①显然,王僧达认为自己与颜延年相比,存在着"浮"与"沉"、"盛"与"衰"的差别。颜延之带着来自朝廷的金紫光禄大夫的褒赠安享晚年,其子颜竣又势倾朝野,自然是"浮"与"盛";自己却在孝武帝的威压下无法保持世家大族的高傲,也无法获得实际参政的机遇,只能充当皇权的点缀,正是"沉"与"衰"。他在诗中感谢颜延之在与自己交往时,可以抛弃双方"浮沉各异势"的境况,恰恰说明了王僧达对自身处境的不满和对维护门第的执着。在此基础上,诗歌结尾处的"栖凤难为条"一句,也就不仅仅是称赞颜诗为凤,自己"不堪当所赐诗"②,更包含着对颜延之人格的欣羡与倾心。王僧达将颜延之比作凤,凤非梧桐不止,非练实不食,非醴泉不饮,这种高贵与自矜正是颜延之对士人品格和名士风流的维护。相比之下,如今非但自己在与孝武帝的对抗中屡屡受挫,就是整个世家大族阶层也在孝武帝加强皇权、步步进逼之下,成了最大的受害者,失去了往日以门第为荣的资本,更遑论以"流连酒德,啸歌琴绪"的方式,表达对名士文化的追摹和怀念。因此,某种程度上,颜延之对名士风雅的传承,在刘宋一朝确实可以说是"逸翮独翔,孤风绝侣",王僧达无比仰慕,却难以企及。也正是出于这种既苦闷又欣羡的心理,王僧达才将自己对理想生活状态的期待,寄托在了颜延之身上,在为颜延之所作的祭文中,才特意忽略颜延之在经学和佛学上的成就和晚年的性格变化,而着重描写他的独立人格和名士风流。

三、结论

通过细读王僧达所作《答颜延年》诗和《祭颜光禄文》,可以发现王僧达对颜延之的关注、理解和推崇其实是带有选择性偏见的。在这两篇作品中,王僧达运用文本—历史典故和历史典故两种手法沟通了历史与现在,在与原始文本形象、作者以及所称引的历史人物的人格互动中,巧妙地将颜延之编排进了

---

① 《文选》,第369页。
② 刘良注,见《六臣注文选》,第484页。

汉末清流名士和魏晋玄学名士的传承脉络里，高度称赞了颜延之的独立人格和玄学名士风流，特别是在祭文中，名士风度更是赞扬的重点。同时王僧达还在细致描写与颜延之相处经历的过程中，有意识地将自己归为颜延之的同类人，表现出对颜延之人格风度、生活状态、处事原则的肯定、推崇，甚至羡慕。然而王僧达笔下的颜延之并非是以完整、全面的形象示人，作者只是依据自我的理解，将颜延之作为个人理想的投射对象，进行了合乎自我意愿的创造。王僧达之所以如此选择，与当时的政治背景有着密切联系。

元嘉时期，文帝对一些性格傲慢、时常有出格言行的文士主要采取包容的态度，这种相对宽松的政治环境，很大程度上避免了颜延之和王僧达因放诞的行为而受到政治打击。但孝武帝即位之后，为加强皇权，将世家大族作为重点打压的对象，不仅将他们排除出权力核心，还严惩士族侵犯皇室威严的言行。然而，王僧达并未因士族生存境遇趋于严酷，而改变行为作风。他依然有着强烈的门第和士族意识，对自己的能力和官职也有相当高的心理定位和预期。但他因自负出身高贵，故而无法放低姿态适应新君主对加强皇权的要求，也无法处理好与皇帝及皇室的关系，在与孝武帝的数次博弈中屡屡受挫，愈发不得志。正是在这种政治背景下，王僧达创作了《赠颜延之》和《祭颜光禄文》，塑造了更符合自己要求的颜延之形象。

清人叶星卫评价祭文说："王僧达以贵公子睥睨一切……傲慢如此，乃独倾心于光禄，读此益想见光禄之高致也。"[①]其实，从王僧达与颜延之的诗文互动中，不仅可以想见颜氏之高致，还可以一窥刘宋中期皇帝与士族的政治角力，以及由此带来的对士人创作心态的影响。

---

① 《重订文选集评》卷末附叶星卫注，下册，第734—735页。

第五章 宋孝武时代及其后文学、文化新变

刘宋孝武帝朝的影响并不局限在政治史方面，此时还出现了一些文学、文化发展的新动态。本章将通过谢庄文学创作特别是用典的特点、六朝才女的书写习惯两个案例，考察这些新变，以及这些变化对南朝后期文学、文化的影响。

第一节 谢庄文学创作新论
—— 兼论大明泰始诗风的特点与过渡性

谢庄字希逸，生于宋武帝永初二年（421），卒于宋明帝泰始二年（466），历仕文帝、孝武帝、前废帝、明帝四朝，是南朝著名文学家、陈郡谢氏在刘宋中后期的代表人物。《宋书》卷八十五、《南史》卷二十有传。

谢庄在宋、齐、梁三朝都诗名颇著。范晔、裴子野、王俭、萧子显、王融等人均对谢庄赞誉有加。钟嵘《诗品》将谢庄列在下品，又在《诗品序》中云："颜延、谢庄，尤为繁密，于时化之。"[1] 虽有批评之意，但当时能"化之"，依然说明谢庄诗风影响之大，不应只从负面作用来评价。学界对谢庄的关注以曹道衡为最早。20世纪80年代，曹道衡全面论述了谢庄杂言诗的来源和对南北朝后期抒情小赋、初唐歌行甚至后来俗文学的影响，谢庄诗文中的对句及骈体特色，《月赋》所体现出的文风转变，谢庄的声律知识对永明诗人的影响等重要问题，在当时看来颇具开创性，很多结论至今仍被广泛引用。[2] 其后，王运熙从赋、诗、文三个方面，对谢庄的文学成就做了全面分析，并提出

---

[1] ［梁］钟嵘著，曹旭集注：《诗品集注》，上海古籍出版社，1994年，第180页。
[2] 参看曹道衡《略论南北朝文学的评价问题》，《文学遗产》，1980年第2期；《关于魏晋南北朝的骈文和散文》，《文学评论丛刊》第7辑，1980年；《论鲍照诗歌的几个问题》，《社会科学战线》，1981年第2期；《从〈雪赋〉〈月赋〉看南朝文风之流变》，《文学遗产》，1985年第2期。

研究谢庄这样的次要作家,很有必要。[1]这是对曹道衡有关谢庄研究的有益补充。陈庆元将谢庄作为大明泰始诗风的代表人物,认为他与鲍照、江淹一同代表了元嘉体向永明体的过渡[2],这基本上也是目前学界对谢庄文学成就的一个共识。综合目前的研究现状,笔者在此无意重复上述问题,而是拟从以下三个方面尝试对谢庄的文学创作做一些新的探索。

一、谢庄的生平经历与其作品类型、风格之间的关系

王运熙在《谢庄作品简论》中,根据谢庄的随侍应诏诗将他定位为"刘宋前期宫廷文学代表",与颜延之和齐梁时代的任昉、王融身份相似。孙明君也认为谢庄是"刘宋宫廷的文坛领袖"[3]。同时许多学者又指出谢庄在《月赋》《北宅秘园》《怀园引》等个别作品中,也会抒写一些较鲜活的内容,并难得地流露出自己的真实情感。然而遗憾的是,目前这两种评价谢庄文学创作特点的视角,很多时候都处于一种平行不相交的状态。其原因就在于对谢庄诗文作品的系年研究相对欠缺。

谢庄现存诗28首,赋4篇,文30篇,共计62篇(部分为残篇)。其中,笔者通过文献考证可以确定具体或大致创作时间的计有49篇,[4]比例高达近八成。这为我们将谢庄一生的事迹与其创作生涯进行关联、对比提供了可能性。通过对比可以较明显地看出,刘宋朝的政局变化以及不同君主的个性,对谢庄的创作心态产生了直接影响。

谢庄的创作生涯大致可以大明元年(457)为界,分为前后两个阶段。前期作品个人色彩较鲜明,且反映出谢庄对政治持一种积极的参与态度。大明元年之后,随着政治局势以及同孝武帝君臣关系的变化,谢庄逐渐与政治拉开距离,作品变为几乎清一色的奉诏应制之作,个人色彩也被典重、单调、板滞的文辞所掩盖。

目前谢庄诗文中可考的创作时间最早的作品,是约写于元嘉二十年(443)的《游豫章西山观洪崖井》[5]。此时谢庄为庐陵王刘绍南中郎谘议参军,随刘绍出镇江州。这也是谢庄第一次以诸侯王府佐的身份外任。这首诗的结构、写法与谢灵运的山水诗十分相似,或是有意模拟。"林远炎天隔,山深白日亏。游阴腾鹄岭,飞清起凤池。隐暧松霞被,容与涧烟移"六句写洪崖的幽深景色,全

---

[1] 参看王运熙《谢庄作品简论》,《南阳师范学院学报》,2002年第3期。
[2] 陈庆元:《大明泰始诗论》,《文学遗产》,2003年第1期。
[3] 孙明君:《"风流领袖"谢庄》,《古典文学知识》,2015年第4期。
[4] 参看拙文《谢庄文学创作系年考》,《古籍整理研究学刊》,2022年第6期。
[5] 本节中的谢庄作品题目均引自张燮《七十二家集·谢光禄集》。

用对偶。"远""隔""深""亏"四字刻画洪崖远离尘嚣,"被""移"二字写山上烟霞和涧底雾气,轻灵幽远,均颇见锻字炼句之功。此诗可算是南朝山水诗中较优秀的作品,王夫之、陈祚明均有很高的评价。[①]至于开头和结尾所表现出的归隐之趣,应该理解为对大谢的模仿,而不是一个二十出头、刚刚踏入仕途的士族子弟的真实心态。元嘉二十二年,谢庄随刘绍由江州入朝,途中创作了《自寻阳至都集道里名为诗》。就现存文献看,集地名成诗,以这一首为最早。此诗虽是游戏之作,有逞才之嫌,但出语自然,并无堆砌的痕迹,且有一定诗意,反映了谢庄当时较轻松的创作心态。元嘉二十七年,谢庄在襄阳怀念建康故园,作《怀园引》。这是谢庄四首杂体诗中成就最高的一首。开头以鸿雁离开故国、远赴他乡起兴,接着重点描写作者来到楚地后看到的初春花草丛生、生机繁荣的景象。但眼前的美景没能抚慰作者的心灵,反倒勾起他对时光易逝、青春难再的伤感,手法类似王粲《登楼赋》。全诗借景抒情,感情真挚,是难得的能够表现谢庄内心感情的一首作品。或许是因为写于楚地,整首诗在三、五、七言中还杂用了楚辞体的句式,表现了谢庄在文体形式上的创新。当然,谢庄在元嘉时期也有奉诏应制之作,如写于元嘉二十六年的《侍宴蒜山》和写于元嘉二十九年的《赤鹦鹉赋》。但前者在描写车驾出游的盛景时,仍有"烟竟山郊远,雾罢江天分"这样不逊大谢的名句;后者在极貌写物方面更接近《月赋》的手法,而不像作于大明五年的《舞马赋》那样,描写、用典均稍显浮泛而空洞,纯为称颂功业之作。

  谢庄在元嘉时期的这种比较个性化的创作风貌,首先得益于宋文帝爱好文义的个性和他对待文士比较宽容的态度。其次,谢庄父谢弘微身居要职,是元嘉初年深受文帝倚重的大臣。这两个因素某种程度上都为谢庄提供了一个相对宽松的政治环境。最后,谢庄于元嘉十七年(440)出仕,这一年文帝清除彭城王刘义康集团,谢庄未受牵连。此后一直到文帝去世前,谢庄所任之职都是文帝皇子的府佐,并未进入政治核心。元嘉二十九年巫蛊事件后,文帝有心另立太子,谢庄也没有卷入其中。可以说谢庄在文帝朝并没有亲身经历过残酷的权力斗争,对于政治的残酷性以及皇权与士族的复杂关系没有深入的理解,因此,也就较少在文学创作中刻意隐藏自己的一些真实情感。

  孝武帝的即位标志着刘宋王朝在经历了一段短暂的动荡后,正式进入

[①] 《古诗评选》卷五:"净极矣!俗目但侈其琢,必欲知此,试于一结求之。"见《古诗评选》,第231页。《采菽堂古诗选》卷十六:"其体闲静,其姿秀濯。"见[清]陈祚明评选,李金松点校:《采菽堂古诗选》,上海古籍出版社,2008年,第516页。

转折期。然而当时之人并没有这种后视的历史视角,而是将刘骏讨逆、稳定局势看作刘宋王室的中兴。鲍照献上《中兴歌》十首(中有"中兴太平运,化清四海乐"之语),韩兰英献上《中兴赋》,便是这种心态在文学创作中的映射。谢庄也不例外。他在《与世祖启事》中热烈赞颂刘骏讨逆的忠义之举,"殿下文明在岳,神武居陕,肃将乾威,龚行天罚,涤社稷之仇,雪华夷之耻,使弛坠之构,更获缔造,垢辱之甿,复得明目"①,恐怕不能简单看作套话,应该是有真实情感在其中的。

自元嘉三十年四月孝武帝即位,至孝建元年(454)十月,在这一年半的时间里,谢庄连续奏上了《索虏互市议》《请弘风则表》《上搜才表》。这三篇文章与外交、法律、经济、人才选举等国政息息相关。尽管其中难免有一些可能不切实际的书生之见,但谢庄的举动毕竟表现出他想要积极融入新政权、在孝武帝手下施展才干的姿态。直至孝建元年十月,谢庄向孝武帝奏上《让吏部尚书表》,又作《与大司马江夏王义恭笺》,态度坚定且不失委婉地表达了自己辞官的意愿。从对孝武帝政权抱有希望、主动投身政治,到此时开始与权力核心拉开距离,谢庄的转变源于对孝武帝中央权力构架的不满,也是出于在孝武帝独裁统治下保全自身的需要。

谢庄的举动在孝武帝看来,无疑是触犯了自己的威严。君臣虽然表面上没有发生激烈冲突,但二人的关系已经渐行渐远。孝建三年,谢庄因辞疾过多而被免职。大明二年(458),孝武帝在中央权力结构中完全舍弃了世家大族,谢庄之于孝武帝政权的地位已不再重要,刘骏对他的职位安排也不再做过多的考虑。谢庄的官职频繁在文官、武官、京官、外官之间变动,且无规律可循,便是一个表现。同时,随着国内局势和与北魏关系的逐渐稳定,刘骏也不断强化独裁高压统治,严厉打压触犯自己的诸侯王和大臣,许多人因此丧命。孝武帝还经常"狎侮群臣,随其状貌,各有比类,多须者谓之羊。颜师伯缺齿,号之曰齫。刘秀之俭吝,呼为老悭。黄门侍郎宗灵秀体肥,拜起不便,每至集会,多所赐与,欲其瞻谢倾踣,以为欢笑。……又宠一昆仑奴子,名白主。常在左右,令以杖击群臣,自柳元景以下,皆罹其毒"②。孝武帝给臣属施加的心理压力之沉重,由此可见一斑。

我们不知道谢庄是否也曾受到过孝武帝的"狎侮"或敲打,但从他劝诫沈怀文"卿每与人异,亦何可久"③的言语还是可以隐约看出,孝武帝以及他

---

① 《宋书》卷八十五,第2168页。
② 《宋书》卷七十六《王玄谟传》,第1975页。
③ 《宋书》卷八十二《沈怀文传》,第2105页。

所营造的严酷的政治环境，使谢庄深刻意识到谨言慎行、和光同尘、不露锋芒的重要性。这种处世心态也必然会反映在他的文学创作中。

以《让吏部尚书表》和《与大司马江夏王义恭笺》为标志，谢庄开始主动远离权力漩涡，甚至萌生退意。大明元年以后，谢庄作品中创作时间可考者有35篇，其中只有《改定刑狱表》延续了谢庄在刘骏刚即位时关注现实政治问题的态度，《昨还帖》因是私人书信，故内容及语言风格均很生活化，其余所有作品无一例外都是礼仪性文本和章表公文。

礼仪性文本按照使用场合大致可分为两类。第一类是为称颂孝武帝的文治武功而作，有《为八座江夏王请封禅表》《又》《瑞雪咏》《侍东耕》《江都平解严》《上封禅仪注奏》《和元日雪花应诏》《舞马赋》《宋明堂歌九首》《宋世祖庙歌二首》。第二类是哀诔之辞，有《黄门侍郎刘琨之诔》《司空何尚之墓铭》《皇太子妃哀策文》《宣贵妃谥册文》《孝武宣贵妃诔》《宋孝武帝哀策文》《豫章长公主墓志铭》。这两类作品又多创作于奉诏应制的场合。章表公文有《为北中郎谢兼司徒章》《太子元服上至尊表》《太子元服上太后表》《东海王让司空表》《为北中郎拜司徒章》《宋明帝即位赦诏》《让中书令表》《为朝士与袁颙书》。虽然从形式和文学技巧上看，这些诗文中也有一些优秀之作，如《孝武宣贵妃诔》被《文选》收录，《宋明堂歌九首》在诗歌体式方面有创新，《为朝士与袁颙书》几乎通篇对仗却无板滞之病，气脉流畅，但不可否认的是，大多数作品都存在结构、语句相似，甚至典故重复出现的弊病，华丽典雅的文辞背后也很难触摸到谢庄本人的真实情感。这些礼仪性文本和公文也因此而长期被学者诟病。其实，只要将这些作品的创作时间和谢庄当时身处的政治背景关联在一起，便可以获得一种"了解之同情"的新视角。《宋书·刘义庆传附鲍照传》记载了这样一则材料："上好为文章，自谓物莫能及，照悟其旨，为文多鄙言累句，当时咸谓照才尽，实不然也。"[①]谢庄在大明元年之后的诗文中不再表露自己的心迹，恐怕和鲍照的出发点是一般无二的，即通过文字的伪装，避免与皇权发生冲突，以实现自保。

需要特别说明的是，《宋书·谢庄传》记载谢庄"所著文章四百余首"[②]，是现存数量的七八倍之多，可见其作品散佚程度之重，加之一些保存在类书中的作品只是残章，无法考证创作时间。从这个角度来说，上文仅就创作时间较为明确的49篇加以分析，难免有以偏概全之嫌。但笔者以为谢庄集目前所呈现出的文本状态十分特殊，即内容、情感较丰富、真实的作品群与礼仪类、公文类作

---

① 《宋书》卷五十一，第1480页。
② 《宋书》卷八十五，第2177页。

品群非常集中地分布在谢庄创作生涯的前后两个阶段,几乎没有例外。从概率学上说,如果是正常的文献散佚,是不应该出现这样一种分布状态的。最有可能的一个解释就是,谢庄原本的创作确实存在上述很明显的前后分期,即使作品经过了大量的散佚,存世文本仍然能够将这个特征凸显出来。

二、谢庄诗文中的典故使用特点

钟嵘在《诗品序》中说:"颜延、谢庄,尤为繁密,于时化之。故大明、泰始中,文章殆同书抄。近任昉、王元长等,词不贵奇,竞须新事。尔来作者,寖以成俗。遂乃句无虚语,语无虚字,拘挛补纳,蠹文已甚。"[1]长期以来,有关谢庄的文学史叙事,几乎都是将这段话与谢庄的奉诏应制之作结合在一起,来论证他喜用典故的繁密诗风改变了当时的风气,进而影响到齐梁诗人在诗歌中竞相使用新典的写作风格。

不可否认,钟嵘的评价确实指出了谢庄诗歌中的弊病,而且不仅是诗歌,谢庄的不少文章也存在用典繁密的问题。有时不仅是正常表情达意时典故数量密集,甚至还出现不需用典的地方用了典,或为追求对仗而用多个典故表达同一个意思的现象,反而造成了文句晦涩。如《宋孝武帝哀策文》开头"枢电皇根,月瑶国绪,胤裔丹陵,蝉联华渚"四句,连续用了黄帝、颛顼、尧、少昊四位上古帝王出生时异象的典故,以烘托孝武帝降世不凡;《孝武宣贵妃诔》一连用"律谷罢煖,龙乡辍晓,照车去魏,连城辞赵"四个典故形容宣贵妃去世,均是"繁密"的表现。

为了追求典雅精工而大量用典,这种创作手法与谢庄众多"为文造情"的奉诏应制之作相结合,便造成了一些典故和句法重复使用,甚至形成公式化的问题。如《上封禅仪注奏》中有"山舆仵衡,云鹅竦翼,海鲽泳流,江茅吐荫"四句,后三句典出《史记·封禅书》:"江淮之间,一茅三脊,所以为藉也。东海致比目之鱼,西海致比翼之鸟。"[2]《史记集解》引韦昭:"各有一目,不比不行,其名曰鲽。各有一翼,不比不飞,其名曰鹣鹣。"[3]同样的典故还被用在《舞马赋》"鄗上之瑞彰,江间之祯阐"及《为八座江夏王请封禅表》"灵茅已茂"中。又如《孝武宣贵妃诔》"处丽絺绤"句和《豫章长公主墓志铭》"婉娩絺绤"句,均用《诗·周南·葛覃》"是刈是濩,为絺为绤,服之无斁"[4]之典。

---

[1] 《诗品集注》,第180—181页。
[2] 《史记》卷二十八,第1361页。
[3] 《史记》卷二十八,第1363页。
[4] [汉]郑玄笺,[唐]孔颖达疏:《毛诗正义》卷一,《十三经注疏》,第276页。

除了表面的数量密集外,谢庄的用典手法实际上还存在追求生新的倾向,往往通过改造、压缩典故表达,以达到文句陌生化的效果。如《舞马赋》中有"五王晦其术,十氏懵其玄"两句。前句用"王良五星"典。[1]后句用《吕氏春秋》典。[2]原本这两个典故的来源文本都比较长,谢庄压缩为"五王""十氏"后确实便于对仗。但如果说将《吕氏春秋·恃君览》所载的十位相马高手简称为"十氏"尚属合理的话,那么将"王良五星"倒装后简化为"五王"则显得生硬晦涩,增加了典故的陌生度,容易让读者以为是五个王姓之人或五位王侯。又如《上搜才表》中有"七隩才之所集"一句。其中的"七隩"本是"七泽",是古时对楚地诸湖泊的泛称。联系《上搜才表》的内容,实际是在暗用《左传·襄公二十六年》"虽楚有材"[3]的典故。但谢庄为求新奇,用"隩"字替换了"泽",也增加了理解的难度。再如《瑞雪咏》中"幂遥途而界远绮"一句,"远绮"出自《古诗十九首》"客从远方来,遗我一端绮"[4]。但以"远绮"指代远人,这种用法此前未见,当是谢庄的新创。

与用典求新相对应,谢庄在锻词炼字方面也不愿蹈袭陈词,存在刻意雕琢,甚至不惜生撰硬造,反而使文句不通的情况。如《烝斋应诏》"西郊灭湮滓,东溟起昭晋"两句中,"湮滓"指代沉云,"昭晋"指代旭日,体现了用字造词避陈翻新的倾向。《宋孝武帝哀策文》"顾璧羽之容裔"中的"璧羽"代指辒辌车。《宋书·礼志五》:"汉制,大行载辒辌车,四轮。其饰如金根,加施组连璧,交络,四角金龙首衔璧,垂五采,析羽流苏。"[5]谢庄从中析出"璧羽"二字,割裂成文,造成了生硬艰涩的语感。再如《司空何尚之墓铭》有"调于饪归"一句。饪指烹饪,引申为治理;归指要旨,引申为朝政。"饪归"在此处意同"饪鼎",但将"饪鼎"改为"饪归",同样增加了词汇的陌生感。谢庄的诗文锤炼字词、标新立异还有一个表现,即他经常刻意选择一个字相对生僻的义项,以增加文句的生涩程度。如《月赋》"斜汉左界"一句,"界"意为"垂",出自《尔雅·释诂下》;《孝武宣贵妃诔》"晓盖俄金","俄"意为"倾",出自《诗·小

---

[1]《晋书·天文志上》:"王良五星,在奎北,居河中,天子奉车御官也。其四星曰天驷,旁一星曰王良,亦曰天马。其星动,为策马,车骑满野。"见《晋书》卷十一,第296页。

[2]《吕氏春秋·恃君览》记载了古代十个擅长相马的人:"古之善相马者,寒风是相口齿,麻朝相颊,子女厉相目,卫忌相髭,许鄙相尻,投伐褐相胸胁,管青相膹肠,陈悲相股脚,秦牙相前,赞君相后。凡此十人者,皆天下之良工也。"见[战国]吕不韦撰,陈奇猷校释:《吕氏春秋新校释》卷二十,上海古籍出版社,2002年,第1423页。

[3]《春秋左传正义》卷三十七,《十三经注疏》,第1991页。

[4]《文选》卷二十九,第412页。

[5]《宋书》卷十八,第501页。

雅·宾之初筵》"侧弁之俄"一句的郑玄笺。

当然，谢庄也有一些通篇用典较少，风格平易流丽的诗作，如《七夕夜咏牛女应制》《侍宴蒜山》《游豫章西山观洪崖井》，前辈学者多已注意到，此不赘述。同时，谢庄雕琢字句也并非没有成功的例子。《黄门侍郎刘琨之诔》开头云"秋风散兮凉叶稀"。谢庄运用通感的手法，将衰飒萧索的心理感受赋予散落的秋叶。"凉"字既指物候变换带来的体感之凉，也可用来渲染故人逝去之后引起的凄凉之情。且"凉叶"一词浅易通俗，一望便知其意。后江淹《杂体诗三十首·谢光禄郊游》有"凉叶照沙屿，秋荣冒水浔"两句。虽然在现存谢庄集中，"凉叶"一词仅此一见，但江淹在模拟谢庄诗风时选择了这一意象，说明在江淹看来，"凉叶"凭借着言浅意深的优点，已成为谢庄创造出来的优秀意象，代表着谢庄锻词炼字的水平。在后世的诗词中，"凉叶"也屡见不鲜。如韦应物《秋夜》"萧条凉叶下，寂寞清砧哀"；白居易《早秋独夜》"井梧凉叶动，临杵秋声发"；晏几道《蝶恋花》"分钿擘钗凉叶下"；贺铸《菩萨蛮》"厌厌别酒商歌送，萧萧凉叶秋声动"；等等。这些语例都说明谢庄创造的"凉叶"一词在后世有较高的认可度。

谢庄用典繁密、无论是改造典故还是雕琢字词均追求生新效果的写作风格，在当时并不是孤例，在同时代的颜延之、江淹等人的笔下也比较普遍。他的写作特点其实反映的是当时刘宋文坛的主流风貌。这种风貌用刘勰的话概括描述，就是"宋初讹而新"[①]，"俪采百字之偶，争价一句之奇，情必极貌以写物，辞必穷力而追新"[②]；用沈德潜的评语，就是"诗至于宋，性情渐隐，声色大开，诗运一转关也"[③]。这种"好奇"的写法流波所及，到了齐梁两代仍有很大的影响力。刘勰在《文心雕龙·定势》中说："自近代辞人，率好诡巧，原其为体，讹势所变，厌黩旧式，故穿凿取新；察其讹意，似难而实无他术也，反正而已。故文反正为乏，辞反正为奇。效奇之法，必颠倒文句，上字而抑下，中辞而出外，回互不常，则新色耳。……然密会者以意新得巧，苟异者以失体成怪。"[④]又在《通变》篇云："今才颖之士，刻意学文，多略汉篇，师范宋集。"[⑤]可见齐梁文坛追慕以元嘉三大家为代表的刘宋作家的趋势。任昉"晚节转好著诗，欲以倾沈，用事过多"，虽然"属辞不得流便"，但"自尔都下士子

---

① 《文心雕龙解析》，第503页。
② 《文心雕龙解析》，第117页。
③ [清]沈德潜撰，霍松林校注：《说诗晬语》卷上，人民文学出版社，1979年，第203页。
④ 《文心雕龙解析》，第517页。
⑤ 《文心雕龙解析》，第503页。

慕之"①，便是明证。

三、从谢庄改造诗歌语言看大明泰始诗风的过渡性

堆砌典故、造语力避陈熟的文风虽然在南朝流行甚广，但其弊端也是非常明显的，故而对这一文风的批判和反思也屡见不鲜。其中最具代表性的，恐怕要数沈约的"三易说"。《颜氏家训·文章篇》记载："沈隐侯曰：'文章当从三易：易见事，一也；易识字，二也；易读诵，三也。'"②以永明体的出现为代表，齐梁文人对平易和谐文风的追求，正是出于对刘宋以来生拘奇诡风格的改变。但是需要强调的是，这种平易和谐是建立在惨淡经营基础上的，亦即不管是声律还是字词都并非不加修饰，对于用典也不是片面否定，而是在精雕细琢之后，尽量不露痕迹地呈现出平易自然的效果。

按照曹道衡、沈玉成在《南北朝文学史》中的观点，"文学语言的风格从元嘉到永明的转变，通过两个方向而殊途同归。一方面是通过精雕细刻而达到了和谐平易……另一方面是南朝民歌进入上层，文士们为它的明丽天然所吸引，竞加仿作。"③后一方面可以追溯到刘宋中后期的"鲍休美文"及刘骏、刘铄等皇室成员所创作的拟乐府，前一方面则在谢灵运的诗中时有所见。难易两种文风在元嘉诗人身上共存，这种看似矛盾的现象并非不可理解，它实际上反映了文学语言进化的过渡。鲍照和刘宋皇室对乐府民歌的爱好，与他们原本的阶层出身相对低微有密切关系。《诗品》评价鲍照"颇伤清雅之调"④，有趣的是，在评价谢庄时则说"希逸诗，气候清雅"⑤。这在某种程度上，是将鲍照和谢庄两位最能代表大明泰始诗风的文学家⑥，放在了对立的位置上。"清雅"意即清新典雅。这意味着谢庄通过使用典故也创造出了成功之作。而且不同于鲍照从乐府民歌中汲取养分，谢庄主要在吸收典籍养分的基础上，通过提高用典透明度的方法来降低诗歌语言的难度，以达到清新的效果。

---

① 《南史》卷五十九《任昉传》，第1455页。
② 《颜氏家训集解》（增补本）卷四，第329页。
③ 曹道衡、沈玉成著：《南北朝文学史》，第13页。
④ 《诗品集注》，第290页。
⑤ 《诗品集注》，第409页。
⑥ 谢灵运在元嘉十年就早早离世。颜延之卒于孝建三年，他的创作生涯主要集中在元嘉年间。鲍照一直生活到了泰始二年。同年，谢庄去世。鲍照在元嘉三大家中，更多代表的是在元嘉诗风基础上的新变，将他作为大明泰始诗风的代表人物恐怕更合理。

首先,用典的透明度可以从语言学的角度来理解。词语是由语素构成的,典故也不例外。每一个语素都是最小的音义结合体。语素意义的组合并不一定等同于词语的意义。如果从构词语素的意义,能够基本得出典故的大致意义,则可以说这个典故在语意上是比较透明的。这样的典故用在诗歌中,自然也不会造成意脉的滞涩不通。谢庄《北宅秘园》堪称典型。全诗如下:"夕天霁晚气,轻霞澄暮阴。微风清幽幌,馀日照青林。收光渐窗歇,穷园自荒深。绿池翻素景,秋槐响寒音。伊人傥同爱,弦酒共栖寻。"王夫之《古诗评选》高度称赞此诗:"物无遁情,字无虚设。两间之固有者,自然之华,因流动生变而成其绮丽。心目之所及,文情赴之,貌其本荣,如所存而显之,即以华奕照耀,动人无际矣。"[①]评语中的"自然""流动""绮丽""动人",说明在王夫之看来,这首诗无论在表情达意还是写景状物方面,都实现了流转动人的艺术效果。但如果仔细分析诗句,可以发现这首诗的用典密度其实并不算低。更有趣的是,因为诗中写景的篇幅较多,且写景又是谢氏家族最擅长的题材,故而谢庄在诗中多处化用了家族前辈的写景句子。首句"夕天霁晚气"化用谢瞻《答灵运》"夕霁风气凉"。第二句"轻霞澄暮阴"化用谢瞻《九日从宋公戏马台集送孔令诗》"轻霞冠秋日",和谢灵运《永初三年七月十六日之郡初发都》"秋岸澄夕阴"。第三句"微风清幽幌",与谢灵运《日出东南隅行》"晨风拂幨幌"意境相似。第八句"秋槐响寒音"化用谢惠连《捣衣》"秋风落庭槐"。第十句"弦酒共栖寻"中的"栖寻"意同"栖息",表达的情感和志趣与谢灵运《道路忆山中》"追寻栖息时,偃卧任纵诞"相同。至于诗中"青林""收光""素景""寒音""伊人"等词语,虽然也可以在前代诗句中找到用例,但与其将它们当作典故,或许不如当作"习语"——"一个脱离了原始语境、自由浮动的句子,可以被应用于任何适当的情境"[②]——更合适。但不管是确切的句典还是习语,读者通过组成这些词组和短句的每一个语素的意义,基本是可以推测出整体意义的。也就是说,即使读者不知道这些词句与前代文学作品的关联,仅凭字面意思理解也不会太影响对诗作整体画面和情感表达的把握。从这个意义上说,诗中的典故对读者而言是比较透明的。

其次,用典的透明度还可以从引书是否常见的角度来理解。这实际上

[①] 《古诗评选》卷五,第231页。
[②] 田晓菲:《楼上女:〈古诗十九首〉与隐/显诗学》,《影子与水文:秋水堂自选集》,南京大学出版社,2019年,第47页。

反映的是作者与读者的文化对应关系。①同一个典故,对于不同时代、不同阶层的读者而言,理解的难易程度是不同的。因此,引经据典并不一定意味着晦涩难懂。谢庄诗文的阅读对象肯定是以士族阶层为主。东晋以来的门阀大族十分重视对家族子弟的文化教育,这一点已不用赘述。即使是起自寒微的刘宋皇室和以军功起家的武力强宗,在刘宋中后期也开始出现转换门风的士族化倾向。一些地位更低的寒人也有机会凭借知识获得君主的赏识。②据田晓菲研究,"在魏晋时代,一个士人的基本书单应该包括五经、诸子、史传",到了刘宋时代,又出现了编纂文学总集的热潮。③在这样的前提下,分析谢庄用典的难易,就有必要引入常见书这个参考系。一个典故也许对于现代读者而言是僻典,但对于南朝的士族来说可能只是来自常见书籍中的一个普通典故而已。《宋书》本传记载谢庄用《史记》中"杜邮之赐"的典故应对孝武帝,以及孝武帝用《后汉书·郅恽传》的典故质问谢庄两件事,都发生在日常口头对话的场景中,更是反映了士族对典故内容以及用典技巧的熟稔程度。清人翁方纲为黄庭坚用典做辩护,在《跋山谷手录杂事墨迹》中说,"鄱阳许尹《序》曰:'其用事深密,杂以儒、佛、虞初、稗官之说,隽永鸿宝之书,牢笼渔猎,取诸左右,后生晚学,此秘未睹。夫古事非出僻书,掌录亦非难事,何秘之有乎?'吾乃叹此言之深中后人锢疾,而积学之非易也"④,也是这个道理。

  以谢庄创作的《宋明堂歌九首》为例。这一组诗用于明堂祭祀,场合庄重,要求文辞雅正,大量用典便成了必然的手段。这一组诗也十分符合"殆同书抄"的评价。但如果仔细追溯典故出处,可以发现谢庄引用的书目,按照后世的四部分类体系,经部主要有《周易》《诗经》《周礼》《礼记》《左传》《春秋繁露》《孝经》《论语》《白虎通》;史部主要有《史记》《汉书》《晋书》《逸周书》《战国策》;子部主要有《管子》《韩非子》《吕氏春秋》《淮南子》《老子》《庄子》《抱朴子》。这些书对4—5世纪的文人来说基本都属于常见典籍。《宋明堂歌》中化用的集部篇目主要有《九歌》、张衡《二京赋》、左思《三都赋》、司马相如《封禅文》、扬雄《河东赋》《剧秦美新》、陆机《赠尚书郎顾彦先二首》、谢灵运《山居赋》。

---

① 葛兆光:《论典故》,《汉字的魔方:中国古典诗歌语言学札记》,复旦大学出版社,2016年,第119页。
② 参看本书第五章第二节。
③ 田晓菲:《陶渊明的书架和萧纲的医学眼光:中古的阅读与阅读中古》,《影子与水文:秋水堂自选集》,第74页、第81页。
④ [清]翁方纲著:《复初斋文集》卷二十九,《清代诗文集汇编》第382册,上海古籍出版社,2010年,第296页。

这些作品全部被史传和《文选》收录,说明这些篇目都是长期以来得到文人普遍认可的经典之作。既是经典,也就意味着文人对它们的熟悉度应该很高。因此,虽然这一组诗表面来看几乎达到了句句有典的密度,但实际上对当时的文士,或者说谢庄创作时潜意识里默认的阅读对象来说,这些典故很可能只是常典,并不会提升他们理解的难度。从这个意义层面来说,谢庄的用典对当时的读者而言也是比较透明的。不仅是诗歌,谢庄的文章中也有同样的例证。如《宋明帝即位赦诏》,除结尾"可大赦天下,改景和元年为泰始元年"以下为散体,之前的92句全部对仗且大量用典,但其中的典故基本不出《尚书》《诗经》《史记》《汉书》《三国志》等常见经书史传。

  南朝特别是永明之后骈文中隶事之风越来越盛,这种趋势在谢庄的一些文章如《索虏互市议》《上搜才表》中已有显现。然而不管是诗歌还是骈文,需要明确的是用典繁密和用典的透明度其实是两个问题。前者讨论的是用典密度的问题,进而牵涉到人工与自然之争;后者讨论的是用典效果的问题。这两个问题相互关联但又各有侧重。在谢庄笔下的某些作品中,二者可以实现比较完美的融合,取得既典雅庄重又不妨碍表情达意的效果;在另一些作品中,又不可避免地滑向生硬晦涩、雕琢造作的歧路。这对于谢庄这样一个在历来的文学史叙事中都被定义为次要作家的文人来说,是再正常不过的。身处大明泰始时代,以颜、谢为代表的典丽精致的元嘉诗风的惯性,和大明以来,"声伎所尚,多郑卫淫俗,雅乐正声,鲜有好者"[①]的新潮的双重裹挟,在抒情文人、贵族子弟、宫廷文人等多重身份和不同创作场合间的来回摇摆,都会促使谢庄的文学创作呈现出既"气候清雅"又"殆同书抄"的状态。也正是这种面貌,使谢庄和鲍照、汤惠休、江淹等人一起代表了从元嘉体向永明体过渡的趋势。当然,如果抛弃文学史叙述常有的后视视角的话,谢庄提高用典透明度未必一定是向着革新语言风格的方向努力,因为造成这种结果的原因着实不止一个。但提高用典透明度所带来的效果,确实与后来沈约的"三易说"不谋而合。如果说鲍照代表的是寒门文人通过吸收乐府民歌的养分从外部改造元嘉文风的话,谢庄则是在颜、谢所代表的士族文学基础上,通过吸取典籍的养分从内部探寻改良语言的可能性。当然,两种方法都各有偏颇。要将二者完美结合在一起,则要等到比谢庄年幼二十余岁的族弟谢朓登上文坛了。

---

① 《南齐书》卷四十六《萧惠基传》,第811页。

第二节　知识下移与六朝才女书写标准的演变

六朝在中国文学史、思想史上,素来以注重个性和才情,崇尚精神自由,文化多元而开放著称。伴随着精神文化层面的这种变化,女性在家庭生活、社会活动、文学创作等领域也较之以往更为活跃。其中最著声名的女性代表莫过于东晋时期的谢道韫。《世说新语·言语》所载雪庭联句之事,《晋书·列女传》所载步障解围之事,很大程度上使谢道韫成为中国古代才女的代名词。道韫也以这种身份反复出现在各类文学史、女性文学研究的论著中,进而使"《世说新语》《晋书》中的女性事迹相比前代更注重表彰女子才学"成为一种习焉不察的定论。①这背后的问题实际上牵涉到如何定义女子之"才",或者"才女"一词。

1897年4月12日,梁启超在《时务报》上发表了《论女学》一文。文中说道:"古之号称才女者,则批风抹月,拈花弄草,能为伤春惜别之语,成诗词集数卷,斯为至矣。"②梁任公的观点可以追溯到章学诚《妇学》。在这篇文章中,章氏说:"唐、宋以还,妇才之可见者,不过春闺秋怨,花草荣凋,短什小篇,传其高秀。"③当然,梁、章二人的目的一为在女子教育中普及西学,一为复兴"妇学"古义,单纯的诗才在原始语境中本是被批判的对象。但以相对狭义的文学创作才能定义"才女",却成为后世女性评价话语的主流,且往往被当作与女德对立的一项评价标准。这无疑是对"才女"的误读。这种误读也进而影响到我们如何认识在后世的文学话语中以女性文人身份出现的谢道韫。她在当时是一个特例还是代表了一种趋势?当时社会对女性的评价标准究竟如何?这些问题对于理解东晋南朝时期的才女书写都至关重要。本节将结合相关文献,尝试予以解答。

---

① 如张承宗认为:"对才女的推崇在《世说新语》中表现得尤为显著,此书设《贤媛》一门,顾名思义,应是品行贤惠的妇女,但却没有传统妇德形象者。"见张承宗著:《六朝妇女》,南京出版社,2012年,第326页。又如范子烨认为:"相对于秦汉以前的女性而言,《世说》塑造的女性形象确实是崭新的,这一点只要我们翻开刘向的《列女传》对比一下就清清楚楚了。"见范子烨著:《魏晋风度的传神写照——〈世说新语〉研究》,世界图书出版西安有限公司,2014年,第474页。
② 梁启超著:《饮冰室合集·文集》第1册,中华书局,1989年,第39页。
③ [清]章学诚著,叶瑛校注:《文史通义校注》卷五,中华书局,1985年,第534页。

一、六朝才女书写对刘向《列女传》传统的继承与新变

"才女"一词最早见于《盐铁论·大论》:"孔子曰进见而不以能往者,非贤士才女也。"①但这里的"才女"只是一个泛称,且"贤士才女"为偏义复词,词义指向"贤士"。最早对"才女"的内涵进行阐释的,当属刘向《列女传》。《列女传》共七卷,分《母仪》《贤明》《仁智》《贞顺》《节义》《辩通》《孽嬖》七个篇目。除"孽嬖"一门为反面案例外,其他六个类目均可以看作从不同方面对女子应具之"才",或者说"女德"标准的界定。正是在这个意义层面上,《列女传》以强势的姿态,深刻地影响了六朝史书、杂传在选录女性时的评价原则。范晔在《后汉书》中最早单设《列女传》,此后正史大多沿袭。翻检《隋书·经籍志》,刘向之后尚有项原《列女后传》、皇甫谧《列女传》、杜预《女记》等女性列传问世,但大多亡佚。故此处主要以《华阳国志·先贤士女总赞》《后汉书·列女传》《世说新语·贤媛》《晋书·列女传》为样本,旁涉其他六朝史传,论证六朝才女书写标准对刘向《列女传》传统的继承和新变。②

据统计,《华阳国志·先贤士女总赞》共收录44位女性,《后汉书·列女传》共收录19位女性,③《世说新语·贤媛》共收录24位女性,《晋书·列女传》共收录38位女性。下面我们以刘向《列女传》提出的"母仪"等六项标准,和才学、文才这一新出标准,对上述四个样本中的女性分别进行归类统计,则情况如下所示。

表5-1 六朝才女书写标准统计表

样本名	母仪	贤明	仁智	贞顺	节义	辩通	才学、文才	总数
《华阳国志·先贤士女总赞》	8人	1人	2人	25人	8人	0人	0人	44人④
	44人							

---

① 王利器校注:《盐铁论校注》卷十,中华书局,2015年,第672页。王利器对"孔子曰进见而不以能往者"一句有校改,笔者此处不从,仍袭用原文。
② 文献中还经常使用"列女""士女"的说法。其中"列女"为中性词,指代众女子。"士女"的早期用例如《尚书·武成》"肆予东征,绥厥士女",《楚辞·招魂》"吴歈蔡讴,奏大吕些。士女杂坐,乱而不分些",或指代百姓,或指代青年男女,后世又同"仕女",指称贵族妇女,但都是泛称。"列女""士女"都未突出女性之才,不若"才女"意义指向明确。见《尚书正义》卷十一,《十三经注疏》,第185页;《楚辞补注》卷九,第211页。
③ 此处将附传人物与所附本传传主分别统计。后统计《晋书·列女传》时亦同。
④ 《华阳国志·先贤士女总赞》中母仪类有司马敬、仁安母姚氏、杨进、李穆姜、刘泰瑛、杜泰姬、杨礼珪、文季姜。贤明类有陈惠谦。仁智类有阳姬、李文姬。贞顺类有张叔纪、公乘会妻、陈助、常元、常廉、罗贡、何玹、庞行、姜义旧、殷纪配、彭非、王和、李进娥、李正流、相乌、袁福、周度、曹敬姬、程贞瑛、韩姜、谢姬、陈顺谦、张礼修、韩树南、杜慈。节义类有常纪、张昭仪、姚妣、姚饶、汝敦妻、赵媛姜、黄帛、杨敬。

续表

样本名	母仪	贤明	仁智	贞顺	节义	辩通	才学、文才	总数
《后汉书·列女传》	1人	3人	0人	4人	6人	0人	5人	19人①
	14人							
《世说新语·贤媛》	4条	2条	10条	5条	1条	5条	5条,3人	24人②
	27条,21人							
《晋书·列女传》	2人	3人	8人	2人	19人	0人	4人	38人③
	34人							

---

① 《后汉书·列女传》中母仪类有程文矩妻。贤明类有鲍宣妻、王霸妻、乐羊子妻。贞顺类有姜诗妻、周郁妻、刘长卿妻、阴瑜妻。节义类有曹娥、许升妻、庞淯母、皇甫规妻、盛道妻、叔先雄。《后汉书·列女·皇甫规妻传》：“妻善属文，能草书，时为规答书记，众人怪其工。”见《后汉书》卷八十四，第2798页。但传记重点在写皇甫规妻不畏权势，坚拒董卓的无礼之举，表现其贞节、守礼。才学、文才类有曹世叔妻、曹丰生、袁隗妻、马芝、董祀妻。

② 《世说新语·贤媛》非典型的人物列传，一人之事可能涉及多个条目。故此处分类统计时以条目为对象，兼顾人数。母仪类涉及条目有10、15、16、20。贤明类条目有7、22。仁智类条目有1、5、8、11、12、17、18、19、25、32。贞顺类条目有2、3、4、13、23。节义类条目有29。辩通类条目有6、9、24、27、31。才学、文才类条目有14、21、26、28、30。

③ 《晋书·列女传》单篇列传篇幅相对较长，且与《世说新语·贤媛》重合的人物传记多拼合《世说新语》所载事迹而成，故存在一人传记涉及多重标准的情况。对于这种情况，笔者统计时采取如下原则：若所涉标准均属刘向《列女传》传统，或虽谈及文才、才学，但传记行文、语境并不意在强调这些时，则均按照刘向《列女传》标准统计。母仪类有王湛妻、虞潭母。贤明类有孟昶妻、刘聪妻、刘聪妻姊。《晋书·列女·刘聪妻刘氏传》云：“(刘氏)幼而聪慧，昼营女工，夜诵书籍。……每与诸兄论经义，理趣超远，诸兄深以叹伏。"提到刘氏学问出众。见《晋书》卷九十六，第2519页。但传记主体重在写刘氏劝谏刘聪不要大兴土木，更不要滥杀忠臣。这与刘向在《列女传·贤明》中，通过大段记录女性传主言论表现其辅佐丈夫的事迹的写法一致。刘氏姊英"亦聪敏涉学，而文词机辩，晓达政事，过于娥"，也是在强调刘英在政事上对刘聪的帮助。见《晋书》卷九十六，第2520页。仁智类有羊耽妻、杜有道妻、王浑妻、陶侃母、周顗母、何无忌母、苻坚妾、凉武昭王李玄盛后。《晋书·列女·王浑妻钟氏传》云：“(钟氏)数岁能属文，及长，聪慧弘雅，博览记籍。"此篇传记是拼凑《世说新语·贤媛》第12条、第16条，及《世说新语·排调》第8条而成。据传中"礼仪法度为中表所则""明鉴远识，皆此类也""时人称钟夫人之礼"等文字，可知传记强调的是钟氏以礼持家、善于识人。见《晋书》卷九十六，第2510页。贞顺类有郑袤妻、郑休妻。节义类有愍怀太子妃、贾浑妻、梁纬妻、许延妻、张茂妻、尹虞二女、荀崧小女、皮京妻、王广女、陕妇人、靳康女、张天锡二妾、苻登妻、慕容垂妻、段丰妻、吕纂妻、吕绍妻。《晋书·列女·段丰妻慕容氏传》云：“(慕容氏)有才慧，善书史，能鼓琴。"见《晋书》卷九十六，第2525页。但传记主体重在写慕容氏不适二夫，赞其贞节。才学、文才类有王凝之妻、刘臻妻、韦逞母、窦滔妻。

如果以《列女传》的六项女德标准加上一项新兴标准作为全部的才女书写标准的话,《华阳国志·先贤士女总赞》中因才学、文才标准被书写的女性人数平均应为6.3人(44/7),《后汉书·列女传》为2.7人(19/7),《世说新语·贤媛》为3.4人(24/7),《晋书·列女传》为5.4人(38/7)。四个样本中的女性人数共计125人,以新兴标准入传的平均人数为17.8人(125/7)。所以,只有当以新兴标准被书写的女性人数大于上述数据时,才能说明书写者是有意偏向了这条标准。但通观上述四部典籍中的统计数据,刻意采纳"才学、文才"标准的迹象并不明显。以新兴标准入传的才女,在《华阳国志·先贤士女总赞》《后汉书·列女传》《世说新语·贤媛》《晋书·列女传》中的人数,分别是0人、5人、3人和4人。只有《后汉书·列女传》的数据超过了平均值,《华阳国志·先贤士女总赞》《世说新语·贤媛》和《晋书·列女传》的数据分别比平均值低6.3人、0.4人和1.4人。这四个样本中符合新兴标准的总人数为12人,也比平均人数少5.8人。《后汉书·列女传》的情况可能说明范晔隐隐意识到了班昭等5人与其他人物的差异,并有所偏重,但在整体数据的参照下,尚不足以说明问题。①

再从百分比的数据来看,隶属于刘向《列女传》标准的女性传主,在《华阳国志·先贤士女总赞》《后汉书·列女传》《世说新语·贤媛》和《晋书·列女传》中,所占的比例依次是100%(44/44)、73.7%(14/19)、87.5%(21/24)、89.5%(34/38),而凭借文才、才学的新标准入选的人物比例则依次是0%(0/44)、26.3%(5/19)、12.5%(3/24)、10.5%(4/38)。四个样本中符合新兴标准的人物也仅占总人数的9.6%(12/125)。

我们惯常认为受魏晋玄学影响,儒家礼法对女性的影响减弱。②但这组数据与这个观点恰恰大相径庭,反倒证明刘向《列女传》所设定的女德标准,

---

① 范晔提到自己作《后汉书·列女传》的意图时说:"若夫贤妃助国君之政,哲妇隆家人之道,高士弘清淳之风,贞女亮明白之节,则其徽美未殊也,而世典咸漏焉。故自中兴以后,综其成事,述为《列女篇》。"说明女德仍是范晔选录传主的主要标准。见《后汉书》卷八十四,第2781页。

② 这种观点多是受《晋纪总论》和《抱朴子外篇·疾谬》影响而来。《晋纪总论》:"其妇女庄栉织纴,皆取成于婢仆,未尝知女工丝枲之业,中馈酒食之事也。先时而婚,任情而动,故皆不耻淫逸之过,不拘妒忌之恶。"见《文选》卷四十九,第693页。《抱朴子外篇·疾谬》:"而今俗妇女,休其蚕织之业,废其玄紞之务。不绩其麻,市也婆娑。舍中馈之事,修周旋之好。更相从诣,之适亲戚,承星举火,不已于行。多将侍从,晔晔盈路,婢使吏卒,错杂如市,寻道褻谑,可憎可恶。或宿于他门,或冒夜而反。游戏佛寺,观视渔畋,登高临水,去境庆吊。开车褰帏,周章城邑,杯觞路酌,弦歌行奏。转相高尚,习非成俗。"见杨明照撰:《抱朴子外篇校笺》卷二十五,中华书局,1991年,第616—618页。

仍然强势地控制着刘宋以前文人、史官对女性才能的理解,[1]并或显或隐地引导着这些女性列传文本的意义走向。而且这种影响非但没有减弱,甚至有隐隐增强的趋势。同时,蔡琰、谢道韫的入传则显得偏离传统,更像是特殊的个案,而非暗示评鉴标准的变易趋势。谢道韫最被津津乐道也最能体现其文学才能的雪庭联句事,是放在《世说新语·言语》中。《贤媛》篇中的三条记载,并没有很直接地反映出其出众的文笔。从谢道韫一人之事分属两类的安排也可以看出《贤媛》篇的入选标准是非常明晰的,并不偏向文学创作能力。[2]当然,限于当前六朝女性传记文本的极度缺失,我们不能否认存在这样一种可能,即除蔡琰、谢道韫、苏若兰等人之外,当时还有其他女性,因学问、文才而闻名一时,只是因文献散佚或作者恰巧不知而无法得见其事。这种情况很可能更贴近事实。

据胡文楷《历代妇女著作考》,目前汉魏南北朝有著作可考的女性学者、作家共计33人。[3]其中在当时或近世史书、杂传中有文字记载的,有班婕妤、徐淑、班昭、明德马皇后、蔡琰、赵母、左棻、贾充妻李氏、谢道韫、王浑妻钟氏、窦滔妻苏氏、韩兰英、梁临安公主、刘令娴、北魏冯皇后、陈后主沈皇后16人。又据《先秦汉魏晋南北朝诗》《全上古三代秦汉三国六朝文》,同时期有文字记载的女作家,还可以补充甄皇后、卫夫人和王叔英妻刘氏3人[4]。这19人可分为三组。班婕妤、徐淑和北魏冯皇后3人为第一组。三者事迹分别见于东汉班固撰《汉书·外戚传》、《太平御览》卷四百四十一引西晋杜预《女记》、北齐魏收撰《魏书·皇后传》,不属于六朝才女书写的范围。班昭至窦滔妻苏氏9人,均是《后汉书》《世说新语》和《晋书》中的人物,加上甄皇后、卫夫人2人为第二组。

---

[1] 《华阳国志》的作者常璩为东晋人,《后汉书》《世说新语》的作者范晔、刘义庆均为刘宋时人。唐修《晋书》的主要底本是宋齐之间臧荣绪所撰《晋书》,而臧书又以东晋王隐《晋书》、刘宋何法盛《晋中兴书》为本,并参考了一部分宋初国史。参看聂溦萌《晋唐间的晋史编纂——由唐修〈晋书〉的回溯》,《中华文史论丛》,2016年第2期。至于具体到唐修《晋书·列女传》,所牵涉的文献流传情况十分复杂。笔者对其中的篇目进行了逐一溯源,除皮京妻龙氏、孟昶妻周氏二人传记史源不可考外,其余36人的传记材料均来自刘宋以前,不影响笔者的论证和结论。但限于篇幅,此处不详细展开论证。

[2] 余嘉锡在《世说新语笺疏》中对《贤媛》篇提出质疑:"本篇凡三十二条,其前十条皆两汉、三国事。有晋一代,唯陶母能教子,为有母仪,余多以才智著,于妇德鲜可称者。题为贤媛,殊觉不称其名。"《世说新语笺疏》卷下之上,第779页。其实余先生所谓"才智",正包含在刘向《列女传》奠定的女德传统中,二者并不矛盾。

[3] 胡文楷编著,张宏生增订:《历代妇女著作考》(增订本),上海古籍出版社,2008年。

[4] 严可均《全宋文》《全齐文》《全梁文》《全陈文》中还收录了诸如宋武张夫人、宋明恭皇后、齐文安王皇后、陈武宣章皇后等后宫女性的文章,但无一例外均是涉及罢黜王室成员或大臣的政府公文,很可能是他人代笔,故不予讨论。

明德马皇后事迹见于《后汉书·皇后纪》,传记行文重在表现其守礼、善待养子、能劝谏君王、不滥封外戚,符合刘向《列女传》母仪、贤明和贞顺的标准。经比对,左棻传记的史源也取自臧荣绪《晋书》。① 左棻为上文表格未收且确以文笔出众著称者,但即使将其与《晋书·列女传》中符合新兴标准的4个人物加在一起,仍较理论上《晋书》应有的平均人数(39/7)低0.6人。甄皇后的事迹见于《三国志·魏书·文昭甄皇后传》。陈寿并未在正文中谈及甄皇后的才学如何,裴松之注引《魏书》:"(甄皇后)年九岁,喜书,视字辄识,数用诸兄笔砚,兄谓后言:'汝当习女工。用书为学,当作女博士邪?'"② 陈寿对甄皇后好学之事略而不书,裴松之虽录但态度复杂。一方面记录甄皇后喜爱读书识字,但又借后兄之口、以调侃式的语言指出,对于女性而言学习女工才是正业,博士的官职只有在男性担任时才会显得正当合理。卫夫人的记录最早见于刘宋羊欣所作《采古来能书人名》:"晋中书院李充母卫夫人,善钟法,王逸少之师。"③ 可以算是因才学而被关注。将左、卫二人补入符合新兴标准的总人数,仍低于平均人数4.1(127/7)人。韩兰英、梁临安公主、王叔英妻刘氏、刘令娴、沈皇后也都有较好的文学创作能力。五人的事迹见于梁萧子显《南齐书》、唐李延寿《南史》和唐姚思廉《梁书》《陈书》,文献时代相对略晚,为第三组,代表了另一种现象,稍后讨论。

至此可以说,虽然从后汉到刘宋,历史上真实可考的女性学者、作家可能并不像现存文本中见到的这么凤毛麟角,但史料存佚本身就反映其重要程度的高下,且本文所关注的并不是这一时期真实出现过多少才女,而是当时的文人如何书写这些才女。从这个角度看,按照刘向《列女传》所确定的"才女"标准进行选拔,仍然是时人书写相关女性传记时的主流写法。换句话说,刘宋之前的才女书写仍然继承的是刘向《列女传》的传统,注重女性的礼节和政治才能,即使传主具备较好的学问或文笔,书写的重点也并不在于此。退一步讲,如果范晔、刘义庆等人知道更多具有较好文学创作能力的女性案例,却在作传时依旧不予收录,这反倒愈加能够证明,至少在两晋至刘宋时期,对于"才女"的理解,在文本书写与现实情况中存在着两个不同的系统。如果我们将前者称为在历史惯性下控制着大部分文本表述的传统书写模式的话,后者则是新的社会思潮下刚刚显露头角的新动向。值得注意的是,这个新动向也在努力向文本书写体系渗透,并与传统书写模式发生交

---

① [清]汤球辑,杨朝明校补:《九家旧晋书辑本》,中州古籍出版社,1991年,第32页。唐修《晋书》在臧荣绪书基础上,收录了左棻的三篇文学作品。当然,也不排除臧荣绪书左棻传中原也有这三篇作品,后在传抄过程中遗失的可能。

② 《三国志》卷五,第159页。

③ [唐]张彦远撰,范祥雍点校:《法书要录》卷一,人民美术出版社,1984年,第14页。

融,进而影响了六朝后期的才女书写方式。从现有材料看,到了齐代以后,才女书写标准由原本德才兼具且偏向德的书写模式,开始向学识、文才倾斜,出现了仅凭学识、文才就能被书写的情况,且文本部类也呈现出多元化趋势。

检逯钦立《先秦汉魏晋南北朝诗》,刘宋朝的女性诗人仅有鲍令晖一人,存诗7首。但这位刘宋最著名的女诗人却不见于当时的文献记载。南齐以后的才女书写最早出现在文学批评领域。原本"被缺席"了的鲍令晖,在梁钟嵘《诗品》中得到了补偿,并与韩兰英一同被列入下品。与二人同列的尚有谢庄、张融、王融等著名诗人,即使是在后世声名更盛的谢道韫都没有入选。钟嵘对鲍、韩的高度评价,与沈约在《宋书》中将二人略而不书形成了鲜明对比。

当然,《诗品》是专门评论五言诗的专著,它的选取视角集中在诗歌成就方面并不为奇。① 而《宋书》的编撰目的在于总结前代历史,它与《诗品》在才女选拔方面出现偏差也不必过于苛责。但《南齐书》中收录韩兰英事迹,这种变化便愈发可以证明之前所谓的新动向确实是在向传统书写模式渗透。《南齐书》中《韩兰英传》附在《武穆裴皇后传》之后,云:"吴郡韩蘭英,妇人有文辞。宋孝武世,献《中兴赋》,被赏入宫。〔宋〕明帝世,用为宫中职僚。世祖以为博士,教六宫书学,以其年老多识,呼为'韩公'。"② 传记的文字虽然比较简短,但意义指向十分明确。传记当中的关键词如"有文辞""献《中兴赋》""博士""教六宫书学""多识",全部表明韩兰英能够入传完全是依靠学识、文才。这里没有提及韩兰英在女德方面的表现。这种写法避免了《后汉书·列女传》《世说新语》《晋书·列女传》在书写女性时,可能出现的文意在"德"与"才"之间摇摆的问题,也完全杜绝了文意阐释的模糊性。考《诗品》一书的成书时间约在梁武帝天监十三年(514)左右③,而《南齐书》成于普通年间(520—527)④,晚于《诗品》。对韩兰英才学的专门书写,由方兴未艾的文学批评著作,进入了传统悠久的史传系统。这个过程也是观念渗透的过程。文人观念中对于"何谓才女"的认知,相比之前发生了变化。在"女德"与"文才"的二元标准中,评判的天平逐渐向后者倾斜。原本刘向《列女传》所确立的女德标准才是女性入传的决定性条件,"文才"不过是锦上添花。如今韩兰英却可以仅凭文才入传,说明至少在这个案例上,"文才"不再是"女德"的

---

① 羊欣在《采古来能书人名》中对卫夫人的记录,情况也与《诗品》类似。
② 萧子显《南齐书》卷二十,第392页。《校勘记》:"'蘭'南监本、毛本、殿本、局本并作'蘭',《南史》同。按毛本、局本'蘭'字下有小注,云宋本作'蘭'。"见《南齐书》,第396页。
③ 《诗品集注·前言》,第6页。
④ 《南齐书·点校本南齐书修订前言》,中华书局,2017年,第3页。

附庸,而是成为可以独立评判、书写女性的重要指标。更重要的是韩兰英的案例并不是孤立现象,有关刘令娴的书写同样如此。

刘令娴的传记附在《梁书·刘孝绰传》后:"其三妹适琅邪王叔英、吴郡张嵊、东海徐悱,并有才学;悱妻文尤清拔。悱,仆射徐勉子,为晋安郡,卒,丧还京师,妻为祭文,辞甚凄怆。勉本欲为哀文,既睹此文,于是阁笔。"①刘氏三姐妹均是当时著名的女性文人。除张嵊妇作品失传外,王叔英妇和徐悱妇(即刘令娴)的作品在《玉台新咏》中都有收录。特别是刘令娴,《玉台新咏》中收录了她的八首诗作。《艺文类聚》卷三十八还收有她的《祭夫文》一篇,这篇文章正是传记中所谓"辞甚凄怆",以至让徐勉"阁笔"的作品。除了《梁书·刘孝绰传》,梁代萧韶《太清记》也提到:"刘孝仪诸妹,文彩艳质,甚于神人也。"②这两条材料的书写方式都和《韩兰英传》一样,也仅关注传主的文学才能,不旁涉德行。

新的书写习惯的出现,并不意味着原本的书写习惯完全被取代。同样是有关韩兰英的书写,在《金楼子》中记载如下:"齐郁林王时,有颜氏女,夫嗜酒,父母夺之,不出,入宫为列职。帝以春夜命后宫司仪兰英为颜氏赋诗,曰:'丝竹犹在御,愁人独向隅。弃置将已矣,谁怜微薄躯?'帝乃还之。"③萧绎在这里收录韩兰英诗作的意图,并不在于说明她的文才,而是强调这首诗起到了劝谏郁林王的效果。从萧绎将这条材料收在《箴戒篇》中,也可以看出他的意图。这种写法正是典型的刘向《列女传》中女性辅佐男性的传统书写方式。又如刘令娴的《祭夫文》令她蜚声文坛,但其中也有"简贤依德,乃隶夫君"④的文字,是刘令娴自述婚前接受过女德规范检验。又如有关梁临安公主的书写见于梁简文帝撰《临安公主集序》。序中既有"四德之美""七行之奇""爱敬之道""柔娴之才"之类称赞公主德行的文字,又有"文同积玉""韵比风飞"⑤这样指向文才的言语,且两方面内容的篇幅基本对等。再如陈后主沈皇后,《陈书》本传在记述她"聪敏强记,涉猎经史,工书翰""及后主薨,后自为哀辞,文甚酸切"⑥的同时,也不忘表现她的行为举止符合礼度。而且更有趣的是,史官在《陈书·皇后传论》中指出陈代能作诗的才女尚有不少,且时有诗歌酬唱活动:"(后主)以宫人有文学者袁大舍等为女学士。后主每引宾客对贵妃等游宴,则使诸贵人及

---

① 《梁书》卷三十三,第484页。
② [宋]李昉等撰:《太平御览》卷五百一十七《宗亲部七》,中华书局,1960年,第2351页。
③ [梁]萧绎撰,许逸民校笺:《金楼子校笺》卷一《箴戒篇》,中华书局,2011年,第347页。
④ [唐]欧阳询撰,汪绍楹校:《艺文类聚》卷三十八《礼部上》,上海古籍出版社,1999年,第680页。
⑤ 《艺文类聚》卷五十五《杂文部一》,第996页。
⑥ [梁]姚思廉撰:《陈书》卷七《后主沈皇后传》,中华书局,1972年,第130页。

女学士与狎客共赋新诗,互相赠答,采其尤艳丽者以为曲词。"①但在这里史官一反之前称赞女性文才的话语,而是借用《列女传·孽嬖》的书写模式,将这些女性当作迷惑君主的反面案例加以批判。传统重女德的书写模式与新出现的重才学的书写模式,在这里以一种冲突矛盾的形式,实现了另类的融合。这也告诉我们,在追求历史经验教训的史官笔下,女性对于君主乃至政治的积极或消极影响,远比她们自身所具备的学识和文才重要得多。而考虑到传统文化对女德要求的强大惯性,以及唐宋之后这种要求愈加严格的倾向,新旧两种才女书写习惯并存的局面只能是一种必然,甚至这已经是最好的情况,新的书写习惯注定无法取代刘向《列女传》奠定的传统。

既然新的才女书写模式始终处在弱势地位,那么它的出现有何意义呢?其意义便在于,通过比对新旧两种书写模式,可以看出汉魏以来文人对"才女"之"才"的认知变迁。总的来说,在以"才"为标准衡量女性时,这个标准的内涵并非一成不变,而是随着时代发展渐趋缩小、明晰。刘向《列女传》上承《礼记·内则》"礼始于谨夫妇"②的理念,细致制定了"母仪"等六项女性评价标准。后经班昭《列女传注》《女诫》、赵母《列女传注》、皇甫谧《列女传》、徐湛之《妇人训诫集》、冯少胄《娣姒训》等同类作品的反复作用叠加、强化,使刘宋以前的有关女性书写的文本,呈现出以德代替学识和文学才华的面貌。凡是品德高尚,或有能力辅佐男性的女子,均可以称为有"才",或有"才德""才明""才识"。如刘孝标《世说新语注》引《晋诸公赞》评价贾充前妻李氏说"李氏有才德,世称《李夫人训》者。生女合,亦才明,即齐王妃"③,侧重表现李氏在女德教育方面的成就;又如《晋书·列女传》称苻坚妾张氏"明辨有才识"④,侧重表现张氏有政治眼光,能劝谏苻坚。类似的记载尚有不少,此处不一一列举。但所谓"才德""才识",在具体语境中大多都是指代刘向《列女传》所规定的女德,而无关具体的知识或文学。⑤齐梁之后,"才女"的内涵有了更明确的指向,即女性的文学创作才能。《诗品》和《南齐书》对鲍令晖和韩兰英的评价标准一致无二,但从文学评论著作到史传的文献书写部类的变化,以及杂史、子书、文集序中的相似书写,都印证着新的才女书写标准正在不断渗入文人的观念层面。

① 《陈书》卷七,第132页。
② 《礼记正义》卷二十八,《十三经注疏》,第1468页。
③ 《世说新语笺疏》卷下之上《贤媛》,第805页。
④ 《晋书》卷九十六,第2522页。
⑤ 左棻是个例外。《晋书·左贵嫔传》的主体即是左棻的三篇作品,意在突出她的文学创作才能。但又写道"后为贵嫔,姿陋无宠,以才德见礼",这种将女性容貌与才学对立、暗示君王应该在二者之间选择后者的话语,也是刘向《列女传》惯用的手法。

二、南朝知识下移与才女书写的关系

在中国历史上,知识的流布与接受始终与社会阶层的流动密切相关。这一现象自春秋时孔子设立私学,促进士阶层兴起开始。至汉代发展出如弘农杨氏、陈郡袁氏之类以精研一经起家,进而跻身上流的家族。魏晋南北朝不少士族重视学术文化的家族传承、隋唐之后的科举取士,其本质都在于通过研习知识维持或改变社会阶层与身份。诗文创作需要积累必要的典故知识、声律知识、词汇量,对前代作品也要有深入了解。《文心雕龙·神思》在谈到创作构思时,主张"积学以储宝,酌理以富才"①,所以文学创作才能当然也可以归入知识的范畴。齐梁以后女性作家的创作在文本书写层面愈发受到重视,这一现象也可以从南朝知识流传的角度予以解释。

相比两晋,南朝是一个更加崇尚知识的时代。②南朝士族以诗文传家、一族之中多人以能文擅名的现象,早已为学界所关注。将这些家族统称为文学世家当然没有问题,但这一统称却容易使人们忽视这些家族内部的细微差别,分阶层和身份加以考察将更有效。

东晋以来门第最高者,当属琅琊王氏、陈郡谢氏和陈郡袁氏。③三家子弟在政治上"平流进取,坐至公卿"④的同时,也为文坛贡献了不少名家。但相比三家子弟文学传统的世代延续,南朝文坛更重要的一个现象是出现了大量新兴的文学家族。如吴郡张氏、陆氏、顾氏,琅琊颜氏,彭城刘氏、到氏,兰陵萧氏,吴兴沈氏,平原刘氏,东海何氏,河东裴氏,济阳江氏等。这些家族都不是传统意义上的高门望族,而是地方大姓或先以武功起家、后改换门风者,均属于次等士族。更值得注意的是,次等士族文人的兴起不只出现在男性作家中,相同的变化还与之平行地发生在这一时期的女性作家群体身上。如果我们将南朝的女性作家与魏晋的女性作家进行一个身份阶层的统计对比,便能够看得更加清楚。

据《先秦汉魏晋南北朝诗》《全上古三代秦汉三国六朝文》,魏晋、南朝两

---

① 《文心雕龙解析》,第445页。
② 参看胡宝国《知识至上的南朝学风》,《文史》,2009年第4辑。
③ 周一良在《论梁武帝及其时代》中指出:"王谢袁才是两晋甚至后汉以来的典型高门。"见周一良:《魏晋南北朝史论集》,北京大学出版社,1997年,第343页。《世说新语·简傲》记载东晋初年,阮孚嘲笑谢氏是"新出门户",但同时代的谢鲲已是名士。虽然相对于曹魏时便已是名族的阮氏,谢家确实后出,但阮孚在当时并不属于名士圈核心,他的评价中有不满甚至轻微嫉妒的心理。
④ 《南齐书》卷二十三《褚渊王俭传论》,第438页。

个时段,有诗文作品传世的女性作家分别为23人[①]和12人,按身份阶层进行分类,结果如表5-2、表5-3所示:

表5-2 魏晋女性作家身份统计表

身份	作家	人数	作品数
世族女性	甄皇后[②]、阮氏、谢道韫、钟琰、卫铄	5人	9篇
次等士族女性	左棻	1人	2篇
歌伎	绿珠、翾风、桃叶、谢芳姿	4人	9篇
身份不明[③]	严宪、苏伯玉妻、辛萧、陈新涂妻李氏、杨苕华、于氏、陈窈、袁弘妻李氏、陈玢、陈珍、王劭之、琼、羊氏	13人	29篇

表5-3 南朝女性作家身份统计表

身份	作家	人数	作品数
次等士族女性	鲍令晖、王叔英妻刘氏、刘令娴、沈满愿、沈后、乐昌公主	6人	31篇
歌伎	苏小小、包明月、陈少女	3人	3篇
身份不明	韩兰英、王氏、王金珠[④]	3人	19篇

从表5-2的数据来看,魏晋的女性作家人数和作品数量并不算少,但绝大多数人的身份阶层并不明晰。剩下三类中,世族女性与次等士族女性两类相加,人数与作品数正与歌伎一类平分秋色。这样的数据分布显示,诚然世家大族女性有更多机会接受文化教育,如《晋书》载谢道韫与谢安讨论《毛诗》何句

[①] 严可均《全晋文》收有陈玢《石榴赋》、王伦妻羊氏《安石榴赋》。虽仅存一两句,但从标题可知是文学作品无疑,故将二人纳入统计样本。至如严宪《与从子秦州刺史杜预书》、阮氏《答阮咸书》虽仅是简短、残缺的两句日常对话,但焉知后文之不绝胜前?更关键的是,阮氏能引《鲁灵光殿赋》,此行为与《三国志·蜀书·刘琰传》中刘琰教婢女诵读《鲁灵光殿赋》、《三国志·魏书·国渊传》中国渊以训读《二京赋》为线索抓人两事相类,都意味着熟悉汉赋作品是不多见的本事。故将严宪、阮氏也一并统计。

[②]《三国志·魏书·文昭甄皇后传》记载甄氏的身世:"汉太保甄邯后也,世吏二千石。父逸,上蔡令。"见《三国志》卷五,第159页。

[③] 统计时刷去刘勋妻王宋。《玉台新咏》卷二收刘勋妻王宋《杂诗二首》,逯钦立考证一为魏文帝作,一为曹植作。见《先秦汉魏晋南北朝诗》魏诗卷四,第402页。

[④]《玉台新咏》卷十题作梁武帝。逯钦立考辨云:"王金珠吴声歌词,有自作者,有改用梁武帝乃至宋孝武帝所作者。《玉台》取原作,故仍题梁武帝。《乐府》本之《歌录》,故云王金珠。"见《先秦汉魏晋南北朝诗》梁诗卷二十八,第2128页。

最佳"①;钟琰为钟繇曾孙,"琰数岁能属文,及长,聪慧弘雅,博览记籍"②;卫夫人出自书学世家,她的父亲卫瓘"学问深博,明习文艺","善草书"③,兄长卫恒"善草隶书"④,著有《四体书势》。但一来面对相同的文献散佚的历史条件,贵族身份(也是我们通常所认为的优势条件)并没有保障她们的作品和姓名相比其他阶层女性能更多地流传于后世;二来如前所述文献当中对她们的书写倾向、重点也并不在文学才能本身。反倒是出身相对低微的左棻、绿珠等人,作为一个与世族女性相对的群体,在人数和作品数上都更有优势。苏伯玉妻等13人身份不明、材料匮乏,无法窥知她们获得文学知识的途径。《晋书·左贵嫔传》记载左棻"少好学,善缀文,名亚于思"⑤。左棻的文学训练可能得益于其父兄的熏陶。⑥《晋书·左思传》记载左思"家世儒学。父雍,起小吏,以能擢授殿中侍御史"⑦,但其原本出身贫寒,祖上事迹无考。左棻兄妹的文学知识和才能的获得有一定的特殊性和偶然性,不能与作为文化家族的钟氏⑧和谢氏相提并论。以绿珠为代表的歌伎,因出于满足官僚或主人娱乐需求的目的,必然要学习相应的文学艺术技能,在获取知识方面有不同于一般教育的渠道。⑨且社会对歌伎群体的娱乐需求,以及歌伎接受教育的途径在后世具有较强的稳定性,也不能作为考察两晋女性知识学习与文学创作关系的样本。如此一来,魏晋的女性文学便呈现出一种矛盾的面貌。一方面整体人数、作品数都并不算少,另一方面就女性作家的群体构成而言,并没有出现一个作用相对凸显的阶层,而是非常分散。

这种阶层身份的分散,并非代表两晋的女性文学达到了一个自觉的阶

---

① 《晋书》卷九十六《列女传》,第2516页。
② 《晋书》卷九十六《列女传》,第2510页。
③ 《晋书》卷三十六《卫瓘传》,第1057页。
④ 《晋书》卷三十六《卫瓘传附卫恒传》,第1061页。
⑤ 《晋书》卷三十一《后妃传》,第957页。
⑥ 谢无量《中国妇女文学史》:"盖左思之妹,化其家学而然也。"《谢无量文集》,中国人民大学出版社,2011年,第96页。
⑦ 《晋书》卷九十二,第2375—2376页。左雍,《左棻墓志》作"左熹"。
⑧ 关于颍川钟氏的研究,参看谢文学《颍川长社钟氏家族研究》,《许昌师专学报》,1991年第2期。
⑨ 曹大为指出:"古代中世纪的中国女子教育,在某种意义上是一种双轨制教育,其中的一轨是培养贤妻良母的正统女教,另一种是培养妾妓婢仆的特殊教育。后者虽为正统女教所不齿,其所培训之技能色艺却又为统治阶级所迷恋,因而一程度上为统治阶级所默许,成为与正统女教并存的一种补充形式。"见曹大为著:《中国古代女子教育》,北京师范大学出版社,1996年,第219—220页。张承宗也指出,后者"其实即是一种以歌舞为主的艺术教育,它也是广大贱民妇女获取知识教育的一项重要渠道"。见《六朝妇女》,第330页。

段,各阶层女性都有意识地通过文学创作彰显自身身份、价值,而是说明社会在看待这些女性和她们的作品时,持有一种既好奇又觉得异于常理的心态。史书历来有"常事不书"①的惯例。《晋书》记载左棻、钟琰、谢道韫善属文,本身就反映出这一现象在史官看来并非常态。但她们的学识或文笔又并没有成为文本书写的重点,史官在用一两句话记录了她们的文学才能后,便立即回归到原本"重女德"的叙事模式,并希望这种叙事能产生必要的社会教育功能,成为更多女性学习的范例。类似的例子尚有不少。如马融女马伦史称"少有才辩"②,嫁与袁隗为妻,新婚之夜遭到丈夫的三次问难,马伦都在言辞上占得上风,致使"隗默然不能屈,帐外听者为惭"③。在这段叙事中,马伦的学识并没有让丈夫感到光荣,反而使丈夫蒙羞。《后汉书·和熹邓皇后纪》记载:"(邓皇后)六岁能史书,十二通《诗》《论语》。诸兄每读经传,辄下意难问。志在典籍,不问居家之事。母常非之,曰:'汝不习女工以供衣服,乃更务学,宁当举博士邪?'"④邓后对知识的兴趣与渴求并没有让家人感到光荣,反而受到母亲的责难。

上文所列举的马伦、甄皇后、钟琰、谢道韫等,或为贵族女性,或出自名门望族。考虑到文献中体现的社会对她们所拥有才能的复杂态度,以及下层女性在人数和作品数量上呈现出的相对优势,我们不得不换一个角度来理解两晋的女性文学,进而思考当时社会对于女性的评价是否存在因身份阶层不同而标准不同的现象。即对于世家大族女性而言,社会的评价标准主要延续着刘向《列女传》对女德的规定,并通过文本书写的意义导向强化这一传统,促使世族女性自觉贴合女德的标准;⑤而对于次等士族以及身份

---

① [汉]何休注,[唐]徐彦疏:《春秋公羊传注疏》卷四,《十三经注疏》,第2215页。
② 《后汉书》卷八十四《列女传》,第2796页。
③ 《后汉书》卷八十四《列女传》,第2796页。
④ 《后汉书》卷十上,第418页。
⑤ 六朝士族特别是东晋以来的传统高门,为彰显并维系自己的门第、强化家族内部凝聚力,故尤为重视礼学。钱穆指出礼法是"当时门第中人所以高自标置以示异于寒门庶姓"的"重要节目",反映在对世家大族女性成员的要求上,便是"日常居家之风仪礼法"。南齐王俭讨论国史中女性传记体例云:"若有高德异行,自当载在《列女》,若止于常美,则仍旧不书。"强调的重点也是"高德异行"。见钱穆:《略论魏晋南北朝学术文化与当时门第之关系》,《中国学术思想史论丛》第3册,生活·读书·新知三联书店,2019年,第203页;《南齐书》卷五十二《檀超传》,第892页。而魏晋以来注重门第对等的婚配通例,促使高门之间相互联姻。这也无形中强化了世家大族对女性德行方面的要求。俞士玲指出:"魏晋女性,特别是士族女性自觉践履女德,士族家庭对妇女的女德要求、对失德的严格处罚也是妇女践履女德的外在动力。"见俞士玲著:《汉晋女德建构》,人民文学出版社,2017年,第138页。

更加低微的女性群体,则引入才学、文学创作能力的评价标准。事实上,如果我们联系表5-3的数据,则更能印证这一推论。

在表5-3中,苏小小、包明月、陈少女为歌伎,韩兰英、王氏、王金珠身份不明,这6人不作为分析样本。剩余6人无一例外都出身于次等士族。与表5-2中的次等士族女性作家数量相比,有非常明显的增长。鲍令晖所在的东海鲍氏,于永嘉年间南下避乱。令晖父祖皆不见载于史册,其兄鲍照在诗文中也多有"臣北州衰沦,身地孤贱"①之类的自白,属于低级士族无疑。王叔英妻刘氏、刘令娴二人为刘孝绰妹,郡望为彭城,其祖刘勔是刘宋中后期著名将领。刘勔以军功起家,成为新贵,至其子刘绘始转变门风,跻身竟陵王萧子良西邸文士之列,甚至"常恶武事,雅善博射,未尝跨马"②,推动家族完成了由世代将门向文学家族的转变。沈满愿和沈后出自吴兴沈氏。沈氏在两晋之际以武力强宗的面貌出现,在晋宋之际靠辅佐刘裕积累了足够的政治资本,至宋、齐两朝沈氏的武将势力达到鼎盛。③但在建立功业的同时,沈氏也渐觉文化的重要,加快了转变门风的步伐。刘宋初年,沈演之便有感于"家世为将",于是"折节好学,读《老子》日百遍,以义理业尚知名"④。此后又涌现出沈约、沈峻等众多文学家、学者。至于具有皇室身份的乐昌公主,其叔祖陈霸先更是"起自寒微"⑤,一生征战。至陈文帝方"留意经史,举动方雅"⑥,表现出文士化的举止习惯。

不仅是人数上明显占优,南朝次等士族女性留下的作品数量也占了总数量的近六成。与之相对的,却是两晋以来传统高门大族女性姓名、作品的完全缺失。这种空缺的出现,当然有中古文献流传、散佚的特殊原因。但这不能成为解释这种空缺的唯一原因,因为其他阶层女性作家也面临着相同甚至更为不利的文献流传条件。因此,次等士族女性主动学习知识,并从事文学创作,便成为最有可能的一个原因。而这一现象又是与南朝次等士族通过提升文化修养获得皇帝恩宠,进而实现阶层晋升的趋势密切联系在一起的。

众所周知,南朝是一个皇权重新集中、士庶升降变化剧烈的时代。皇帝为了削弱和限制高门士族,必定要扶持次等士族和寒人。后两者为了政治

---

① 鲍照《拜侍郎上疏》,《鲍照集校注》卷九,第840页。
② 《南齐书》卷四十八《刘绘传》,第842页。
③ 参看王永平《东晋南朝吴兴沈氏之尚武及其地位的变迁》,《南都学坛》,2005年第5期。
④ 《宋书》卷六十三《沈演之传》,第1685页。
⑤ 《廿二史札记校证》卷十二"陈武帝多用敌将"条,第255页。
⑥ 《陈书》卷三《世祖纪》,第45页。

进身也必然依附皇权。在南朝,文学才能是衡量世族的一条重要标准。出身寒门庶族的帝王为全方位强化权威形象而努力跻身文人行列,同时拔擢与其门第身份相近的次等士族和寒门文士。正是在这样的背景下,尽快提升文化修养成了所有寒门庶族的共同追求。[1]彭城刘氏、兰陵萧氏、彭城到氏、吴兴沈氏、吴兴陈氏等家族,都经历过一个弃武从文、逐渐重视家族成员文化修养的过程。他们在通过武力夺取政权或积累军功获取了足够的政治资源后,都表现出生活方式"士大夫化"的倾向,如主动学习文化技艺、附庸文学创作、参与或组织文学集会等。[2]差别只在于转变的时间早晚和程度深浅。如果说武力强宗出身的寒门、兵家子弟掌握政权,是对东晋门阀大族政治权力的掠取的话,那么加强文化教育、参与文学艺术活动,则是这些人对原本掌握在高门士族手中的文化权力的入侵。至于为何这些亟待转换门风、处于文化积累初始阶段的次等士族和地位更低的寒人多崇尚文艺,如诗文辞赋、书法,而非像传统高门那样重视礼学,主要是因为经学重师承家法,经术的积累需要一个更长的过程。刚刚以武功登上政坛的庶族和寒门子弟,没有文化世族的承继,在经术礼法方面缺乏必要的积累。而诗赋文艺多是个体书写,容易获得较快的进步。虽然这一过程难免会伴随一些笨拙模仿,或高门大族的轻蔑,[3]但从结果上来说,终究使文学创作的技艺和必要知识在受众层面进一步扩展,由世家大族阶层下移到次等士族阶层。

在这一过程中需要特别强调的,是彭城刘氏和兰陵萧氏两族以皇室身份亲力而为所带来的社会影响力。刘宋皇帝多爱好文艺。《文心雕龙·时序》云:"宋武爱文,文帝彬雅,秉文之德。"[4]"宋孝武好文章,天下悉以文采相尚,莫以专经为业。"[5]"宋明帝博好文章,才思朗捷,常读书奏,号称七行

---

[1] 有关皇权重振与次等士族上升的关系,前辈学者论述已多。可参看唐长孺:《南北朝门阀士族的差异》,《魏晋南北朝隋唐史三论》,武汉大学出版社,1992年,第159—178页;田余庆:《刘裕与孙恩——门阀政治的"掘墓人"》,《东晋门阀政治》,第278—314页;何德章《宋孝武帝上台与南朝寒人之得势》。

[2] 有关南朝次等士族转换门风、渐崇文艺的典型案例,王永平有较多专题研究,如《刘宋文帝一门文化素养之提升及其表现考论》;《南齐萧道成之家教及其子孙之崇儒尚文——从一个侧面看萧齐皇族之"士族化"趋向》,《江苏科技大学学报(社会科学版)》,2009年第1期;《刘宋时期门第寒微学人群体之兴起及其原因考论》,《学习与探索》,2015年第1期。

[3] 如南齐武帝时中书舍人纪僧真"稍历军校,容表有士风",向武帝"乞作士大夫"。"帝曰:'由江敩、谢瀹,我不得措此意,可自诣之。'僧真承旨诣敩,登榻坐定,敩便命左右曰:'移吾床让客。'僧真丧气而退。"见《南史》卷三十六《江敩传》,第943页。

[4] 《文心雕龙解析》,第696页。

[5] 《南史》卷二十二《王俭传》,第595页。

俱下。每有祯祥,及幸谠集,辄陈诗展义,且以命朝臣。……于是天下向风,人自藻饰,雕虫之艺,盛于时矣。"①梁武帝萧衍"每所御幸,辄命群臣赋诗,其文善者,赐以金帛,诣阙庭而献赋颂者,或引见焉"②。统治者的喜好往往会带来社会文化风尚的变化,反过来又强化了次等士族优先锻炼、学习文艺的积极性。加之沈约、到洽、刘孝标等人在当时文坛的声誉与传统高门出身的王融、谢朓相比也不落下风,这些榜样必然会促使众多渴望通过知识技艺改变身份的寒门,甚至身份阶层更低的寒人,更具热情地投入到读书和创作当中,以期争取入仕机会。如鲍照"因顽慕勇,释担受书,废耕学文"③;吴喜"涉猎《史》《汉》,颇见古今。演之门生朱重民入为主书,荐喜为主书书史,进为主图令史"④;又如戴法兴"好学……颇知古今……能为文章,颇行于世",巢尚之"亦涉猎文史,为上所知",两人因此在宋孝武帝朝以中书舍人身份"专管内务,权重当时"⑤;再如江革在雪天"弊絮单席,而耽学不倦。……司徒竟陵王闻其名,引为西邸学士"⑥;梁朝人朱詹"好学,家贫无资,累日不爨,乃时吞纸以实腹。寒无毡被,抱犬而卧……犹不废业,卒成学士,官至镇南录事参军,为孝元所礼"⑦。于新兴阶层的男性而言,知识俨然成为在军功之外,获取君主赏识、得到晋升机会的另一有效途径。⑧这无疑加速了知识在不同社会阶层中的渗透。

至于远离政治的女性,她们受到家族中男性成员提升文化修养风潮的影响,也更为主动地参与到文化学习与文学活动当中,⑨将才学和文学创作能力作为彰显女性身份、获取关注的方式。换句话说,南朝文学创作知识和技能的下渗,不仅由世家大族阶层抵达次等士族男性这一层,还进一步普及到次等士族女性阶层。

具体到表5-3当中的每一位次等士族女性作家,影响她们的家族男性

---

① 裴子野《雕虫论》,严可均辑《全梁文》卷五十三,第3262页。
② 《梁书》卷四十九《文学传序》,第685页。
③ 鲍照《侍郎报满辞阁疏》,《鲍照集校注》卷九,第850页。
④ 《宋书》卷八十三《吴喜传》,第2114页。
⑤ 《宋书》卷九十四《戴法兴传》,第2302—2304页。
⑥ 《梁书》卷三十六《江革传》,第523页。
⑦ 《颜氏家训集解》卷三《勉学》,第240页。
⑧ 《南史》记载萧遥光云:"文义之事,此是士大夫以为伎艺欲求官耳。"见《南史》卷四十一《始安王遥光传》,第1040页。
⑨ 六朝女性获取知识的途径主要是家庭教育。钱穆《略论魏晋南北朝学术文化与当时门第之关系》:"当时教育,主要在家门之内,兄弟姊妹宜无异视,故女子教育亦同等见重。"见《中国学术思想史论丛》第3册,第174页。

成员各有不同。对鲍令晖来说,兄长鲍照的影响是不可忽视的因素。鲍照在《请假启》中写道:"臣实百罹,孤苦夙丁。天伦同气,实惟一妹,存没永诀,不获计见……私怀感恨,情痛兼深。"①可见兄妹感情甚好。鲍照又有《登大雷岸与妹书》,他将这篇被后世评价为"辞极典雅"②、"铸词精缛"③的书信寄与令晖,不只是传送消息,也是兄妹间交流文学创作的体现。王叔英妻刘氏与刘令娴所处的家族文化环境更为优越。其兄刘孝绰"辞藻为后进所宗"④,是昭明太子萧统文学集团中的核心人物,编纂了《古今诗苑英华》,并参与了《昭明文选》的编选工作。更难得的是刘氏"兄弟及群从诸子侄,当时有七十人,并能属文,近古未之有也"⑤。刘令娴的丈夫徐悱同样"能属文"⑥,《玉台新咏》卷六收有徐悱《赠内》《对房前桃树咏佳期赠内》二首,又有刘令娴《答外诗二首》,可见夫妻之间的文学互动。沈满愿的祖父为永明诗坛的领袖沈约。⑦沈后的丈夫、乐昌公主的哥哥是以爱好文学、"多有才艺"⑧著称的陈后主。虽然这三人受到的家族影响不像鲍令晖和刘令娴那样有相对明晰的文献佐证,但这种潜移默化的熏陶是不能无视的。

分析至此,我们再回到南朝才女书写的问题。南朝的皇权重振加速了次等士族的迅速兴起。次等士族并不满足于对东晋以来门阀大族手中政治权力的分享,还积极通过模仿、结交、联姻、主动学习等方式加快转变门风。不管这种转换门风的行为是出自追慕门阀大族的心理,还是对皇族主动示范的迎合,或是单纯的个人行为,抑或几种因素掺杂在一起,总之,都如同力的平行四边形一般,最终形成一个新的合力,推动着知识的向下层移动。在这样的时代背景和文化氛围下,次等士族女性在家庭教育中获得了相对更便利的学习文艺的机会。次等士族间的联姻,可能也有助于让具有一定文才的女性,即使在婚后也能因相似的家庭文化氛围而处于一种相对宽松的环境中。这些都是以学识、文学创作能力著称的女性能够出现的有利条件。但若要将这些女性反映到文本书写层面,则还需要社会观念或者说书写者

---

① 《鲍照集校注》卷九,第836页。
② [宋]刘克庄撰,王秀梅点校:《后村诗话续集》卷二,中华书局,1983年,第104页。
③ 《六朝文絜笺注》卷七,第100页。
④ 《梁书》卷三十三《刘孝绰传》,第483页。
⑤ 《梁书》卷三十三《刘孝绰传》,第484页。
⑥ 《梁书》卷二十五《徐勉传附徐悱传》,第388页。
⑦ 《玉台新咏笺注》卷五吴兆宜注。[陈]徐陵编,[清]吴兆宜注,[清]程琰删补,穆克宏点校:《玉台新咏笺注》,中华书局,1985年,第208页。
⑧ 《陈书》卷六《后主纪论》,第119页。

观念的改变,这才是决定六朝才女书写标准发生变化的关键。因为不同于唐代以后特别是明清时期的才女可以进行自我书写,六朝时期才女书写的主导权无疑是在男性文人手中。这就决定了才女数量增多、女性对"才"形成认同,某种程度上只是必要条件,只有当社会崇尚知识且接受知识的社会阶层更为广泛的时候,男性书写者才有可能用全新的眼光和标准重新发现才女,重新书写才女。

三、结语

通过对《华阳国志》《后汉书》《世说新语》《晋书》等六朝文本的分析,可以发现六朝的才女书写实际上是一个动态、复杂的过程。伴随着这一过程的是东晋以来史家对女性之"才"的观念的改变。刘宋之前的才女书写标准主要继承的还是刘向在《列女传》中细化之后的女德规范。齐梁之后方出现仅凭学问或文学创作才能而被书写的情况。易言之,在以"才"衡量女性时,这一标准的内涵是渐趋缩小、明晰的。但新兴标准并没能取代原有的女德标准。我们不能仅凭《后汉书》《世说新语》等文献收录了班昭、蔡琰、谢道韫等人的传记或事迹,就想当然地认为女性选拔标准也受到魏晋玄学的影响而全然发生了转变。这种观点是缺乏文本支持的。文学之"才"的标准被认可,以及女性文学家在齐梁之后渐渐受到关注,固然离不开当时新体诗创作、文学批评兴盛的大背景,但更重要的原因则是由南朝皇权重振和次等士族上升而带来的知识下移。至于后世所公认的,或者说知名度更高的才女蔡琰、谢道韫,在六朝才女书写的谱系中绝非主流。

附录一 《宋书·宣贵妃传》流传及佚文考
——兼考今本《宋书·刘子鸾传》的错页

梁沈约撰《宋书》一百卷,是现存最早最完整的记录南朝刘宋一代历史的史书。然此书在成书后的长期流传过程中屡有散佚,至北宋时已出现整卷遗失的现象。今本卷四十六赵伦之、到彦之、王懿、张邵等人的传记,《崇文总目》已记载遗失,现存文字为后人据《南史》所补;南宋时,陈振孙称"独阙《到彦之传》"[1],今本仍阙;钱大昕《廿二史考异》指出今本《宋书·少帝纪》"此篇久亡,后人杂采它书以补之"[2];孙虨《宋书考论》认为《宋书》卷七十六朱脩之、宗悫、王玄谟三传也非沈约原本;[3]余嘉锡进一步补充说今本《宋书》阙《谢俨传》,沈约《自序》也残缺不完。[4]凡此均有助于我们了解今本《宋书》成形的过程。

笔者翻阅《宋书》,发现除上述篇目外,卷四十一《后妃传·宣贵妃传》也存在明显的亡佚和辑补情况。更难得的是,相较上述篇目都是后人在原本亡佚后据《南史》和《高氏小史》补足文字,[5]《宣贵妃传》的文本流变情况要更加复杂,还涵盖了传文原文的回补、篇章移接、错页等多种文献流传问题。本文将通过比对《宋书·始平孝敬王子鸾传》(以下简称《宋书·刘子鸾传》)、《南史·宣贵妃传》和《南史·始平孝敬王子鸾传》(以下简称《南史·刘子鸾传》),尝试厘清原本《宋书·宣贵妃传》的流传和保存情况。

---

[1] [宋]陈振孙撰,徐小蛮、顾美华点校:《直斋书录解题》卷四,上海古籍出版社,1987年,第101页。

[2] 《廿二史考异》卷二十三,第391页。

[3] [清]孙虨撰:《宋书考论》,见张舜徽主编《二十五史三编》第五册,岳麓书社,1994年,第427页。

[4] 余嘉锡著:《四库提要辨证》卷三,中华书局,2007年,第149页。

[5] 《四库全书总目》卷四十五《〈宋书〉提要》:"后人杂取《高氏小史》及《南史》以补之。"见《四库全书总目》,第405页。《四库提要辨证》卷三:"大段补以李延寿史,而用《小史》附益之,固南北七史之通例。"见《四库提要辨证》,第148页。

一、《宣贵妃传》有目而无文

刘宋孝武帝殷贵妃生年不详,卒于大明六年(462),生前是孝武帝最宠爱的妃子,《宋书》称其"宠倾后宫"①。殷氏死后被孝武帝追封为贵妃,谥号曰"宣"。虽然今本《宋书》并无《宣贵妃传》,但从多方面来看,可以肯定原本《宋书》是存在这篇传记的。

首先,《宋书》目录有"宣贵妃"的条目,位列卷四十一《后妃传·孝武文穆王皇后传》下。仁寿本《二十四史·宋书》据南宋绍兴间江南重刊北宋监本影印,目录中《宣贵妃传》就附在《孝武文穆王皇后传》下,以宋元递修本为主要底本的张元济《百衲本宋书》,和以明万历中南监本为底本的《和刻本宋书》同样如此。②《南史》卷十一《后妃上》刘宋部分收入的后妃传,除排列顺序外,篇目与《宋书》相同,《宣贵妃传》亦附在《孝武文穆王皇后传》下。对这种有目无传的情况,王鸣盛在《十七史商榷》中质疑道:"《宋书》目录于孝武文穆王皇后之下,固附有宣贵妃,即此殷氏也,乃目有而传则无,此更可怪。"③所以,从《宋书》和《南史》的书前目录可以断定《宋书》原本是存在《宣贵妃传》一篇的。

其次,《宋书》编撰者有充足的理由为宣贵妃立传。贵妃的出身,《宋书》只字未提,显得神秘感十足。《南史》提出两种说法:孝武帝皇叔荆州刺史刘义宣之女和殷琰之女。后世文史学家普遍认为前者更接近事实。④虽然这对堂兄妹之间的畸形恋情注定遭受非议,但这并不会影响宣贵妃在《宋书·后妃传》中占据一席之地。

按照史书后妃传的收录标准,"凡史家之例,皇后虽无事迹,必有传,妃嫔则必有事者方作传"⑤。如前所述,宣贵妃生前是孝武帝最宠爱的妃子,在孝武帝心目中的地位超过了皇后。贵妃去世后,孝武帝悲痛欲绝,"精神罔罔,颇废政事"⑥。为了表达对贵妃的怀念,孝武帝为她举办了极尽奢华的葬礼。其要

---

① 《宋书》卷八十《刘子鸾传》,第2063页。
② 中华书局1974年点校本《宋书·出版说明》及2018年修订本《点校本宋书修订前言》均说,参考底本包括三朝本、明北监本、毛本、殿本、局本、百衲本,但是点校本和修订本的书前目录中都删去了"宣贵妃"的条目,似不妥。
③ 《十七史商榷》卷五十九"殷淑仪"条,第736页。
④ 可参看王鸣盛《十七史商榷》卷五十九"殷淑仪"条;赵翼《廿二史札记》卷十一"宋世闺门无礼"条;程章灿《贵妃之死》,收入氏著《旧时燕:一座城市的传奇》。
⑤ 《十七史商榷》卷五十九"后妃无东昏潘妃"条,第736页。
⑥ 《南史》卷十一《宣贵妃传》,第323页。

包括：1.进殷氏生前的淑仪号为贵妃。2.配置"古今鲜有"①的仪服器仗，"葬给辒辌车，虎贲、班剑，銮辂九旒，黄屋左纛，前后部羽葆、鼓吹"②。3.为贵妃议定谥号。4.为贵妃单独立庙祭祀。这些举动都至少采用了皇后（包括追封皇后）的礼仪规格，有些地方甚至还超越了皇后的待遇。同时，包括谢庄、江智渊、殷琰、丘灵鞠、谢超宗、汤惠休在内的众多知名文人，还以哀悼贵妃之死为题展开了一次大规模的文学同题创作。而贵妃与孝武帝所生的皇子新安王刘子鸾，很长时间内被孝武帝当作皇位继承人培养，甚至一度很可能取代东宫太子刘子业。《宋书》称子鸾"爱冠诸子"③。大明五年(461)，子鸾被封为南徐州刺史，孝武帝为培植子鸾势力，又将王僧虔、谢庄、谢超宗、张岱等一大批世家大族子弟调配到新安王府。贵妃死后不久，孝武帝又将富庶的吴郡划归到南徐州。④凡此种种，均可以说明孝武帝对贵妃无以复加的宠爱。而子鸾与子业的太子之争、孝武帝因悲痛过度不久辞世，又为刘宋后期的政治乱局埋下了巨大隐患。因此，无论是从孝武帝格外宠爱贵妃，还是从贵妃之死对刘宋政治的影响来看，这个极富传奇色彩的女性都完全有资格被列入《宋书》的后妃传记。

第三，据《宋书·自序》可知，沈约是在多位前代史官的书稿基础上完成《宋书》编写的。最先是何承天开始编撰《宋书》，"草立纪传，止于武帝功臣"。此后又有山谦之在孝武帝孝建初年奉诏撰述。不久山谦之病卒，苏宝生继续编写，完成了元嘉众臣的传记。苏宝生于大明二年(458)坐高阇谋反案被杀。孝武帝又命徐爰踵成前作。徐爰统合何、苏二人书稿，完成了自义熙初年至大明末年的部分。沈约亲自撰写的部分不过是前废帝永光以来至顺帝禅让为止十几年间的史事。⑤而宣贵妃卒于大明六年，徐爰则卒于后废帝元徽三年(475)。也就是说，《宣贵妃传》的最早撰写者应该是徐爰。王鸣盛认为《宋书》无《宣贵妃传》是沈约为刘宋王朝避讳的说法并不可取。⑥徐爰其人，《宋书》列入《恩倖传》，且谓其"便僻善事人，能得人主微旨"⑦，亦即

---

① 《魏书》卷九十七《刘骏传》，第2145页。
② 《宋书》卷八十《刘子鸾传》，第2063页。
③ 《宋书》卷八十《刘子鸾传》，第2063页。
④ 《宋书》卷六《孝武帝纪》："(大明七年正月)癸巳，割吴郡属南徐州。"见《宋书》，第130页。
⑤ 参看《宋书》卷一百《自序》，第2467页。
⑥ 《十七史商榷》卷五十九"殷淑仪"条："孝武帝……与义宣之女乃从兄妹，沈约《宋书·后妃传》竟无殷淑仪传，约历事齐梁，何必讳宋之大恶，《南史》为胜。"紧接着王氏又注意到《宋书·前废帝何皇后传》中记载了前废帝纳其亲姑、文帝第十女新蔡公主之事。见《十七史商榷》，第736页。此为王氏自相矛盾之处，也可以说明《宋书》无《宣贵妃传》，并非沈约为刘宋朝避讳。
⑦ 《宋书》卷九十四《徐爰传》，第2310页。

擅于揣度君王心理。大明七年正月庚子(二十五日),有司上奏,请求礼官讨论是否应该为殷贵妃立庙。此举很可能是有司在揣摩孝武帝心思基础上对皇帝的主动逢迎,甚至有可能是孝武帝直接授意有司,有司再通过合乎行政程序的方式,将孝武帝的心意公开化、行为化、制度化。[①]立庙本不符合礼制,但在朝廷讨论时,时任尚书左丞的徐爰连同时任太学博士的虞龢,各奏上一篇《宣贵妃立庙议》,全力赞成为贵妃立庙,徐爰还言之凿凿地宣称立庙之事"考之古典,显有成据"[②]。加之《春秋》之义,母以子贵。清楚了解贵妃和子鸾在孝武帝心中的地位,又如此擅于迎合君主的徐爰,在编写《宋书》之时不给宣贵妃立传,这是很难想象的。

因此,综合宣贵妃的地位、影响,以及《宋书》目录保留下来的痕迹,可以断定,原本《宋书》卷四十一有《宣贵妃传》一篇,后在流传过程中亡佚。

二、"移花接木"的文本

虽然今本《宋书》已无《宣贵妃传》,但因《南史》多删改南朝正史而成,且《宣贵妃传》也正好附在《孝武文穆王皇后传》下,与原本《宋书》位置一致。故今本《南史·宣贵妃传》有很大可能就是由原本《宋书·宣贵妃传》删改而成。这使得我们在千载之后还能一窥《宣贵妃传》的大致面貌。而且幸运的是,这篇传记并不仅仅保存在《南史》当中,实际上在《宋书·刘子鸾传》中,还保留了原本《宋书·宣贵妃传》的大段文字。换句话说,今本《宋书·刘子鸾传》,是由原本《宋书·宣贵妃传》和《宋书·刘子鸾传》两部分拼接而成的。

为方便论述,笔者将《宋书·刘子鸾传》文本按内容分成以下四个部分:

a.始平孝敬王子鸾字孝羽,孝武帝第八子也。大明四年,年五岁,封襄阳王,食邑二千户。

b.仍为东中郎将、吴郡太守。其年,改封新安王,户邑如先。五年,迁北中郎将、南徐州刺史,领南琅邪太守。母殷淑仪,宠倾后宫,子鸾爱冠诸子,凡为上所盼遇者,莫不入子鸾之府、国。及为南徐州,又割吴郡以属之。六年,丁母忧。

[①]《宋书》卷十七《礼四》记载:"有司奏:'故宣贵妃加殊礼,未详应立庙与不?'"卷八十《刘子鸾传》则记作"讽有司"。分别见《宋书》,第477页、第2064页。

[②]《宋书》卷八十《刘子鸾传》,第2065页。

c. 追进淑仪为贵妃,班亚皇后,谥曰宣。葬给辒辌车,虎贲、班剑,銮辂九旒,黄屋左纛,前后部羽葆、鼓吹。上自临南掖门,临过丧车,悲不自胜,左右莫不感动。上痛爱不已,拟汉武《李夫人赋》,其词曰:"朕以亡事弃日,阅览前王词苑,见《李夫人赋》,凄其有怀,亦以嗟咏久之,因感而会焉。巡灵周之残册,略鸿汉之遗篆。吊新宫之奄映,嗟璧台之芜践。赋流波以谣思,诏河济以崇典。虽媛德之有载,竟滞悲其何遗。访物运之荣落,讯云霞之舒卷。念桂枝之秋贯,惜瑶华之春翦。桂枝折兮沿岁倾,瑶华碎兮思联情。彤殿闭兮素尘积,翠甿芜兮紫苔生。宝罗暍兮春幌垂,珍箪空兮夏帱扃。秋台恻兮碧烟凝,冬宫冽兮朱火清。流律有终,深心无歇。徙倚云日,裴回风月。思玉步于凤墀,想金声于鸾阙。竭方池而飞伤,损圜渊而流咽。端萤朝之晨罢,泛辇路之晚清。辒南陆,跸闾阖,铄北津,警承明。面缟馆之酸素,造松帐之葱青。俛众胤而恸兴,抚蔬女而悲生。虽哀终其已切,将何慰于尔灵。存飞荣于景路,没申藻于服车。垂葆旒于昭术,竦鸾剑于清都。朝有俪于征准,礼无替于粹图。阅瑶光之密陛,宫虚梁之余阴。候玉羊之晨照,正金鸡之夕临。升云礜以引思,铿鸿钟以节音。文七星于霜野,旗二燿于寒林。中云枝之夭秀,寓坎泉之曾岑。屈封嬴之自古,申反周乎在今。遣双灵兮达孝思,附孤魂兮展慈心。伊鞠报之必至,谅显晦之同深。予弃四楚之齐化,略东门之遥袣。沦涟两拍之伤,奄抑七萃之箴。"又讽有司曰:"典礼云,天子有后,有夫人。《檀弓》云,舜葬苍梧,三妃不从。《昏义》云,后立六宫,有三夫人。然则三妃则三夫人也。后之有三妃,犹天子之有三公也。按《周礼》,三公八命,诸侯七命。三公既尊于列国诸侯,三妃亦贵于庶邦夫人。据《春秋传》,仲子非鲁惠公之元嫡,尚得考彼别宫;今贵妃盖天秩之崇班,理应创立新庙。"尚书左丞徐爰之又议:"宣贵妃既加殊命,礼绝五官,考之古典,显有成据。庙堂克构,宜选将作大匠卿。"

b. 葬毕,诏子鸾摄职,以本官兼司徒,进号抚军、司徒,给鼓吹一部,礼仪并依正公。又加都督南徐州诸军事。八年,加中书令,领司徒。前废帝即位,解中书令,领司徒,加持节之镇。帝素疾子鸾有宠,既诛群公,乃遣使赐死,时年十岁。子鸾临死,谓左右曰:"愿身不复生王家。"同生弟妹并死,仍葬京口。太宗即位,诏曰……追改子鸾封为始平王,食邑千户,改葬秣陵县龙山。

d. 延年字德冲,泰始四年薨,时年四岁,谥曰冲王。明年,复以长沙王纂子延之为始平王,绍子鸾后。顺帝升明三年薨,国除。

a部分介绍子鸾姓名、排行、何时封王。b部分介绍子鸾的政治履历。c部分为贵妃死后的追尊活动及丧葬规格。d部分则是子鸾卒后的子嗣情况,以及王爵、封国的继承情况。

《宋书》当中的皇子传计有卷六十一《武三王传》、卷六十八《武二王传》、卷七十二《文九王传》、卷七十九《文五王传》、卷八十《孝武十四王传》、卷九十《明四王传》和卷九十九《二凶传》。这七卷共收录了40位皇子。①除卷六十一、卷六十八和卷九十九《始兴王濬传》未介绍排行,卷七十二《南平穆王铄传》未介绍封王情况,卷八十《孝武十四王》中因绝大部分皇子卒时年幼无子嗣外,其他所有传记均一致由三部分构成:A.皇子姓名、排行、何时封王,B.皇子的事迹(以政治履历为主),D.皇子卒后的子嗣情况及王爵、封国的继承情况。也就是说这三部分构成了《宋书》皇子传记的书法体例。

在这样一种书法体例下审视《宋书·刘子鸾传》的结构,就会发现c部分格外突兀。这一部分详细记录了殷氏的追封活动、葬礼器仗、孝武帝为怀念贵妃而作的《拟李夫人赋》,以及礼官关于为贵妃立庙的讨论。字数多达655字,却无一字提到传主刘子鸾,完全偏离了皇子传记的叙事脉络。而整篇传记全文也不过1226字,这段与传主毫不相干的内容竟占了篇幅的53%强。这在《宋书》的全部皇子书写模式中仅此一例,不得不让人怀疑这段内容原本不属于《刘子鸾传》,而应是《宣贵妃传》的一部分佚文。

如果我们扩大考察对象,将刘宋以前正史当中所有的皇子传记也纳入范围,则《汉书》计有33人,《后汉书》26人,《三国志》40人,共计99人。②除去没有明确介绍皇子排行外③,这99篇传记均整齐地呈现出由A、B、D三部分组成的结构。其中有10篇传记提到了传主的母亲,笔者将这种叙事称为"皇子传生母语境"。这一语境按叙事类型可如表附1-1所示分为三类。

---

① 皇子传后附的子嗣传记可看作传主本传的一部分,故不重复统计。与皇子相关的其他人物的附传,也不纳入统计范围内。卷八十《孝武十四王传》实际收录15位传主,最后一位武陵王赞本为明帝第九子,泰始六年出继孝武帝为子。

② 样本分别出自《汉书》卷三十八、卷四十四、卷四十七、卷五十三、卷六十三、卷八十,《后汉书》卷四十二、卷五十、卷五十五,《三国志》卷十九、卷二十、卷三十四、卷五十九。样本选取标准同《宋书》,即只统计传主的数量,不重复统计传主的子嗣和其他人物的附传数量。《汉书》卷四十四《淮南衡山济北王传》,虽然卷名有三人,但衡山王刘赐、济北王刘勃都是淮南王刘长之子,故统计时只认为是一篇传记。

③ 《三国志》卷五十九《吴主·吴主五子传》介绍孙登、孙虑、孙和、孙霸、孙奋五人时,分别用了"权长子""登弟""虑弟""和弟""霸弟"这样的字句,也向读者传递了五人的排行,但未使用《宋书》及此后正史皇子传所惯用的"某帝第某子"的句式。这种句式在正史皇子传中出现,当始于《宋书》。

表附1-1　皇子传生母语境分类表

类型	出处	原文
一、与传主的出生经历有关	1.《汉书》卷四十四《淮南厉王长传》	其母故赵王张敖美人。高帝八年,从东垣过赵,赵王献美人,厉王母也,幸,有身。……及贯高等谋反事觉,并逮治王,尽捕王母兄弟美人,系之河内。……厉王母已生厉王,恚,即自杀。吏奉厉王诣上,上悔,令吕后母之,而葬其母真定。
	2.《汉书》卷五十三《长沙定王发传》①	母唐姬,故程姬侍者。景帝召程姬,程姬有所避,不愿进,而饰侍者唐儿使夜进。上醉,不知,以为程姬而幸之,遂有身。已乃觉非程姬也。及生子,因名曰发。
二、传主因母亲的关系受宠或失宠	1.《汉书》卷八十《淮阳宪王钦传》	母张倢伃有宠于宣帝。霍皇后废后,上欲立张倢伃为后。……立长陵王倢伃为后……后无宠,希御见,唯张倢伃最幸。而宪王壮大,好经书法律,聪达有材,帝甚爱之。……常有意欲立张倢伃与宪王。
	2.《后汉书》卷四十二《东海恭王彊传》	建武二年,立母郭氏为皇后,彊为皇太子。十七年而郭后废,彊常戚戚不自安,数因左右及诸王陈其恳诚,愿备蕃国。
	3.《后汉书》卷四十二《楚王英传》	母许氏无宠,故英国最贫小。
	4.《后汉书》卷五十《梁节王畅传》	母阴贵人有宠,畅尤被爱幸,国土租入倍于诸国。

---

① 《汉书》卷五十三《长沙定王发传》记载:"以其母微无宠,故王卑湿贫国。"见《汉书》,第2426页。可见《长沙定王发传》也符合第二类,但为避免重复,第二类不再收入。

续表

类型	出处	原文
二、传主因母亲的关系受宠或失宠	5.《后汉书》卷五十五《清河孝王庆传》	母宋贵人。……甚有宠。……贵人生庆,明年立为皇太子。……窦皇后宠盛,以贵人姊妹并幸,庆为太子,心内恶之。……日夜毁谮,贵人母子遂渐见疏。①
	6.《三国志》卷五十九《孙和传》	少以母王有宠见爱。
三、简要介绍皇子母亲出身	1.《后汉书》卷五十五《济北惠王寿传》	母申贵人,颍川人也,世吏二千石。贵人年十三,入掖庭。
	2.《三国志》卷三十四《后主太子璿传》	母王贵人,本敬哀张皇后侍人也。

通过分析以上十例可以看出,刘宋之前的正史皇子传当中即使提到皇子生母,话语也都是围绕着皇子展开的:或介绍皇子出生经历,或说明皇子因母亲受宠或失宠。这两类书写模式占据皇子传生母语境的比例高达80%,但占据各篇传记的篇幅比重最高也不过29%②。至于剩下的两个案例,则字句更加短少。因此,无论是从《汉书》以来的宏观的皇子传书写体例来看,还是从微观的皇子传生母语境的类型来看,《宋书·刘子鸾传》当中对贵妃死后丧葬活动记载不厌其详且与传主毫无关系的c部分,无论如何都显得格格不入,不可能是《刘子鸾传》的原文。

而之所以说c部分应该是原本《宋书·宣贵妃传》的佚文,还因为这一部分和《南史·宣贵妃传》葬礼部分在语词、语句、语段的语义表达上,存在高度相似的现象。现将两篇传记对比如下。

表附1-2 《宋书》《南史》中《宣贵妃传》内容对照表

序号	《宋书·刘子鸾传》c部分	《南史·宣贵妃传》葬礼部分
1	追进淑仪为贵妃,班亚皇后,谥曰宣。	追赠贵妃,谥曰宣。

---

① 按:《后汉书》中收录的皇子人数、传记篇数都少于《汉书》,但传记中提到皇子母亲的次数却多于《汉书》,由此可以一窥东汉一朝外戚地位之高。

② 此为《汉书·长沙定王发传》的统计数据。该篇写传主出生的篇幅较多,且整篇传记字数又很少,故比例较高。其他样本的统计数据均不超过10%,最低者甚至不到1%。

续表

序号	《宋书·刘子鸾传》c部分	《南史·宣贵妃传》葬礼部分
2	葬给辒辌车,虎贲、班剑,銮辂九旒,黄屋左纛,前后部羽葆、鼓吹。	及葬,给辒辌车、虎贲、班剑。銮辂九旒、黄屋左纛、前后部羽葆、鼓吹。
3	上自临南掖门,临过丧车,悲不自胜,左右莫不感动。	上自于南掖门临,过丧车,悲不自胜,左右莫不掩泣。
4	上痛爱不已。	上痛爱不已,精神罔罔,颇废政事。每寝,先于灵床酌奠酒饮之,既而恸哭不能自反。
5	拟汉武《李夫人赋》,其词曰……	于是拟《李夫人赋》以寄意焉。
6	又讽有司曰:"……据《春秋传》,仲子非鲁惠公之元嫡,尚得考彼别宫;今贵妃盖天秩之崇班,理应创立新庙。"	又讽有司奏曰:"据《春秋》,仲子非鲁惠公元嫡,尚得考别宫。今贵妃盖天秩之崇班,理应创新。"乃立别庙于都下。

根据以上六对例句可以看出,《宋书·刘子鸾传》中的c部分,与《南史·宣贵妃传》记载贵妃葬礼的部分,除了细节上的繁略之别外,①几乎一字不差。

在此需要特别说明一下孝武帝《拟李夫人赋》的位置问题。清代学者牛运震已经在其《读史纠谬》中质疑道:"此宜附入《后妃传》,不宜特叙入诸子传中。"②《南史·宣贵妃传》说孝武帝"拟《李夫人赋》以寄意焉",按照史书笔法,将这篇作品附在这句话下显然更符合史书体例。事实上,通过考察与《宋书·宣贵妃传》同卷的《文元袁皇后传》的写法,就可以清楚地看出这一点。袁皇后为宋文帝皇后,元嘉十七年(440)病逝后,文帝命颜延之作哀策文。《袁皇后传》如此记载:"上甚相悼痛,诏前永嘉太守颜延之为哀策,文甚丽。其辞曰……"③紧接着即完整收录这篇哀策文。笔法和文脉与《南史·宣贵妃传》"拟《李夫人赋》以寄意焉"一句全同。这种史书笔法在同时期的史书中屡见不鲜。如《梁书·高祖丁贵嫔传》:"普通七年十一月庚辰薨,殡于东宫临云殿,年四十二。诏吏部郎张缵为哀策文曰……"④《梁书·昭明太子传》:"五月庚寅,葬安宁陵。诏司徒左

---

① 《廿二史札记》卷十有"《南史》删《宋书》最多"条。
② [清]牛运震著,李念孔、高文达、张茂华点校:《读史纠谬》卷六,齐鲁书社,1989年,第287页。
③ 《宋书》卷四十一,第1284页。
④ 《梁书》卷七,第161页。

长史王筠为哀册文曰……"①《隋书·元德太子昭传》："未几而薨。诏内史侍郎虞世基为哀册文曰……"②这些哀策文无一例外都是放在被哀悼者本人的传记当中。因此，孝武帝的《拟李夫人赋》也应该在《宋书·宣贵妃传》中。

假如我们将《宋书·刘子鸾传》的c部分从传记中剔除出去，再通读传文，会发现文章脉络和语义表达丝毫不受影响。而仅由a、b、d三部分组成的《宋书·刘子鸾传》，除文字详略外，则呈现出与《南史·刘子鸾传》完全一致的结构和书写模式。

至此，通过以上多方面论证，可以断定今本《宋书·刘子鸾传》中详述宣贵妃丧仪的c部分，原本不属于此，而是亡佚了的《宋书·宣贵妃传》的一段佚文。

那么《宋书·宣贵妃传》的这一大段佚文是如何被拼接到《宋书·刘子鸾传》中，而呈现出今天的面貌呢？

《南史·宣贵妃传》是李延寿据《宋书·宣贵妃传》删改而成，保留了后者的大致内容和篇章结构。据《北史·序传》，李延寿奏上《南史》《北史》是在唐高宗显庆四年（659）。而李善于前此一年献上的《文选注》③中还保存了三条《宋书·宣贵妃传》的佚文（详见下文）。也就是说，至少在李延寿和其父李大师编撰南北史、李善注《文选》的初唐时期，《宋书·宣贵妃传》并未完全散佚。此后这篇传记如何遗失已无法细考。

《宋书》刻板印行始于宋代。宋仁宗嘉祐六年（1061），敕命曾巩等人校订包括《宋书》在内的南北朝七史，工作一直持续到徽宗政和年间。《郡斋读书志》卷五记载："嘉祐中，以《宋》《齐》《梁》《陈》《魏》《北齐》《周书》舛谬亡阙，始诏馆职雠校。曾巩等以秘阁所藏多误，不足凭以是正，请诏天下藏书之家，悉上异本。久之，始集。治平中，巩校定《南齐》《梁》《陈》三书上之，刘恕等上《后魏书》，王安国上《周书》。政和中，始皆毕。"④其中校订《宋书》者当为郑穆，其人《宋史》卷三百四十七有传。

今本《宋书》卷四十六卷首目录"到彦之"下注"阙"，卷末有郑穆校语，云："臣穆等案《高氏小史》，《赵伦之传》下有《到彦之传》，而此书独阙"⑤；卷一百《自序》中"忧同职同"下阙十八字⑥，"璞有子曰""沈伯玉先帝在蕃"下并

---

① 《梁书》卷八，第169页。
② ［唐］魏徵等撰：《隋书》卷五十九，中华书局，1973年，第1436页。
③ 李善《唐李崇贤上文选注表》文末落款时间为显庆三年。见《文选》，第3页。
④ ［宋］晁公武撰，孙猛校证：《郡斋读书志校证》，上海古籍出版社，1990年，第184页。
⑤ 《宋书》，第1400页。
⑥ 《宋书》，第2452页。

注"阙"①。《南齐书》卷四十四《徐孝嗣传》"沈文季门世"下注"原阙"②；卷五十八《东南夷·高丽传》"建武三年"下注"原阙"③。《梁书》卷三十四《张缅传》"实君子之所识"下注"阙一句"④。《魏书》卷八十四《儒林·卢丑传》"延和二年冬卒"下注"阙"⑤；卷八十八《良吏传》"史臣曰"下注"阙"⑥。此类于原文亡佚处注"阙"的事例，在南北朝七史中不一而足。这充分说明以嘉祐馆臣为首的史官在用《南史》《北史》《高氏小史》补足南北七史时，是有着非常严格的体例的。即使仍然有不足之处，如《南史》有《到彦之传》，但未补入《宋书》；《宋书·张邵传》后附《张畅传》，直用《南史》之文，不知本书卷五十九已有《张畅传》，造成重出；《南齐书·高丽传》可据《建康实录》《翰苑》《册府元龟》辑补部分佚文等。但这些并不会引起后人对原书体例的误解，仍属于可以理解的失误。可以想象，如果嘉祐馆臣有机会看到《宋书·宣贵妃传》的c部分，按照补史体例，一定会根据目录里《宣贵妃传》的位置，将这一部分放在《宋书·孝武文穆王皇后传》之下，并标注"阙"，而不会一反常态，不惜违背史例地将c部分放在《宋书·刘子鸾传》当中。因为这将打破《宋书》原本的篇章结构，并给读者造成疑问和错觉。这种行为发生在严谨的史官身上，是难以想象的。因此，只能推断今天我们看到的杂糅了《宋书·宣贵妃传》的《宋书·刘子鸾传》的面貌，在嘉祐校史之前就已经定型了。而造成这种结果的一个很可能的原因，则是受手抄本文化影响导致的古书错页。《宋书·宣贵妃传》在初唐之后虽亡佚，但仍有残篇流传于世，这个残篇正是详细记载贵妃葬礼情况的c部分。某人得到这个残篇后，想到《宋书·刘子鸾传》中有子鸾因母"宠倾后宫"而"爱冠诸子"的记载，又有"六年，丁母忧"的表述，故将这个残篇夹在《宋书·刘子鸾传》当中。而在书籍流传仍然主要依靠手笔传抄的唐代，他人获得这个本子后再进行传写，必然会将残篇的文字依样抄在《宋书·刘子鸾传》当中，到了宋代刻书时也只好沿袭错页的文字，从而造成了我们今天看到的《宋书·刘子鸾传》的面貌。

---

① 《宋书》，第2465页。
② 《南齐书》，第774页。
③ 《南齐书》，第1010页。
④ 《梁书》，第497页。
⑤ 《魏书》，第1992页。
⑥ 《魏书》，第2071页。

三、《文选》李善注所存《宋书·宣贵妃传》佚文

除了《宋书·刘子鸾传》保存了大段的《宋书·宣贵妃传》佚文外，在《文选》卷五十七所收谢庄《宋孝武宣贵妃诔》的李善注中，还零星保留了三条《宋书·宣贵妃传》的佚文。现抄录于下，并做简要考证：

1. 沈约《宋书》曰："淑仪生第二皇女。"①

2. 沈约《宋书》曰："淑仪生始平王子鸾、晋陵王子云。"②

3. 沈约《宋书》曰："孝武大明六年，淑仪薨。"③

佚文1、2介绍贵妃的生育情况。按《宋书》介绍皇子的出身有两种书法：一是以某个皇帝为经，在各篇皇子传卷首统一介绍该皇帝的全部子嗣，如卷六十一《武三王传》开头介绍武帝七男、卷七十二《文九王传》开头介绍文帝十九男、卷八十《孝武十四王传》开头介绍孝武帝二十八男、卷九十《明四王传》开头介绍明帝十二子。二是如卷四十一《后妃传》，以每个后妃为经，分别介绍该后妃所生子嗣。如武帝张夫人"生少帝，又生义兴恭长公主惠媛"④；文帝袁皇后"生子劭、东阳献公主英娥"⑤；孝武帝王皇后"生废帝、豫章王子尚、山阴公主楚玉、临淮康哀公主楚佩、皇女楚琇、康乐公主脩明"⑥等。按照第二种书法，则原本《宋书·宣贵妃传》也应该记载了宣贵妃的生育情况。宣贵妃共为孝武帝生了五男一女。据《孝武十四王传》可知皇子有始平孝敬王子鸾、齐敬王子羽、晋陵孝王子云、南海哀王子师和因早夭未封的子文。前废帝即位后，杀子鸾、子师兄弟。《宋书·刘子鸾传》记载："帝素疾子鸾有宠，既诛群公，乃遣使赐死。……同生弟妹并死。"明帝即位后的追赠诏

---

① 《文选》，第793页。
② 《文选》，第794页。
③ 《文选》，第794页。
④ 《宋书》，第1282页。
⑤ 《宋书》，第1284页。
⑥ 《宋书》，第1289页。

书中云:"第十二皇女、第二十二皇子子师,俱婴谬酷。"①可知受害的宣贵妃子女还有第十二皇女。故佚文1中"第二皇女"实为"第十二皇女"之误。《南史·后妃传》刘宋部分沿袭《宋书》的体例,同样记载每位后妃所生子嗣,但《南史·宣贵妃传》却没有宣贵妃子女的相关信息,则初唐李延寿所见《宋书·宣贵妃传》恐已非全本。

佚文3记载贵妃卒年。此信息不见于《宋书·孝武帝纪》,也不见于《宋书》其他篇章。《宋书》中有两处提及"淑仪薨",但均是指南平王铄生母吴淑仪薨之事。②《南史·宣贵妃传》作"及薨"③,未言卒年。因贵妃之号为孝武帝追封,故此处仍用"淑仪"指代。又,按《宋书》体例,沈约于诸帝多称庙号,《南史》于诸帝皆称谥号,且古人注释引书并不严谨,经常为贴合所注文字而改动、增删引文。故疑佚文3中"大明六年"前的"孝武"二字恐非《宋书·宣贵妃传》原文,或是李善为简明起见,将"世祖"改作"孝武"。

综上所述,原本《宋书·宣贵妃传》虽然亡佚,但通过《南史·宣贵妃传》保存的大致框架,和《宋书·刘子鸾传》、《文选》李善注保存的大量佚文,仍然可以一窥这篇传记的主要内容。因此从这个意义层面上,可以说今本《宋书》虽无《宣贵妃传》一篇,但其文尚未全亡。实际上,王鸣盛已注意到《宣贵妃传》有目无传之事可疑,牛运震认为《拟李夫人赋》当入《后妃传》,更是已触及《宋书·刘子鸾传》的传抄错页问题,只是二人均未继续深究。此或与记载贵妃葬礼的错页文本夹在"六年,丁母忧"和"葬毕"之间,并未明显造成文脉滞涩、语句不通的情况有关。然而正如黄永年先生主张的,读史要"找共性的东西,不要被情节吸引"④,正史中不同传记的书写体例正是一种共性的东西。熟悉并合理利用这些史传书法,有助于文献工作者发现、纠正如《宋书·刘子鸾传》中这样不太明显的文本错误,并更好地理解史籍传承过程对文本形貌的影响。

---

① 《宋书》,第2065页。
② 分别见《宋书》卷十五《礼二》、卷七十二《南平穆王铄传》。
③ 《南史》卷十一,第323页。
④ 黄永年述,曹旅宁记:《黄永年文史五讲》,中华书局,2011年,第136页。

附录二 《宋书》校考

本文所校考的《宋书》条目，均出自中华书局1974年点校本。所有条目以卷次顺序排列，其下加按语，或校勘文字，或考订史实。凡已收入中华书局《宋书校勘记》及前贤时俊著作（如丁福林《宋书校议》，胡阿祥《宋书州郡志汇释》，吴金华《〈宋书〉校点本偶记》《〈宋书〉校点续议》等）的校考成果，本文不再赘述；前人言及但考订结果不同者，则重新考证。希望本文对点校本《宋书》的修订工作有所助益。[①]

1.《宋书》卷五《文帝纪》：（元嘉十七年十月戊寅）尚书仆射、护军将军殷景仁为扬州刺史，仆射如故。（第87页）

按：殷景仁出任扬州刺史的具体时间，《南史》卷二《宋本纪中》不载，《建康实录》卷十二系在十月甲戌，《资治通鉴》卷一百二十三同《宋书·文帝纪》。十月丙辰朔，戊寅为二十三日，甲戌为十九日，皆在十月，未知孰是。

2.《宋书》卷五《文帝纪》：（元嘉十九年）夏四月甲戌，以久疾愈，始奉祔祠，大赦天下。（第89页）

按："始奉祔祠"，《南史·宋本纪中》作"始奉初祠"[②]。中华书局《宋书校勘记》云："'祔'各本并作'初'，据《元龟》二〇七改。"[③]中华书局《南史校勘记》云："'祔'各本作'祠'。按春祭曰祠，夏祭曰祔，据《册府元龟》二〇七改。"[④]可知《宋书》各本与《南史》各本并作"始奉初祠"。检《册府元龟》卷二百七，本作"始奉祔祀"[⑤]，语义通畅明晰。疑"祔祀"二字原本误作"初祠"，《宋书》与《南史》各改其中一字。"祠"与"祀"，析言则异，浑言则同。《宋书》改

[①] 本文撰写、发表时，点校本二十四史修订本《宋书》尚未出版。今作为附录收入本书，仍保留原样。
[②]《南史》卷二，第47页。
[③]《宋书》卷五，第106页。
[④]《南史》卷二，第73页。
[⑤] [宋]王钦若等编纂，周勋初等校订：《册府元龟》（校订本）卷二百七，凤凰出版社，2006年，第2323页。

作"始奉祠祠",则此处之"祠"非春祭之名,而是祭祀之统称。

3.《宋书》卷六《孝武帝纪》:二十七年,坐汝阳战败,降号镇军将军。又以索虏南侵,降为北中郎将。二十八年,进督南兖州、南兖州刺史,当镇山阳。(第109—110页)

按:《宋书·文帝纪》:"(元嘉二十八年二月)辛巳,镇军将军、徐兖二州刺史武陵王骏降号北中郎将。"①所记刘骏降号北中郎将的时间与《宋书·孝武帝纪》不同。据《宋书·文帝纪》及《宋书》卷九十五《索虏传》,汝南之败在二十七年二月,随后文帝于七月北伐,十二月北魏军队进逼瓜步,即《宋书·孝武帝纪》所谓"索虏南侵",二十八年春北魏撤军。刘骏降号北中郎将是在北伐失败之后,故当以《宋书·文帝纪》为准,在二十八年。

4.《宋书》卷六《孝武帝纪》:(孝建元年三月)癸卯,以太子左卫率庞秀之为徐州刺史。徐遗宝为夏侯祖欢所破,弃众走。(第114页)

按:"太子左卫率",《宋书·萧思话传附庞秀之传》记作"太子右卫率"②;《宋书·颜师伯传》所载大明元年孝武帝追封平定义宣之乱功臣的诏书中又有"故散骑常侍、太子右率庞秀之"③。故此处"左卫率"当为"右卫率"之误。

5.《宋书》卷六《孝武帝纪》:(孝建元年四月)甲申,以平西将军、雍州刺史朱脩之为安西将军、荆州刺史。(第114—115页)

按:《建康实录》卷十三:"(六月)甲戌(九日),大论功计赏,进……朱脩之荆州刺史、西昌侯。"④两处文献所记朱脩之任荆州刺史的时间不同。四月时,刘义宣之乱尚未平定,《宋书·孝武帝纪》所载诏书当是孝武帝因义宣反叛,故剥夺其荆州刺史之职,而以朱脩之代之。五月二十一日义宣军队在梁山大败,义宣逃回江陵(《宋书》卷六十八《南郡王义宣传》)。六月"庚寅(二十五日),脩之至江陵,杀义宣并其十子、余党竺超民、徐寿之等"⑤。可见,朱脩之真正赴任荆州刺史的时间,应从《建康实录》,以六月为准。且《建康实录》言朱脩之被封为西昌侯,为《宋书》《南史》所无,可补史实。

6.《宋书》卷六《孝武帝纪》:(孝建二年二月)辛巳,以尚书右仆射刘延孙为南兖州刺史。(第116页)

按:《宋书·刘延孙传》:"三年,又出为南兖州刺史。"⑥所记时间与《宋书·

---

① 《宋书》卷五,第99—100页。
② 《宋书》卷七十八,第2018页。
③ 《宋书》卷七十七,第1993页。
④ 《建康实录》卷十三,第474页。
⑤ 《建康实录》卷十三,第474页。
⑥ 《宋书》卷七十八,第2019页。

孝武帝纪》不同。考《宋书·刘延孙传》，延孙本年在任南兖州刺史之后，又"徙为使持节、监雍梁南北秦四州郢州之竟陵随二郡诸军事、镇军将军、宁蛮校尉、雍州刺史，以疾不行。留为侍中、护军，又领徐州大中正"①。这些履历《宋书·孝武帝纪》均系在孝建二年。如转镇军将军、雍州刺史在八月辛酉，转护军将军在十一月戊子。故似应从《宋书·孝武帝纪》，以孝建二年为准。《资治通鉴》卷一百二十八同《宋书·孝武帝纪》。

7.《宋书》卷六《孝武帝纪》：(孝建二年八月)斤陀利国遣使献方物。……甲申，以右卫将军檀和之为南兖州刺史。(第117页)

按：《建康实录》卷十三："(孝建二年四月)壬午，以王玄谟为雍州刺史，以交州刺史檀和之为豫州刺史。初，和之在交州有威名，盗贼屏迹。……故帝用以镇怀、汝。"②《宋书·夷蛮传》也记载："孝建二年，(檀和之)除辅国将军、豫州刺史，不行。"③可知檀和之在出任南兖州刺史之前，孝武帝曾打算任命他为豫州刺史，但未成行。檀和之任南兖州刺史之事，《宋书·夷蛮传》、《南史》卷七十八《夷貊上》均系在孝建三年，当是孝建二年八月发布任命，三年成行。

8.《宋书》卷六《孝武帝纪》：(大明三年正月己丑)尚书右仆射刘遵考为领军将军。(第123页)

按：《宋书·营浦侯遵考传》："(孝建二年)征为湘州刺史，未行，迁尚书左仆射。三年，转丹阳尹，加散骑常侍。复为尚书右仆射，领太子右卫率。明年，又除领军将军，加散骑常侍。五年，复迁尚书右仆射、金紫光禄大夫，常侍如故。明年，转左仆射，常侍如故。"④前既有孝建二年、三年，则上"明年"当为大明元年。将《宋书·刘遵考传》所载此段仕履与《宋书·孝武帝纪》对照，唯有刘遵考任领军将军的时间与《宋书·孝武帝纪》不同(孝建二年迁"尚书左仆射"，当依据《宋书·孝武帝纪》改作"尚书右仆射"，丁福林《宋书校议》有辨)。《资治通鉴》卷一百二十九亦系在大明三年正月己丑。疑上"明年"二字为涉下而衍，或是"大明三年"之误。刘遵考任领军将军之事当据《宋书·孝武帝纪》，以大明三年为准。

9.《宋书》卷六《孝武帝纪》：(大明四年正月壬午)左将军、荆州刺史朱脩之进号镇军将军。(第125页)

---

① 《宋书》卷七十八，第2019页。
② 《建康实录》卷十三，第475—476页。
③ 《宋书》卷九十七，第2379页。
④ 《宋书》卷五十一，第1482页。

按：《宋书·朱脩之传》："孝武初，为宁蛮校尉、雍州刺史，加都督。……帝嘉之，以为荆州刺史，加都督。……征为左民尚书，转领军将军。"[1]不言朱脩之任荆州刺史时带左将军号，并曾进号镇军将军。据《宋书·孝武帝纪》："(孝建元年四月)甲申，以平西将军、雍州刺史朱脩之为安西将军、荆州刺史。"[2]是朱脩之始任荆州刺史时，所带将军号为安西将军，迁左将军号当在孝建元年至大明三年之间，四年又进号镇军将军。据《宋书·孝武帝纪》"(大明)四年春正月"条，可补朱脩之仕履。

10.《宋书》卷六《孝武帝纪》：(大明五年)五月癸亥，制帝室期亲，朝官非禄官者，月给钱十万。丙辰，车驾幸阅武堂听讼。(第127页)

按：本月丙辰朔，癸亥为初八日，丙辰不当在癸亥之后，疑日期有误。

11.《宋书》卷六《孝武帝纪》：(大明六年八月)乙亥，置清台令。(第130页)

按："乙亥"，《南史·宋本纪中》作"乙丑"[3]。八月己酉朔，乙亥为二十七日，乙丑为十七日，皆在八月，不知孰是。《建康实录》卷十三同《宋书·孝武帝纪》。

12.《宋书》卷七《前废帝纪》：(景和元年)十一月壬辰，宁朔将军何迈下狱死。新除太尉沈庆之薨。(第145页)

按：《建康实录》卷十三将沈庆之去世系在本月癸巳。十一月庚寅朔，壬辰为初三日，癸巳为初四日，均在十一月。

13.《宋书》卷十七《礼志四》：大明七年二月丙辰，有司奏："……。"太学博士虞龢议："……。"兼太常丞庾蔚之议："龢所言是蒐狩不失其时，此礼久废。今时龢表晏，讲武教人，又虔供乾豆，先荐二庙，礼情俱允。社主土神，司空土官，故祭社使司空行事。太庙宜使上公。参议蒐狩之礼，四时异议，礼有损益，时代不同。今既无复四方之祭，三杀之仪，旷废来久，禽获牲物，面伤翦毛，未成禽不献。太宰令谒者择上杀奉送，先荐庙社二庙，依旧以太尉行事。"诏可。(第468页)

按：据当时礼议制度及《宋书》体例，"参议"以下"蒐狩之礼"至"依旧以太尉行事"六十八字，为虞龢、庾蔚之各自发表议论之后，其他官员参与议题讨论并向孝武帝提出的最终建议。如同卷"孝武帝孝建三年五月丁巳，诏以第四皇子出绍江夏王太子叡为后。有司奏：……。参议以爰议为允。诏

---

[1] 《宋书》卷七十六，第1970页。
[2] 《宋书》卷六，第114—115页。
[3] 《南史》卷二，第65页。

可。"① 又如同卷:"大明三年六月乙丑,有司奏:……。二议不同。尚书参议,宜以郁议为允。诏可。"②此处将"参议"以下六十八字并入庾蔚之的奏议内容,误。

14.《宋书》卷十八《礼志五》:宋孝武孝建元年,丞相南郡王义宣,二年,雍州刺史武昌王浑,又有异图。世祖嫌侯王强盛,欲加减削。其年十月己未,大司马江夏王义恭、骠骑大将军竟陵王诞表改革诸王车服制度,凡九条,表在《义恭传》。上因讽有司更增广条目。(第521页)

按:刘义恭和刘诞上表裁抑诸王制度之事,《资治通鉴》卷一百二十八所记时间与《宋书·礼志五》同,均在孝建二年十月己未。但《宋书》卷六十一《江夏文献王义恭传》却系在孝建元年义恭上表省录尚书事之后。随后《宋书·刘义恭传》又记载孝建元年十一月之事,之后方是孝建二年之事。据《宋书·孝武帝纪》,知省录尚书事在孝建元年六月戊子。《南史》卷十三《江夏文献王义恭传》为删改《宋书·刘义恭传》而成,亦系在孝建元年,记述均混乱失次,不合史笔。

15.《宋书》卷二十八《符瑞志中》:大明七年八月乙未,毛龟见新安王子鸾第,获以献。(第801页)

按:八月癸卯朔,无乙未。十七日为己未,"乙"或是"己"之误。

16.《宋书》卷二十八《符瑞志中》:大明八年六月甲子,白鹿见衡阳郡,湘州刺史江夏王世子伯禽以献。(第806页)

按:六月戊辰朔,无甲子。二十七日为甲午,"子"或是"午"之误。

17.《宋书》卷二十九《符瑞志下》:宋孝武帝大明元年五月壬子,紫气从景阳楼上层出,状如烟,回薄良久。(第836页)

按:《南史》卷二《宋本纪中》将此事系在丙寅。五月己酉朔,壬子为初四日,丙寅为十八日,均在五月。《建康实录》卷十三同《宋书·符瑞志下》。

18.《宋书》卷二十九《符瑞志下》:大明六年八月辛巳,白雀见齐郡,青、冀二州刺史刘道隆以献。(第847页)

按:辛巳,《册府元龟》卷二百一作"乙巳"③。八月己酉朔,无辛巳、乙巳。二十一日为己巳,疑"辛巳""乙巳"均为"己巳"之误。

19.《宋书》卷二十九《符瑞志下》:大明七年五月辛未,白雀见汝阴,豫州刺史垣护之以献。(第847页)

---

① 《宋书》卷十七,第464页。
② 《宋书》卷十七,第465页。
③ 《册府元龟》(校订本)卷二百一,第2265页。

按：五月乙亥朔，无辛未。

20.《宋书》卷二十九《符瑞志下》：孝武帝大明五年九月庚戌，河、济俱清，平原太守申纂以闻。（第872页）

按：九月甲寅朔，无庚戌，闰九月甲申朔，二十七日为庚戌。此处日期有误。《南史》卷二《宋本纪中》系在九月庚午，为十七日。《建康实录》卷十三[1]同《宋书·符瑞志下》。

21.《宋书》卷四十一《后妃传》：大明五年，太后随上巡南豫州，妃主以下并从。（第1287页）

按：据《宋书·孝武帝纪》，大明五年无巡南豫州事。大明七年二月、十月有巡南豫州事。《南史·宋本纪中》："（大明七年十月）戊申，车驾巡南豫州，奉太后以行。"[2]可知《宋书·后妃传》"五"当为"七"之误。《南史》卷十一《后妃传》同《宋书·后妃传》，亦误。

22.《宋书》卷五十一《营浦侯遵考传》：（大明六年）又领徐州刺史、大中正、崇宪太仆。（第1482页）

按：据《宋书·孝武帝纪》，王玄谟于大明五年十二月庚辰被任命为徐州刺史，大明八年二月乙巳，王玄谟被任命为领军将军，刘彧代替王玄谟接任徐州刺史之职。期间刘遵考似不应当担任过徐州刺史。且据《宋书·孝武帝纪》，新安王刘子鸾于大明五年十月乙卯被任命为南徐州刺史，又据《宋书·前废帝纪》，永光元年九月庚子，永嘉王子仁接替子鸾任南徐州。因此刘遵考所任亦非南徐州刺史。此处所记"徐州刺史"有误。

23.《宋书》卷五十三《张茂度传附张永传》：（大明）四年，立明堂，永以本官兼将作大匠。（第1513页）

按：据《宋书》卷十六《礼三》，立明堂在大明五年。《南史》卷二《宋本纪中》、《建康实录》卷十三、《资治通鉴》卷一百二十九均系在大明五年。《宋书·张茂度传附张永传》误。户川贵行《刘宋孝武帝の礼制改革について：建康中心の天下観との関连からみた》认为是大明四年计划立明堂，大明五年完成。

24.《宋书》卷五十三《张茂度传附张永传》：时上宠子新安王子鸾为南徐州刺史，割吴郡度属徐州。（第1513页）

按：《宋书·孝武帝纪》："（大明七年正月）癸巳，割吴郡属南徐州。"[3]《宋

---

[1] 张忱石据《南史·宋本纪中》改作"庚午"。
[2] 《南史》卷二，第66页。
[3] 《宋书》卷六，第130页。

书·始平孝敬王子鸾传》:"及为南徐州,又割吴郡以属之。"① 可知此处"徐州"当为"南徐州"之误。

25.《宋书》卷五十九《张畅传》:孝建二年,出为会稽太守。大明元年,卒官,时年五十。……谥曰宣子。(第1606页)

按:《宋书》卷四十六重出《张畅传》,云:"孝建二年,出为会稽太守,卒,谥曰宣。"② 此处删去了"大明元年",致使张畅卒年有误。《宋书》卷四十六《张邵传附张畅传》是据《南史》卷三十二《张邵传附张畅传》所补,《南史》亦误删"大明元年"四字。

26.《宋书》卷五十九《何偃传》:(何偃)转吏部尚书。(第1608页)

按:据《宋书》颜竣、谢庄、何偃三人本传,孝建年间,颜竣、谢庄、何偃三人轮流担任过掌管文官人事的吏部尚书。《宋书·颜竣传》记载:"世祖践阼,以为侍中,俄迁左卫将军,加散骑常侍,辞常侍,见许。……孝建元年,转吏部尚书,领骁骑将军。……其后谢庄代竣领选。"③ 可知先是孝建元年,颜竣由左卫将军转为吏部尚书,同年又被谢庄代替。又《宋书·天文四》:"孝建元年十月乙丑,荧惑犯进贤星。吏部尚书谢庄表解职,不许。"④《宋书·谢庄传》:"庄素多疾,不愿居选部,与大司马江夏王义恭笺自陈。……三年,坐辞疾多,免官。"⑤ 孝建元年十月,谢庄向江夏王义恭呈上笺文,请求辞职,但并未获批准,直到孝建三年因辞疾次数过多才被免官。《宋书·颜竣传》记载:"复代谢庄为吏部尚书,领太子左卫率,未拜,丁忧。"⑥《宋书·何偃传》:"转吏部尚书。尚之去选未五载,偃复袭其迹,世以为荣。"⑦ 可知谢庄被免官后,孝武帝又让颜竣接替谢庄,未拜,适逢颜竣父颜延之去世,颜竣丁忧,遂由何偃接任吏部。曹道衡、沈玉成先生在《中古文学史料丛考》"何偃为吏部尚书"条中指出"竣既未之任而丁忧,代之者即为何偃,时当在孝建三年八月或稍后"⑧。何偃此次在吏部尚书任上共居官两年,直至大明二年去世。

27.《宋书》卷六十一《江夏文献王义恭传附伯禽传》:伯禽,孝建三年生。(第1653页)

---

① 《宋书》卷八十,第2063页。
② 《宋书》卷四十六,第1400页。
③ 《宋书》卷七十五,第1960页。
④ 《宋书》卷二十六,第749页。
⑤ 《宋书》卷八十五,第2171—2172页。
⑥ 《宋书》卷七十五,第1964页。
⑦ 《宋书》卷五十九,第1608页。
⑧ 《中古文学史料丛考》,第342页。

按：此事又见于《宋书·颜竣传》："(孝建元年)南郡王义宣、臧质等反，以竣兼领军。义宣、质诸子藏匿建康、秣陵、湖熟、江宁县界，世祖大怒，免丹阳尹褚湛之官，收四县官长，以竣为丹阳尹，加散骑常侍。先是，竣未有子，而大司马江夏王义恭诸子为元凶所杀，至是并各产男，上自为制名，名义恭子为伯禽。"[①]按上下文，很容易误解为刘义恭之子和颜竣之子生于孝建元年。事实上，孝建三年时颜竣也曾任丹阳尹。《南史·颜延之传附颜竣传》记载："(颜竣)丁父忧。裁逾月，起为右将军，丹阳尹如故。竣固辞，表十上不许。遣中书舍人戴明宝抱竣登车，载之郡舍。"[②]据《宋书》卷七十三《颜延之传》，颜竣父颜延之即卒于孝建三年。因此，伯禽与辟强出生之年还应以《宋书·江夏文献王义恭传附伯禽传》为准，在孝建三年。

28.《宋书》卷六十五《申恬传附申坦传》：元嘉二十六年，为世祖镇军谘议参军，与王玄谟围滑台不克，免官。(第1725页)

按：据《宋书》卷五《文帝纪》及卷六《孝武帝纪》，刘骏任镇军将军在元嘉二十七年四月壬子，王玄谟攻滑台也在二十七年。《宋书·申恬传附申坦传》所记时间有误。

29.《宋书》卷六十八《南郡王义宣传》：二月二十六日，(义宣)加都督中外诸军事，置左右长史、司马，使僚佐悉称名。……义宣二月十一日率众十万发自江津，舳舻数百里。(第1800—1803页)

按：十一日不当在二十六日之后，两处日期必有一误。《南史》卷十三《南郡王义宣传》不载具体日期。《资治通鉴》卷一百二十八不记义宣加都督中外诸军事之事，但将义宣率众十万发自江津系在三月戊申。三月戊戌朔，戊申正是十一日。疑《宋书·南郡王义宣传》"二月十一日"为"三月十一日"之误。

30.《宋书》卷七十一《徐湛之传》：初，刘湛伏诛，殷景仁卒，太祖委任沈演之、廋炳之、范晔等。(第1847页)

按："廋"为"庾"之误，当据《宋书》卷五十三《庾登之传附庾炳之传》及《资治通鉴》卷一百二十三改。

31.《宋书》卷七十二《始安王休仁传》：(大明)四年，出为湘州刺史，加散骑常侍，加号平南将军。(第1871页)

按：据《宋书·孝武帝纪》，休仁加平南将军号在大明六年正月己丑。

32.《宋书》卷七十三《颜延之传》：晋恭思皇后葬，应须百官，湛之取义熙元年除身，以延之兼侍中。(第1893页)

---

① 《宋书》卷七十五，第1960页。
② 《南史》卷三十四，第884页。

按：此处"湛之"依上下文当指刘湛。《南史》卷三十四《颜延之传》不书姓名，《建康实录》卷十二只作"有司"。《宋书》提及刘湛时，或称全名或单称"湛"，未见写作"湛之"之例。据《晋书》卷三十二《恭思褚皇后传》可知，恭思皇后卒于元嘉十三年。据《宋书》卷六十八《彭城王义康传》及卷六十九《刘湛传》，此时彭城王义康专秉朝政，刘湛任领军将军，是刘义康心腹，权力极大。元嘉时期虽又有徐湛之主持过朝政，但主要是在元嘉二十八年以后，且《宋书·颜延之传》此前又未言及徐湛之，故此处所指只能是刘湛。《宋书》卷七十七《沈庆之传》各本有"刘湛之"，钱大昕《廿二史考异》卷二十四云"'之'字衍"[①]。此处亦同。

33.《宋书》卷七十七《柳元景传》：及（刘）道产死，群蛮大为寇暴。世祖西镇襄阳……既至，而蛮断驿道，欲来攻郡。……元景设方略……前后俱发，蛮众惊扰，投郧水死者千余人，斩获数百。……朱脩之讨蛮，元景又与之俱，后又副沈庆之征郧山，进克太阳。（第1981—1982页）

按：据《宋书》卷六十五《刘道产传》、卷七十六《朱脩之传》及卷七十七《沈庆之传》，刘道产卒于元嘉十九年，朱脩之讨蛮亦在此年。考《宋书·文帝纪》，刘骏于元嘉二十二年正月壬辰被任命为雍州刺史，西镇襄阳。《宋书·沈庆之传》记载："世祖以本号为雍州，（沈庆之）随府西上。……世祖至镇，而驿道蛮反杀深式，遣庆之又讨之。……郧山蛮最强盛……庆之剪定之。"[②]可知沈庆之征郧山也在元嘉二十二年。《宋书·柳元景传》将"朱脩之讨蛮，元景又与之俱"，放在刘骏西镇襄阳、沿途讨驿道蛮和柳元景副沈庆之征郧山之间，时间混乱失次，似不合史笔。

34.《宋书》卷七十七《沈庆之传》：（元嘉二十九年）十月，遣庆之督诸将讨之，诏豫、荆、雍并遣军，受庆之节度。（第2000页）

按：《宋书·夷蛮传》记载："太祖遣太子步兵校尉沈庆之率江、荆、雍、豫诸州军讨之。"[③]可知沈庆之统领的军队，除豫州、荆州、雍州的军队外，尚有江州的军队。《南史·沈庆之传》记作："乃遣庆之督诸将讨之，制江、豫、荆、雍并遣军受庆之节度。"[④]《资治通鉴》卷一百二十六记作："诏太尉中兵参军沈庆之督江、豫、荆、雍四州兵讨之。"[⑤]可知《宋书·沈庆之传》此处脱"江"字。

35.《宋书》卷七十七《沈庆之传》：进庆之司空，又固让。于是与柳元景

---

① 《廿二史考异》卷二十四，第417页。
② 《宋书》卷七十七，第1997页。
③ 《宋书》卷九十七，第2398页。
④ 《南史》卷三十七，第955页。
⑤ 《资治通鉴》卷一百二十六，第4047页。

并依晋密陵侯郑袤故事,朝会庆之位次司空,元景在从公之上。(第2003页)

按:据《宋书·孝武帝纪》,进沈庆之为司空在大明三年七月丙戌。沈庆之固让,于是从郑袤故事,朝会位次司空。又据《宋书·柳元景传》,柳元景于大明五年固让开府仪同三司,"乃与沈庆之俱依晋密陵侯郑袤不受司空故事,事在《庆之传》"①。两人虽然都从郑袤故事,但一在大明三年,一在大明五年。二人本传限于体例,均以述传主之事为主,连带提及对方,于是造成两篇传记所记似乎是同一件事、但时间却相差两年的错觉。《南史》卷三十八《柳元景传》未标明大明五年,只将柳元景辞开府之事记在大明三年至六年之间,尚不算有误。《资治通鉴》卷一百二十九将沈庆之让司空、柳元景让开府两件事全部系在大明五年九月,恐与事实不符。

36.《宋书》卷七十九《庐江王祎传》:南平王铄蛊毙,铄子敬渊婚,祎往视之,白世祖借伎,世祖答曰:"婚礼不举乐,且敬渊等孤苦,倍非宜也。"(第2038—2039页)

按:"倍非宜也",语意不通。《南史·庐江王祎传》记作"伎非宜也"②,与刘祎借伎之事正合。《宋书》"倍"字当是"伎"字之误。

37.《宋书》卷八十《豫章王子尚传》:又立左学,召生徒,置儒林祭酒一人,学生师敬,位比州治中;文学祭酒一人,比西曹。(第2059页)

按:"州治中",《南史·豫章王子尚传》作"州中从事"③;"西曹",《南史·豫章王子尚传》作"州西曹"④。

38.《宋书》卷八十《始平孝敬王子鸾传》:母殷淑仪,宠倾后宫,子鸾爱冠诸子,凡为上所盼遇者,莫不入子鸾之府、国。(第2063页)

按:"盼",《南史·始平孝敬王子鸾传》⑤及《资治通鉴》卷一百二十九⑥并作"眄"。

39.《宋书》卷八十七《萧惠开传》:还为新安王子鸾冠军长史,行吴郡事。(第2200页)

按:《宋书·始平孝敬王子鸾传》记载,子鸾于大明四年"封襄阳王,食邑二千户。仍为东中郎将、吴郡太守。其年,改封新安王,户邑如先。五年,迁北中郎将、南徐州刺史,领南琅邪太守。……及为南徐州,又割吴郡以属之。

---

① 《宋书》卷七十七,第1989页。
② 《南史》卷十四,第402页。
③ 《南史》卷十四,第413页。
④ 《南史》卷十四,第413页。
⑤ 《南史》卷十四,第415页。
⑥ 《资治通鉴》卷一百二十九,第4126页。

六年,丁母忧。……葬毕,诏子鸾摄职,以本官兼司徒,进号抚军、司徒。"①考《宋书·孝武帝纪》,子鸾改封新安王在大明四年九月丁亥,任南徐州刺史在大明五年十月乙卯,孝武帝割吴郡属南徐州在大明七年正月癸巳。可知萧惠开行吴郡事只能在大明四年或大明七年正月之后。在这一期间,刘子鸾历任东中郎将、北中郎将、抚军将军,并不曾担任冠军将军。《宋书·萧惠开传》所记"冠军长史"一职恐有误。《南史》卷十八《萧思话传附萧惠开传》沿袭《宋书·萧惠开传》之误。

40.《宋书》卷八十九《袁粲传》:出为辅国将军、西阳王子尚北中郎长史、广陵太守,行兖州事。仍为永嘉王子仁冠军长史,将军、太守如故。(第2230页)

按:《宋书·孝武帝纪》:"(孝建三年)三月癸丑,以西阳王子尚为南兖州刺史。"②《宋书·豫章王子尚传》也记作"南兖州刺史"③,且南兖州治所正在广陵。可知《宋书·袁粲传》"行兖州事"当作"行南兖州事"。又,《宋书·袁粲传》"仍为永嘉王子仁冠军长史,将军、太守如故"之下为大明元年之事,而据《宋书》卷八十《永嘉王子仁传》,子仁大明五年年五岁时方被封为永嘉王,且其一生并未担任过冠军将军,《宋书·袁粲传》此句有误,《南史》卷二十六《袁湛传附袁粲传》删去此句或与此有关。

---

① 《宋书》卷八十,第2063—2065页。
② 《宋书》卷六,第118页。
③ 《宋书》卷八十,第2058页。

参考文献

一、古籍(按四部分类排列)

经部:

[汉]郑玄笺,[唐]孔颖达疏:《毛诗正义》,《十三经注疏》,中华书局影印阮元校刻本,1980年。

[宋]朱熹集注:《诗集传》,中华书局,1958年。

[汉]孔安国传,[唐]孔颖达疏:《尚书正义》,《十三经注疏》,中华书局影印阮元校刻本,1980年。

[汉]郑玄注,[唐]贾公彦疏:《周礼注疏》,《十三经注疏》,中华书局影印阮元校刻本,1980年。

[汉]郑玄注,[唐]孔颖达疏:《礼记正义》,《十三经注疏》,中华书局影印阮元校刻本,1980年。

[宋]卫湜撰:《礼记集说》,《文渊阁四库全书》第117册,台湾商务印书馆影印本,1986年。

[晋]杜预注,[唐]孔颖达疏:《春秋左传正义》,《十三经注疏》,中华书局影印阮元校刻本,1980年。

[汉]何休注,[唐]徐彦疏:《春秋公羊传注疏》,《十三经注疏》,中华书局影印阮元校刻本,1980年。

[唐]唐玄宗注,[宋]邢昺疏:《孝经注疏》,《十三经注疏》,中华书局影印阮元校刻本,1980年。

[汉]许慎撰,[清]段玉裁注:《说文解字注》,上海古籍出版社,1981年。

史部:

[汉]司马迁撰,[南朝宋]裴骃集解,[唐]司马贞索隐,[唐]张守节正义:《史记》,中华书局,2014年。

[汉]班固撰,[唐]颜师古注:《汉书》,中华书局,1962年。

[南朝宋]范晔撰,[唐]李贤等注:《后汉书》,中华书局,1965年。

［晋］陈寿撰，［南朝宋］裴松之注：《三国志》，中华书局，1982年。
［唐］房玄龄等撰：《晋书》，中华书局，1974年。
［梁］沈约撰：《宋书》，中华书局，1974年。
［梁］萧子显撰：《南齐书》，中华书局，1972年。
［唐］姚思廉撰：《梁书》，中华书局，1973年。
［北齐］魏收撰：《魏书》，中华书局，1974年。
［唐］李延寿撰：《南史》，中华书局，1975年。
［唐］李延寿撰：《北史》，中华书局，1974年。
［明］李清撰：《南北史合注》，《故宫珍本丛刊》第32册，海南出版社，2000年。
［唐］魏徵等撰：《隋书》，中华书局，1973年。
［后晋］刘昫等撰：《旧唐书》，中华书局，1975年。
［宋］薛居正等撰：《旧五代史》，中华书局，2015年。
［宋］司马光编著，［元］胡三省音注：《资治通鉴》，中华书局，2012年。
［宋］司马光撰：《稽古录》，《文渊阁四库全书》第312册，台湾商务印书馆影印本，1986年。
黄怀信、张懋镕、田旭东撰，黄怀信修订，李学勤审定：《逸周书汇校集注》（修订本），上海古籍出版社，2007年。
［唐］许嵩撰，张忱石点校：《建康实录》，中华书局，1986年。
［清］汤球辑，杨朝明校补：《九家旧晋书辑本》，中州古籍出版社，1991年。
［清］万斯同撰：《宋方镇年表》，《二十五史补编》，开明书店，1936年。
［清］周嘉猷撰：《南北史世系表》，《二十五史补编》，开明书店，1936年。
刘琳校注：《〈华阳国志〉新校注》，四川大学出版社，2014年。
［宋］乐史撰，王文楚等点校：《太平寰宇记》，中华书局，2007年。
［宋］张敦颐撰，张忱石点校：《六朝事迹编类》，中华书局，2012年。
［清］顾祖禹撰，贺次君、施和金点校：《读史方舆纪要》，中华书局，2005年。
［唐］李林甫等撰，陈仲夫点校：《唐六典》，中华书局，1992年。
［唐］杜佑撰，王文锦、王永兴、刘俊文、徐庭云、谢方点校：《通典》，中华书局，1988年。
［宋］晁公武撰，孙猛校证：《郡斋读书志校证》，上海古籍出版社，1990年。
［宋］陈振孙撰，徐小蛮、顾美华点校：《直斋书录解题》，上海古籍出版社，1987年。
［清］永瑢等撰：《四库全书总目》，中华书局，1965年。
［清］王夫之著：《读通鉴论》，中华书局，1975年。

［清］王鸣盛撰，黄曙辉点校：《十七史商榷》，上海古籍出版社，2013年。
［清］赵翼著，王树民校证：《廿二史札记校证》，中华书局，1984年。
［清］钱大昕著，方诗铭、周殿杰校点：《廿二史考异》，上海古籍出版社，2004年。

子部：

王利器校注：《盐铁论校注》，中华书局，2015年。
［唐］张彦远撰，范祥雍点校：《法书要录》，人民美术出版社，1984年。
王利器撰：《颜氏家训集解》（增补本），中华书局，1993年。
［梁］萧绎撰，许逸民校笺：《金楼子校笺》，中华书局，2011年。
［清］陈立撰，吴则虞点校：《白虎通疏证》，中华书局，1994年。
［清］何焯著，崔高维点校：《义门读书记》，中华书局，1987年。
［清］章学诚著，叶瑛校注：《文史通义校注》，中华书局，1985年。
［清］牛运震著，李念孔、高文达、张茂华点校：《读史纠谬》，齐鲁社，1989年。
［唐］欧阳询撰，汪绍楹校：《艺文类聚》，上海古籍出版社，1999年。
［唐］虞世南辑：《北堂书钞》，《中华再造善本》丛书，国家图书馆出版社，2013年。
［唐］林宝撰，岑仲勉校记，郁贤皓、陶敏整理，孙望审定：《元和姓纂》，中华书局，1994年。
［宋］李昉等撰：《太平御览》，中华书局，1960年。
［宋］高承撰，［明］李果订，金圆、许沛藻点校：《事物纪原》，中华书局，1989年。
［南朝宋］刘义庆撰，徐震堮著：《世说新语校笺》，中华书局，1984年。
［南朝宋］刘义庆著，［南朝梁］刘孝标注，余嘉锡笺疏，周祖谟、余淑宜、周士琦整理：《世说新语笺疏》，中华书局，2007年。
［晋］王嘉撰，［梁］萧绮录，齐治平校注：《拾遗记》，中华书局，1981年。
［晋］干宝撰，李剑国辑校：《新辑搜神记》，中华书局，2007年。
［梁］释惠皎撰，汤用彤校注，汤一玄整理：《高僧传》，中华书局，1992年。
［梁］释宝唱著，王孺童校注：《比丘尼传校注》，中华书局，2006年。
［清］郭庆藩撰，王孝鱼点校：《庄子集释》，中华书局，2004年。
杨明照撰：《抱朴子外篇校笺》，中华书局，1991年。

集部：

［宋］洪兴祖撰，白化文、许德楠、李如鸾、方进点校：《楚辞补注》，中华书局，1983年。
［南朝宋］鲍照著，丁福林、丛玲玲校注：《鲍照集校注》，中华书局，2012年。

［梁］萧统编，［唐］李善注：《文选》，中华书局，1977年。

［梁］萧统编，［唐］李善、吕延济、刘良、张铣、吕向、李周翰注：《六臣注文选》，中华书局，1987年。

［元］方回撰：《文选颜鲍谢诗评》，《文渊阁四库全书》第1331册，台湾商务印书馆影印本，1986年。

［清］于光华辑：《重订文选集评》，国家图书馆出版社，2012年。

［陈］徐陵编，［清］吴兆宜注，［清］程琰删补，穆克宏点校：《玉台新咏笺注》，中华书局，1985年。

［清］王夫之评选，张国星校点：《古诗评选》，文化艺术出版社，1997年。

［清］陈祚明评选，李金松点校：《采菽堂古诗选》，上海古籍出版社，2008年。

［清］沈德潜选：《古诗源》，中华书局，1963年。

［清］严可均校辑：《全上古三代秦汉三国六朝文》，中华书局，1958年。

［清］李兆洛选辑：《骈体文钞》，上海书店，1988年。

［清］许梿评选，［清］黎经诰注：《六朝文絜笺注》，中华书局，1962年。

周勋初著：《文心雕龙解析》，凤凰出版社，2015年。

［梁］钟嵘著，曹旭集注：《诗品集注》，上海古籍出版社，1994年。

［宋］刘克庄撰，王秀梅点校：《后村诗话续集》，中华书局，1983年。

［明］吴讷著，于北山校点；［明］徐师曾著，罗根泽校点：《文章辨体序说·文体明辨序说》，人民文学出版社，1962年。

［明］张溥著，殷孟伦注：《汉魏六朝百三家集题辞注》，中华书局，2007年。

［清］沈德潜著，霍松林校注：《说诗晬语》，人民文学出版社，1979年。

［清］方东树著，汪绍楹校点：《昭昧詹言》，人民文学出版社，1961年。

二、今人著述（按出版先后排列）

（日）冈崎文夫著：《魏晋南北朝通史》，弘文堂书房，1943年。

王伊同著：《五朝门第：附高门世系婚姻表》，金陵大学中国文化研究所，1943年。

王运熙著：《六朝乐府与民歌》，古典文学出版社，1957年。

（日）越智重明著：《魏晋南朝の政治と社会》，吉川弘文館，1963年。

（日）宫川尚志著：《六朝史研究：政治·社会篇》，平楽寺書店，1964年。

（日）矢野主税著：《門閥社会史》，長崎大学史学会，1965年。

鲁迅辑：《古小说钩沉》，《鲁迅全集》第八卷，人民文学出版社，1973年。

劳榦著：《魏晋南北朝史》，华冈出版部，1975年。

王仲荦著：《魏晋南北朝史》，上海人民出版社，1979年。

（日）越智重明著：《魏晋南朝の貴族制》，研文出版，1982年。
逯钦立辑校：《先秦汉魏晋南北朝诗》，中华书局，1983年。
唐长孺著：《魏晋南北朝史论拾遗》，中华书局，1983年。
（日）河原正博著：《漢民族華南発展史研究》，吉川弘文館，1984年。
周一良著：《魏晋南北朝史札记》，中华书局，1985年。
黄侃平点，黄焯编次：《文选平点》，上海古籍出版社，1985年。
（日）越智重明著：《魏晋南朝の人と社会》，研文出版，1985年。
黄水云著：《颜延之及其诗文研究》，文史哲出版社，1989年。
梁启超著：《饮冰室合集》，中华书局，1989年。
陈长琦著：《两晋南朝政治史稿》，河南大学出版社，1992年。
唐长孺著：《魏晋南北朝隋唐史三论》，武汉大学出版社，1992年。
陈连庆著：《中国古代少数民族姓氏研究》，吉林文史出版社，1993年。
许辉、蒋福亚主编：《六朝经济史》，江苏古籍出版社，1993年。
陈琳国著：《魏晋南北朝政治制度研究》，文津出版社，1994年。
张舜徽主编：《二十五史三编》，岳麓书社，1994年。
曹大为著：《中国古代女子教育》，北京师范大学出版社，1996年。
钱穆著：《国史大纲》（修订本），商务印书馆，1996年。
陈启云著：《汉晋六朝文化・社会・制度——中华中古前期史研究》，新文丰出版公司，1997年。
周一良著：《魏晋南北朝史论集》，北京大学出版社，1997年。
（日）谷口房男著：《華南民族史研究》，緑蔭書房，1997年。
（日）佐藤正光著：《南朝の門閥貴族と文学》，汲古書院，1997年。
（日）川本芳昭著：《魏晋南北朝時代の民族問題》，汲古書院，1998年。
高步瀛选注，孙通海点校：《南北朝文举要》，中华书局，1998年。
唐长孺著：《魏晋南北朝史论丛（外一种）》，河北教育出版社，2000年。
（日）越智重明著：《中国古代の政治と社会》，中国书店，2000年。
（日）小尾孟夫著：《六朝都督制研究》，溪水社，2001年。
陈戍国著：《中国礼制史・秦汉卷》，湖南教育出版社，2002年。
陈戍国著：《中国礼制史・魏晋南北朝卷》，湖南教育出版社，2002年。
章义和著：《地域集团与南朝政治》，华东师范大学出版社，2002年。
（日）安田二郎著：《六朝政治史の研究》，京都大学学术出版会，2003年。
曹道衡、沈玉成著：《中古文学史料丛考》，中华书局，2003年。
（美）宇文所安著，田晓菲译：《他山的石头记——宇文所安自选集》，江苏人民出版社，2003年。

缪钺著:《冰茧庵读史存稿》,《缪钺全集》,河北教育出版社,2004年。
田余庆著:《秦汉魏晋史探微》(重订本),中华书局,2004年。
张金龙著:《魏晋南北朝禁卫武官制度研究》,中华书局,2004年。
陈金凤著:《魏晋南北朝中间地带研究》,天津古籍出版社,2005年。
吕思勉著:《两晋南北朝史》,上海古籍出版社,2005年。
程章灿著:《旧时燕:一座城市的传奇》,凤凰出版社,2006年。
(日)金子修一著:《中国古代皇帝祭祀の研究》,岩波书店,2006年。
王运熙著:《乐府诗述论》(增补本),上海古籍出版社,2006年。
宗白华著:《中国美学史论集》,安徽教育出版社,2006年。
曹道衡、沈玉成著:《南北朝文学史》,中国社会科学出版社,2007年。
陈桥生著:《刘宋诗歌研究》,中华书局,2007年。
蔡梦麒撰:《广韵校释》,岳麓书社,2007年。
(日)川胜义雄著,徐谷芃、李济沧译:《六朝贵族制社会研究》,上海古籍出版社,2007年。
郭善兵著:《中国古代帝王宗庙礼制研究》,人民出版社,2007年。
聂石樵著:《魏晋南北朝文学史》,中华书局,2007年。
王志清著:《晋宋乐府诗研究》,河北大学出版社,2007年。
严耕望撰:《中国地方行政制度史——魏晋南北朝地方行政制度》,上海古籍出版社,2007年。
余嘉锡著:《四库提要辨证》,中华书局,2007年。
谌东飚著:《颜延之研究》,湖南人民出版社,2008年。
蔡宗宪著:《中古前期的交聘与南北互动》,稻乡出版社,2008年。
范文澜、蔡美彪等著:《中国通史》,人民出版社,2008年。
甘怀真著:《皇权、礼仪与经典诠释:中国古代政治史研究》,华东师范大学出版社,2008年。
(日)宫崎市定著,韩昇、刘建英译:《九品官人法研究——科举前史》,中华书局,2008年。
胡阿祥著:《六朝政区》,南京出版社,2008年。
胡文楷编著,张宏生增订:《历代妇女著作考》(增订本),上海古籍出版社,2008年。
李泽厚著:《中国古代思想史论》,生活·读书·新知三联书店,2008年。
钱锺书著:《管锥编》,生活·读书·新知三联书店,2008年。
王尔敏著:《清季军事史论集》,广西师范大学出版社,2008年。
陈寅恪著:《金明馆丛稿初编》,生活·读书·新知三联书店,2009年。

陈寅恪著:《金明馆丛稿二编》,生活·读书·新知三联书店,2009年。
梁满仓著:《魏晋南北朝五礼制度考论》,社会科学文献出版社,2009年。
何德章著:《魏晋南北朝史丛稿》,商务印书馆,2010年。
(日)尾形勇著,张鹤泉译:《中国古代的"家"与国家》,中华书局,2010年。
严耀中著:《魏晋南北朝史考论》,上海人民出版社,2010年。
黄永年述,曹旅宁记:《黄永年文史五讲》,中华书局,2011年。
彭玉平撰:《人间词话疏证》,中华书局,2011年。
汤用彤著:《汉魏两晋南北朝佛教史》(增订本),北京大学出版社,2011年。
谢无量著:《中国妇女文学史》,《谢无量文集》,中国人民大学出版社,2011年。
李佳校注:《颜延之诗文选注》,黄山书社,2012年。
田余庆著:《东晋门阀政治》,北京大学出版社,2012年。
吴丽娱著:《终极之典:中古丧葬制度研究》,中华书局,2012年。
吴明训著:《刘宋中书省研究》,花木兰文化出版社,2012年。
张承宗著:《六朝妇女》,南京出版社,2012年。
何兹全、张国安著:《魏晋南北朝史》,人民出版社,2013年。
严耕望撰:《中国政治制度史纲》,上海古籍出版社,2013年。
(日)中村圭尔著:《六朝政治社會史研究》,汲古書院,2013年。
范子烨著:《魏晋风度的传神写照——〈世说新语〉研究》,世界图书出版西安有限公司,2014年。
林晓光著:《王融与永明时代:南朝贵族及贵族文学的个案研究》,上海古籍出版社,2014年。
蔡宗齐著,陈婧译:《汉魏晋五言诗的演变:四种诗歌模式与自我呈现》,北京大学出版社,2015年。
(日)川合安著:《南朝貴族制研究》,汲古書院,2015年。
(日)户川贵行著:《東晋南朝における傳統の創造》,汲古書院,2015年。
辛德勇著:《制造汉武帝:由汉武帝晚年政治形象的塑造看〈资治通鉴〉的历史构建》,生活·读书·新知三联书店,2015年。
葛兆光著:《汉字的魔方:中国古典诗歌语言学札记》,复旦大学出版社,2016年。
俞士玲著:《汉晋女德建构》,人民文学出版社,2017年。
钱穆著:《中国学术思想史论丛》第3册,生活·读书·新知三联书店,2019年。
田晓菲著:《影子与水文:秋水堂自选集》,南京大学出版社,2019年。
杨晓斌著:《颜延之生平与著述考论》,人民文学出版社,2022年。

三、论文

学位论文：

方高峰：《六朝民族政策与民族融合》，首都师范大学博士学位论文，2002年。
汪奎：《中外军体制与南朝刘宋政局》，华东师范大学硕士学位论文，2004年。
白崇：《元嘉文学研究》，浙江大学博士学位论文，2006年。
于溯：《颜延之研究五题》，南京大学硕士学位论文，2008年。
汪奎：《南朝中外军研究》，华东师范大学博士学位论文，2008年。
刁丽丽：《宋孝武帝与大明诗坛》，河北师范大学硕士学位论文，2009年。
林华鹏：《宋孝武帝刘骏文学研究》，厦门大学硕士学位论文，2009年。
左华明：《整合与破裂——晋末宋初政治及政治格局研究》，武汉大学博士学位论文，2010年。
张华：《唐代太庙禘祫祭祀相关问题研究》，陕西师范大学硕士学位论文，2010年。
丁树芳：《两晋南朝南蛮校尉研究》，山东大学硕士学位论文，2011年。
李湛：《制度与记忆：南朝宋宫廷音乐的重建》，西南大学硕士学位论文，2013年。
李松竹：《南蛮校尉府研究》，湖北大学硕士学位论文，2013年。
鹿群：《刘义恭及其诗文研究》，安徽大学硕士学位论文，2013年。
王坤：《刘骏年谱》，上海师范大学硕士学位论文，2013年。
于欧洋：《南朝皇族文学研究》，东北师范大学博士学位论文，2013年。
史江：《宋孝武帝时期的政治和经济政策研究》，湖南大学硕士学位论文，2014年。
李康甲：《宋齐晚渡武人研究》，扬州大学硕士学位论文，2020年。
徐海波：《东晋南朝佛教与政治关系研究》，南京师范大学硕士学位论文，2021年。
朱寒青：《东晋南朝时期的佛教与会稽社会》，华东师范大学硕士学位论文，2021年。
王蓉：《南朝宋孝武帝的顾命大臣研究》，青岛大学硕士学位论文，2021年。
王业：《宋魏军事关系研究》，扬州大学硕士学位论文，2021年。
宗伟：《南朝诸王幕府与文学》，南京师范大学博士学位论文，2021年。

期刊论文：

（日）内藤湖南：《概括的唐宋时代观》，《歷史と地理》9(5)，1922年。

（日）越智重明:《南朝州鎮考》,《史学雜誌》62(12),1953年。

（日）越智重明:《劉宋の官界における皇親》,《史淵》74,1957年。

陈启云:《刘宋时代尚书省地位及职权之演变》,《新亚学报》第四卷第一期,1959年。

（日）越智重明:《領軍將軍と護軍將軍》,《東洋学報》44(1),1961年。

（日）河原正博:《宋書州郡志に見える左郡・左縣の「左」の意味について》,《法政史学》14,1961年。

（日）越智重明:《六朝における喪服制上の二問題》,《史淵》88,1962年。

逯耀东:《北魏与南朝对峙期间的外交关系》,《新亚书院学术年刊》第八期,1966年。

（日）矢野主税:《南朝における婚姻関係》,《長崎大学教育学部社会科学論叢》22,1973年。

曹道衡:《关于魏晋南北朝的骈文和散文》,《文学评论丛刊》第7辑,1980年。

曹道衡:《略论南北朝文学的评价问题》,《文学遗产》,1980年第2期。

曹道衡:《论鲍照诗歌的几个问题》,《社会科学战线》,1981年第2期。

（日）葭森健介:《中国史における貴族制研究に関する覚書》,《名古屋大学東洋史研究報告》7,1981年。

王延武:《两晋南朝的治"蛮"机构与"蛮族"活动》,《中南民族学院学报》,1983年第3期。

（日）川合安:《元嘉時代後半の文帝親政について—南朝皇帝権力と寒門・寒人—》,《集刊東洋学》49,1983年。

曹道衡:《从〈雪赋〉〈月赋〉看南朝文风之流变》,《文学遗产》,1985年第2期。

（日）安田二郎:《南朝貴族制社会の変革と道徳・倫理—袁粲・褚淵評を中心に—》,《東北大学文学部研究年報》34,1985年。

（日）安田二郎:《いわゆる王玄謨の大明土断について》,《東北大学東洋史論集》2,1986。

严耀中:《评宋孝武帝及其政策》,《上海师范大学学报》,1987年第1期。

周兆望:《南朝典签制度剖析》,《江西大学学报(哲学社会科学版)》,1987年第3期。

陈勇:《刘宋时期的皇权与禁卫军》,《北京大学学报(哲学社会科学版)》,1988年第3期。

何德章:《宋孝武帝上台与南朝寒人之得势》,《西南师范大学学报》,1990年第3期。

许福谦:《〈宋书〉纪传疑年录》,《首都师范大学学报(社会科学版)》,

1993年第4期。

王铿:《论南朝宋齐时期的"寒人典掌机要"》,《北京大学学报(哲学社会科学版)》,1995年第1期。

李衡眉:《历代昭穆制度中"始祖"称呼之误厘正》,《求是学刊》,1995年第3期。

薛军力:《刘宋初期对强藩的分割》,《天津师范大学学报(社会科学版)》,1995年第5期。

李宗长:《论颜延之的思想》,《南京社会科学》,1996年第6期。

张琳:《东晋南朝时期襄宛地方社会的变迁与雍州侨置始末》第15辑,《魏晋南北朝隋唐史资料》,1997年。

孔毅:《南朝刘宋时期门阀士族从中心到边缘的历程》,《江海学刊》,1999年第5期。

吴怀东:《民歌升降与刘宋后期诗风》,《宁夏大学学报(人文社会科学版)》,2000年第1期。

陈金凤、杨炳祥:《元嘉北伐新论》,《华中科技大学学报(社会科学版)》,2000年第4期。

鲁力:《孝武帝诛竟陵王事与刘宋宗王镇边问题》,《武汉大学学报(人文社会科学版)》,2000年第5期。

梁满仓:《南北朝通使刍议》,载氏著《汉唐间政治与文化探索》,贵州人民出版社,2000年。

陈春雷:《京口集团与刘宋政治》,《苏州大学学报(哲学社会科学版)》,2001年第2期。

(日)户崎哲彦著,蒋寅译:《唐代的禘祫论争及其意义》,《咸宁师专学报》,2001年第4期。

(日)石井仁:《虎賁班劍考:漢六朝の恩賜・殊禮と故事》,《東洋史研究》59(4),2001年。

陈启能:《略论微观史学》,《史学理论研究》,2002年第1期。

巩本栋:《文艺学与文献学的完美结合——程千帆先生的古代文学研究》,《文学遗产》,2002年第2期。

王运熙:《谢庄作品简论》,《南阳师范学院学报》,2002年第3期。

(日)川合安:《『宋書』と劉宋政治史》,《東洋史研究》61(2),2002年。

(日)户川贵行《魏晋南朝の民爵賜与について》,《九州大学東洋史論集》30,2002年。

陈庆元:《大明泰始诗论》,《文学遗产》,2003年第1期。

吴慧莲:《六朝时期的君权与政制演变》,《汉学研究》第21卷第1期,2003年6月。

张亚军:《宋文帝论》,《廊坊师范学院学报》,2003年第3期。

张金龙:《刘宋孝武帝朝政治与禁卫军权》,《浙江学刊》,2003年第4期。

(日)小尾孝夫:《劉宋前期における政治構造と皇帝家の姻族・婚姻関係》,《歴史》100,2003年。

(日)森野繁夫:《顔延之の「庭誥」と褊激の性》,《中国古典文学研究》1,2003年。

刘梦溪:《"了解之同情"——陈寅恪〈冯友兰中国哲学史上册审查报告〉简释》,《江西社会科学》,2004年第4期。

吴成国:《刘宋分荆置郢与夏口地位的跃升》,《湖北大学学报(哲学社会科学版)》,2004年第6期。

(日)小尾孝夫:《劉宋孝武帝の対州鎮政策と中央軍改革》,《集刊東洋学》91,2004年。

陈金凤:《从"荆扬之争"到"雍荆之争"——东晋南朝政治军事形势演变略论》,《史学月刊》,2005年第3期。

王永平:《东晋南朝吴兴沈氏之尚武及其地位的变迁》,《南都学坛》,2005年第5期。

(日)北村一仁:《在南北朝国境地域的同姓集团的动向和其历史意义》,载牟发松主编:《社会与国家关系视野下的汉唐历史变迁》,华东师范大学出版社,2006年。

李琼英:《论寒人在刘宋宗室内乱中的地位和作用》,《许昌学院学报》,2006年第1期。

方高峰:《试论左郡左县制》,《中国边疆史地研究》,2006年第2期。

汪奎:《刘劭之乱与刘宋政局》,《重庆社会科学》,2006年第12期。

(韩)金裕哲:《魏晋南北朝时期"蛮"的北迁及其种族正体性问题》,载中国魏晋南北朝史学会、四川大学历史文化学院编:《魏晋南北朝史论文集》,巴蜀书社,2006年。

左华明:《寒人地域与东扬州的设置》,《江西财经大学学报》,2007年第2期。

杨恩玉:《宋孝武帝改制与元嘉之治局面的衰败》,《东岳论丛》,2007年第6期。

(日)戶川貴行:《劉宋孝武帝の戶籍制度改革について》,《古代文化》59,2007年。

何毅群：《东晋南朝丹阳尹述论》，《南京晓庄学院学报》，2008年第1期。

鲁西奇：《释"蛮"》，《文史》，2008年第3辑。

王永平：《刘宋文帝一门文化素养之提升及其表现考论》，《黑龙江社会科学》，2008年第4期。

高明士：《礼法意义下的宗庙——以中国中古为主》，载高明士编：《东亚传统家礼、教育与国法（一）：家族、家礼与教育》，华东师范大学出版社，2008年。

（日）户川贵行：《劉宋孝武帝の礼制改革について：建康中心の天下観との関連からみた》，《九州大学東洋史論集》36，2008年。

（日）森野繁夫：《『宋書』顔延之傳について》，《中國中世文學研究》54，2008年。

胡宝国：《知识至上的南朝学风》，《文史》，2009年第4辑。

杨恩玉：《宋文帝与"元嘉之治"重估》，《山东大学学报（哲学社会科学版）》，2009年第4期。

杨英：《刘宋郊礼简考》，载中国魏晋南北朝史学会、武汉大学中国三至九世纪研究所编：《魏晋南北朝史研究：回顾与探索——中国魏晋南北朝史学会第九届年会论文集》，湖北教育出版社，2009年。

白崇：《刘宋士人人格调整及其意义》，《湖南社会科学》，2010年第6期。

（日）谷口房男：《南北朝时期的蛮酋》，载（日）谷川道雄主编，李凭等译：《魏晋南北朝隋唐史学的基本问题》，中华书局，2010年。

王铭：《"正统"与"政统"：拓跋魏"太祖"庙号改易及其历史书写》，《中华文史论丛》，2011年第2期。

王明前：《论刘宋孝武帝政治经济改革的努力及其失败》，《扬州职业大学学报》，2011年第2期。

杨艳华：《颜延之诗歌创作得失评议——以王夫之〈古诗评选〉对颜诗的评论为中心》，《漳州师范学院学报（哲学社会科学版）》，2011年第4期。

刘雅君：《试论南朝的太子师傅》，《史林》，2011年第6期。

（日）户川贵行：《東晋南朝における傳統の創造について—樂曲編成を中心としてみた—》，《東方學》122，2011年。

（日）户川贵行：《东晋宋初的五等爵——以五等爵与民爵的关系为中心》，《中国中古史研究》第一号，中华书局，2011年。

鲁力：《宗王出镇与刘宋政局》，《河南师范大学学报（哲学社会科学版）》，2011年第6期。

李晓红：《"以数立言"与九言诗之兴——谢庄〈宋明堂歌〉文体新变考论》，《中山大学学报（社会科学版）》，2012年第4期。

罗建伦:《宋孝武帝刘骏文学雅集述略》,《中国韵文学刊》,2012年第4期。

孙明君:《谢庄〈与江夏王义恭笺〉释证》,《北京大学学报(哲学社会科学版)》,2012年第5期。

王永平:《晋宋之间佛教僧尼与宫廷政治之关系考述》,《社会科学战线》,2012年第5期。

吕宗力:《谶纬与魏晋南北朝史观》,载李凭、梁满仓、叶植主编《中国三国历史文化国际学术讨论会论文集》,湖北人民出版社,2012年。

程章灿:《象阙与萧梁政权始建期的正统焦虑——读陆倕〈石阙铭〉》,《文史》,2013年第2辑。

(日)户川贵行:《東晉南朝の建康における華林園について一「詔獄」を中心としてみた一》,《東洋文化研究》15,2013年。

张亚军:《刘骏〈七夕诗〉二首赏析》,《古典文学知识》,2014年第1期。

(日)户川贵行:《東晉南朝における雅樂について:郊廟儀禮との関連からみた》,《九州大學東洋史論集》42,2014年。

卞梁、唐燮军:《从徐爰〈宋书〉到沈约"新史"的转变》,《史学史研究》,2015年第4期。

李晓红:《卞彬童谣与宋齐革易之历史书写——从〈南齐书·卞彬传〉据〈南史〉补字说起》,《中山大学学报(社会科学版)》,2015年第5期。

聂溦萌:《晋唐间的晋史编纂——由唐修〈晋书〉的回溯》,《中华文史论丛》,2016年第2期。

权家玉:《前朝柱石与新朝暗礁:南朝的顾命大臣探析》,《江西社会科学》,2016年第12期。

徐冲:《冯熙墓志与北魏后期墓志文化的创生》,《唐研究》第二十三卷,北京大学出版社,2017年。

王尔阳:《六朝至初唐"国史限断"书写体例的形成》,《古典文献研究》第20辑上,凤凰出版社,2017年。

李磊:《"肇构神京"与"缔我宋宇":刘宋的王畿设置与疆域界定》,《社会科学》,2018年9月。

(日)川合安:《刘宋孝武帝政権と〈宋书〉》,《中国史学》29,2019年。

耿朔:《"于襄阳致之":中古陵墓石刻传播路线之一瞥》,《美术研究》,2019年第1期。

陈志远:《六朝前期荆襄地域的佛教》,《中山大学学报(社会科学版)》,2019年第2期。

张学锋:《南朝建康的都城空间与葬地》,《中华文史论丛》,2019年第3期。

张潇:《论刘宋义嘉之乱》,《南京晓庄学院学报》,2019年第5期。

李磊:《刘宋晚期的政权重构与高门士族的权势复升》,《苏州大学学报(哲学社会科学版)》,2020年第5期。

李磊:《扬州"一州两格"与宋明帝的上台——孝武帝置王畿的政治影响》,《北京社会科学》,2021年第5期。

李研:《再论刘宋大明年间的王畿设置》,《魏晋南北朝隋唐史资料》第44辑,上海古籍出版社,2021年。

耿朔:《宋孝武帝礼仪改革与南朝陵墓新制的形成》,载贺西林编《汉唐陵墓视觉文化研究》,高等教育出版社,2021年。

后　记

本书是由我的博士学位论文《从孝建到大明——刘宋孝武帝朝的政治、文化与文学》修改而成。

我在硕士阶段的研究方向是"春秋左传学",硕士论文研究的是杜预《春秋经传集解》的条例。因杜预是魏晋时人,我在泛览相关时代背景的研究著作时,读到了南京大学文学院程章灿老师的《魏晋南北朝赋史》和《世族与六朝文学》两部书,从而开始对魏晋南北朝的文学、文化倾心不已。2012年5月,我幸运地接到了南京大学文学院的录取通知,获得了立雪程门、跟随程老师攻读中国古典文献学专业博士学位的机会。

入学后不久,程老师就跟我谈起了刘宋孝武帝朝的话题,并送给我一本他关于南京的文化随笔《旧时燕》。里面的《贵妃之死》一文是程老师关注孝武帝朝的一个契机。在做了一些初步的文献工作后,我接下了这个题目。这个题目尝试将微观史学引入南朝文史研究,透过看似无关紧要的微小事件观察纷繁复杂的政局变动,对政治与文学之间的关系进行抽丝剥茧式的研究。因为孝武帝朝总共只有11年,相对而言文献范围并不算很大,但相当考验文本细读和史料考证的能力。一开始我几乎什么头绪都找不到,程老师建议我把看过的材料按时间事无巨细地整理成文献长编。通过这个办法,我渐渐地在文献对读的过程中发现了一些问题。

2014年上半年,我在程老师的支持和帮助下,申请到国家留学基金委的资助,获得了去日本广岛大学文学研究科留学一年的机会,师从著名汉学家佐藤利行先生。广岛大学文学研究科是日本汉学研究重镇,有着悠久的《文选》学研究传统。在这里我如饥似渴地阅读了大量日本学者有关六朝文史研究的著作,极大地开拓了思路和眼界。无须讳言,本书当中的一些篇章其实就是对几位日本学者研究方法的模仿。可以说如果没有这一段留学经历,我的博士论文是很难完成的。感谢佐藤先生、陈翀先生和刘金鹏兄在我留学期间对我各方面的关照!

虽然我身在异国,程老师仍然十分关心我的写作进度,经常通过邮件为我答疑解惑，分享课题相关资料，认真批改我的论文初稿，不只是在篇章结构、观点修正、主题深化方面提出大量意见，连文辞润色、改正错别字甚至标点符号的使用也毫不放松。论文数易其稿，离不开程老师对我的精心教导与帮助。拙作出版前，程老师又拨冗赐序以为劝勉，谨呈上深深的感谢！

在撰写博士论文的过程中，我越发感觉到魏晋南北朝文史研究虽然前期积累极为丰富，大家名著不胜枚举，但也还没有达到"题无剩意"的程度。这一时期的重要事件、标志性时段（如元嘉、永明、梁武帝朝）的研究固然已十分精细，但一些事件内部的细节、人物关系，时段之间的勾连过程还有很多模糊不清的地方，这是能够通过传统的文献对勘和考据的方法向前推进的。将之前说不清楚的细节和坐标之间的演进过程描述清楚，本身就是对学术的推进，也是通向"义理"层面研究的基础。另一方面，解读经典的文学文本是一个没有止境、可以不断深广和翻新的过程，这对于任何时代的作品均是如此，魏晋南北朝当然也不例外，否则作为这一领域显学的"选学"和"龙学"便难以为继。当然，魏晋南北朝的传世文献非常有限，而且文本面貌也十分复杂，特别是相比北朝研究还有较多的出土文献为辅佐，南朝文史研究的难度恐怕更大。任何细微的推进都离不开敏锐的文本细读和文学鉴赏能力。"食不厌精，脍不厌细"，我想这应该成为所有魏晋南北朝文史研究者最基本的治学心态。至于在此基础上能否见微知著，将中古时期的文学、文化现象放在整个中国史，乃至东亚史、全球史的视野下予以考量，则是更高层次的学术理想，非朝夕可至，吾当勉之。

2016年博士毕业后，我十分幸运地获得了留在南大文学院工作的机会，并进入历史学院中国史博士后流动站，在工作的同时继续对博士论文进行修订和增补。我的博士后合作导师胡阿祥教授帮助我更深入地了解了史学研究方法。"宁可劳而不获，不可不劳而获。"这是胡老师经常挂在嘴边叮嘱学生的一句话，让我印象深刻。工作后我还有幸认识了美国莱斯大学钱南秀老师。钱老师学识渊博、亲切和蔼，在学术上对我的启发和鼓励尤多。她提醒我考察六朝才女出现的原因，促使我开始转向现在关注的六朝书籍与知识流传的问题。2022年11月，钱老师因病去世。在此致以深切的怀念。

我的硕士导师是武汉大学古籍所骆瑞鹤先生。骆老师为人谦和低调，清净淡泊，不善言辞，但将学术看得极其神圣。他是我走向学术的领路人，不仅教会了我最基础的读书和治学方法，更通过潜移默化的身体力行教导我做学问应有的品德和态度。在我读博和毕业后的工作中，骆老师也一直关心、支持着我。

2019年底小女出生，家里一下子热闹起来，但也平添了更多家务。妻子为了照顾孩子不得不暂时中断自己的科研工作,我的父亲母亲也来到南京不辞辛苦地承担了大量家务,以使我能尽可能多地挤出一些时间兼顾工作。每每想到这些我都感激不已。谨以这本小书献给无私支持我的家人们!

本书中大部分内容曾以单篇论文形式在《南京大学学报》《文学遗产》《中南大学学报》《古典文献研究》等刊物刊发。一些论文因刊物篇幅所限,发表时有不同程度的删减,此次出版不仅以完整面貌呈现,而且对之前已发表文章全部进行了修改和补充。

拙作得以出版,要感谢国家社科基金后期资助项目的经费支持、评审专家的肯定以及湖北人民出版社的帮助。晏佳利等编辑提出了许多宝贵的修改意见,为编辑拙作付出了辛勤的劳动,特此致谢!限于学识,本书难免有不足之处,恳请读者批评指正。

赫兆丰

2024 年 9 月 29 日